于七的军师

隋翔宇 著

天津出版传媒集团

天津人民出版社

图书在版编目（CIP）数据

于七的军师 / 隋翔宇著 . -- 天津：天津人民出版
社，2025.1. -- ISBN 978-7-201-20859-6

Ⅰ . I247.5

中国国家版本馆 CIP 数据核字第 2024P8S177 号

于七的军师
YUQI DE JUNSHI

出　　版	天津人民出版社
出 版 人	刘锦泉
地　　址	天津市和平区西康路 35 号康岳大厦
邮政编码	300051
邮购电话	（022）23332469
电子信箱	reader@tjrmcbs.com
责任编辑	岳　勇
特约编辑	张素梅
特约策划	苏爱丽
装帧设计	马　佳
制版印刷	三河市龙大印装有限公司印刷
经　　销	新华书店
开　　本	710 毫米 ×1000 毫米　1/16
印　　张	21
字　　数	323 千字
版次印次	2025 年 1 月第 1 版　2025 年 1 月第 1 次印刷
定　　价	98.00 元

自序

六十年一甲子。从 1662 年至 2022 年，相隔三百六十年，历经了六个甲子。

按照中国古代的年号纪元，1662 年为清康熙元年。是年之春，在胶东半岛腹地牙山（亦称锯齿山），一场持续约半年之久的战事，最终落下了帷幕。而这场战事，便是胶东历史上有名的"于七抗清之战"。

胶东半岛三面环海、远离中原，在以农耕为主的古代，长期不被视作兵家必争之地，鲜有大的干戈。但在明清交替之际，由于风云际会，当地却也发生过两次规模较大的战事。其一是明朝叛将孔有德等人发动的"登莱之乱"，另一便是"于七抗清"。

于七，本名于乐吾，系栖霞县唐家泊（今栖霞市唐家泊镇）人，传闻为明末武举出身。他在顺治五年（1648 年）和顺治十八年（1661 年），曾先后两次在牙山举兵抗清。第一次中途接受清廷招安；第二次则奋战到底，最终因强弱悬殊，而在康熙元年（1662 年）兵败。他本人从牙山突围，正史称其"不知所终"。

笔者亦是栖霞人，故乡距离牙山约有四十里，儿时便从长辈那里听闻"于七抗清"的故事，对之颇感兴趣。而来到栖霞四中读书后，牙山更是近在眼前，并且周边诸多村庄的名称都与这一历史事件息息相关，如"接官亭""营盘"等，因此更增添了心中的好奇。只是当时获取资料的渠道较少，笔者仅知若干传说片段，而并不掌握"于七抗清"的整体脉络。

等到上了大学，通过查阅图书馆内的史料书籍，笔者逐渐了解到"于七抗清"的时代背景——"甲申之变"前后二三十年间的明清争斗史。但"于七抗清"的具体细节如何，则仍未获取详细答案。毕竟，此事的影响主要集中在胶东半岛范围内，很难在介绍"大历史"的著述中占有较多的篇幅。

兴趣是最好的老师。笔者大学所学并非历史专业，毕业后从事的工作也不与历史直接相关，但因为内心的兴趣，便始终保持了对这一话题的关注。尤其是 2018 年以来，通过实地走访、请教耆老、查阅县志等方式，一点一点地揭开了"于七抗清"的历史面纱。至 2021 年时，虽不敢说是百分之百弄清了此事，但其大概经过则已是了然于胸了。

人的记忆力是有限的。平时的积累，若不尽早成文，恐怕时间一长，便会有所遗忘。因此，笔者逐渐产生了将这段历史写作付梓的想法。

描写历史事件，大致有两种叙述模式：一种为史学范畴，内容比较严肃，讲究"言必有出处"。若按此行文，则题目当取作《于七抗清简史》。在此题材上，周杰三和李恩浦两位先生早已有著述问世，即《于七起义述略》和《于七起义》。这两本书，笔者都曾拜读，受益匪浅，深感敬佩。另一种则为文学范畴，内容相对灵活，允许"合理虚构和想象"，即"历史小说"的形式。在这方面，虽也有前人进行过尝试，但总体上还有空间可以施展。

这两种叙述模式，各有利弊，也各有难点。笔者思忖再三，最终决定采用第二种，尝试以小说为载体来呈现这段历史。

要写小说，必须先确定主人公。本书既是讲述"于七抗清"的历史，于七自然是一个绕不开的人物。不过，"于七"的身上，尚有不少未解之谜；而对他的评价，业内也褒贬不一。在这种情况下，以之作为单独的主人公，难免会有"单薄"之感。因此，笔者决定采用"双主人公"的写法。

所谓"双主人公"，其一就是于七本身，另一则是他的军师"赵守忠"。

赵守忠，虽是笔者在本书中虚构出的人物，但在历史上并非没有原型。民间盛传，于七当年之所以起兵抗清，背后就是因为有忠于明朝的文士在游说鼓动和出谋划策。只不过因为大量一手资料在清代被销毁，后世已难以详细了解其中的究竟。

前已言道，于七在历史上曾两次起兵抗清。据学者考证，他第一次起兵时，担任军师之人，乃是莱阳文士董樵。而第二次起兵，则无统一说法。本书即以第二次起兵为切入点，借着时任军师赵守忠的视角，来呈现其中的波澜曲折。

不谋全局者不足以谋一隅。"于七抗清"，固然只是发生在胶东半岛登莱二府的地界内。但其终究也要受到明亡清兴历史大背景的影响。因此，本书将赵守忠设定为浙东鲁王监国方面的人物，奉明朝忠臣张煌言之命秘密出使山东，最终因缘际会成为"于七的军师"。如此，则可将胶东历史与天下大势相结合，更方便大家阅读。

于七在民间传说中是一个"武艺极其高强"的人物，但本书的定位为历史而非武侠，因此对于七的武艺描写较为笼统，而更着重于阐述他做出"抗清却不复明"决定的心路历程。

虽然小说允许虚构，但笔者对历史深怀敬畏，书中提到的大部分人物和事件进程，均有正史可循。其中，明清斗争的时间线和胶东以外人物的描述，主要参考顾诚先生的《南明史》及清代徐鼒的《小腆纪传》；胶东相关人物的情况，则是取材于府志、县志。本书虽然不能等同于严肃的历史著述，但对于了解"于七抗清"前后经过，应当是有一定帮助的。此外，一些在胶东民间广为人知的传说，在本书部分情节中或多或少也有体现。

地理和历史相辅相成。无论是谋士纵横捭阖还是将领行兵布阵，都离不开地理空间的变动。在本书中，笔者也提到了大量的地点，其中既有锯齿山、崂山、昆嵛山、艾山、招虎山、胶莱河、五龙河等名山大川，也不乏华严庵、太古堂、玉蕊楼、华楼宫、滨都宫、魁星楼、康王城、岠嵎寺等人文景观，当然也包括登州府、莱州府、栖霞县、即墨县、莱阳县、招远县、宁海州、胶州、大嵩卫等区划概念。而为了确保言之有物，在描述这些地方之前，笔者基本上都曾身临其境。

因此，可以说，这本书既是对"于七抗清"历史的描述，也是对胶东半岛地理的呈现。倘若仔细阅读，相信您会有这种感觉。

写作非易事。本书约有 32 万字，在这个动辄以百万字计的信息时代，它的体量并不突出。但即便如此，其也耗费了大量的精力。不算前期积累素材，仅从构思到成文，笔者就用了两年。而从 2021 年下半年正式动笔开始，这一年多来，更是全力以赴。因此挤占了很多陪伴家人的时间，思来颇觉愧疚。

而在这收笔之际，笔者也想借此机会，向始终默默支持我的家人和亲友们表达谢意。当中尤其应感谢我的妻子，没有她的包容和鼓励，我是难以集中时间和精力来完成这部小说的。

古人云："三十而立。"如今，笔者虚龄已三十有五。写完这本书，虽不敢妄称作"立"，但至少算是给自己一个交代吧。路漫漫其修远，仍当上下而求索。是为序。

隋翔宇

2022 年 12 月于烟台

目录

目录

1. 江心寺

"细草微风岸，危樯独夜舟。星垂平野阔，月涌大江流。"

十五将至，此时午夜的天上，月亮已然大如圆盘，周边的繁星也是一片璀璨。月光和星光洒落下来，使得温州城外的瓯江，仿佛像镀过银的铜镜一般，闪闪发亮。

忽然间，这如镜的江面上出现了一道"裂纹"，由远及近，逐渐靠近江中的一座小岛。当距离岸边还有大概五十丈远的时候，"裂纹"却停了下来，刚才被它划过的"镜面"也随即愈合。少顷，原先的"裂纹"已变成了"明镜"上的一个"黑点"。

这个"黑点"，其实是一条船。虽然是在夜间航行，但船头一开始并没有灯火。待到停船之后，才有一名童子从座舱中走出，用竹竿挑起一盏灯笼。

不过，他刚把灯笼挑起，却又立即放下。如此反复三次之后，只见岸上也出现了同样的场景。于是，这名童子转身走进了船舱。

船舱当中，倒是点着一盏油灯，但由于四周密封较好，从外面并不能看到光亮。在摆放油灯的小桌旁边，端坐着一位青衣乌帽的中年男子。他原在闭目养神，听到童子走进船舱，随即睁开了双眼。

"先生，寺中无恙，是否现在就靠岸？"童子恭敬地问他。

"上岸吧。"中年男子吩咐了一声。

童子听闻指令，当即又退到舱外，然后走到船尾处的艄公身旁，低声说道："将船靠岸吧。"

过了一会儿，船至岸边，早有三名男子站在那里等候。居中者稍显文弱，而两旁

的汉子却相当精壮。

船停稳之后，童子一手提着灯笼，一手将舱门打开，坐在其中的那位中年男子走了出来。岸上三人见此，当即迎上前去。

"居敬拜见先生。"三人里居中的那位文弱者率先开口。

"勋臣，你辛苦了。"中年男子和缓地回复道，此时他也已经走下了船。

"居敬"和"勋臣"，其实指的都是那位文弱之人。他姓王名居敬，字勋臣，浙江台州府黄岩县人氏。在那位中年男子面前，他自称己名以示谦卑，而对方称他的字，则示亲切。

王居敬虽然是书生出身，但由于生逢明清乱世，在风云际会之下，也与军旅打起了交道。此刻，他正以幕僚的身份在南明方面的张煌言军中效力。而刚才提到的那位中年男子，正是张煌言本人。

时值南明永历十二年（清顺治十五年，1658 年）三月十四，已经是甲申之变之后的第十四个年头，距离张煌言起兵"复明"也已经过去了十三载春秋。

十三年前，南下的清军先后攻占南京和杭州，明朝仅存的半壁江山也处在风雨飘摇之中。疾风知劲草，板荡识忠臣。就在形势危急之时，进士出身的前刑部员外郎钱肃乐等人在浙江宁波府城鄞县慨然举起复明大旗。当时身份只是举人的张煌言立即加入义军，被派往台州呈请寓居当地的明朝宗藩鲁王即监国位，这就有了南明历史上的"鲁王监国政权"。

十三年来，张煌言从当初拥立鲁王监国时的一名青年儒生，已经成长为独当一面的中年将领。他长年累日废寝忘食，不是在阵前率军杀敌，就是在幕后联络志士，所为的其实就是四个字："反清复明"。此次黉夜乘船来到温州府城外的江心屿，也同样是为此目标。在这之前，他已通过书信与一位神秘人士相约：三月十五日在江心屿上的江心寺会面。

地点之所以定在江心寺，一方面是因为这里地处瓯江之中，四面环水，且距离自己驻屯水师的中界山（今洞头岛）较近，相对静谧且安全；另一方面，也是因为对江心寺有种特殊的情怀。

江心寺，是一座始建于唐朝咸通年间的古刹。它不仅位置独特、风光别样，也是诸多历史大事件的见证者。

南宋初年，金兀术南侵，高宗皇帝赵构无奈之下乘船巡狩，沿着浙海南下，一直漂泊到了温州。而在温州时，他就曾在江心寺驻跸。

不知是否巧合，自从到了江心寺之后，宋高宗突然转了运：韩世忠等将领奋勇作战，担心后路被切断的完颜宗弼决定北返。之前狼狈不堪的南宋小朝廷就此转危为安，实现"中兴"。宋高宗龙颜大悦，后来赐予江心寺敕封。而他当时在寺院里坐过的一把木椅，也被当作"御座"供奉起来。

到了南宋之末，又一场战祸到来。当时，伯颜率领元军攻至临安城下，太皇太后谢道清带着德祐小皇帝（宋恭帝）选择投降，大将张世杰则护送益王、广王两位皇子出走。后者一行在中途也曾辗转来到江心寺。当时，他们还专门在寺中参拜了宋高宗的"御座"，祈求同样能够转运中兴。可惜在数年之后，他们最终迎来的却是壮烈的崖山之战。

虽然张世杰的例子证明江心寺的"中兴"灵气并非每次都可以应验，但对于那些有着相似复兴愿望的人来说，这里终归是一处比较吉利的场所。而在张煌言眼中，正是如此。更何况，在江心寺的旁边，还有一座文丞相祠。其中供奉的南宋忠臣文天祥，也正是张煌言最钦佩的一位人物。

"今日时候已晚，先生是否先行休息，待明早再去文丞相祠祭拜？"此时，已走到张煌言身侧的王居敬，轻声向前者建议。他知道：按照张煌言的惯例，只要来江心寺，都会先去祭拜文天祥。不过，这次实在是太晚了。

"休息不急，还是先去文丞相祠吧。"张煌言回复道。很显然，他并不想改变这个习惯。

王居敬见状，挥了挥手，示意提灯的童子在前引路。于是，这一行人就沿着岸边的林荫路，向文丞相祠走了过去。

祠堂那边，早已有人等候。在灯火的映衬下，大堂中间正襟危坐的文丞相塑像，更显"汉官威仪"。张煌言见此情景，心中不由得一阵激昂。在大堂外，他定了

定神，正了正衣冠，然后肃然走了进去，对着塑像焚香行礼。

礼毕，这一行人离开文丞相祠，向旁边的江心寺走去。不过，他们没有前往寺院的正门，而是转到了靠近祠堂一侧的竹林当中。

来到竹林之后，王居敬上前两步，身至童子之前。只见他贴着墙根，用手在墙壁上有节奏地拍了几下。墙壁随即开了一个洞——原来这里有一道暗门。王居敬先将半个身子探入门中，然后向后挥手示意。先是童子，再是张煌言，最后是那两名精壮的汉子，这一行人就进到了寺中。

由于张煌言常以江心寺为秘密联络点，因此，作为他的亲信幕僚，王居敬也很早就被派到此处驻守经营。

寺院的住持空问禅师本也是江南士人出身，早年就与张煌言相识。后来，他因科考失利且遭逢家难，这才削发为僧。不过，身虽遁入空门，但心中其实仍存有故国。上一任住持，也就是他的师父，深知这一点，在临终传位之前，曾叮嘱他说："故国可存，寺不可出。"迫于师父的遗命，空问禅师虽然没有直接参与张煌言等人的反清大计，但对于后者在寺中的活动，也是睁一只眼闭一只眼，实际上是默默支持的态度。王居敬近两年在这里常住，对外的名义就说是本寺带发修行的居士。

在王居敬的引领下，众人来到寺内一处相对隐蔽的院落。院落中的正堂，即留给张煌言的居所，而随行者则都被安顿在了周边的厢房，王居敬本人也住在其中，只不过有一个单独的卧室。

张煌言站在正堂门口，看着王居敬布置妥当之后，轻声对他喊道："勋臣，你进来，我有话对你讲。"

王居敬听闻，当即快步进屋，并随手把门合了上去。

在屋内，两人按主次落座之后，张煌言先开了口："勋臣，我上次的书信只提及要来寺中会见赵执事，却并未详说缘故，你可知此行目的为何？"

"莫非又要准备兴师讨虏？"王居敬半问半答。

"是了。"张煌言说，"你知道，年初时晋王（李定国）从云南派人翻山越海，将一封蜡丸密信送到厦门岛延平王（郑成功）之处。信中说，逆贼孙可望叛降清廷之后，

甘为鹰犬，已经引导数十万敌军向云贵进攻，主上（永历皇帝）那边，形势危急，盼望我等沿海义师尽早出兵，进攻东南，以作围魏救赵之计。上月底，延平王已来函商议出兵之事，拟定在入夏之后即挥师北上，直取南都（南都、金陵、江宁，皆指南京）。"

"现清廷主力大半已在云贵，东南数省空虚，的确是收复良机。"王居敬在一旁应和。

张煌言点了点头，又肃然道："此时诚然利于进取，但前车之鉴也不可不防。"

说到这里，他不禁叹了口气："唉，昔年我等随定西侯（鲁王政权大将张名振）曾三入长江，然均无功而返。为何？非只因船弱兵寡，江北豪杰无人响应，亦关系巨大。今夏即将再举大事，若想成功，必须提前联络北方诸省。山东地处南北之间，密迩京畿，控运河之脉，负大洋之险，若有英雄在此举兵呼应，势必牵制清廷兵力，如此不但可缓滇黔之急，南都之功亦庶几可成。"

听了张煌言这番话，王居敬似有所悟："先生此行，莫非是要筹划联络山东义师？"

"正是为此。"张煌言顿了顿，又道，"此事关系重大，非亲信、干练、熟稔山东形势之人，不能胜任。我忖度数日，感觉唯有赵执事为合适人选，因而向鲁王殿下上书，请求将其派来效力，幸蒙恩准。赵执事已从闽海动身，约定明日即可在寺中相会了。"

"原来如此，赵执事为藩邸旧人，忠义无比，甲申之前又久居山东，诚然为合适人选。不过，自南渡之后，他常随扈殿下左右，可谓心腹近臣。此次殿下能破例将他外派远差，亦是对此次征伐寄予厚望吧？"王居敬感叹。

刚才两人口中的"鲁王殿下"，名叫朱以海，是明太祖朱元璋第十个儿子朱檀的后裔。朱檀在洪武年间被封为第一代鲁王，就藩于山东兖州。他本人行事荒诞，不被朱元璋所喜（因此谥号为荒），又比较短命，但其后世子孙人丁兴旺，并且颇有些骨气。

崇祯十五年（1642年），阿巴泰率领清军入塞劫掠，攻陷山东诸多州县，鲁王府所在的兖州也不幸失守。时任鲁王朱以派自缢殉国，他的弟弟朱以海死里逃生——据

说清兵抓到他后连砍三刀而不中，惊叹他天生贵命，这才放过一马。后来，得以幸存的朱以海就被明廷续封为新一任的鲁王。

但没过多久，甲申之变骤起，京师陷落。听闻消息的朱以海心有余悸，不得不带着少许亲信从兖州逃到了江南。不久之后，福王在南京登基，下令将朱以海安置在浙江台州。

在台州的安稳日子没过几天，多铎率领的清军就大举南下。福王小朝廷土崩瓦解，南京失守，杭州归降。寓居在江浙一带的明朝宗藩多数被清军裹挟北上，而身在台州的朱以海因为道路较远，加上部下极力劝阻，竟然又逃过一劫。接下来，他就被浙东的义师拥立为"监国"，成为南明诸多政权中的一个。

说是"监国"，但朱以海手中并无太多实际的权力。在乱世当中，军队才是权力的来源。而朱以海身边除了少许从山东跟来的旧臣之外，再无嫡系兵卒。真正掌握军队的将领们，比如方国安、黄斌卿等人，都各怀鬼胎。他们的心思，更多用在争夺粮饷和地盘上，而对鲁王监国的命令和"反清复明"的目标，其实都是出工不出力。

鲁王监国政权麾下虽然还有钱肃乐、张煌言等忠贞大臣，但终究是杯水车薪。在清军的攻击下，朱以海频繁辗转在闽浙沿海，惶惶不可终日。最终，在舟山岛失守之后，他也基本失去了全部的辖区。

无奈之下，朱以海只能乘船南下，投奔在福建沿海坚持抗清的郑成功，去掉"监国"称号，而承认驻跸西南的永历朝廷为正朔。

郑成功虽然也属于反清复明阵营，但就渊源而言，他出自南明的唐王政权。在受封为"延平王"之前，外界对他最常用的两个称呼是"招讨大将军"和"国姓"。所谓的"国姓"，就是因唐王朱聿键——南明的隆武皇帝赐他朱姓而来。不幸的是，鲁王、唐王两政权虽均为朱明子孙，但彼此之间一度势同水火。因此，受恩于唐王的郑成功，对鲁王这边多少心存芥蒂。朱以海寄人篱下，心境可想而知。

而张煌言在接管了定西侯张名振去世后所留下的部众之后，就成为原鲁王监国政权麾下硕果仅存的一支成规模的武装力量，其虽然时常与郑成功配合作战，但仍然保持了相当高的独立性。

在这种情形下，朱以海自然也更加盼望敬重自己的张煌言能取得一番作为。因此，对于其提出来的请求，很痛快地就同意了。

"勋臣，我等虽然尊奉西南正朔，但鲁王殿下的厚恩，也绝不可忘记。如今时局变幻莫测，云贵战事结果如何还很难说。倘若圣驾播迁，或许殿下也要重新出面主持大局了。"想起鲁王监国政权的种种往事，张煌言不由得一阵感慨。

"先生所言极是，居敬谨记在心。"王居敬答应道。张煌言此时的正式身份虽然是永历皇帝敕封的兵部侍郎，但因为与其亦主从、亦师友的特殊关系，王居敬在私下的场合一般都称之为"先生"或"苍水先生"。

话音落下，两人彼此沉默了一阵儿，张煌言才重新开口，将明日的具体安排向王居敬做了一番吩咐。接着，他缓缓站起身来，在地上踱了几步，又道："勋臣，你劳累了一天，早点歇息吧。明日一早，吩咐岗哨做好瞭望，赵执事到了，立马引来见我。"

王居敬听闻，当即起身点头称是，接着走出门去。

是夜无事。第二天早上，刚到辰初时刻，王居敬就赶到岸边。在向值守之人叮嘱了一番之后，他还有些放心不下，就径直地守候在一旁。

大约在辰末时分，寺中高处忽然传来了一声清脆的猿啼。王居敬知道这是张煌言所豢养的猿猴发出的声响，连忙定了定神，凝目向江面上望去。

由于长期往来在明清两方控制区域之间，张煌言也不得不多加戒备，除了时常将出行时间选在夜里之外，他还专门蓄养了一对机灵的猿猴。平时这对猿猴就放在他的战船上，每当行军时，两只猿猴就会攀上桅杆，进行瞭望警戒。晴天时，它们可辨清十里之外的情形。而如果是隐蔽外出的话，张煌言通常只带其中一只，它同样也是爬到树梢或者屋顶等处，忠实地履行自己的职责。

刚才那只猿猴发出啼声，显然说明江面上有了情况。不过，王居敬注视了许久，也未发现什么。大约过了半盏茶的工夫，江面的远处才慢慢出现了一个黑点。又过了一阵儿，黑点大了起来，此时王居敬才看清，那是一条小船。于是，他挥了挥手，示意岸边停靠的一艘小船出发。上面的几名汉子当即奋力划桨，使得小船快速朝来者的方向迎了过去。

这两艘船本就是对向而划，再加上划船的人都很卖力，因此，不多时就慢慢接近。当彼此相隔只有两三丈远之时，王居敬这边的人首先开了腔。

"龙池一日风云会。"立在船首的一位汉子向来船喊道。

话音刚落，一阵雄浑的男声随即从对面隔着草帘的船舱里传来："汉代衣冠旧是刘。"

此时，刚才喊话的那位汉子侧了侧身，向船上的同伴颔首示意，然后又转过面，朝着来船恭敬地说了一声："请随我来。"

言罢，他所在的那艘船转了一个大弯，掉过了头。两艘船便一前一后，向江心屿驶了过去。

2. 赵密使

原来，刚才江面上那两艘船之间的一问一答，都出自张煌言所作的一首诗。这首诗，也被其麾下用作辨识敌我的暗语。而在来船的座舱中回答暗语的人，正是张煌言提到的那位"赵执事"。

所谓"赵执事"，赵是他的姓氏，而"执事"是他在鲁王府担任过的职差。他姓赵名守忠，字干臣，年方四十七岁。其祖上原是南直隶扬州府人，洪武年间跟随第一代鲁王封到了山东兖州，在王府护卫中担任千户。

按照制度，赵氏子孙应世代承袭此军职。但到了永乐朝，由于明成祖朱棣本身系以亲王起兵而夺位，故对其他藩封也多有忌惮，王府护卫的军事功能便被有意无意地削弱。此后，赵氏家族也逐渐向文职差事转变，成为鲁王府里管理仪仗、起居和藩产的执事官。

到了赵守忠这一代，他因办事干练，受到了朱寿镛和朱以派这前后两代鲁王的信任，时常被派往外地视察打理庄田。而鲁王府名下的庄田不仅限于兖州当地，山东其他州县亦有分布。赵守忠常年行走其间，对多地的风土人情均有了解，这就是张煌言所谓的"熟稔山东形势"了。

崇祯十五年，阿巴泰率清兵入塞劫掠。兖州府被攻陷，城中死难者众多，就连鲁王朱以派也自缢殉国。赵守忠自己因当时身在外地而幸免，但他的家人却涂炭受难。其中，妻子与王府诸多女眷一样，在城陷时投井而死，而两个十多岁的儿子则生不见人、死不见尸，有传言说是被清兵掳掠到关外了。

国恨家仇。赵守忠赶回兖州得知情况之后，心中愤懑异常，他对天发誓要让清兵血债血偿。然而，还没等到有报仇的机会，又一场变故紧接着到来。崇祯十七年（1644年），李自成攻入京师，随即派遣部下接管河南、山东等地。而派来的人还在途中，新任鲁王朱以海就率领部分亲信南下躲避。赵守忠作为王府近臣，无奈也只能跟着来到了浙江。

与南下的其他明朝宗藩不同，鲁王府的一众人，与清廷之间有着血海深仇，对于后者毫无信任感可言。因此，当清军占领杭州之后，向寓居浙江的明朝宗室发出"到省汇合"的指令时，在赵守忠等人的极力劝阻下，朱以海最终称病不往。

果然，那些听命到杭州的藩王后来都被裹挟到了燕京，下场凄惨。而朱以海则幸运地逃过了一劫。

朱以海被拥立为监国之后，赵守忠一度颇感振奋，有心上阵杀敌、收复失地。但前者手中并无实权，后者始终壮志难酬。

这些年来，他大部分时间都只能随扈在朱以海的身边，一方面带领着为数不多的藩邸亲信来警戒安全，另一方面则在颠沛流离中照料着鲁王一家的起居。

由于跟朱以海之间的这种亲近关系，赵守忠虽然并未在监国政权内担任"朝堂之官"，但也得到了其他文武大臣的尊敬。见面之际，对方从不直呼其名，而皆喊作"赵执事"。

自从寓居在郑成功营中之后，朱以海的生活逐渐稳定下来——虽然有些郁郁不得志。赵守忠肩上的担子相应减轻不少。这也是朱以海同意派他到张煌言麾下效力的原因之一。

得到首肯之后，赵守忠收拾了一下行装，然后便乘船出发。实际上，他也没有太多要收拾的东西——自从十几年前家破人亡之后，赵守忠始终孑然一身，只要鲁王点了头，在临行前也无须再向什么人道别了。

出发之后，赵守忠乘坐的小船由闽入浙、由海入江，按照约定的日期来到江心屿附近。当时的福建和浙江，大多数州县虽在清廷的控制下，但八旗兵不善水战，制海权和沿途岛屿总体还掌控在南明一方。因此，他这次的行程还算是顺风顺水。

这一路之上，赵守忠的心里本无太多波澜，但方才通过暗语与寺中来人接上头之后，他却开始紧张起来。这份紧张，与其说是担心，倒不如说是期待。

"张司马在信中说，将有重任托付于我，虽尚不知所托为何事，但总应事关反清大计，这十多年的旧仇夙愿，应该是有机会得偿了吧？"赵守忠暗想。与此同时，他伸手揭开船舱窗口的草帘，通过微微露出的缝隙，向不远处的江心屿望了过去。

而在江心屿岸边，王居敬见到两船顺利碰头之后，当即命人前去寺中向张煌言禀报。随后，他正了正衣冠，准备迎接赵守忠上岸——时下，鲁王虽然已经去掉了监国的称号，但面对其藩邸旧臣，张煌言、王居敬等人依然执礼甚恭。

又过了一会儿，两艘船依次抵近岸边。此时，前面那艘船上的汉子，向后船做了个"先请"的手势。于是，后者就先靠上了简易的码头。

王居敬见状，赶紧上前一步，来到船边等候。待到见到有人从船舱中走出，他便客气地向对方问道："来者可是赵执事？"

多年之前，在浙东宁波和舟山岛之际，王居敬虽然见过赵守忠几面，但限于各自身份，他与对方的直接往来并不多。此次相隔数年再见，加之事关重要，也不得不先确认一番。

"正是在下。"此时，赵守忠已立在船首。他听闻岸上询问，料想也是张煌言派来接应之人，就马上回了一声。

"赵执事一路辛苦，先生已在寺中等候，请上岸随我来吧。"听到对方的回应之后，王居敬安下了心。

赵守忠点了点头，从船头向前一跃，踏上了江心屿，随即在王居敬的引领下，向着江心寺走去。而码头上其余的汉子，则按照之前王居敬的布置，或又前往江中游弋，或在寺院周边警戒，都各司其职去了。

少顷，王居敬和赵守忠已来到竹林附近。隔着墙壁，可以听到寺中传来的琅琅诵经声——由于赵守忠是白天到达，张煌言担心他的陌生面孔会引起寺僧的注意，就提前派人联系住持空问禅师，让他一早就召集僧众在大殿诵经。因此，王居敬和赵守忠经由暗门行至张煌言所在院落的途中，并未被人发现。

待来到正堂门前，王居敬快走一步，在门上轻叩两声，然后隔着窗纸小声道："先生，赵执事已到。"

"快请进！"屋内很快传来张煌言的回答。

王居敬将门扇轻轻推开，又侧身让出路来，示意赵守忠进屋。而后者刚走进去，那扇门很快就从外面又关上了。

"赵执事别来无恙，殿下那边可一切安好？"见到赵守忠，张煌言也难得面露喜色，他一边上前问候，一边请对方落座。

"幸蒙张司马挂念，殿下在闽海安好，唯日夜忧心复兴大计。"赵守忠且行礼且答道。此前一年，永历皇帝下诏授予张煌言兵部侍郎的官职，因此赵守忠就遵循官场上的规矩，以"司马"（兵部堂官代称为"司马"，尚书称"大司马"，侍郎称"少司马"）来称呼对方。这与王居敬称张煌言为"先生"，显然有所不同。

"复兴大计，我辈义不容辞。今日劳烦赵执事大驾，正是为此。快请落座，待我慢慢道来。"在张煌言再次招呼之后，赵守忠这才在椅子上坐了下来，而前者也随即回到了自己的座位上。

"自从甲申一别，赵执事离开山东也有十多年了吧？"两人各自落座后，张煌言开口问道。

"正是，已有十四年了！"赵守忠答。

"不知故土人物，赵执事是否还能相熟？"张煌言又问。

"久不通音讯，难免物是人非，不过山川城郭，仍似在目中。"赵守忠又答。

"唉，此情可鉴。"张煌言叹了口气，又接着道，"不妨直言，此次要商议之事，即请赵执事故地重游，北往山东。"

听到"北往山东"这四个字，赵守忠不禁心头一震："一别十四载，这次看来有机会重归故土了！"

在一阵快速的遐想过后，赵守忠定了定神，肃然对张煌言道："若能如此，实为卑职之幸！具体差事，但请张司马吩咐。"

"赵执事果然忠勇！那就长话短说，且听我讲。"张煌言见赵守忠毫不犹豫，不由

得也心生敬意。要知道，此时的山东，在清廷控制下已有十多年之久，由浙江千里迢迢前去从事复明活动，显然极具风险。

"殿下那边可能也有所耳闻，清廷现已调集重兵进攻云贵，形势急迫，亟须我等从东南进行牵制。延平王此前已来信计议，拟在入夏后联合出兵，直捣南都。"说到此处，张煌言语气逐渐激动起来。

"有道是孤掌难鸣，此次出征若想成功，不但闽浙义师需勠力同心，江北山东，亦当有人举兵呼应。江北州县，现皆已安排人手前去联络。唯独山东，始终未定人选。我思来想去，此等重任，只有赵执事方可托付。"张煌言说得入神，而一旁的赵守忠也听得认真。他屏息昂首，生怕漏了一个字。

"我已多方打探过消息，山东虽陷敌已久，但不乏忠义之士，听闻登州、胶州等地，数年前皆曾有反清之师，民气可用。可惜彼时与之音讯不通，未能合力御敌。还望赵执事此次北行，设法与当地豪杰取得联络，邀其举兵，共襄义举。"

听闻此言，赵守忠当即起身，毅然道："多谢张司马信赖，卑职定当不负所托。"

张煌言上前扶着赵守忠再次落座，接着道："为防走漏风声，此次山东之行，仅能由赵执事一人前往。这等大事，本需从长计议、详细筹划。然形势急迫，不可迁延，只得麻烦赵执事尽早动身。北上线路，我已有安排。但山东接应之人，尚未有着落。谈孺木（谈迁）先生辞世之前，曾专门来信告知于我，说高相国之嫡孙高璨现居山东胶州，为人有其祖父之风，与登莱士绅多有往来，我等若在山东有所举动，大可请他相助。其人赵执事也曾相识，我思忖一番，认为此行就先往胶州拜访之，然后由此逐步联络登莱志士，以图大事。只可惜谈孺木先生已撒手人寰，高公子那边，我尚未来得及与之取得联系，详情均不知晓，只能有劳赵执事亲自探寻了。"

听到"高相国""胶州"和"高璨"这几个称呼，赵守忠不由得想起一件往事。鲁王当年在浙东监国之后，向众多此前殉难的忠臣追赠了官职和谥号，其中就包括了胶州相国高弘图。

高弘图是万历年间的进士，在天启、崇祯两朝，仕途屡有沉浮，虽一度升至侍郎，但也曾被罢职还乡。到了崇祯之末，他才重新得到起用，出任南京兵部右侍郎，不久

后升至南京户部尚书。甲申之变爆发后，作为留守在南京的重臣，高弘图参与拥立福王登基，并被廷推入阁，担任礼部尚书兼东阁大学士，即所谓之"相国"，后又晋封为太子太保。

当时的南京内阁当中，除了高弘图之外，还有史可法、马士英等人。其中，史、高虽然都有清誉，但大权实际上操控在马士英手中。后者不思进取，一意向清廷求和。高弘图见无力改变时局，于是就上疏乞休。

所谓"乞休"，就是告老还乡的意思。可当时包括胶州在内的山东大地，已经成为清廷的辖区，高弘图有家难回，只能流寓在浙江绍兴的野寺中。

次年，清军南下，南京失守，福王的弘光政权覆灭。人在绍兴的高弘图听闻消息后，万念俱灰，决心以死殉国。最终，他九日不食，绝粒而亡，时年六十二岁。

按照规矩，大臣殉难，皇帝应赐予恤典。然而，彼时弘光小朝廷刚刚垮台，新的南明政权还未建立，无人顾及此事。一直等到鲁王朱以海监国之后，才正式下令褒扬高弘图，赠官太师，谥号"文忠"。当初向高弘图的家人——主要就是其嫡孙高璪送达敕封时，赵守忠作为鲁王的近臣，也曾参与其中，因此与之相识。两人虽然年龄相差不小，但作为共同漂泊在江南的山东老乡，彼此倒也惺惺相惜，结下了不浅的交情。

高璪当时年纪尚轻。鲁王监国方面虽曾赐予了一份荫职，但他并未实际上任，而是按照祖父的遗愿，跟随江南名士谈迁读书。他本盼望在"王师北定中原"之后再返回故乡。但待到浙东失守之后，他见形势如此，认为与其继续漂泊，不如早点扶柩回葬，于是就辞别谈迁，北返胶州。

回到胶州之后，高璪与谈迁仍有书信往来，在语言之中也流露过承袭祖父之志的想法。此事，张煌言曾听谈迁提起。可惜的是，谈迁已在此前一年（南明永历十一年，清顺治十四年，1357 年）去世。高璪身居胶州何处，现况如何，均已无从知晓。张煌言如此决策，其实也颇带有赌博的成分。

想到这里，赵守忠已然明白此行的艰巨——不仅路途遥远，且前景未卜。但形势紧迫，也只有硬着头皮去试一试了。

不过，刚下定决心，他忽然又有了一丝忧虑。反复犹豫之后，他鼓足勇气向张煌

言道："张司马，卑职有句话不知当讲不当讲，现在已是三月，距离入夏为时不远，倘若在此之前，卑职办事不力，未能联络到山东豪杰响应，又当如何？"

张煌言正色道："复兴大计，非一时之功。山东若能早日举义，自然最好不过。如果不能，静待良机也未尝不可。总之，须先尝试，方知结果。我等就尽人事，听天命吧。"

刚才这番话，张煌言说得很慢。在此间歇，赵守忠忽然留意到对方斑白的鬓角。这些年来，形形色色的人，他已见过不少。但若论最佩服的，应当就是面前这位张司马了。实际上，要论年龄，赵守忠甚至更长几岁。但张煌言常年为复兴明室而奔波，面容更显沧桑。

想到这里，再加上听到"尽人事，听天命"这句话。赵守忠不由得一阵感慨，刚才的疑虑随即消散。于是，他毅然答道："谨遵张司马教诲。守忠定当全力以赴，不辱使命。"

张煌言面有欣慰，接着说道："身体发肤，受之父母，不敢毁弃。我等举义，既为复兴大明社稷，亦为保持圣人衣冠。但此次北上山东，形势与闽浙大不相同，为掩人耳目，只能委屈赵执事暂且剃发。古人云，成大事者不拘小节。望赵执事体谅之。"

这一次，赵守忠回答得没有之前那么干脆。一时之间，无数念头从他的头脑中闪过。

"遵命……"他最终还是答应下来，只是声音明显变低了。

此时，张煌言起身拍了拍手。屋门随即从外开启，王居敬走了进来。

"事不宜迟，赵执事先做准备，待到夜间就动身。"张煌言并未马上和王居敬说话，而是先叮嘱赵守忠一番。然后，他才转身吩咐王居敬道："勋臣，带赵执事过去吧。"

"遵命！遵命！"王居敬和赵守忠先后答道，接着一起走出了正堂。

3．赴胶州

在王居敬的引领下，赵守忠来到院落的东厢。推门而入，只见有两名仆人已在屋中等候，旁边则摆放着椅子、面盆、剃刀等工具，他心中当即明白，不由得叹了口气。

"赵执事，刚上岸时未及自报家门，鄙人乃台州王居敬，今在张司马麾下效力。多年前在浙东与舟山，曾与执事有过数面之缘，不知尚记否？"王居敬瞧见赵守忠面色黯然，就开口搭话，想将他从伤感中引出。

赵守忠转头打量着王居敬，感觉确实有些面熟。他仔细想了想，猛然记起在七八年前的舟山之战过后，鲁王朱以海曾为殉难军民举办了一场悼亡法会。当时此事主要由张煌言筹办，而其帐下有位精通佛事的台州书生出力甚多，自己曾与之打过交道，想必其人即王居敬了。

于是，他拱手向对方道："原来是居敬先生，久闻大名，请恕在下眼拙，适才未曾认出。"

王居敬连忙回礼："赵执事有随扈勋劳，此次又甘当重任，居敬心中十分敬佩，祝早日建不世之功。"

"此次承蒙张司马厚爱，赵某定当全力以赴。"赵守忠答道。

王居敬深一颔首以示赞许，然后引着赵守忠在屋里转了一圈，接着又道："赵执事舟车劳顿，待会儿洗漱完毕，就可在此歇息，若有吩咐，招呼门外之人即可。居敬先行告退，暂不叨扰了。"

这番话虽是以休息为名，但更多也是为了避免尴尬。毕竟对赵守忠而言，剃发属

难堪之事。而若有旁人在场的话，显然更容易激化这种沮丧情绪。

言罢，王居敬退身出门。此时屋内只剩下赵守忠和两位仆人。赵守忠看了看对方，又看了看一旁的剃刀，长叹一声道："请动手吧！"那种口气，仿佛要奔赴刑场一般。

"小的得罪了。"其中一位仆人恭敬地答道。待赵守忠坐下，他随即拿起身旁的剃刀，开始为之剃发。

大约过了一刻钟的工夫，赵守忠头顶的发髻已然不见，取而代之的是一条长辫。此时，另一位仆人又端上面盆，伺候赵守忠洗漱。

洗漱完毕之后，仆人又取来铜镜，准备供赵守忠对照。不料，后者挥了挥手，示意对方将铜镜放在桌上，接着吩咐道："下去吧！"仆人应声放下铜镜，收拾好其他工具，便退了出去。

见屋内只剩自己一人，赵守忠这才来到桌前，缓缓将铜镜端起。他自下而上，慢慢将视线移至头顶。当看到镜面里那种陌生而又熟悉的发式时——陌生是相对自己先前而言，熟悉则是因为在战场上曾见，赵守忠虽然已有心理准备，但还是忽地愣住了。

过了一阵儿，他猛然将铜镜放下，随后面朝北方——兖州故土的方向，扑通跪下，口中低声念道："列祖列宗明鉴，不肖子孙赵守忠今为复兴大计，不得已而变此衣冠发式，望祖宗在天之灵护佑守忠此次北上能一雪前耻，不获成功，誓不南返！"

说完，他庄重地行了叩首之礼，然后站起身来，坐到了桌旁的椅子上。

此时已临近中午，不多一会儿就有仆人敲门，送来了盛着饭菜的食盒。

赵守忠打开一看：菜肴有多样，主食则是面饼。他在闽浙沿海漂泊多年，很难有机会品尝北方面食，如今见到，深感亲切。而想到这里，他也不由得佩服起张煌言的细心。

午饭过后，赵守忠在屋内来回踱了几圈，又坐回椅子上。这几天来昼夜兼程，他也的确有些疲惫。不知不觉，竟趴在桌子上睡着了。

而待到醒来之际，已将近酉末时分。隔着窗纸，赵守忠依稀辨认出外面的暮色。他大吃一惊，连忙起身。推门而出，却见张煌言和王居敬就立在廊边。

赵守忠刚要行礼致歉，张煌言却先开了口："赵执事辛苦了！现在时辰刚好，请戴

上斗笠，随我来吧。"

赵守忠连连称诺，从张煌言身后童子的手中接过斗笠，戴在了头顶。而院落内的其他人与此同时也都戴上了斗笠。这样一来，在暮色当中，诸人的发式也就分辨不清了。

走出院落，只见寺内寂然无人——原来众僧已在主持的安排下，回各自房间静心打坐了。

张煌言、赵守忠一行，从暗门出寺，循着小路来到文丞相祠中。待行至正堂门前，张煌言示意王居敬等人止步，然后单独对赵守忠道："赵执事，此次北上，关系重大且凶险异常。要想成功，不仅在人为，亦须有天助。盼望文丞相之英灵，能庇佑我大明之忠臣。请随我上前，向神位行礼吧。"

听到"文丞相"这个称呼，赵守忠心中肃然起敬，当即点了点头。

随后，两人各自摘下斗笠，一前一后走进正堂，沐手、诵祷、举觞、叩首，恭敬无比。

祭祀完毕，两人先后起身。屋外的王居敬见状，连忙挥了挥手。很快，其他随从进入堂中，摆放好桌椅酒菜。准备妥当之后，众人又退到堂外，张煌言则招呼赵守忠落座。

"赵执事，今夜一别，不知何日再能相会。在下略备薄酒，为君壮行！"张煌言举杯道。言毕，他仰了仰头，一饮而尽。

"多谢张司马抬爱，守忠定当不辱使命。"赵守忠也干了一杯。

考虑到对方即将远行，张煌言并未再次举杯，而是频频招呼赵守忠夹菜。赵守忠起初还客气一番，但见推辞不过，也就大口吃了起来。

箭在弦上，这场酒席很快就散了场。张煌言见对方吃得差不多，便对着门外大喊一声："拿上来！"

赵守忠循声向外望去，只见一名童子端着个木托盘走了进来。而在盘上放着的，则是一个鼓鼓的包袱。

"赵执事，路上所需的盘缠、衣物及化名身份文牒，现均在此处。这一路之上，要

多多保重。倘若有所进展，还请设法传递消息。在下恭候赵执事佳音。"张煌言取下包袱，一边递给赵守忠，一边道。

接过包袱之时，赵守忠感觉有千言万语想要说出，但又不知从何说起。停顿了片刻，他最终只说了两个字："遵命！"

同张煌言告别后，赵守忠走出文丞相祠。此时，他的身边就只剩下了王居敬和另外两名汉子。

这一行人虽然没有提灯，但借着月色加上有王居敬带路，他们很快就来到码头边。一艘快船早已等候在那里。

"赵执事，请登船吧。"王居敬轻声道。

"劳烦居敬先生相送，就此别过，后会有期。"赵守忠拱手说完，便跨上甲板，俯身进到船舱。

少顷，在艄公的操纵下，船缓缓离开岸边。驶出十多丈之后，它猛然加快了速度，不久便从银光粼粼的江面上消失了。

按照张煌言提前筹划的线路，这艘船先往东南方向顺瓯江而下，驶出江口之后，又扬帆向北。经过两夜一天的连续航行，于出发后的第二天午夜，抵达三门湾附近的健跳所城。

健跳所，毗邻台州府地界，为明初在浙东设立的海防卫所之一。此处虽已被清廷占据，但因八旗军力不敷使用，所城的驻防仍由原明朝的降兵降将负责。而这些降兵降将并不见得是真心为清廷卖力，在没有上司监督的情况下，他们对南明方面的举动，常常是睁一只眼闭一只眼。因此，张煌言麾下的军队虽然南撤至闽浙交界处，但留在健跳所的部署，依然可以用经商等名义在暗中开展活动。正是在他们的接应下，赵守忠从这里弃舟登岸，改走陆路。

之所以有此安排，主要是为避开清廷布置在舟山沿海及长江口的巡逻水师。这一情形，张煌言自然早已打探清楚。

在健跳所城外的一家货栈内，赵守忠换了身装束，扮成了挑夫的模样。次日一早，他就混在了一支行脚商队当中，而后者的目的地则是运河之畔的扬州城。

从健跳所走陆路到扬州，需先至浙江省省城杭州。若在平时，沿海边经宁波、绍兴至杭州的大道更为便捷。不过，这支商队却舍易求难，走的是穿越天台山的小路——很显然，这也是为了掩护赵守忠而特意做出的安排。

山路崎岖，赵守忠一行抵达杭州，已是十天之后。商队在这里也难得歇息了半天。借此机会，赵守忠到西子湖畔走了走。看到那里的暮春美景，他不免心生感慨："大好河山，不知何时能重见天日？"

次日，商队离杭北上，向镇江府进发。比起前几天的山路，这段行程就好走了许多，只用了六七天的工夫，他们便已到达。

扬州与镇江只有一江之隔。乘船过江之后，商队来到了扬州城内的一家商号中。

趁着伙计们卸货的间歇，领头人独自找到店主，并对之耳语了一番。后者听罢，点了点头。

次日，商队其他人返程南下，唯独赵守忠留了下来。

又过了一日，在店主的照应下，赵守忠换上整洁衣物，又扮作了商人的模样，登上一条沿运河北去的商船。彼时，南明势力主要活跃于江南。因此，清廷巡查的重点亦在南不在北，过了大江之后，就相对松弛。扬州既位于江北，又是漕运繁华之地，各省形色人士都云集于此，在船上看到陌生面孔，谁也不会多问多想。

天公作美。时至四月上旬，天气越来越暖，东南风也渐渐多了起来，正好利于帆船北上。大约只用了五天的工夫，这艘船就已经行至邳州。而再往北，就是山东地界了。

到达邳州之后，赵守忠重新整理了一下行装。因为按照之前设计的线路，他需在大运河山东段的最南端，也就是峄县台儿庄下船，然后再次取道陆路，去往胶州。

其实，峄县已属兖州府的辖区，距离府城所在地滋阳县不算太远。然而行程急迫，即便日夜思念的故乡就在前方，但赵守忠也只能把这种情怀藏在心底了。

到了第二天的中午，大船驶入台儿庄码头，赵守忠便在此登岸。

当时的台儿庄，虽然并非一县之治所，但地处两省交界且又临近运河，因此亦是商旅辐辏之地，比之一般的镇村要繁华许多。十多年前，赵守忠还在兖州的鲁王府任职时，就曾多次来到台儿庄办事。对于当地的情况，他还是相当熟悉的。

　　下船之后，赵守忠径直前往马市。在那里，他精挑细选买下一匹白鬃快马，作为路上的坐骑。毕竟从台儿庄到胶州还有五六百里之遥，光靠行脚走路，显然有些太慢了。

　　接下来，赵守忠又找到一家酒肆，买足了路上所需的干粮。此时，酒肆中尚有其他食客，桌上摆着各式熟悉的菜肴。赵守忠见状一愣，随即轻轻叹了口气，接着毅然转身出发了。

　　事实证明，张煌言挑选赵守忠为山东密使，的确可称知人善任。在甲申之前，因打理鲁藩田产需要，赵守忠的足迹踏及山东多个州县。他虽未去过胶州城，但与胶州相邻的高密县，却曾到访。而从台儿庄至胶州，中途又需经过高密。因此，前大半段的路程对于赵守忠来说，都不陌生。

　　有快马代步，加之熟悉道路，只用了四日的工夫，赵守忠就先后经过沂州、莒州、诸城等地，赶到了高密县。

　　行至高密城郊后，赵守忠下马找到热心路人，打听前往胶州的道路。对方告曰："大概六七十里，步行大半日可到；若骑马快行，不用两个时辰。"

　　赵守忠自忖："高璿住处不明，为今之计，只能先到胶州城里设法打探。现在已近黄昏，人困马乏，即便匆匆赶到那边，城门恐也关闭了。既然如此，不如暂且在高密稍作歇息，明日一早出发也不迟。"

　　他拿定主意，牵着马选了一家不起眼的客栈，用化名的身份文牒住了进去。连日奔波，难免疲惫，进屋之后，他不及充饥，倒头就睡。不过，拴在棚子里的马，倒是美美地吃了一顿精细的草料——这也是赵守忠进屋前专门对伙计的吩咐。为此，他还在旅费之外特意多给了对方一些赏钱。

　　纵然是身体困乏，赵守忠也不敢多睡。次日寅初时分，他就起床整理好行装，随即出门解缰，向胶州奔去。

　　时值四月中旬，不到卯时就已天亮，赶路丝毫不受影响。赵守忠策马扬鞭，疾驰在田野之间，不多时就看到高密、胶州之间的界碑。自离开江心寺之后，跋涉了将近一月，此刻终于要踏上胶州地界。想到这一点，马背上的赵守忠不禁一阵激动。

他按捺住澎湃的心绪，继续向前赶路。而那匹白马或许是吃了顿好料的关系，虽已奔跑了数十里的路程，速度依然不减。等到了卯中时刻，胶州城垣就逐渐在远处浮现。

从高密方向来的官道，直通胶州城西门。在距离城门大约还有一里路时，赵守忠勒了勒缰绳，让马放缓了速度。

"高璪的住处，应向何人打听呢？"赵守忠一边慢行，一边思索。

不知不觉之间，这一人一骑已经行到了西门之外。此时，一阵阵喧哗声，不禁将赵守忠的思考打断——

"时辰都过了，怎么城门还不开啊？"

"谁说不是啊！"

"估计是守门的张老爷昨夜又喝醉了吧？"

"唉，起个大早，看来要赶个晚集了。"

……

赵守忠顺着说话的方向看去，只见城门外已经站了不少人。这些人要么肩上挑着担，要么背上系着包袱，要么手中推着木车，都是行旅商贩的打扮，脸上则带着焦急的神情——很显然，今天城门迟迟未开，让他们颇感烦恼。

此时，在人群的斜对面，又有一个声音传来："诸位客官，这城门还不知何时开启，与其站着干等，不如坐下喝杯热茶暖暖身子吧？"

众人循声望去。刚才说话的，原来是城边茶棚的一个伙计。这个伙计倒也机灵，见这么多人都在城门外等候，就趁机招揽起了生意。

人群当中，几位衣着稍微光鲜的背包客听了之后有些心动。他们互相嘀咕了几句，便向茶棚走了过去。但其他大多数人，对于伙计的话都只当是没听见。毕竟，他们这般赶早进城都是为了生计。要是多赚了几个铜板，出城时倒还可能在茶棚里犒劳下自己。而现下城门未开，众人囊中羞涩，谁舍得先去花这个钱？

见有生意上门，伙计面露欢喜之色。他向前走了两步，准备去迎接那几位客人。

然而，后者刚还没走到茶棚门口，城门楼子上忽然响起了一阵锣声。随即，刚才

还紧闭的两扇大门发出"吱吱"的声响，中间的缝隙越来越大——城门终于要开了。

等候在外的人群见状，如潮般地涌向前去，仿佛先进城就能发大财似的。而原本准备到茶棚里休憩的几位客人，这时也改变了主意。他们朝着伙计摆了摆手，算是表示歉意，然后匆匆挤到了人群里。伙计的嘴皮动了动，似是要骂人，但那些话最终还是咽了下去。

刚才这幕场景，赵守忠看得真切。此时，他已经下了马，就站在人群的后边。

望着伙计那失望的神情，他忽然计上心头："有了！"

于是，他没有跟着进城，而是牵着马，向着茶棚走了过去。

4. 逢故人

不多时，赵守忠已来到茶棚门口。"小哥，上壶热茶，来份早点，一会儿再帮着喂下马匹。"他对伙计道。

伙计见又有客人上门，原本耷拉着的脸立即有了笑容。"好嘞！"他很痛快地答应了一声，上前引领赵守忠落座，接着就去准备了。

不多时，伙计端来一个托盘，上面盛着几样茶水、点心。他走到桌前，毕恭毕敬地把东西摆放好，道了一声："客官，请慢用。"随即就转身要去喂马。

"小哥且慢，我有事情需向你打听。"赵守忠环视了一下四周，见大众还在排队进城，茶棚内并无旁人，就喊住了伙计。

伙计闻声回头，面带疑惑但态度依然恭敬，回复赵守忠道："客官请讲。"

"我乃兖州府人氏，此次专程来胶州寻亲。该亲人十多年前曾在贵地高相国府上做事，可惜久已不通音讯，不知现在何处？我本想先去高相国府邸打听消息。但初来乍到，亦不知高府怎么走，因此想请小哥指路。"赵守忠一边说，一边从怀中摸出一块碎银，塞到了伙计的手里。

伙计打量了一下赵守忠，又稍做犹豫，这才接过了银子。他叹了口气，回道："高相国？客官说的是前朝大学士高弘图高老爷吧？高家过去在城中是有座府邸。但早前几年，大恶贼海时行来胶州当总兵，看上了高家财产，就宣称高弘图曾在江南做官，与当今朝廷作对，把高家府邸给充公了。其实，本地谁人不知，那时高弘图早已去世，海时行不过就是找个借口抢夺财产罢了。再说名为充公，除了房子用作总兵衙门之外，

24

其他细软还不是都被海时行搜刮到自己腰包里了？府邸被霸占之后，原来在高家做事的人都被遣散，流落各处。客官您这亲戚，算是难找喽。"

听了伙计的话，赵守忠不由得吃了一惊：没想到高相国平生志虑忠纯，身后其家竟遭逢此难。如此一来，高璪的住处恐怕也更不好找寻了吧。但现下也别无他法，只能继续打听了。

于是，他又问伙计："原来如此，是在下孤陋寡闻了。那不知高家可有后人，现居何处呢？"

伙计仰着头，想了一会儿，然后道："倒是曾听人说过高相国有个孙子，当年就是他把祖父的灵柩从江南运回胶州安葬。但叫何名字，住在何处，小的就不知道了。在这胶州城北四十里有个官路村，据说是高相国的故里，那边应有不少高氏族人，客官要是想找的话，可以去那边试一试。"

赵守忠面有喜色，追问道："从此到官路村，应走哪条路？"

"客官请看，您就从这西门进城，然后沿城里大街直走，出东门之后，可看到一条向北的大路，那就是去往平度、莱州方向的官道。沿此向北，中途即可抵达官路村。"伙计边说，边用手比画。赵守忠顺着他手指的方向看去，这才留意到胶州城西门上的匾额——原来其名为"用成门"。

"明白了，有劳小哥指点。"赵守忠抱拳致谢。他在心里也拿定了主意：接下来直奔官路村。

匆匆吃过茶水、点心之后，赵守忠牵着马离开了茶棚，按照伙计指的路出发。

这胶州虽是一座州城，下辖高密、即墨两县，但其城池规模并不太大，周长仅约四里。因此，不一会儿的工夫，赵守忠就牵着马从西门行至东门。而在经过城中的十字街口时，他向北眺望了一眼，只见城垣之上立有高阁，但下方不见门洞。

"难怪伙计说要先出东门再向北，原来胶州城并无北门。"赵守忠刚刚就有此疑惑，只是没有问出来，这时方才释然。

出东门之后，他依然抬头望了望门匾，见上面书有"迎阳"两个大字。时至辰初，东方日已高升，阳光洒向城头，意境倒颇为贴切。赵守忠感叹了一阵儿，跨上马鞍，

继续赶路。

这段路程，他刻意放缓了速度，开始琢磨起来——

"刚才伙计只说官路村为高氏祖居地，并未说高璪就住在此处，这次去不会又扑了个空吧？"

"应该不会！在出发之前，张司马曾说高璪就住在胶州。城中府邸既然已经不存，而官路村又为高氏祖居之地，他从江南返乡，理应就安身此处吧。"

反复思忖之间，不知不觉就到了巳末时刻。此时，前方也已到达一处村落。只见该村房屋沿官道两侧分布，街边开设有若干店铺，其中有一家店的幌子上赫然写着"官路老酒"的字样。

"这应当就是官路村了。"赵守忠心想。他并没有贸然找人打听，而是下了马，先围着村庄转了起来。

当走到村庄东侧时，赵守忠远远望见一座气派的大房子。他本以为这可能就是高弘图在故乡的旧宅，但走近之后才发现，大门上的牌匾写的是"高氏宗祠"——原来这是官路村高姓人的祠堂。

见此情景，赵守忠本有些失望。但他转念一想：找到了宗祠，何愁找不到族人？于是，他把马拴在远处一棵树上，然后又回到祠堂门前，恭敬地端视起这栋建筑。

过了一阵儿，正当赵守忠聚精会神之际，旁边忽然传来了一阵木门开启时的"吱吱"声。他转头望去，只见一位白发老者从祠堂右边的院门中踱了出来。

两人彼此对视了一番。老者先开了口："这位客人看着面生，不知从何处而来，到我高氏宗祠有何贵干？"

"听老者的语气，应该也是官路高氏族人，而观其年岁，似与高相国相仿，当为族中长辈。高璪的住处，不如直接向他打听。"赵守忠心想。

于是，他先向老者行礼，接着说明来意。这次他不再托名寻亲，而自称是高弘图的故旧门生，去莱州府城办事途中经过此处，感念于高弘图的恩德，欲祭扫其墓园，拜访其嫡孙，却因不熟道路，误至村内之高氏宗祠。

高弘图为官多年，门生众多，这一点广为人知。而按当时的规矩，门生为师长扫墓，亦合乎情理。因此，老者听了之后并不觉有异，面色也随即转缓。

"原来如此。老朽为高相国族弟，今年七十有四。当年相国在外为官，但不忘乡梓，倡议修建起这座宗祠。老朽蒙相国信任，特被委派管理宗祠日常事务。今见贵客在此徘徊，还以为是外乡之高姓子弟。"老者又道。

赵守忠听他是高弘图的族弟，连忙又拱手道："适才不知前辈身份，失礼之处，万请包涵。"

老者笑了笑，也回礼答道："不知者不怪。贵客不忘故师，此份情意令人敬佩。只是相国墓园远在州城南五十里之阁老山，今日如要祭扫，恐是来不及了。不过，其嫡孙高璪高子素（高璪，字子素），倒是住在村中。"

听闻高璪就在官路村，赵守忠心头一喜。他自忖："今日这般顺利，未必不是高相国在天之灵庇佑。刚才扫墓之说，虽为应变托词，但神明终究不可欺罔。若腾出时日，我必当亲自前去祭拜。"

思毕，他对老者道："既然如此，还请前辈告知相国嫡孙住处，晚辈这就前去拜访。"

老者点头答应，示意赵守忠跟在后面。赵守忠连忙快走几步，至拴马之处解开缰绳，接着追上老者，一起向远处的街巷走去。

行约百步之后，他们来到了一处四合宅院门口。这座宅院虽然规模不算太大，但也是青砖灰瓦所建，与土石堆砌的普通民房明显不同。

宅院的大门未关，门口也未见童子、仆人。老者显然对这里相当熟悉，他不曾敲门，而是直接进到院内，对着正屋喊道："子素，有客人登门了。"

赵守忠将缰绳系到了外墙的拴马石上，背好包袱，随即也跟了进去。

少顷，正屋的房门开启，一位三十多岁的男子走了出来。"叔爷，不知是何处客人？"他问老者。

老者尚未答话，这位男子的目光已经转到了赵守忠身上。他感觉来人有些面熟，但一时之间又想不起是在何处见过。

而与此同时，赵守忠也在端视着这位男子，并且很快就认出这就是高弘图的嫡孙高璪——毕竟对方还算是年轻，这些年的相貌变化并非太大，只是之前的头髻也已剪成辫发了。

"这位客人说是相国故兄的门生，去莱州府中途路过这里，特来拜访。"老者对高璪道。

高璪还未回话，站在老者身后的赵守忠接着开了口："子素，尚记否？当年在浙东孺木先生处，你我曾有过谋面。"

听到谈迁的名号，高璪顿有所悟，猛然道："您是赵执——赵先生？"他本已将"赵执事"的称呼喊到了嘴边，但忽然意识到什么，便又改了口。

赵守忠微笑着点了点头，同时向对方使了个眼色。高璪当即明白过来，他转身对老者道："叔爷，这位赵先生的确是我家故人，多谢您老引见。那我就先请客人进屋了。"

老者见两人确为相识，亦未多想，就告辞离去。高璪上前将大门仔细关好，然后引着赵守忠进到了正屋。

来到屋中，赵守忠快速环视了一周，发现布局相当简单：正中是一张方桌，两边各有一把椅子；东侧放着一张长桌，里外也各有一把椅子；桌上堆着厚厚的纸张书籍，显然是高璪舞文弄墨之处；而西侧半掩着帷布，应该就是寝室了。

"赵执事，自浙东一别，已近十年未见，今日相逢，不胜欢欣，快请落座！"此时屋中再无旁人，高璪也不再遮掩。他面带喜色，边作揖行礼，边对赵守忠道。

赵守忠回礼笑道："十年不见，子素愈加玉树临风了，真不愧是高相国之嫡孙！"

"唉！"高璪听到"相国嫡孙"之语，不禁叹了口气，方才脸上的喜色也逐渐淡去。

"赵执事既然找到此处，想必对我高家的变故也听说一二了吧。唉，不提也罢。现如今，我一人独居在此，倒也图个清静。"他缓缓说道。

赵守忠本欲安慰高璪几句，却一时语塞。正觉尴尬之际，高璪开口道："寒舍简陋，只能委屈赵执事大驾，还请到书房叙话吧。"

见话题岔开，赵守忠赶紧走到东面的书桌前坐下。而高璪在方桌处沏好茶，也跟

着走了过来。

着走了过来。

两人彼此知晓背景，说话便开门见山。落座之后，高璪径直问道："赵执事一向在东南为监国殿下效力，今日不远千里赶到胶州，想必有重要差事吧？"

"子素，实不相瞒，东南义师现正锐意进取，不日或将北伐，亟待山东志士振臂左袒。听闻此前数年，登莱二府多有反豪杰起兵反清，民气可用。故此，张煌言张司马派我北上联络，以便南北合击，共襄中兴。可惜我偏居东南多年，与登莱士绅并无深交，因而专程前来请子素相助。"赵守忠言道。

"中兴、中兴，唉……"听到这里，高璪不禁自语了两声。他叹了一口气，然后道，"祖父临终前曾有遗训，高家子孙不可忘故国之主，不可做清廷之官。言犹在耳，我岂敢忘？可惜我既无余财可犒军，又无武艺可杀敌，这些年来只能独坐书斋，以书画自娱罢了。其间心中之苦闷，唯有跟先师孺木先生诉说。可惜天不假年，斯人也已逝去了。"说到此处，高璪的眼眶不禁一热。

"子素不必灰心！一人难以成事，合力定有可为。高相国昔日为山左士绅之领袖，门生遍于天下。如今可凭此为资，先联络登莱志士，与闽浙南北呼应，以图进取。"赵守忠安慰他道。

"唉！"高璪又叹了一口气，他仰面向上望了望，然后正色对赵守忠道，"鄙人不才，无力亲赴战阵。可若有用得上的地方，但请赵执事开口。"

赵守忠喜道："子素肯出手相助，我也算不虚此行了。"

他略一停顿，又接着道："我初来乍到，对登莱形势尚不知晓，还请子素先叙说一番，以便分清敌友，然后再做对策。"

"好！如此便说来话长。"高璪喝了口茶，站起身来，一边思索，一边踱步。

"此事还须从甲申年说起。"踱了一会儿，高璪停下脚步，望着赵守忠道。

赵守忠点了点头，高璪继续说道："甲申之变，祸生肘腋，京师失陷，先帝殉国，中原板荡。福王虽在南都承继大统，可惜奸佞当道，不图进取，未能及早发兵北上，以致山东、河南两省，轻易落入清廷之手。彼时，山东多地都有士绅自发竖起复兴大旗，若能派遣得力大臣前来经略，未必不能成事。莱阳左懋第公就曾与相国先祖

商议，上书朝廷，请缨招抚山东豪杰。可惜马士英等人一味求和，竟将左公派去出使清廷，致其身陷图圄，后来壮烈殉国。而山东义师久久不得江南接应，也难以支撑，被清廷一一击破。山东为江南藩篱，藩篱一失，江南岂能坚守？最终大局败坏，以至今日了。"

"唉！此诚然为一大失策。"听到此处，赵守忠不禁感叹了一声。

高璪又道："登莱二府，虽偏处海隅，但不乏忠义之士。崇祯壬午（崇祯十五年，1642年）、癸未（崇祯十六年，1643年）之时，为抵御北兵而殉难者就多有其人。甲申变后，招远生员杨威、莱阳黄门沈迅等，也皆曾举兵抗清。杨威一度占据招远、莱阳两县，对外声称'大明山东恢复副总兵'，可惜后来轻信清廷登莱巡抚陈锦的诱骗，被俘身死。而沈黄门则坚持不肯剃发，在故乡莱阳孙受筑寨严守。清廷调来重兵征讨，寨中始终不降。将陷之际，沈黄门一家二十余口皆自尽殉国，何其壮烈！"

"若众人皆如沈黄门，时局又岂能倾颓至此？"赵守忠又心生感慨。

"是啊。"高璪应和道，"刚才所说之事，皆在甲申之后三四年内。再往后，清廷开科取士，恩威并施，山东士绅大多屈从。有些贞毅之士，虽不愿做两朝之臣，但形势所迫，并无他法，唯有寄身乡野了。这一晃就是十多年，不少前辈都已抱憾而终，唉……"说到此处，他的脸上增添了几分伤感。

赵守忠见状，心中亦觉戚然："此时距离清军入关，已过去将近一代人的工夫。那些心怀大明的忠臣义士日渐衰老。倘若再不抓住机会举兵，恐怕越到后边越难成功了。"

他努力稳定心绪，忽然想起张煌言提到胶州也曾有举兵反清之人，而高璪刚才却并未言及。于是，他开口问道："子素，听闻数年前胶州亦有反清义军，不知是何人举事啊？"

高璪先是一愣，随即反应过来。他涨红了脸，激动地回答道："哪里是什么反清义军？不过是大恶贼海时行欺世盗名罢了！"

听到"海时行"这个名字，赵守忠感觉颇为耳熟。他略一回想，很快记起在胶州城外茶棚里也听伙计提起此人。而按照伙计的说法，这个"海时行"就是霸占高家城中府邸的罪魁祸首，也难怪高璪会如此激动了。

此时，高璪可能也意识到自己有些失礼。他略作停顿，放缓语气，接着道："赵执事有所不知，那恶贼海时行本非汉人，而出自塞外的瓦剌部落。当年英宗皇帝巡狩归来，其祖上作为护卫跟随入朝，被授予世袭军职，就此定居京师。不过，到了海时行这一代，早已成为虚衔。在甲申之前，他常年游荡市井，形同无赖。岂料清军入关之后，此贼见风使舵，早早屈膝投降。而经过一番贿赂打点，他竟然扶摇而上，做到了胶州镇总兵。"

"清廷用人如此，实属可笑。"赵守忠忍不住评价道。

"谁说不是？"高璪继续讲道，"海时行虽然爬上了高位，在人前装出一副衣冠楚楚的模样，可毕竟贼性难改。他在胶州期间，正事不做，专以巧取豪夺为业。不但升斗小民难逃魔爪，就连本地望族也大多受压榨。可叹我高家之财产，也被霸占不少。提及此贼，胶州士绅无不咬牙切齿。"

"如此恶人，为何外界却传说他为大明忠臣呢？"赵守忠不解地问道。

高璪道："此贼民愤极大，在京之胶州籍官员曾多次将其劣行上奏清廷。几次三番之后，清廷终于下令将他调离，准备派往西南作战。但海时行此人毫无信义可言，见此情形，竟然反噬其主。临行之前，他忽然率兵哗变，杀死在营中监督的道台徐大用和知州李煌，然后在胶州大肆焚掠。匡家之嘉树园，为本地久负盛名的宅邸，也被付之一炬。

"那海时行毫无反清复明之心，但不知听从何人主张，反叛后却对外号称'大明重兴王'。外地之人不明所以，往往会被他迷惑。其实，胶州兵变后不久，此贼就向南逃窜，而每到一处，行为与匪盗无异，最后在河南永城县一带被清军活捉。听说他恬不知耻，竟然又向清廷摇尾乞怜，表示愿将在胶州搜刮的钱财全数交出，以赎性命。但胶州士绅一再请愿，清廷最终还是将此贼正法，且将首级传示当地。全城百姓无不拍手称快。"

一口气说了这么多，高璪此时不禁又端起了茶杯。赵守忠见状，也跟着喝了一小口。

待放下杯子，他对高璪道："原来如此，海时行这也算是罪有应得了。其人如此品

行恶劣，即便实力尚存，亦不可与之为伍；何况现已兵败身死，就更不足为道了。"

高璪此时还没放下杯子。听到赵守忠的话，他来不及作声，连忙点了点头。

赵守忠又道："子素，依你之见，如今登莱二府，还有何人可做倚靠？"

高璪听闻此言，一边端着茶杯，一边又踱起了步。过了片刻，他猛然将杯子放在桌上，对赵守忠言道："有了！我想起一人，其行事仗义，识得大体，既与簪缨士绅常有往来，又能结交江湖之辈。况且多年前他也曾举兵抗清，只是后来被清廷招抚。若能说动此人重新出山，赵执事在登莱两地定能有所作为。"

赵守忠大喜，连忙追问："此乃何人？应如何接洽？还请子素详细告知。"

高璪正要回答，忽然又想起一事。他走到门前，打开半扇木扉，抬头望了望天，然后转身对赵守忠笑道："赵执事莫急，时辰不早了，岂敢让您空腹聆听？请稍候片刻，我去去就来。"

赵守忠本想推辞，但见高璪已然迈出屋外，便说了一声："多有打扰，就依子素安排。"

门随即从外面合上，屋内便只剩下了赵守忠一人。

5. 于乐吾

"吱——吱——"过了约莫一炷香的工夫，外面传来街门开启又关闭的声音。

应是高璪回来了，赵守忠心想。他马上起身，迎到了屋门口。

少顷，高璪背身倚门而入。只见他的两只手中都提着东西——左边是一个上下数层的木制食盒，右边则是一个规模中等的陶制酒坛。

赵守忠见状，伸手上前接应。高璪笑道："贵客登门，本就招待不周，此等小事，又岂敢劳烦大驾？"说罢，他快走了几步，把东西依次放在了正中的方桌上。

紧接着，他打开食盒，端出里面的饭菜和碗筷，再摆好两个酒杯。等到杯中分别斟满酒，他客气地对赵守忠道："乡野之地，盛筵难寻，加之外出也不方便，只能略备微薄酒菜，在寒舍为赵执事洗尘了。"

赵守忠抱拳答道："劳烦子素费心，那就恭敬不如从命了。"

落座之后，高璪率先端起酒杯，对赵守忠道："赵执事千里跋涉，为复兴而奔走，真乃国之忠士，令人敬佩。这杯酒，恭祝赵执事壮志可酬。"言罢，他仰头一饮而尽。

"多谢吉言！复兴之事，还需子素鼎力相助。子素心怀故国，举止有度，高相国若地下有知，亦会感到欣慰吧。"赵守忠说完，也将酒喝了下去。

高璪又分别在杯子里倒上酒，接着招呼赵守忠夹菜。他指着其中一盘菜肴，介绍道："胶州所产蔬菜，以'胶白'最负盛名。可惜现下已至仲春，去年冬日之白菜，在酒肆地窖中虽然还藏有一些，但其鲜美之味，较之应季，自然是逊色不少。还请赵执事姑且品尝。"

赵守忠不再客气，他举箸向前，夹了一块送入口中。"胶白"本即名菜，又加上此前连月奔波、未曾饱餐，这口菜吃到嘴里，感觉尤其美味。他反复品嚼了一番，这才咽下。

高璪见状，本想让赵守忠专心吃上一阵儿。不料赵守忠刚吃了一口，马上又回到正题。

"子素，你此前所说的可倚靠之人，究竟是何方英雄豪杰？"他着急问道。

高璪笑了笑："本想先尽酒兴，再谈公事。既然赵执事如此心急，也罢，今且效仿古人，与君煮酒论英雄。"

赵守忠也笑道："自当洗耳恭听。"

高璪放缓语气，然后一字一句地说道："此人姓于，名乐吾，字孟熹，乃是登州府栖霞县人氏。"

"栖霞？可是艾山所在之栖霞？艾山之巅出产奇特艾草，一向闻名山左，民间皆称之为'灵艾'。昔日鲁王府每逢端午，必派人远赴栖霞县求购艾草。我虽未曾到过当地，但也因此知晓栖霞。后来避乱江南时，又在南都郊外见过'栖霞禅寺'。故此对'栖霞'之名记忆犹新。只是于乐吾此人未曾听过，他在甲申之前应未曾入仕吧？"赵守忠问道。

"赵执事果然熟稔山左风物，所言丝毫不差，张司马也真是慧眼识人！"高璪夸赞道，"于乐吾其人，我亦不曾亲睹，只是听即墨几位世伯、世兄提起过。传闻他以武艺见长，文墨只是粗通，因此并未参加文试，而是改入武科，在崇祯年间曾中得武举，但并没有做官。前些年，他倒是当过栖霞县的把总，但这已是清廷招安之后的事情了。"

"原来如此。不知这位于乐吾现今是何年纪？"赵守忠又问。

"听说今年五旬左右，应是生于万历之末。"高璪答道。

"那似乎稍长我几岁。"赵守忠自语了一声。他紧接着问道，"于乐吾当年起兵抗清，究竟是何经过？"

高璪一边挥手示意赵守忠夹菜，一边回道："于乐吾前次起兵，是在戊子之年（清顺治五年，1648 年），距今已有十载了。"

他略一停顿，自己也动筷吃了一些，然后继续说道："他当时之所以起兵，缘由大

致有三：其一是对大明不无怀念之情，其二是身边有不少文士鼓动，其三是因为清廷强推剃发令、征收重赋，民怨沸腾已久。

"要说起来，这于乐吾也颇知韬光养晦之道。栖霞与招远为邻县，相传当初杨威在招远起兵时，就曾派人联络于乐吾，而后者亦有心率众响应。可惜还未及行动，杨威就被清廷方面的登莱巡抚陈锦诱杀。于乐吾见此情形，表面就隐忍不发，但暗中仍广交豪杰，蛰伏在家乡待机。此后三四年，清廷见登莱无事，不免掉以轻心，宿将精兵陆续调至江南。待到戊子之年，于乐吾见时机已到，就在栖霞举起义旗，很快汇聚数千人之众，兵锋所至，无不披靡。他曾率部攻破宁海州城，将清廷所委任的知州斩杀，一时之间，震动登莱。

"因于乐吾在家族之中排行第七，外人常以'于七'称呼之。宁海州一战过后，'于七'之名，二府之内，几乎无人不知了。"

"这般英勇，真不愧为一方豪杰！但他既然未曾做官，为何能号召起如此众多的人马？"赵守忠且叹且问。

"于乐吾虽未做官，但其家世并非泛泛。听闻他的祖上，素以淘金而致富，与周边大族多有联姻。民间有传言称：'登州戚少保戚继光即于乐吾之外祖。'此事未经确考，不知真假。但于家的地位，也可见一斑了。"高璪道。

赵守忠点了点头。高璪接着道："非但如此，于乐吾早年就拜得名师习武，同门师兄弟众多，且个个身手不凡。前者举兵之后，师兄弟们在各自州县连接响应，声势自然浩大。"

"既然旗开得胜，那他为何却半途而止，接受清廷招安呢？"赵守忠问。

"唉！"高璪叹了口气道，"时也命也。听闻于乐吾当年起兵之后，延请莱阳文士董樵担任军师。而按照董樵的筹划，义军当聚集主力，次第攻下登莱各府州县城，收取城中府库钱粮为资本，然后打出'反清复明'旗号，遥奉永历正朔，近收山左人心，继续招兵买马，再图进取。倘若真能如此，则诚然为上策。可惜于乐吾所部虽野战多胜，但攻城仅克宁海一座，且旋即又退出，只能将本营设在栖霞的锯齿牙山中。时间一长，形同落草，士气难免低沉。"

"再者，于乐吾所部多为江湖草莽之辈，视袍泽义气重于国家之仇，对于尊奉永历正朔并不热衷。他们举兵虽为'反清'不假，但未直言'复明。'因此，登莱士绅多有顾虑，真正解囊相助者不多。而于乐吾即便家资再富，也难以独自支撑数千人之军需。正当其粮饷不继之时，清廷方面的登州知府张尚贤出面招安。无奈之下，于乐吾也只能同意。

"不得不说，那张尚贤虽然是清廷之官，却也有几分胆气。招安时，他为表示诚意，竟然独自一人进入山中与于乐吾商谈。于乐吾本就是重义气之人，见此情形，颇为感动，后来就接受了对方的条件，下山将部众遣散。董樵劝谏无果，大失所望，便远走他乡到东海成山一带隐居。那次起兵，至此也算是不了了之了。这大约是庚寅年（顺治七年，1650年）的事情。"

"外无援军，内乏粮草，能坚持两三载之久，亦属不易了。"赵守忠不禁感叹。

"留得青山在，不怕没柴烧。听闻于乐吾前些年就已辞去栖霞县把总之职，看来也并非真心投靠清廷。故此，赵执事刚才问登莱何人可作倚靠之时，我便想起了他。只是他近况如何，我则不知晓了。"高璪又道。

"那我若前去拜访此人，子素可否引荐？"赵守忠问。

"我跟于乐吾并无直接来往，倒是即墨黄世伯与他有些交情，以上消息，多数也是听黄世伯所讲。赵执事欲联络于乐吾，可先拜访黄世伯。"高璪道。

听到"即墨黄世伯"这个称呼，赵守忠很快联想到万历朝的一位显宦，那就是曾任兵部尚书的黄嘉善，他便是即墨人。

"高家为胶州名门，黄氏也是即墨望族。高璪称对方为世伯，显然两家结有世谊。而即墨黄氏贤达，首推黄嘉善公，料想高璪所说之'黄世伯'，多半就是黄嘉善公的族人了。"赵守忠自忖。

想到这里，他当即问道："子素刚才提起之人，与大司马黄嘉善公是何关系？"

"赵执事不愧见多识广！黄世伯正是大司马黄公之嫡孙，单讳一个培字，号封岳，字孟坚。因祖父之恩荫，甲申之前他曾在锦衣卫任职多年。其为人刚直，锦衣卫虽为天子亲军，但他并非凡事皆诺诺，时常直言上谏。崇祯年间莱阳御史姜埰因忤旨被打

入锦衣卫监牢，黄世伯就曾多方救护。甲申之后，他本欲以死殉国，后经身边亲友苦劝，虽放弃此念想，但也坚决不肯仕清为官。其常年在家隐居，只与姊夫莱阳宋澄岚先生（宋继澄，字澄岚，莱阳著名文士）等少许故交来往。"高璪道。

"登莱忠义之士何其多也！适才方闻莱阳沈黄门，现下又知即墨黄孟坚了。"赵守忠感慨。

他略一停顿，又问道："子素称黄孟坚为世伯，又是为何？"

高璪正色道："先祖父在世之时，与大司马之侄黄长倩公（黄宗昌，字长倩）多有来往。祖父为万历三十八年（1610年）进士，黄长倩公为天启二年（1622年）进士；祖父在天启时曾任御史，黄长倩公在崇祯时亦曾任御史；两人年纪相差不多，履历多有相仿，加之又有同州同郡（明代即墨县属胶州，两者又都属莱州府）之谊，故关系颇为亲密。黄长倩公既然与先祖父为友，那么他的侄子黄孟坚，我便要称之为世伯了。"

"簪缨之族，果然谈笑皆鸿儒。高、黄两家，代代皆有人才出，如今也该子素挑大梁了。"赵守忠称赞道。

"赵执事过奖了，不过是前人栽树，后人乘凉罢了。"高璪谦虚道。此时，他又端起酒杯，对赵守忠说："煮酒论英雄，刚才只顾着论英雄，倒是耽误了饮酒。赵执事初到胶州，本应好好招待。寒舍简陋，多有不周，万请海涵。我再敬赵执事一杯！"

"哪里！我初来乍到，两眼漆黑。方才听子素一席话，如同拨云见日。登莱大体形势，已呈现在头脑之中了，真是感激不尽。这杯酒，我敬子素才对。"说完，赵守忠就抢在前面，先干为敬。

高璪见状，也赶忙喝了下去。刚才只顾说话，两人均没怎么夹菜，这时不免已有饿感。于是，放下酒杯之后，他们稍作停歇，趁此工夫匆匆吃了一些。

待到腹中略有饱意，赵守忠又开口问道："子素，事不宜迟，我想尽早动身去即墨拜访黄孟坚先生，你以为如何？"

"黄世伯心怀故国，自不待言。只是他如今不见生客，赵执事若径直上门，恐怕不得要领。我方才思忖一番，不如这样为好……"高璪道。

原来，崇祯五年（1632年）时，高弘图因忤逆帝意，曾一度罢官回乡。不过，他

并未在胶州久居，而是在即墨县的华楼山之阴购置了一处楼阁作为住所——即墨南境多名山，山间秀丽且清静，当地士绅皆乐于在此结庐居住，以便修身养性、读书会客。而到了崇祯之末，高弘图起复为官，被派往江南任职。虽然离开了华阴，但他并没有将那座小楼转手。

南下之前，高弘图曾打定主意，将来告老还乡之后还回此居住。可没想到，时局陡变，他最终却客死异乡了。

不幸中的万幸是，由于华阴这处楼阁远离胶州城，当年海时行霸占高家财产时并未将魔爪伸到此处。如今此楼仍在高家名下，由一位曾常年跟随高弘图做事的忠心老仆照看——高家遭遇变故之后，他也是唯一选择留下来的仆人。高璪当年北返胶州、得知此事之后，心中很是感动，因此对老仆另眼相看。两人在名义上虽然仍是主仆，但亲密程度已然不亚于家人，彼此十分信任。

适才高璪向赵守忠提的建议，即由自己书写一封信札，由赵守忠带至华阴交给老仆。然后赵守忠留在华阴等候，由老仆将信札送到黄培的府上。有了这封书信在中间牵线搭桥，赵守忠拜访黄培一事，就不显得突兀了。

赵守忠将高璪的话一字一句地听完，心中感慨：筹划如此周详，真乃后生可畏。于是，他端起酒杯对高璪道："劳烦子素费心。若此事能成，子素厥功至伟。今且借花献佛，再敬你一杯。"

"言重了！高某不过举手之劳，何足挂齿？赵执事不辞艰险，勤劳王事，方为劳苦功高。"高璪道。

言罢，两人相视一笑，各自干杯。

商议好这些事情之后，两人的心头也总算有了些轻松的感觉——虽然这种轻松只是暂时的。他们开始频频推杯换盏，彼此又闲谈了一些杂事。如此一来，不知不觉就到了申末时刻。

赵守忠毕竟肩负重任，他见时候不早，就想告辞离去。但高璪对他道，从胶州官路到即墨华阴，约有百里之遥，且途中有运粮河和大沽河两条大河阻隔，此时出发，难免要走夜路，甚为不便，不如留宿一晚，明天一早动身，傍晚即可赶到。赵守忠感

觉此话有理，加上还要等待高璪写信给黄培，便答应了下来。

安顿好行李和马匹之后，当天晚上，赵守忠就寄宿在院内的东厢房之中。与此前住客栈时的心弦紧绷不同，由于高璪是"自己人"，加上中午又饮了不少酒，赵守忠这次睡得颇为踏实。

待到第二天醒来之际，外面天色已是大亮。初来乍到就睡过了头，赵守忠自觉有些失礼，他连忙洗漱穿戴妥当，带上随身包袱，然后匆匆出门。

来到院内，只见高璪正双手捧书坐在门口——很显然，这应该是在通过晨读来打发等候赵守忠的时间。

赵守忠颇感惭愧，他刚要开口，却被高璪抢了先。"赵执事昨夜休息可好？"后者起身问道。

"惭愧，睡得太沉，让子素久等了。"赵守忠回答说。

"桌上已备好早点，还请赵执事进屋慢用。"高璪侧了侧身，示意赵守忠请进。

赵守忠连忙摆了摆手，道："多谢子素盛情。今日实在是不敢再耽搁了，我打算就此别过，即刻赶往华阴。"

高璪本想继续挽留，但见对方态度坚决，也不再多做客气。他转身进屋，取出两封信札，交到了赵守忠手里，并告知他："一封信是写给老仆，另一封信则是转交给黄培。"赵守忠小心翼翼打开包袱，取出一部佛经，将信藏入了夹层中。

辞别高璪，离开官路村，赵守忠策马径直东行。走了约二十里的路之后，他来到了一条大河边上。与普通河流不同的是，这条河的岸堤相当平直，显然是经过人工整修。他回忆着高璪之前说的路线，估摸着应该是到了运粮河。

所谓"运粮河"，就是元代开凿的南胶莱河。当时，京城"大都"所需的粮米多半都是走海路从江南运来。而南粮北运，中间要绕过山东半岛最东端的成山头，不仅路途遥远，且风险较多。因此，莱州人姚演向朝廷建议，在胶州与莱州之间开通运河，其北段借胶河故道，南边另行开凿新渠，如此便可使江南漕米避开成山头天险而直达塘沽。也正因为是"运粮"之用，民间就将南边新开的河道称之为"运粮河"了。

可惜的是，运粮河开凿之后，因种种限制，通行成本居高不下，还不如绕行成山

头的旧线路划算。故此，元代中后期就将此河逐渐废弃。明代时，虽然屡屡有人提议重新开凿，但或限于经费，或错过时机，均未能实现。现如今，赵守忠眼前的这条河，虽然还叫作"运粮河"，但早已有名无实了。

赵守忠驻马眺望，发现附近并无桥梁。好在时值暮春，正是北方少雨季节，河水并不太深，对面有两位行人正在涉水过河。赵守忠也想如此通行，但刚一下水，他所乘坐的那匹白马忽然嘶鸣了一声。

"山东气候不比江南，此时虽已是四月，但河水仍有凉意。"赵守忠心中顿悟。

这匹白马自台儿庄开始，一路上出力甚多。此时再让它跋涉寒水，赵守忠心中颇有不忍。再者，过河之后还有数十里的路程，马若受凉，恐不堪驱驰。想到这里，他双手一拉缰绳，让白马调转方向，重新上了岸。

6. 太古堂

就在赵守忠在运粮河边徘徊之际，原本在河中间的那两个人已经蹚了过来。

赵守忠打量了一下对方，心想：他们都是农夫打扮，五六十岁的年纪，应该都是本地人。

他略作思索，然后跳下马来，走近对方问道："两位老哥，敢问哪里有桥可以通行？我这匹马前些天疲劳过度，恐怕难以蹚过河了。"

两人看了看赵守忠的装束，彼此又对视了一番，然后其中一人便回道："客人这是头次来做生意的吧？从这往南走五六里，有个村庄唤作大店。那里就正好夹在运粮河与大沽河之间，本来西进东出都不方便，但好在村东还有座太平寺，早些年有檀越捐钱，在东西各建了一座浮桥，往来行人大多取道于此。我俩若不是急着去'马店'集上买药，也就从那边走了。客人如不愿蹚这河水，还是往大店去吧。"

"原来如此，那多谢两位老哥了。"赵守忠拱了拱手，随即翻身上马，沿着河边向南驰去。两位农夫不觉有异，各自擦干了腿脚，也继续上路了。

依照农夫所言，赵守忠从大店村的浮桥依次渡过运粮河与大沽河，再向东走不远，就进入了即墨县的地界。

他大约是在辰初出发，由于在河边耽搁了一些时间，行至此处，已将近中午了。

赵守忠临时驻马打听路人，得知到华阴还有七八十里路。为在天黑前赶过去，他不及进店打尖，只是在马背上匆匆啃了几口干粮，便继续前行。

七八十里路确实有些远，但所幸的是：一来，赵守忠当初挑选的是一匹

良驹；再者，他走浮桥过河，虽然耽搁了些时间，但保存了马力；此外，过了大沽河之后，前面的道路又较为平坦。因此，他在申初时刻就顺利来到了城阳集。

城阳集，在即墨县城以南约二十里处。这里东可往崂山、西可去胶州、北可上即墨、南可至浮山所，四通八达，系乡下一繁华集镇。赵守忠在此稍作歇息，又打听了一下去华阴的道路。

有热心人告诉他道："城阳集往南不远就是夏庄，两者之间有一条大河，名叫白沙河。到了河边，不需过河，而从北岸一直溯流而上，可以来到一条山谷当中，那里就是华楼山的阴面了。粗算起来，还有二三十里的路程。"

此时白昼已长，酉末方才黑天。赵守忠估摸着时间，感觉尚来得及，就找了一家酒肆点了些热饭菜，又不忘吩咐伙计给马匹喂水喂料。两刻钟之后，他才继续赶路。

赵守忠出了城阳集向南，十多里后果然看到一条河流，再找人询问，正是白沙河。这条河虽也不小，但宽度不及运粮河和大沽河，去往夏庄方向有一座石桥可以通行。

他没有过桥，而是改沿河边的小路向上游行去。又走了大约十里路，河谷骤然收窄，夹入南北两山之间。他抬头望了望南面的大山，只见层峦叠翠当中，有一块巨石耸立在主峰之上，俨然山巅之楼。

这想必就是华楼山了。赵守忠自忖。

在胶州官路村时，赵守忠曾听高璪说起：高家在华阴的居所是一左一右两座小楼。此刻，他按图索骥，很快就在山谷当中找到了一处院落。

这处院落占地颇大，坐北朝南。站在门口，近可眺白沙河谷，远可望华楼山巅。院内东西各有一座小楼耸立。楼后即北侧群山，山上松柏连绵。而楼外的空地中，显然种着不少花草树木，隔着围墙，便沁人心脾。

"若太平无事，居此楼中，对酒当歌，也称得上神仙日子了。"赵守忠见此情景，心中颇有所动。但转念想到此行目的，他当即收回心绪，跨步上前，开始敲门。

过了片刻，一阵脚步声由远及近，大门微微开启，一位老者探出头来。他先打量了一下外面的赵守忠，然后带着疑惑的目光问道："客人来此贵干？"

赵守忠见对方鬓发苍苍，年纪约莫已有七旬，料想应该就是高璪所说之老仆。他

知道对方虽然名义上还是高家之仆，但实际地位与家人已无太大差异。因此，如何称呼对方为好，他有些拿捏不准。

略作犹豫之后，他打定主意："复兴大计为重，就不计较那些繁文缛节了。对方既然年长许多，不妨就称呼他为老伯吧。"

于是，赵守忠环顾了一下四周，侧向前靠近老者说道："老伯，我自胶州而来，现捎有子素相公的亲笔书信，还请过目。"言罢，他打开随身包袱，取出藏在佛经夹层中的一封书信，递到了对方的手中。

老者脸上仍有疑惑。他接过信札，先确认了一下封口完好，然后小心拆开，取出了当中的信纸，开始仔细阅读起来。

读完之后，老者重新抬头看了看赵守忠，又看了看四周。紧接着，他把两扇门都打开，恭敬地对赵守忠道："老奴不知贵客驾临，刚才多有得罪。我家公子已在信中吩咐妥当，还请先进屋再说。"

赵守忠无暇客气，当即走了进去。老仆快速关上门，将他引至院内西楼的客厅中落座。

"贵客且在此稍候，我前去安顿马匹。"老仆对赵守忠道了一声，便转身出去了。

在此间，赵守忠环视了下客厅内的布局，只见房屋正中高悬一副匾额，上书"太古居停"四个大字，笔法遒劲，不知是否出自高弘图之手。而在匾额下方两侧，则分别对称装裱着梅兰竹菊四君子的墨画。房间内的家具虽然已经陈旧，但做工仍可见精细。以上种种，都体现出这里的主人或者说曾经的主人的文雅修养。

过了一会儿，老仆从外面回来。赵守忠忍不住问他道："老伯，敢问这'太古居停'的匾额，有何典故？"

老仆微笑道："看来是我家公子没有详细提及。此楼名为'太古堂'，是老主人生前所取之名。当年他虽辞官在此居住，但自信可东山再起，因此就书写'太古居停'四字以自勉，意思大概就是暂时寄居于此吧。说起来，这已经是二十多年前的事情了。"他虽是仆人身份，但也通晓文墨，加之又跟随高弘图多年，对楼中的典故倒也能娓娓道来。

"高相国之胸怀气量，果然非同寻常。"赵守忠感叹了一声。

说话间，老仆走到桌旁，提起茶壶向赵守忠的杯子里添了些水，接着对赵守忠道："我家公子在信中叮嘱，说贵客那里还有一封书信，须及早转交到即墨黄老爷处。今日天色已晚，贵客暂且吃饭歇息。待明日一早，老奴就前去黄府送信。"

赵守忠听闻，便将佛经中藏的另一封书信取出交给老仆，并拱手道："那就劳烦老伯了。"

老仆小心翼翼地将书信收好，然后前往另一座小楼的后堂准备晚饭去了。

由于提前不知赵守忠将要登门，楼中也并未准备鱼肉。无奈之下，老仆只挑选了几样青菜，烹饪好之后端了上来。

对于这些"粗茶淡饭"，赵守忠倒也并不计较。自从甲申之变以来，他跟随鲁王朱以海长年颠沛流离。现实的残酷，早已磨平了这位王府执事人的棱角。此时此刻，他甚至想邀请老仆同桌共餐，但后者坚决不肯僭越，这个想法也就作罢了。

晚饭过后，老仆将赵守忠引至楼上的一间房屋内就寝，他自己则将碗筷收拾好，又去到了另一座小楼。

华阴山谷中的夜晚相当寂静，赵守忠却久久难以入眠。他将这一个多月来的经历好好回忆了一遍，生怕曾在哪个步骤上有所耽搁："出发之前，张司马告知东南义师准备在入夏后北伐，如今已是四月中旬，也不知那边的情形如何了？"

第二天早上，赵守忠迷迷糊糊之中听到外面有马嘶之声，他不及洗漱，当即披着外衣跑下楼去。

来到院门口时，只见老仆穿戴整齐，正在收拾一辆马车。套在车前的那匹马，长着一身灰色鬃毛，跟赵守忠的白马差异明显，而刚才的嘶声，就是由它发出。

老仆看到赵守忠，当即放下了手里的活，向他行礼道："叨扰贵客休息了。早饭已准备妥当，就在客厅桌上，还请慢用。只是老奴今日需往返即墨城，午饭就不能亲自伺候，请勿怪罪。"

赵守忠并未理会吃饭的事情，而是问起前往即墨城的细节："老伯，看此模样，这是要赶车进城？"

"正是。"老仆答道，"老骨头，不中用了，既不能骑马，也不能远足，只能赶车代步了。"

他略作思索，接着道："从此处到即墨县城，平时赶车来回有大半日即可。不过公子已经吩咐，将信送至黄府之后，须等到黄家老爷回信了方能返回。如此一来，不知何时才能赶回，还请贵客耐心等候。"

赵守忠点了点头，抱拳道："拜托老伯。"老仆随即上了车，开始向即墨县城赶去。

当日天晴，山间颇显青翠。但赵守忠初来乍到，一个人也不便外出，就始终待在屋内。他默坐了一会儿，不由得又开始思考起接下来的打算："按高璪所言，即墨黄培心向大明，请他帮忙联络栖霞于乐吾，应无拒绝之理。但倘若联络到于乐吾，我又该如何说服他起兵响应呢？"

近些年来，文臣武将在明清两方之间摇摆不定的情况，赵守忠在闽浙所见颇多。大体而言，这些人可以分为三类：其一，诚然对明朝心存怀念，他们之所以寄身清朝统治之下，要么是迫于无奈，要么是想蛰伏待机；其二，视个人官爵荣辱胜于其他，这种人究竟是投清还是归明，主要取决两边开出的价码轻重；其三，纯粹是为了在乱世中自保，谁的人马打过来，他们就站在谁的一边。

而如今，西南的永历政权正岌岌可危，优势已明显在清廷一边。在这种情形下，后两类人显然指望不上。想要力挽狂澜，唯有期盼真正的志士能够挺身而出。那么于乐吾会是其中之一吗？

反复思索了半天，赵守忠也没有想到合适的答案，其心中不觉有些焦躁。他站起身来，在客厅里开始来回踱步。当走到靠近墙边的位置时，他在架子上看到一沓书籍，便上前翻了翻。

从发黄的纸张来看，这些书显然已有些年头，多半是高弘图当初存放在此的旧物。不过其外皮倒是并无灰尘，想必是老仆时常擦拭了。

当年还在兖州之时，赵守忠就喜欢读书，而在闽浙播迁期间，他也常常忙中偷闲，以书为伴。赵氏祖上虽然以军功起家，但后来也明白了"剑，一人敌；兵法，万人敌"的道理，加之职务性质的转变，因此逐渐形成了读书的家风。不过，此次任务急迫且

艰巨，赵守忠除携有一部佛经作为掩护之外，再未带上其他书籍。这时看到太古堂里的藏书，便忍不住选出一本《春秋左氏传》读了起来。

有书在手，等待的过程也就不那么煎熬。接下来的时间，赵守忠就以读书来打发。起初，他坐在楼下的客厅当中。而随着日光西斜，他又移步到了楼上的屋内。

自辰而午，由午至酉，一晃大半日过去了，二楼也逐渐暗了下来。赵守忠见状，就将窗户打开，借着外面的光亮继续读书。

又过了一会儿，大约到了酉中时分，远处隐约传来一阵辚辚车声。赵守忠探出窗外一看，老仆终于赶了回来。他连忙放下书，快步赶到院门口。

坐在车前的老仆，面上本来带有疲惫之色，但看到赵守忠后，他随即提了提精神，勒马停车，抢先迎上前去。

"老伯辛苦，黄府那边可有答复？"赵守忠急问道。

"贵客久等了。黄家老爷有封回信，还请进屋详阅。"老仆回答说。

说完，他从车上拿下一个木匣子，与赵守忠一前一后，来到了客厅之中。

进屋之后，老仆从怀中取出一封信札，递给了赵守忠。赵守忠心中激动，也并不回避，径直打开封口读了起来。

信中并无抬头和落款，内容也仅四十余字，写道："欣闻尊驾光临即墨。此事需商议数日，尊驾且在华阴小住，时候若至，必当相请。现赠书一匣，以供尊驾打发时日。顿上。"

"听信中口气，黄孟坚似已答应帮忙，只是还要再等些时日才能会面了。"赵守忠自忖。

他随即又问老仆道："老伯，今日到黄府之经过，烦请细细说与我听。"

老仆点头答应，就开始讲述起来。

原来，华阴距离即墨县城有三十多里路，老仆在辰初赶车出发，大约巳末进到城中。他虽非当地人，但此前曾跟随高弘图、高璟祖孙两人多次拜访黄府，所以也是轻车熟路。

黄府管家对这位高家老仆亦相当熟悉，见其登门，便客气地询问来意。老仆告知

对方，自家公子有书信要转交给黄家老爷。高、黄两家的交情，管家自然明白，他很痛快地就答应下来。

不过，老仆并没有离去，而是又告诉对方道："我家公子曾千叮万嘱，须等到黄家老爷的回复方可离开。"管家听了有些惊讶，但最终还是同意代为通禀。

过了大约一炷香的工夫，管家回来告知："黄老爷答应回信，但要多等些工夫，请老仆先到客房吃饭。"

老仆本想推辞，但管家再三劝说是主人的意思，他便只好听从安排了。

吃过饭后，管家终于带回了好消息。他将一封信札和一个木匣子交给老仆，委托他将东西送给太古堂的客人。老仆将东西小心放好，从黄府辞别，便急匆匆地赶了回来。

"原来如此，真是辛苦老伯了。"听完这番讲述，赵守忠向老仆谢道。

"哪里！就怕耽搁了贵客的要事。"老仆回复道。

此时，赵守忠忽然想起一个细节："方才黄培在信中说，送我一匣图书，多半就是老伯从马车下来时所带之物吧。"

他正想问询，倒是老仆先开了口："黄家老爷所赠木匣现就在此处，请贵客过目。"

说罢，老仆将木匣捧到了赵守忠身前。

赵守忠刚要打开，却听老仆又道了一声："贵客若无事吩咐，老奴就先下去准备晚饭。"赵守忠知他有意回避，就点头答应了。

老仆离开后，赵守忠打开木匣，只见里面放着一套书籍，有七八卷之多。他取出最上面的一本，看到封面上写有三个遒劲大字："崂山志"。翻开内页，只见篇首是一幅手绘的崂山地图，后面则是若干序言，文字皆是小楷誊写。

"泰山虽云高，不如东海崂。崂山就在这即墨县内，可谓声名远扬。看来这部崂山志尚未刊刻，黄培是怕我在山中苦闷，便将此珍贵手抄本赠我阅读。这份心意，我自当领取。"赵守忠心想。

于是，他伏在案头，从序言处开始认真地读了起来。

7. 玉蕊楼

"崂山，在今即墨县南海上，距城四五十里，或八九十里：有大崂、小崂，其峰数十，总名曰崂。志言秦始皇登劳盛山，望蓬莱，因谓此山一名劳盛，而不得其中所以立名之义……夫崂山皆乱石巇岩……其险处，土人犹罕至焉。秦皇登之，是必万人除道，百官扈从，千人拥挽而后上也。……是改一郡供张，数县储待，四民废业，千里驿骚，而后上也。于是齐人苦之，而名曰崂山也……"

初读第一篇序言，赵守忠就不禁赞叹："见解独到，足见执笔者之功底，且有忧国忧民之心。"他虽生长于兖州内地，但对"海上仙山第一"的崂山也有所耳闻。关于"崂山"这个名字的由来，他曾听过不少说法，然而"秦皇劳民之山"的解释，尚属第一次见。

顺着序言往下读，当读至落款处时，赵守忠猛然吃了一惊。原来，书上赫然写道："昆山顾炎武亭林氏撰。"

赵守忠在江南居住十多年，久闻"亭林先生"顾炎武的大名。其人不仅学识渊博，且亦心怀明室。当年鲁王朱以海在浙江监国时，对方也曾参与其中，被授予了兵部司务的官职。可惜后来形势陡变，鲁王出走海上，顾炎武则不得不成为清廷统治下的遗民。

"自从浙东失陷以来，我就再未见过亭林先生，只是听闻他这些年一直在外云游。没想到今日在此竟然读到了他所做的序言。亭林先生对大明的忠心，世人皆知。这也难怪编撰者未将此书刊刻。倘若贸然付梓，被仇家告发到清廷那里，恐怕就会惹祸上身吧。"赵守忠心中感叹。

他转念一想："这部《崂山志》既然是由黄培所赠，那修撰者就算不是他，想必也

与黄家大有渊源。而顾炎武情愿作序，多半也与黄家交情不浅。黄培在见面之前先将此书赠我，或许也正是有所暗示。看来此番赶到即墨，着实是找对门路了。"

想通这一点，他心中顿时增添了几分信心，便抖擞精神，继续往下读。

之后几篇文章也都是序言，但内容各有侧重。有了刚才顾炎武的例子，赵守忠对序言的署名看得尤为仔细。只见第二篇的落款为"海上病叟宋继澄澄岚氏题"，第三篇是"张允抡并叔氏题"，还有一篇则是自序，署名为"山史氏黄宗昌自题"。

"这套《崂山志》的编撰者，原来是黄宗昌。"赵守忠心想。

此前在胶州官路村时，他曾听高璨提过："按照辈分，黄宗昌是兵部尚书黄嘉善之侄，亦即黄培之叔。他是天启年间进士，曾任御史之职，回乡后也常年在崂山中居住。"

"由黄宗昌出面修撰《崂山志》，自然是再合适不过了。"赵守忠叹道。

此时，天色已暗，他手捧图书走到门前，借着余下的光亮继续阅读。只见序言之后，是一篇目录。开头写道："即墨黄宗昌长倩甫著，男坦朗生甫续。"

"原来黄宗昌长倩先生已经作古，这本《崂山志》是由他的儿子黄坦续补成书了。书香之家，果然代代相承。"赵守忠又是一番感叹。

正要接着向下读时，老仆已经端着饭菜走了过来。"贵客，该用晚饭了。"他提醒赵守忠道。

赵守忠连忙接过托盘，对老仆道："老伯辛苦一天，也早些吃饭歇息吧，我这边自己照料即可。"老仆点头称谢，转身离去。

匆匆吃过饭后，赵守忠挑起灯烛，又开始阅读那套《崂山志》，盼望从中找到更多对自己有价值的内容。

此后几天，他一面读书，一面等待着黄培的消息。如此一来，不知不觉，已经到了四月下旬。

待到第七日，赵守忠已将《崂山志》通读了一遍。而除了开篇序言的署名之外，其余部分并无特殊之处。

书已读完，手头无事可做，黄培那边又始终没有消息，焦虑之情不免又浮上心头。

他本想让老仆再去即墨城中打听消息，但旋即放弃了这个念头，继续留在太古堂里等候。

又过了三天，依然没有消息传来，赵守忠有些坐不住了。当日晴空万里，他便决定进山走上一走。来到华阴这些天，虽然胜景就在身边，但他还未曾专心观赏过。

赵守忠虽非当地人，但所幸刚刚读过《崂山志》，记得书中的地图上标注有一座"华楼宫"，距离太古堂似乎不远。

于是，他找到老仆询问。老仆对他道："太古堂在华楼山的阴面，而华楼宫则在山的阳面，两者虽然只有一岭相隔，但翻山之路颇为险峻，不如溯白沙河谷而上，绕行毕家、蓝家庄等村落。如此更为顺畅一些。"

赵守忠本想一人前去，但老仆定要赶车送他。前者见推辞不过，也就答应了。

两人自辰末出发，走了约一个时辰，在巳末抵达山下。此时，道路开始变窄，只容徒步行走。赵守忠便让老仆停车歇息，准备独自登山。老仆还欲争辩，但赵守忠这次坚持己见，并未同意。

华楼宫始建于元泰定二年（1325 年），为全真道场，殿宇虽不甚宏大，但银杏、松竹环绕其间，也颇有清雅深邃之感。赵守忠进院之后，依次观瞻，慢慢走到了大殿后面的一处峭壁旁边。

他抬头望去，只见峭壁上镌刻有金液泉三个大字，而其石缝之内，又不断有泉水流出，落入下方的池子当中，颇为一番胜景。

重新回到大殿后，赵守忠专门向道人打听了金液泉的典故。对方告知他，那三个大字乃是元代长春真人栖霞丘处机的亲笔。

听到"栖霞"这两个字，赵守忠心中一动："那位于乐吾，不也是栖霞人吗？"

而想到于乐吾，他随即又记起自己这次北上的使命，游览的兴致顿时大减。在向殿内的神像默许了一番心愿之后，他就立即下山去了。

老仆见他来去匆匆，不免有些惊讶，但也并未多问，而是默默赶着车开始向回走。

时已至午后，赵守忠自忖："现在回去，老仆定要忙碌做饭。这些天来一直蒙他照料，实在有些过意不去。但若直接告诉对方，多半又要推辞。"

50

于是，他对老仆道："自己忽然想要饮酒，欲在附近村落寻一酒肆解馋。"

太古堂中平时只有老仆一人，的确并不藏酒。赵守忠以此作为理由，老仆果然只好同意了。

来到酒肆之后，赵守忠提前给足了银两，吩咐店家多上些好酒好菜，又坚请老仆一起落座。老仆推辞不过，就坐在了赵守忠的下首。这些天来，两人这还是首次同桌就餐。

老仆并不喝酒，吃菜也不多。赵守忠则自斟自饮，酒菜皆足。大约到了未时中段，两人离开酒肆，踏上了返程。

由于登山辛劳，加之又有些微醺，出发之后不久，赵守忠就在车上打起了盹。而等到醒来之际，早已到了太古堂的门口。

"贵客，还请下车吧！黄府的大管家现正在客厅等候。"隔着车帘，隐约传来老仆的呼唤声。

"什么？黄府来人了？"赵守忠一个激灵，困意和酒劲当即消散。他迅速跳下车，快步向客厅奔去。

进屋之后，只见一位中年男子正站在西侧的椅子旁边等候。赵守忠心想："这就是黄培的管家了吧？"他随即向对方拱手行礼。

管家连忙回了礼，对赵守忠说道："先生久等了。小人今奉我家老爷之命，请您移步至玉蕊楼做客。老爷已在那里备好宴席，恭候大驾。车马现就在院外，还请及早动身。"

"多谢黄老爷美意。"赵守忠一边致谢，一边看向老仆。

老仆心领神会，告诉赵守忠道："玉蕊楼为黄家在铁骑山中建造的别院，在华阴东北约二十里处。高公子来即墨时，也曾去过那边做客。黄老爷既然已有安排，贵客但去无妨。"

赵守忠点了点头，目光一转，又对管家道："我上去稍作收拾，一会儿便出发。"

管家听后退到院外等候。赵守忠则回屋换了件干净衣裳，稍作洗漱，然后匆匆下楼。

从太古堂出发之际，大约是申末时刻。管家骑着马，另一位仆人则赶车载着赵

守忠。他们一前一后，走得并不算快。等到了酉时末段，方才在夕阳的照耀下，转进一条山谷当中。

又接着辗转了一阵儿，他们终于在一处院落前停下。管家先下了马，然后走过来接应赵守忠下车。

此时，日虽落山，但余晖仍在。赵守忠下车之后，借着这丝光亮，打量了一下面前的院落——想必这就是老仆口中的"玉蕊楼"了。

与华阴太古堂的环境相仿，铁骑山中的这座玉蕊楼，亦是山环水抱、清秀雅致。只不过，太古堂有两座小楼，而玉蕊楼只是独栋建筑。但后者数量虽少，空间大小却更胜一筹。

"老爷在二楼等候，先生请随我来。"管家对赵守忠说道。

随后，他在前引路，带着赵守忠来到楼上一间房屋门外。

"老爷，赵先生已经到了。"管家隔着窗户纸，轻声对屋内通禀。

"快请赵先生进来。"屋内传来一位中年男子的声音。

管家随即将门轻轻推开，示意赵守忠请进。后者未作犹豫，便一步跨了进去。

此时，屋中已经点起了灯烛，比外面要亮堂许多。赵守忠借着烛光环视了一番，只见正中是一张方桌，桌上已摆放好酒菜碗筷，旁边则依次摆放了六把椅子——只有主宾位置上的那把是空的，其余的则分别坐着五位男子。这些男子不仅年龄看着参差不齐，就连发式也不尽相同。其中，有四人都是辫发，唯独坐在主陪位置的那位男子，依然梳着明朝士大夫样式的发髻。

赵守忠有些吃惊："今晚宴席系黄培相邀，主陪也理应是他，但山东早已被清廷占据，剃发令也强推多年，他怎么还敢保留明朝衣冠？如此装扮，也难怪他平时不见生客了。"而想到这里，他不禁又忆起自己在江心寺剃发时的场景，一阵感慨随即涌上心头。

待定睛再看，他发现坐在副宾位置上的人颇为面熟。仔细辨认，不禁又吃了一惊：原来那不是旁人，正是之前在《崂山志》中作序的亭林先生顾炎武！

这五人见赵守忠进屋，也纷纷起身相迎。当中那位主陪率先开了口："赵先生大驾

光临，黄某有失远迎，先向您赔罪了。快请落座！稍后我再一一介绍其他客人。"

"他果然是黄培！"赵守忠心中一宽。他抱拳对众人行礼，然后就坐到了那把空椅子上。

"前次赠送赵先生的那套《崂山志》，不知是否读完？倘若熟读序言的话，在座众人的姓名，先生应该大半知晓了。"落座之后，黄培笑着问赵守忠道。

不待赵守忠回答，他接着从左手边开始介绍道："这位是顾炎武顾亭林先生。这位是张允抡张并叔先生。那位是宋继澄宋澄岚先生，也是黄某的姊夫。这位则是董樵先生，他姓董名樵，单字也是樵。"

对于这些名字，赵守忠的确不觉陌生。顾炎武、张允抡、宋继澄都曾在《崂山志》中作序。而董樵其人，他也听高璪提起过。按照高璪的说法，这位董樵，就是栖霞于乐吾上次举兵时的军师了。想到这里，他的目光不禁在董樵的身上多停留了一会儿。

待介绍完毕，黄培又道："赵先生不远千里来到即墨，黄某本应亲自登门拜访。但一来这身打扮实在不便抛头露面，再者董樵贤弟隐居在东海成山，赶来也需时日。故此让赵先生久等了。昨日董贤弟从成山抵达玉蕊楼，我闻知消息，今早也从城中赶来。这才设下宴席，在此恭候赵先生。"此时，他已经把对董樵的称呼由"先生"改作"贤弟"。很显然，两人早就相识，并且董樵的年纪要小一些。

黄培说完，坐在副宾位置上的顾炎武也开口道："赵执事，顾某当年曾在浙东与您有过数面之缘，不想如今竟又在此相会。前几日，孟坚兄长提起你的大名，我还将信将疑。现下见到尊驾，真是不胜欢喜！"

与黄培不同，顾炎武毕竟曾在鲁王监国朝中为官，与赵守忠有共事之谊，便仍按照此前习惯称之为"赵执事"，而非"赵先生"。

原来，顾炎武早在上一年的秋天就开始北上云游。当来到山东地界时，受黄坦邀请，便来到了即墨。

黄坦是黄宗昌之子，黄培之族弟。他为贡生出身，曾在江南某地任知县之职，故与顾炎武早就相识。去年时，黄坦正在故乡着手续修父亲所遗留的《崂山志》，他知顾炎武为当世大儒，听闻后者北上，就将之请到玉蕊楼帮助修撰。而《崂山志》篇首的

序言，便是顾炎武在玉蕊楼中所写。

这座玉蕊楼，修建于崇祯年间。当时黄宗昌罢官还乡，欲在崂山群峰中择一佳处闲住。而铁骑山麓相传为东汉经学家郑玄（字康成）讲学之处，康成书院旧址即在此。黄宗昌仰慕先贤，就选在这里建起了玉蕊楼。

甲申之后，登莱文士多有不愿仕清为官之人，黄宗昌就将玉蕊楼提供为他们的隐居场所，莱阳名士宋继澄、张允抡、董樵等皆曾在此处停留。其中，宋继澄因与黄家有姻亲，有时也住在即墨城里。在黄宗昌过世之后，黄坦及黄培就承接起此任，继续为这些明朝遗民们提供庇荫。

那日老仆将高璪书信送至黄府。黄培读后颇觉振奋，当即与寓居其家的宋继澄相商。两人虽与于乐吾有些来往，但皆感此事关系重大，还需另请他人出面相助。而董樵曾在于乐吾营中出谋划策，显然是适合人选。因此，黄培一面回信给赵守忠，让他耐心等候消息；一面派人骑快马赶赴东海，请董樵出山帮忙。其间，他也曾与顾炎武谈及此事，顾炎武大感惊讶，同时亦觉欣喜，于是便有了方才席上那番感叹。至于黄坦，他因曾在清朝为官，便有意无意地回避了。

赵守忠初见黄培时，看他仍穿戴明朝衣冠，心中已是相当敬佩；而得知这场宴席的筹备经过之后，不禁又增添了几分感激："我与黄培素昧平生，他竟然能鼎力相助，真是难得了！"

接下来，张允抡、宋继澄、董樵等人也一一自报家门，并向赵守忠问好。他们皆为明朝旧臣遗民，虽然与赵守忠并不相识，但知晓其真实身份，因而说话口气都颇为亲切。

寒暄过后，主人黄培提议开席。这顿筵席准备得颇为精心，菜肴荤素搭配，既有女姑口之海味，亦有铁骑山之陆珍，烹炒煎炸，样样俱全。在座客人，无不称赞。

酒过三巡，菜过五味。黄培又开了口，他指着董樵对赵守忠道："赵先生，信中所言之事，还需这位董樵贤弟相助。尊驾或许曾有听闻，于乐吾十年前举兵之际，便是董樵贤弟在其军中出谋划策，檄文布告皆出自他手。想那举事之初，义军所向披靡，何其壮哉！"

黄培言罢，董樵笑道："承蒙孟坚兄谬赞，可惜董某才疏学浅，棋差一着，终究还是半途而废了。"

"贤弟不必过谦，于乐吾能有如今的威名，也离不开你的功劳。"黄培又夸赞了一句。

他略作停顿，又道："今晚在座并无外人，贤弟有话大可直说。赵先生拜访于乐吾一事，不知如何安排为好？"

董樵正色道："既然如此，董某就知无不言了。"

他转头看向赵守忠，对他道："赵先生，要见栖霞于乐吾一面并不难，但想说服他起兵，恐非易事。请恕董某冒昧，不知尊驾此次前来登莱，可有何凭资？"

赵守忠心想："此次北上，事出仓促，加之形势不明，张司马并未提过游说条件。如今也只有先实话实说，等见到于乐吾之后，再做分晓。"

他稍加思索，接着答道："实不相瞒，闽浙义师偏处海岛，与山左音讯难通，此前并不知于乐吾起兵详情。此次北上，赵某只带有一颗忠义之心，并无其他凭资。不过，临行之前，张煌言张司马曾叮嘱说，如有进展，当设法传递消息。"

董樵闻言，微微叹道："赵执事行事坦荡，倒是很合于乐吾的脾气。既然如此，也只能先试上一试了。"

"那就劳烦董先生了。"见对方似是答应下来，赵守忠连忙致谢。

"此乃董某分内之事，岂用言谢？只是有前车之鉴，有些话也不得不问。"董樵回复道。

所谓前车之鉴，即于乐吾此前被清廷招安一事。想当年，于乐吾起兵之初，亦曾有一腔忠义热血。但后来久无外援，就难免心灰意冷。其间，董樵曾力劝他派人与江南联络，可惜终未能如愿，以致让清廷可乘招安。

前车之覆，后车之鉴。董樵现下所担心的，就是在经历了前次的挫折之后，单单"忠义"两字，恐怕难以说服于乐吾了。

不过，对于董樵自己而言，"复兴大明"的目标就像是一堆积蓄已久的干柴，但凡有一丁点儿火星，他也想试着点燃。因此，接到黄培的书信之后，他就毅然决然地赶了过来。

8. 唐家泊

不知不觉，夜色已深，在一片漆黑的铁骑山中，唯见玉蕊楼这处光亮。

客厅之内，董樵将自己的筹划一一道出。赵守忠等人一边听，一边不住地点头。

原来，董樵当年虽然在招安一事上跟于乐吾意见相左，但两人之间的私交仍存，依然常有书信往来。于乐吾家资较富，而董樵在隐居海边之后，则颇为清贫。或许是因为对招安一事心有愧疚，于乐吾每年都会派人为董樵捎去贴补之物。这些礼物，董樵起初都是原封退回。直到前几年于乐吾卸任栖霞县把总——这也是清廷招安时授予他的官职，此后，董樵才开始收下东西。

按照董樵的筹划，这次他将提前修书一封，用快马送至栖霞唐家泊于乐吾处。在书信中，他自称在东海隐居期间对全真道义多有参悟，准备遍访登莱相应古迹，现已行至即墨崂山，接下来有心前往栖霞城郊的滨都宫参拜。如若方便，中途路过唐家泊，便至该处叙旧。如此说辞，于乐吾当无拒绝之理。而只要他回信同意，赵守忠便可跟随董樵一起前往栖霞。待双方见面，董樵再择机将赵守忠的真实身份告知于乐吾。

"如此安排，甚属合理。"董樵说完，黄培率先表示赞成。

"自即墨至栖霞，中途需路过莱阳地界，若需联络照应，宋某愿助微薄之力。"副陪位置上的宋继澄也开了口。

在座宾主当中，若论年龄，宋继澄应当居长。他生于万历中期，虽然只有举人功名，但一来年资较长，二来文采斐然，故此在复社及山左大社之中极有声名。不过，今晚之宴，主角为赵守忠、黄培和董樵，因此宋继澄刚才说话不多，以免喧宾夺主。

而坐在宋继澄右侧的张允抡也道："澄岚兄所言甚是，张某亦有此心。"就功名而言，张允抡于崇祯七年（1634 年）考中进士，是席间诸人最高者。甲申之前，他曾任户部主事、江西饶州知府等职，此后则隐居不仕。即墨黄家知其名声，就请他到玉蕊楼中设馆授课。而在教书之余，张允抡对崂山风物亦颇有钻研，每次出游，归来便写成游记。日积月累，文稿渐多。故他虽非当地之人，但也称得上是"崂山通"了。

赵守忠见众人皆诚心相助，不禁大为感动。他端起酒杯，朗声道："今日得见诸位先生，实乃赵某之幸。赵某学识鄙陋，不知用何言语相谢，且借此酒，聊表寸心！"言罢，他一饮而尽。其他人见状，也纷纷举杯。

待放下酒杯，顾炎武感慨道："南北志士，同心协力。天下之事，尚有可为！"这些年来，眼见南明局势江河日下，他不免也有些心灰意冷，就将主要精力用在著书立说上。而此次在山东遇到赵守忠，听闻闽浙将有举动，且准备联络北方豪杰一同进取，这不禁又让他对未来有了一些憧憬。

一旁的黄培也跟着点了点头。他对董樵道："贤弟，事不宜迟，还请连夜撰写书信，明日便派人送到栖霞。"后者当即允诺了。

至此，事情大体商议完毕，时辰也临近亥初。黄培告知赵守忠，楼中已为他备好房间，今夜不必赶回太古堂。留在那边的行李，待天明之后再取即可。赵守忠不便推辞，就答应下来。

宴席散后，宾主各自回屋。仆人将客厅桌椅收拾好之后，也熄灯睡下。玉蕊楼随即隐入了铁骑山的夜幕之中。

由于上次在胶州高璪家时曾经晚起，这次又有诸多大儒名士同在，赵守忠在入眠之前专门提醒自己一定不能再贪睡。到了次日寅末，他果然早早就起床了。

"如此看来，用不了几日，就可以跟于乐吾谋面了。按照董樵先生所说，要想说服于乐吾起兵，恐怕需要满足对方些许条件。我虽然可以临机应变，但终须禀报张司马方能定夺。届时应如何向他传递消息呢？"赵守忠并未马上出门，而是坐在屋内默默思索对策。

过了一会儿，门外传来走动的声响。赵守忠这才整理好衣衫，走出屋去。

时近五月，白昼更长，卯初时刻天色就已大亮。赵守忠来到庭院中，只见黄培正独自站在那里——由于没有剃发，他的身影实在是太容易辨认了。

黄培原本在眺望山色，听到有脚步声，就转过身来。

"孟坚先生……"赵守忠连忙招呼道。

黄培笑着打断了他："赵贤弟，你我既已相识，又是同道中人，再以'先生'相称，不免有些见外。不如以年齿相论吧，黄某稍长数岁，就斗胆以兄长自居了。"

赵守忠见黄培这般亲切，也当即改口道："谨遵孟坚兄之命。"

"如此便好。"黄培忽然收起笑容，肃然问赵守忠道："赵贤弟，有些话在昨晚不便相询。常言道，识时务者为俊杰，如今清廷势大，即便不愿归降，隐居山林则可，你又为何甘愿千里迢迢只身到山东犯险呢？"

"我赵氏世受鲁王厚恩，岂能背弃故主？更兼崇祯壬午之仇，绝不敢忘却。国仇家恨若能得报，守忠死亦足矣！"赵守忠咬牙答道。

"原来如此。"黄培叹道，"那贤弟可知我与宋澄岚等人为何愿意鼎力相助？"

赵守忠道："在下不知，还请孟坚兄明示。"

"故主厚恩，恰如愚兄之心境；邑难深仇，正与莱阳诸公相仿。"黄培缓缓说道。

原来，作为万历朝兵部尚书黄嘉善的嫡孙，黄培很早就得到恩荫为官的机会。而在锦衣卫任职期间，他虽有直言进谏之举，但崇祯皇帝对之一直较为优容，这也使得黄培在心中颇为感激。

甲申之后，他欲殉主而不得，此后便始终不肯执行清廷的剃发令，仍着明代衣冠，以此表达对崇祯皇帝的缅怀之情。此事在即墨广为人知，只是黄家树大根深，清廷委任的地方官大多是睁一只眼闭一只眼。但也曾有一次，某位贪心的知县向黄家索贿不得，就以此为借口，准备治黄培之罪。后来黄家经过上下打点，这才大事化小。黄培不愿再给家人添麻烦，自此之后就称病不出，常年不见外客了。

而至于莱阳邑难，情形则与兖州相似。兖州府城陷于崇祯壬午年（1642年），莱阳县城破于崇祯癸未年（1643年），罪魁祸首均是阿巴泰麾下的清兵。当时莱阳城中张、赵、左、宋、姜、迟等缙绅之族多有殉难者，他们存世的家人自然对清兵咬牙

切齿。故此，后来清廷入关占据山东之时，杨威在招远刚一举事，莱阳生员姜楷就带人响应，一度攻占了县城。而栖霞于乐吾起兵之后，其营中更是不乏莱阳文士，董樵即例子。

上述情形，黄培昨晚便想告知赵守忠。只是双方初次见面，因而不便提起。

说完这番话后，黄培沉默下来，赵守忠也未作言语，庭院内又安静了下来。

少顷，顾炎武、宋继澄、张允抡、董樵等人也陆续出来。众人彼此寒暄了一阵儿，黄培就招呼大家去用早饭了。

吃过饭后，赵守忠登上马车准备回华阴取行李，而董樵则将亲笔手书交给信使，后者骑上一匹快马，向北飞奔而去。

一个时辰之后，赵守忠赶回太古堂。老仆见他面有喜色，知道事情进展顺利，自己心里也跟着有些高兴。

赵守忠回屋收拾好东西，下楼向老仆道别。这些天来，老仆恪守主仆名分，并未与赵守忠有过多交流。但正所谓"患难见真情"，离别之际，赵守忠也颇有些依依不舍。他本想从盘缠中拿出十两银子当面送给老仆以补贴日用，但又觉得对方必然会拒绝。于是，他便悄悄将银子放在桌子上，下面则压着一张致谢的纸条。

再次赶往铁骑山的时候，赵守忠改骑自己的白马，黄家的马夫则驾着空车。如此一来，他们走得就要更快一些。不用多时，就回到了玉蕊楼。

此后两三日，赵守忠等人一直聚在玉蕊楼中，时而论道，时而小酌。就这样，待到第四天的早上，董樵忽然对众人说，下午就当有回音。果不其然，大约在申牌时刻，山路上传来一阵马蹄声，声音由远及近，停在了玉蕊楼外——派往栖霞的信使回来了。

赵守忠见状，惊叹董樵料事如神。后者笑道："不过是路熟罢了。"

原来，从即墨铁骑山到莱阳县城，有一百七十多里路，而从莱阳县城到栖霞唐家泊，又有约百里之遥。这趟线路如果快马加鞭，单程需一天半左右。而董樵考虑到于乐吾需斟酌回信，便推测差不多要等到第四天下午。

接过书信后，董樵打开封口，匆匆阅读起来。过不多时，他笑着对众人道："于乐吾邀请我中途到唐家泊做客，届时还将故地重游，一同攀登锯齿牙山。"

听到董樵的话，赵守忠颇觉振奋，其他人也均面带喜色。

"赵贤弟，大功告成，可喜可贺！"黄培率先祝贺道。

赵守忠抱拳回道："全赖诸位倾力相助。此等大恩，守忠没齿不忘！"

"此事宜早不宜迟，明日我便与赵兄动身前去栖霞。赵兄非本地口音，为掩人耳目，路上凡有问答，皆由董某应对。"董樵提议。自从那日黄培与赵守忠以年齿称兄道弟之后，其他人也都客随主便，按此称呼。董樵年纪较赵守忠为轻，故称之为"赵兄"。

"董贤弟心思缜密，就照你所说行事。"赵守忠赞同道。

黄培见两人拿定主意，就吩咐管家安排酒菜，晚上给他们饯行。当天夜里，众人惺惺相惜，又把酒对谈至深夜方散。

次日一早，董樵和赵守忠收拾好行装，辞别黄培等人，各自骑马，一起向栖霞进发。

而在临行前，赵守忠特地将那套手抄本的《崂山志》还给黄培。交接之际，两人并未多语，只是相视一笑。

驰出铁骑山之后，董、赵两人先经小路行至即墨城郊，再准备换大路赶往莱阳。

前已提及，从即墨至栖霞，莱阳为必经之地。而自即墨到莱阳，又有两条大路可走。其一，出即墨城向北，经侯家庄、眼前庄、段埠庄、柘家庄等地，翻过万华山之后入莱阳界。其二，出即墨城向东北，先行至八十多里外的金口港，然后转向北，经吕家滩进莱阳境。

两相比较，前一条路更为平直宽阔，但路上闲人也多。董樵斟酌一番，最终决定转向东北，取道金口港而行。

二人自卯时从玉蕊楼出发，除了在即墨城郊略作停歇之外，一路皆快马疾驰。大约在午末时分，就赶到了金口港。

甲申前后，山东频遭战火涂炭，加之清廷入关以来，又常摊派重赋。因此，赵守忠先前沿途所见，多为萧条疮痍景象。但这次经过的金口港，情况却有些不同。只见海边千樯垂立，岸上商铺云集，行旅穿梭其间，可谓一番熙攘热闹场面。

"贤弟，此地为何这般繁华？"赵守忠向董樵询问。

"金口港在海湾深处，可避风浪，外地商船常在此停靠。加之此地北接莱阳、栖霞，西连即墨、平度，方圆数百里之物产，皆汇集于此贸易，因而富甲一方。"董樵答道。

说者无心，听者有意。当董樵提到"外地商船"时，赵守忠心中灵机一动："这几天一直为向南传递消息而发愁，金口港既然四通八达，将来当能派上用场！"

想到这里，他心情大好，便对董樵道："乡下难得有如此繁华之地，你我不如就在此打尖吧。此次由我做东，贤弟但点佳肴。"

"那就恭敬不如从命了。"董樵笑道。

两人在镇上寻了一家酒楼落座，喊来伙计一问，店内菜品种类颇多，既有山东做法，亦有淮扬、闽浙等菜肴。"金口商旅之盛，果然名不虚传。"赵守忠心中又是一番感叹。

吃过饭后，两人不及在镇上闲逛，继续策马赶路。从金口到莱阳地界仅有数里，不用多时，他们就跨过界牌，进入登州府莱阳县境。

甲申之前，作为鲁藩的亲信之臣，赵守忠曾来登州府办过事，但当时他走的是半岛北部的登莱官道，去的也主要是府城所在的蓬莱县，对于半岛南部的莱阳县则未曾涉足。因此，进入莱阳地界之后，沿途的风光对他而言，都颇为新鲜。

董樵倒是莱阳人，但这些年他长期隐居在东海成山，重返家乡的机会并不多。这次踏上故土，他也颇为兴奋。因此，每当赵守忠问询沿途山川风物之时，他都不厌其烦，详细为对方讲解。

行有约二十里之后，两人来到一处大村。此时，董樵一勒缰绳，放缓速度，手指东方，对赵守忠道："赵兄请看，此地唤作'穴坊庄'，由此向东，不远处有一条大河，名曰五龙河。此河流向自北而南，向南即汇入金口海湾。莱阳众河流当中，五龙河可谓最盛。姑尤两河（大、小沽河）虽规模相埒，却是过境之水，终究难比在本县入海的五龙河了。"

他略一停顿，见赵守忠并未插话，又接着道："莱阳胜景，多在五龙河两岸，而县治亦在上游。若太平无事，我当亲做向导，带赵兄溯河而上，一览大好风光了。"

"可惜这次有使命在身，只能留待下回了。"赵守忠语带遗憾。

董樵点了点头，手又指向北，再道："从穴坊庄至莱阳城，约有八十里路程。你我快马加鞭，天黑可赶到城郊，今晚就在那边落脚吧？"

赵守忠应声赞同。于是，两人策马继续向北进发。

傍晚时分，他们行至莱阳城南十里外的一处村落，村名叫"四真庄"。所谓四真，即因金元之际全真教四位真人在此会葬而得名，村旁尚有一座道场，名曰"迎仙观"。董樵与观中道长为旧时相识，他思忖此行不宜张扬，故此不住客栈而借宿于道观中。

次日天尚未亮，两人就又踏上路途。他们绕行莱阳城东，转入通向宁海州的官道。疾驰约七十里路之后，在午前抵达了一处名叫"兰家店"的地方。

兰家店设有急递铺，其繁华程度虽不及即墨县的金口镇，但沿街亦有不少茶棚酒肆，来往行人多在此休憩。到达那里后，董樵提议歇马，两人便寻了一处茶棚坐了下来。

此时官道上正是热闹之际，茶棚里熙熙攘攘，董樵和赵守忠的出现并未引起他人留意。赵守忠见此，便低声问董樵："贤弟，前面还有多远？"

"大约三十里。由此转向北，翻过一座山，就能看到锯齿山主峰了。"董樵道。

"看来今晚便能见到于乐吾其人了。"想到此处，赵守忠心中一阵激动。

在茶棚里，两人匆匆吃了些茶水面点，然后接着上路。

从兰家店向北走了约十里路，他们又看到一处界牌。这时，董樵对赵守忠道："此地为莱阳、栖霞两县交界处，前面有个村庄名叫'水头'，就属栖霞地界了。"

过了水头村之后，道路转入山间，变得崎岖且蜿蜒。两人只得放慢速度，但也因此有了欣赏风景的闲暇。

不多时，东北方向果然浮现出一座大山的轮廓。赵守忠翘首细看，只见其主峰有三，形似牙齿，皆高耸入云，巍峨雄壮，料想便是"锯齿山"了。

他有感于此山之壮观，不禁看得入神。而旁边的董樵也睹物思情，不由得又回想起十年前在此聚义的往事。一时之间，两人皆不出声，山间只闻马蹄作响。

如此又走了约二十里路，他们已从锯齿山的南侧行至西边。此时，一处规模颇大的村落，就出现在前方的山坳当中。

董樵指着那边对赵守忠道："前方便是唐家泊了。"赵守忠点了点头，又下意识地整了整衣衫。刚才在山间时，两人原是并马而行，至此也分作前后。董樵在前，赵守忠在后，两人各自骑马下坡，向村中行去。

蹚过村东的大河，面前出现一道圩墙，墙上开有一门，门边立有两人，应是守卫者。董樵见状，回过头对赵守忠道："这便是当年起兵时所修筑的圩墙，不想如今尚存！"

原来，于乐吾上次举兵时，虽将本营设在锯齿山中。但唐家泊村为其祖宅、家庙所在，亦未曾放弃。为防清军袭扰，他下令在村边修建圩墙，以结寨自保。然而当时清军主力正在湖广闽浙，无暇顾及登莱二府。唐家泊村因此也并未遭受战火。后来，于乐吾接受招安，成为栖霞县把总，地方上亦无人敢提拆除圩墙之事。这些建筑工事，就一直保存了下来。

就在董樵和赵守忠说话的间歇，门边的守卫已经看到了他们，其中一人连忙迎了过来。

"敢问两位是何方客人？来此有何贵干？"那人问道。

董樵和赵守忠分别下了马。前者本以为遇见的是旧时相识——当年于乐吾麾下很多人他都认得，但对方看着不过二十岁的年纪，面孔也生得很。

他料想对方应是不认得自己，便客气地说道："烦请通禀七爷，就说东海故人前来拜访。"

于乐吾虽然以"孟熹"为字，但他终究是武人出身，生性豪爽，平时极少使用这一称呼。因为他在家族当中排行第七，江湖人士背后常称之为"于七"，而当面则多喊作"七爷"。当年起兵之后，他与诸多英雄歃血结义，众人又都喊他为"于大哥"。总之，"七爷"也好，"大哥"也罢，均属敬称了。

方才董樵提到"七爷"的名号，那名守卫不由得肃然起敬。他答了一声"好"，就转身跑去通禀了。

不一会儿，前方传来一阵洪亮的声音："董先生驾到，于某有失远迎，现赶来赔罪了。"

赵守忠循声望去，只见一位中年男子在五六名汉子的簇拥下，正大步向这边走来。该男子身形颇为魁梧，且是一副习武的装束；旁边那些汉子也都穿着练功的衣衫，个个身强体壮——看上去，他们像是从练功场上直接赶过来的。

"岂敢岂敢，'将军'别来无恙了。"董樵笑着回复道。

言罢，他转过头，低声对赵守忠道："来者便是于乐吾了！"

9. 锯齿山

听到董樵称呼自己为"将军"，于乐吾知他是以往事来调侃。当年在锯齿山举兵之时，董樵曾建议于乐吾打出"大明登莱招抚前部将军"的名号，以收揽人心。但于乐吾最终并未采纳此策。

"于某如今只是乡野村夫，先生休要打趣了。"于乐吾也笑了笑。

他虽已是五旬上下的年纪，步伐却相当矫健。刚才这几句的工夫，他已经行至大门之外。赵守忠看得真切，心中颇感佩服。

董樵见于乐吾走近，当即拱手行礼。于乐吾回了礼，喜道："于某总算是将你盼来了！多年不见，先生仍是这般儒雅！"

"董某先前礼节不周，还望兄长海涵。"董樵所说的，显然是指此前拒收于乐吾礼物之事。他刚才跟守卫提起于乐吾时，用的称呼是"七爷"；刚才初见于乐吾本人，则喊作"将军"；现下正式行礼，则改称"兄长"了。

此时，于乐吾也注意到了站在一旁的赵守忠，便问董樵道："不知这位兄台是？"

"这位朋友姓赵，系我在崂山云游时结识，彼此一见如故。他亦有意到滨都宫参拜，所以这次结伴同行。事前未向兄长禀报。"董樵回道。

董樵作为莱阳名士，平素交友甚广。这一点，于乐吾早就知晓。听到刚才那番回答，他也没有太在意。

"既然与你同来，那就都是客。还请两位先生移步叙话。"他爽快地招呼道。

赵守忠闻言，连忙抱拳致意，于乐吾也回了礼。众人随后开始向村内行去。

跨入寨门，转过两条街巷，他们来到一座宅院的前方。此宅高檐厚墙，规模宏大，门前还有一大片空地，二十余名青壮子弟正在那里练武。

董樵对此场面倒不陌生，而赵守忠就不免暗自吃惊："这于家的勇武，果然不是浪得虚名。"

于乐吾见赵守忠两眼紧盯演武场，便笑着对他道："今日不过是些花拳绣腿。赵先生若有兴趣，待过几日再专程演示些硬功夫。"

"多谢盛情！不必麻烦！"赵守忠抱拳道。

"好说，好说。"于乐吾又笑了笑。他随即侧过身去，叮嘱身后一名汉子道："快去给你尹师叔送信，就说贵客已到，让他今晚过来陪酒，不醉不休！"

那位汉子"诺"了一声，当即小跑离开了。

"请！"此时于乐吾向着董、赵二人挥了挥手，领着对方走进宅内。

穿过两进院落之后，众人来到客厅当中，宾主依次落座。而刚坐下的时候，董樵向赵守忠使了个眼色，示意他暂且不要开口说话。而经过这一路上的交往，赵守忠对董樵已是相当信任，因此当然就照办了。

董樵和于乐吾前后叙旧约有半个时辰的工夫，屋外忽有人通禀："尹师叔到了！"

"快请进来。"于乐吾朗声吩咐道。少顷，一位男子就匆匆进了屋。

赵守忠打量了一下对方，只见他约是四十岁年纪，面色黝黑，身形同样健硕，看起来亦是常年习武之人

进屋之后，那男子先对于乐吾道了一声："大哥！"

于乐吾点了点头，手指董樵问道："你看这位客人是谁？"

那男子转头看了过来，随即惊道："这不是董军师吗？"

"哈哈！"于乐吾大笑一声，接着道，"现在还是喊'董先生'吧。"

那男子马上改口，向董樵拱手道："董先生好，尹某有礼了。"

董樵识得此人姓尹名应和，是于乐吾的一位义弟，就住在唐家泊西面不远某村落。在于乐吾众多结义兄弟当中，尹应和离得最近，因此两人的关系也最为亲密，其程度犹如同胞手足。而当年于乐吾举兵抗清之际，尹应和也被委以重任，主要负责留守唐

家泊和锯齿山本营，出力甚多。

"尹兄别来无恙，一晃多年不见，贵公子现在已行冠礼了吧？"董樵记得尹应和膝下有一独子名为尹秉舟，上次举兵时不过十三四岁的年纪，但也跟随在军中历练。推算时日，对方应该已经长成飒飒的青年了。

尹应和见董樵仍记得自己儿子，心中颇为感动。他回复道："劳烦先生挂念，犬子不才，现已二十有三，前些年就成家立业了。"

"如此甚好，江山代有人才出，可喜可贺。"董樵又道。

此时，于乐吾也开了口。他告诉董樵，因为九、于十（于乐吾的两位胞弟）外出有事，家中无人陪酒，所以就将尹应和请了过来。

接着，他又把赵守忠也介绍给尹应和。尹应和听说对方是董樵的朋友，亦未多想。他与赵守忠彼此行礼，又各自落座了。

时至酉初，外面天色依然大亮。但久别重逢，于乐吾着急与董樵对饮，因此当即就吩咐开席。赵守忠见状，心中不由得乐道："此人做事，好生直爽！"

开席之后，众人吃菜不多，举杯倒是频频。于乐吾、尹应和都是习武之人，酒量自然也是颇大。而董樵毕竟与对方熟悉，平素又常以诗酒相伴，倒也还能应对。唯独赵守忠长年在海上漂泊，鲜有开怀饮酒的机会。因此，这般豪饮之下，渐渐有些不胜酒力。但好在当晚只是闲谈，不涉公事，他也就倾力相随了。

自酉而戌，自戌而亥，至亥时之初，宴席方告一段落。此时，赵守忠已有些迷糊，而其余三人依旧谈笑风生。恍惚之间，他只听到董樵跟于乐吾约定明日去锯齿山中游览，其余细节，则都记不清了。

散席之后，于乐吾吩咐仆人将董樵和赵守忠带到各自房间休息，他本也给尹应和安排了住处。但后者艺高人胆大，坚持要摸黑返回。于乐吾知道他的本事，又见他态度坚决，也就不强留了。

次日清晨，赵守忠尚未起床，便听到有人敲门。他还道是主家派人来催，连忙起身开门。待透过门缝看清来人是董樵，他才松了口气，让对方进了屋。

"冒昧打扰赵兄休息。不知昨夜睡得可好？"董樵问道。

"登莱待客如此热忱，饮酒又如此豪爽，赵某昨夜大醉，实属惭愧！"赵守忠笑道。

董樵也笑了笑，接着道："今日我等将同于乐吾进山游览。有些事情，还需提前与赵兄商量。"

"贤弟的意思是？"赵守忠隐隐感觉董樵是想借此机会挑明目的。

果然，董樵压低声音道："锯齿山中旷无人烟，可在此处向于乐吾直说来意。不知赵兄意下如何？"

"如此甚好！"赵守忠点了点头。

董樵又道："于乐吾接受招安之后，那边既不受清廷信任，这边又落了个'投降'的骂名，他为此颇感烦恼。昨晚探听其口风，心中不无郁郁之意。此时我等若以忠言相激励，不难保他不会弃暗投明。总之，他既然不是铁心追随清廷，赵兄这边便有希望。"

"多谢贤弟，此行多亏有你了！"赵守忠见董樵心思缜密，不禁称赞道。

两人接着又商量了一些细节，董樵随后便又回去了。

当天的早饭，是由仆人分别送到董樵和赵守忠的房间，于乐吾本人并未露面。直到辰牌时刻，仆人才又来告知：七爷已在客厅等候。董樵和赵守忠稍作收拾，就各自赶了过去。

于乐吾终究是习武出身，昨夜虽然饮得酣畅，但一觉过后，行为举止又恢复往常。只是从脸上的红光当中，还能看出尚未完全消散的酒力。他见董樵和赵守忠走进客厅，连忙起身迎接，一边走一边道："昨晚未能尽兴，待今日再好生相陪。"

董樵笑道："兄长海量，我等岂能相比？今日不敢再饮，能早些去锯齿山故地重游即可。"

"哈哈！"于乐吾大笑一声，"好，现在就去锯齿山"。

他随即吩咐安排车马，并专门叮嘱道："客人的坐骑仍留在厩中休养，另外从自家骏马中挑选出两匹供对方骑乘。"

辰末时分，一切准备妥当，众人就启程向锯齿山奔去。

赵守忠虽非当地人，但出发后不久也发现了端倪：队伍并未朝着东面锯齿山的正

前方出发，而是沿着唐家泊旁边的河流向北行进。走了六七里之后，一行人这才转向东边——但就方位而言，这其实已经是锯齿山的后坡了。

原来，这锯齿牙山的正面多为裸露岩壁，陡峭无比，攀登殊为不易。而其后坡则相对平缓，故当地人多由此进山。董樵见赵守忠面带疑惑，便告知其中原委，后者这才释然。

一行人在山谷中又走了十里许，此前宽阔的河道已渐渐变成小溪。此时，董樵喊住于乐吾和赵守忠，对他们道："别小看这山中涓涓细流，待其汇集百川，行至下游，就变成滔滔大河了。吾乡莱阳县的五龙河，就以这里为一处源头。"

对于董樵这番话，于乐吾有些莫名其妙，赵守忠却听出了弦外之音——复兴大业不也是这个道理吗？

自溪流再往上，道路越加狭窄，骑马已难通行。于乐吾见状，就招呼董樵和赵守忠在此下鞍。三人结伴徒步而去，另外两名随从则留在了原地照看马匹。

过了约有一盏茶的工夫，三人已行至一片密林当中。董樵见四周无人，便停下脚步，正色对于乐吾道："兄长，请暂且停歇，董某有要事相禀。"

于乐吾见董樵神情严肃，颇感诧异，连忙道："先生何事？但讲无妨。"

董樵手指赵守忠，接着道："这位赵朋友，身份特殊，昨日未曾向兄长详细提及，如今不敢继续隐瞒。他姓赵名守忠，乃是浙东监国鲁王殿下心腹之臣，此次受张煌言张司马之命专程为联络兄长而来！"

听了这番话，于乐吾双目一瞪，不由得倒吸了一口气。他迅速环视了一下周边，确认再无旁人之后，低声道："先生这是何意？于某现为乡野村夫，早已不问世事。方才先生所言，已属犯禁之语。倘若报官，恐有大祸。今日我等只游山玩水，切勿再提他事！"说完，他扭过头去，背对着两人。

赵守忠看了董樵一眼，接过话茬，在于乐吾背后说道："于兄，此事请恕赵某冒昧，万勿错怪了董贤弟。"

于乐吾听了，虽未转过身来，但亦未打断对方的言语。赵守忠见状，便继续说道："实不相瞒，闽浙义师不日即将北伐，我受张司马所托，北上登莱联络反清义师。于兄

威名远播，我欲求见而无门路，这才请董贤弟居间联络。今日只求当面一诉衷肠，只待说完，于兄大可向清廷官府告发。赵某甘愿就缚，绝无怨言！"

于乐吾生性爽直，一向敬佩有胆气之人。他听到赵守忠刚才这番话大义凛然，不禁也暗自感叹："此人敢于孤身犯险，足见其是条汉子，况且又是董先生所引荐，想必也是可靠之人。也罢，且听他还有什么说辞。"

想到这里，他便转过身来，先看了董樵一眼，然后又望向赵守忠，接着缓缓说道："董先生与我终究有过生死之交。出卖朋友的事情，于某绝不肯为！赵先生有话便请讲吧。"

赵守忠见董樵在一旁点了点头，便抱拳道："于兄如此胸襟气量，令人佩服！那赵某就斗胆继续说了。"

他略一停顿，肃然道："听闻于兄本是我大明的武科举人，虽然未曾入仕做官，但亦属沾蒙皇恩。故主有难，臣下岂能袖手旁观？当年清军南下，浙东沦陷。张司马身为举人，便慨然举义，奔走复兴十余年而不辍，堪称一方中流砥柱，远近之人无不佩服。于兄何不效仿张司马，同举义旗，光复大明，建立不世功勋？"

于乐吾面无表情，淡淡回道："于某当年冒死举兵抗清，已可报答明朝之恩。问心无愧，天地可鉴。要说沾蒙皇恩，洪承畴、吴三桂之流岂不是更应以死报国？这些公侯将相尚且不能为崇祯皇帝尽忠，赵先生又何必为难我这个小小的武举人？"

赵守忠听了，一时竟有些语塞。于乐吾刚才所言，倒也不假。在这乱世当中，能坚守"忠义"二字的，究竟又有几人呢？

好在这几天里，赵守忠常在心中演练着与于乐吾的对话。对方如此态度，倒也并不出乎意料。

他稍加思索，继续劝道："于兄为当世豪杰，应作忠臣义士，岂能与乱臣贼子为伍？"

于乐吾摇头道："于某既做不了忠臣义士，也不想当乱臣贼子。如今身为一介乡野村夫，倒也无忧无虑。"

赵守忠见对方不为所动，心中有些焦急。他不及细想，就顺着于乐吾的话，脱口

问道："乱世当中，身不由己，想做乡野村夫，恐怕也不容易吧？"

于乐吾面色微微一变，追问道："此话怎讲？"

此时，赵守忠想起董樵早上所说的那番话，便回复道："清廷入关之后，虽号称满汉一体，但其实对汉人多有猜忌。于兄任栖霞县把总之时，想必对此深有所感。再者，常言道，鸟尽弓藏。当年清廷招抚于兄，何尝是真心爱惜人才？彼时，江南义师声势浩大，清廷用兵捉襟见肘，故不得已而招安。倘若将来天下无事，未必不会再算旧账。况且，即便清廷官府没有此意，也难保仇家小人不会借此发难。届时，悔将晚矣！"

与起初那番忠言大义相比，刚才这段话显然更能让于乐吾听到心里。在招安之初，登州知府张尚贤对他态度尚可。可数年之后，新官员上任，对他便处处提防挤兑，背后甚至仍以"土寇"来称呼。他不甘其辱，勉强当了几年的把总，就主动辞官回乡了。

"既然与清廷结有旧怨，而对方行事又无信义可言，将来恐怕不能见容，是应当提前留一手打算了。"于乐吾心想。

"以你之见，我当如何自保？"他又向赵守忠问道。

"东山再起，弃暗投明！"赵守忠斩钉截铁道。

于乐吾面露苦笑，道："你既然是董先生的朋友，又有这番胆气，我也就打开天窗说亮话。这些年来，时常有人劝我再次起兵反清，均是以忠义为说辞。于某读书虽少，但"忠义"二字岂能不知，何须用他人点化？但空有忠义，不足以成事。于某年届五十，家中上下有几十口，姻亲故旧更不止百人。稍有差池，便将玉石俱焚。行事不得不慎重啊！"

说到这里，他又望向董樵，接着道："今日当着董先生的面，于某再为当年的事情解释一番。起兵不是儿戏，内无粮草，外无援军，贸然行事，无异于自寻死路。于某并非贪生怕死之辈，但也不想让家人、亲友和追随我的众弟兄枉送性命。当年同意招安，便是为此；如今不愿起兵，也是这般。"

董樵方才不曾插话，但此时也开口道："兄长行事光明磊落，其背后苦衷，董某现已明白。但人生在世，名声为先。兄长身为大明举人，起兵抗清却中途而废。知兄长者，

谓兄长心忧；不知兄长者，谓兄长何求？数代以后，史书恐以'贰臣'相称了。倘若当机立断，弃暗投明，此前之事则可视作忍辱负重、权宜之举。复兴大业若成，于兄功劳卓著，自不待言；即便不成，也可一刷前耻，重新正名了。"

于乐吾纵横江湖，一向将名声看得极重，生怕被同侪耻笑。而之前招安一事，众人私下里议论纷纷，他也时常为此烦恼，一直想寻机挽回口碑。刚才听到董樵所言，他心中也颇有感触。

思索片刻后，于乐吾转头向赵守忠问道："先生既然是受闽浙方面所托，不知那边可有进取方略？"

与人谈事，不怕条件苛刻，就怕不谈条件。于乐吾现在开始询问闽浙方略，赵守忠知他有些动心，不禁暗喜，当即回复道："北上之前，张司马曾说，入夏之后，他就将与延平王联合举兵，直取金陵。现清廷兵力大半用于云贵，东南空虚，正是进取之时。只盼于兄能在登莱振臂，与张司马南北呼应。如此一来，就大业可期了！"

董樵也在一旁应和道："前番举兵，之所以半途而废，只因未能与江南联络，以致缺饷乏援。而今闽浙使者已来，外援可待，此诚然为举事良机。"

于乐吾并未马上答话。他在林中来回踱了几步，忽然停下说道："两位先生既然如此看重于某，鄙人若再不领情，就有些不讲义气了。也罢，那就直话直说，闽浙人马若能攻下金陵，于某情愿在山东响应；如果不能，则恕难从命。"

赵守忠有些意外，他本以为于乐吾会提出相应的"官爵粮饷"为条件——此前闽浙不少地方实力派人物均有过类似要求。没想到对方竟然是如此说辞。

他欣喜道："于兄果然爽快！我定当早日将此喜讯告知张司马。"言罢，他望了董樵一眼，只见后者的面色也颇为舒展。

"赵先生不必客气，我这也是想给董先生一个交代。如此，于某便在栖霞恭候闽浙佳音了。"于乐吾道。

"对方虽然没有完全应允，但已表达出诚意。这次北上，也总算有些结果了。"此时，赵守忠如释重负，不禁抬头望向高处。只见那锯齿山的主峰，在云间更显巍峨了。

10. 滨都宫

于、董、赵三人谈完正事之后，又在锯齿山中游览了一阵儿。不知不觉已到午后。于乐吾见时候不早，便提议下山。董樵和赵守忠此行之意本就不在风景，自然也就同意。

行至先前歇马处，两名随从见到三人回来，赶忙去将放在河边吃草的马匹牵了过来。众人上了马，一路挥鞭，用了不到半个时辰，就赶回了唐家泊。

当天晚上，于乐吾又设下酒席，继续喊了尹应和作陪，接着宴请董樵、赵守忠。只不过前日之宴，董樵是主宾；而这桌酒席，赵守忠坐了上座。尹应和不知其中究竟，但既然是于乐吾的安排，他也就尽职尽责，席间频频向赵守忠敬酒。

人逢喜事精神爽。赵守忠虽酒量不如其他三人，可毕竟心愿初遂，兴致也随之大增。四人觥筹交错，至极酣方散。

虽然喝酒颇多，但赵守忠心中惦记着归程，次日早早便起来与董樵商量。董樵提议说："先回即墨再做打算，但此次栖霞之行既然以参拜滨都宫为名，神明诚不可欺，县城又距唐家泊不远，可先到那里观瞻，然后再回去不迟。"

"应该如何向张煌言传递信息？"赵守忠尚未拿定主意。他听董樵如此安排，当下也就同意。而"神明诚不可欺"之语，不禁让他想起此前在胶州官路村的经历。当时，高璪的叔祖询问他的来意，他就是以祭拜高弘图墓园为说辞。

"祭拜高相国一事，假以时日，必不失言。"想到这里，他又暗自提醒了一下自己。

两人定好行程，在早饭过后便向于乐吾辞别。此时马上就到端午，于乐吾本想将

两人留到过节之后，但心知赵守忠有重任在身，便不作勉强。而为防走漏风声，在众人面前，他对赵守忠也并没有表现出什么异样。

离开唐家泊之后，董樵和赵守忠开始向栖霞县城进发。这段路程虽然不过五十里，但均是险峻山路，骑马亦难以快行。因此，两人抵达栖霞城郊时，已然临近中午。

董樵熟悉道路，他带着赵守忠从南面的环翠门进城。不多时，两人又从北面的迎仙门穿出。

"这栖霞县城竟然如此之小？"赵守忠大感惊讶。董樵对他道："登州府辖下一州七县共八邑之地，唯独栖霞不临海。其县内山川纵横，村落星散，可谓地广人稀。县城规模也不大，周长仅三里余，民间有'城大如斗'之说。但城虽小，亦不乏名士文人，牟、郝、林、李、衣等家族，多有科贡入仕者。"

在山间跋涉了一上午，赵守忠此时不免有些饥饿。方才在城内时，他就建议董樵歇马打尖。但后者回道："当年他曾多次来过栖霞，在城内停留恐被认出，不妨到城北的十里铺再行休息。"

与先前提到的莱阳兰家店相似，栖霞的十里铺同样是设在官道上的急递铺，周边也开有茶馆酒肆，可供行旅客商歇脚用餐。甲申之前，董樵从莱阳赶赴登州府城应试时，就曾在此处休息，故而对此较为熟悉。

十里铺，顾名思义，在栖霞城外十里处。出北门之后，踏上栖霞通往登州的官道，策马疾驰不多时便可到达。两人寻得了一处合适店面，各自下马落座。

趁着上饭之前的间歇，董樵手指远处，对赵守忠道："兄长请看，前方那处道场，就是我们此番要去的滨都宫了。而更远处的大山，即艾山。此山地处栖霞、蓬莱两县交界，山南为栖霞，山北为蓬莱。一山分两县，可称巍峨壮哉。"

"盛产灵艾之艾山，原来就在此处。"听到艾山这个名字，赵守忠不禁又想起当年在鲁王府过端午时的往事——那时王府所需之艾草，就是专门派人从栖霞艾山购进。而算算日子，当天已至五月初四，明天就是端午。眼见物是人非，他心里感慨不已。

午饭之后，两人开始向滨都宫进发。滨都宫就在目光所及处不远，因此他们并未上鞍，而是牵着马沿着河，缓缓走了过去。

来到大门口，两人先将马匹拴好，然后各自正了正装束，这才踏入门内。

方才在路上眺望时，赵守忠就已发觉滨都宫规模宏大，而进门之后，只见其内部更为壮观。他忍不住向董樵低声询问，后者便将此处的典故简要讲述了一番。

原来，滨都宫为金元之际长春真人丘处机所建的道场。当年，丘处机拜王重阳为师，修炼得道，返回故乡栖霞县滨都里，建起了这座宫观。彼时，全真教已然得到金朝认可，章宗皇帝便赐名为"太虚观"。后来，丘处机西行万里，谒见成吉思汗于雪山，被后者尊称为"老神仙"，而"太虚观"之地位亦水涨船高，升格为"太虚宫"。而除了"太虚宫"这个官方称谓之外，由于此处临近滨都里，它在民间也被叫作"滨都宫"。

此后，丘处机本人虽长期居住于燕京，但滨都宫的香火依旧昌盛，不少达官贵人都纷纷捐资为功德主，故此，其规模日渐扩大。金元之际的名士元好问就曾赞道："在所道院，武官为之冠，滨都次之，圣水又次之。"所指就是掖县灵虚宫、栖霞滨都宫和宁海圣水宫这三座有名的道场。

两人边说边走，不觉已行至一座大殿之外。赵守忠定睛一看，原来是供奉丘处机神像的"丘祖殿"。他此前在参观华楼宫时曾经见到丘处机题写的"金液泉"大字，而归来之后便收到了黄培那边的消息，当时就感觉冥冥之中似有神灵庇佑。因此，这次看到丘祖殿，他的心中更添虔诚，就与董樵恭敬地跪拜了一番。

走出丘祖殿之后，董樵又带着赵守忠来至吕祖殿外。

所谓吕祖殿，即供奉纯阳真人吕洞宾的场所。道家宫观，多有此殿。赵守忠本以为董樵只是单纯来此参拜。但行礼起身之后，董樵却对他道："赵兄，滨都宫的吕祖签颇为灵验，今日既然到此，不如请上一支。"

此事有些出乎赵守忠的意料。踌躇之间，他尚未作出回答，却听董樵又道："栖霞郝晋郝康仲（郝晋，字康仲），赵兄应当有所听闻吧？甲申之前，他曾在刑部、兵部担任侍郎，亦属登莱名宦，与吾乡莱阳诸君子多有往来。可惜甲申变后，他先陷于闯，后仕于清，名声有损。但听闻其心中颇有悔意，仕清之后虽官居巡抚，可不久之后就辞官回乡。前些年已然作古了。"

郝晋的事迹，赵守忠确有耳闻，但不知董樵为何现在提起，脸上不禁露出疑惑之色。

董樵见状，连忙解释道："说起此人，与滨都宫灵签大有关联。民间盛传，崇祯元年（1628年）他在进京赶考之前，曾在此求签询问前程，结果求得'鲤鱼化龙'之签。签文曰：'时行命遂不须愁，一到桃花皆自由；果然涧内龙飞跃，脱俗起凡始出头。'果不其然，至三月春闱，桃花盛开时节，郝晋就高中进士，由此入朝为官了。此事传开之后，众人皆佩服签文灵验。每年来此请签者，络绎不绝。"

赵守忠闻此，心有所动："既然这般灵验，不妨也请上一请。"

他的想法还没说出口，却听董樵叹道："唉！想当年清廷招安之际，于乐吾也曾来此询问前程，却求得'曹洪失潼关'一签，签文曰：'已成了，又难保，只待舟楫顺风行跑；每事多烦恼，虔心神前修省，长安保。'那时，于乐吾正粮饷不继，又求得此签，最终就答应招安。这也算是天意了吧？"

听到董樵这番话，赵守忠不禁打起退堂鼓："我若求签，所问必是于乐吾弃暗投明之事，倘若上天眷顾，请得上签，自然皆大欢喜；倘若时运不济，抽出下签，又该如何解对？"

他犹豫了一阵儿，最终还是下定决心："不入虎穴，焉得虎子？签都不敢请，还谈何复兴？无论上中下签，自当竭力而为了。"

于是，他告知董樵同意请签，后者便请殿内道人拿来签筒。赵守忠从怀中取出银钱，放入功德箱内。然后沐手焚香，向吕祖神像恭敬行礼，又接过签筒，摇晃三下，请出了一支签。

他展开签文，只见是吕祖灵签第九十六签，签文曰："潭深鱼不饵，鸟飞难弋获；时势已如此，一笑又一哭。"从字面来看，显然并非上签。

虽然心中已有准备，但见此签文，赵守忠仍是心头一震。董樵发觉对方面色有异，却不便开口询问，就同赵守忠一起谢过道长，前往后院去了。

滨都宫的后院长有两棵古柏，相传为长春真人丘处机亲手栽植。其年代已久，树干苍虬，已有枯萎之状，但枯而不倒。待行至此处，见四周无人，董樵方开口问道：

"不知兄长请得何签?"

赵守忠没有答话,而直接将签文递给了董樵。后者接过一阅,不禁也叹了口气:"此乃孟姜女寻夫之签,诚非佳语。"

董樵将签文递还赵守忠,接着道:"赵兄,我心中本就有所隐忧,只是未曾向你明讲。现在请得此签,可见还是难逃神明法眼了。"

"贤弟但讲无妨。"赵守忠道。

"唉!"董樵叹道,"观于乐吾之言语,意气犹在,但豪气已不比当年了。其在锯齿山中虽然松口,不过真要起兵,恐怕也要大费周折。他说闽浙义师克服金陵就举兵呼应,但要克服金陵,又谈何容易?"

之前在锯齿山,赵守忠一时兴奋,对于乐吾所提条件并未细想。如今听到董樵这番话,也感觉此事并不简单。

点破了这层窗户纸,一时之间,两人均陷入了沉默。

过了有一阵儿,赵守忠才缓缓说道:"董贤弟。北上之前,我曾问过张司马,倘若差事不能办成,又当如何?张司马对我道,'尽人事,听天命'。而这六字箴言,也可用于今日吧!"

"张司马能这样想,也是难得了。"董樵称赞了一声。此时,他心中颇感矛盾:作为一位心怀大明的遗民,他盼望着反清义师能有一番作为;但作为一名经历过战阵的军师,他又深知现实和愿望之间的鸿沟。如今,清廷入关已有十五年,通过恩威并施,已逐渐将多数士绅拉了过去,统治日渐稳固。于乐吾之所以不肯立即举兵,不正是也看到了这一点吗?

今日来到滨都宫,他一是想向赵守忠点破此事,二来也是盼望请到好签以图安慰,但不想竟然得到下签。"难道真是天意如此?"董樵心中自问道。

好在赵守忠刚才的回答,依然可以听出"坚韧"。尤其是"尽人事,听天命"那番话,让他感触极深。他虽然不曾见过张煌言,但也隐隐心生敬佩之感。

"今日请签一事,董樵考虑欠妥,万请兄长海涵!"感慨之下,董樵忽然向赵守忠抱拳赔礼。

"贤弟这是什么话？此次若非你居中帮忙，赵某现在仍是束手无策。至于签语，倘若真是天意，又岂能怪到贤弟头上？再说了，人心若诚，也未必不能感动上天。"赵守忠连忙劝慰道。

董樵心中一宽，慨然道："兄长大人大量，在下佩服。事在人为，董樵愿竭力相助！"

话至此处，两人心中芥蒂已除，彼此相视一笑，开始商讨起下一步的行程。时为申初，距离天黑为时尚早。赵守忠因而提议即刻出发，返回即墨铁骑山。

从栖霞县城到即墨铁骑山，亦有两条大路可走。其中一条，即向南经榆科顶先至莱阳城，然后再沿着来时之路返回；另外一条，则是向西先往招远方向进发，中途向南转至毕郭集，由毕郭集一路南行，纵穿莱阳西境，然后入即墨地界。

董樵思忖："栖霞莱阳之间约有百里路程，而至招远毕郭集，则仅为七十余里。此时出发，若快马加鞭，约莫天黑前后可到毕郭，但要赶到莱阳，恐怕就需走夜路了。"

他知自己身份特殊，莱阳多有相识者，白日赶路若被人撞见，尚可托词"游山玩水"，而半夜骑马奔行，则难免令人生疑。经过一番斟酌，他最终决定走招远毕郭集那条路。

离开滨都宫后，两人策马回到十里铺，备足了水和干粮，然后赶至栖霞城西门，朝着招远方向赶去。

过西门不久，面前就出现一条大河。董樵告知赵守忠："此河名为白洋河，发源自栖霞城南，蜿蜒向东流淌，最终在邻县福山入海。"

白洋河的河面也算宽阔，但好在其紧邻栖霞县城，搭建有简易浮桥。董樵和赵守忠得以牵马而过，免去涉水之苦。

过河之后，两人重新上马，开始加速前行。至酉时之初，已来到了四十里外的寺口集。此地位于栖霞西境，再向西不远即可进入招远县地界了。

在寺口集，两人找到茶棚略作停歇，并向伙计打听了一下路程。热心的伙计听到他们要去招远毕郭集，就另外推荐了一条小路。他说："大路较为通畅，但路途更远；小路虽穿行山中，却较为省时。"董樵和赵守忠商议了一番，决定走小路以便早些赶到

78

毕郭集。

稍事休息，两人按照伙计所指线路继续出发。

起初，这条路还算平坦，但行有十多里之后，就逐渐变得崎岖。非但如此，当行至一处山口时，前方道路忽然分出三个岔口。一时之间，两人不知所措，只能暂时停下，准备寻找过路之人询问。

然而，此时已至酉中，虽然尚未黑天，但农家也到了晚炊之际；加之这里又偏处山野，等了将近两刻钟的工夫，竟没有遇到一个路人。董樵和赵守忠见日已西偏，心中不免着急就咬了咬牙，向中间那个岔口走了过去。

过了三四里的模样，道路越来越窄，旁边的杂草也越来越密，两人料想多半是走错了路，但此时再回头显然也已来不及，就只能硬着头皮接着前行。

大约一刻钟之后，两人步入一处深谷当中。其两侧的山岭虽不算高大，但谷中极深，目光所及之处，也并无房舍人烟。此时，日已落下，暮色渐起，鸟兽鸣于林间，颇有阴森之感。

两人本是一前一后行进，而等到靠近谷中一片密林之时，前面的董樵忽然停了下来，侧身低声说道："赵兄小心，这山林当中多半有狼！"

赵守忠一惊，连忙勒住了马，问道："贤弟如何知晓？"

"方才马匹一直有不安之感，我仔细辨认，隐约听到前方有些响动，因此推测有狼。"董樵解释道。

这些年来，他长期隐居在山野之中，先是在宁海州的松椒山，后来则是在东海成山附近。而在如此环境下生活，少不了要与野兽打交道。故此，他对狼的习性也知晓几分。刚才辨声观色，就看出了端倪。

与董樵不同，赵守忠此前一直在王府供职，后来又长期漂泊在海上，对狼就不甚了解。

但好在他出身于军职之家，近世虽偏于文治，可依然留有一些武艺功底，而这也是他敢于独自北上的原因之一。

听到董樵的提醒后，他一只手松开缰绳，下意识地摸向腰间，准备寻找兵刃。然

而一摸之下，却空空无物，他这才记起：为防止路上遇到盘查，自己根本就没有携带防身之器。"当时只考虑提防清兵，并未想到会碰上猛兽，真是造化弄人！"他心想。

"贤弟，你我皆赤手空拳，恐怕难以硬闯，不如原路退回吧。"赵守忠提议。

董樵摇头道："狼在前方，我等若骑在马上正面应对，它们或许无机可乘。但若转身退回，背心势必暴露，恐有性命之忧。生火驱赶虽然是个法子，但眼下这个季节干柴难寻，一时之间恐怕也顾不上了。现下之策，唯有暂且在此僵持，盼其能自动离去。只是夜幕将至，时间越拖，越是不利。"

就在两人说话之时，林中响起一声号叫，两匹马也愈加不安。这一次，赵守忠听得真切，不禁将手里的鞭子攥得更紧了。他双腿稍夹马腹，催动其向前缓行了几步，来到董樵身前，低声道："贤弟，我多少还会些武艺，真要是狼扑上来。由我在前应付，你可寻机先行脱身。"

又过了一阵儿，天色越发昏暗，视线已然模糊。两人丝毫不敢大意，屏住气息，四目紧紧盯前方。

此时，山谷中突然刮起一阵疾风，吹得草木摇曳作响。赵守忠和董樵连人带马，不由得也向后退了几步。而就在这一刹那，一对黑影从林中窜出——果然是狼，并且还是两只，急速向他们奔去。

董樵见状，大喊一声："来了！"赵守忠闻言，双腿用力夹住马腹，一只手紧牵缰绳，以防止马匹受惊；另一只攥着鞭子的手则沉下马背，准备择机抡向前去。

转瞬之间，两只恶狼已经冲至跟前，并发出阵阵嘶吼，惊得两匹马连连晃蹄。赵守忠无法借力，鞭子难以挥起，心中不由得暗叫了一声："不好！"

11. 鸟铳手

正当千钧一发之际，暮色之中忽然闪起一丝火光。随即，一声轰鸣传到赵守忠和董樵的耳中。而伴随着这声轰鸣，冲在前面那只狼猝然倒下，另一只显然也受到惊吓，一时竟停了下来。

赵守忠和董樵都经历过战阵，尤其是前者，常年陪同鲁王寓居在郑成功军中，因而对火器并不陌生。适才听到那声轰鸣，他便知是鸟铳射击时发出的声响。可傍晚时分在此荒郊野外，到底又是何人在使用鸟铳呢？

过了片刻，响声消散。余下的那只狼缓过神来，它双足前按，又朝着赵守忠亮出獠牙，看起来随时都有可能跃起攻击。赵守忠不及细想鸟铳之事，他见两狼只剩一只，心中稍有宽意，决定抢占先手，于是一面稳住坐骑，一面用力抡起鞭子，向狼的身上砸去。

只听"噼啪"一声，狼身旁的灌草被鞭子扫倒一片，但它自己一跃闪开，随即从侧面向赵守忠扑来。一旁的董樵看得真切，大喊道："赵兄，小心！"

赵守忠当即收鞭，但刚才用力太猛，一时之间难以扯回。见此情形，他只能松开缰绳，单手在马背上拍了一下，试图让坐骑向前避开对方的攻击。

而就在此时，轰鸣之声又起，跃在半空中的那只狼应声坠落，显然也被鸟铳击中了。

此时，赵守忠心中更加惊诧。要知道，鸟铳虽有威力，但每击发一次，就需重新装填弹药，中间颇耗工夫。而刚才这前后两枪，间隔很短，倘若是一人操作，必须动

作极为熟练方可。更何况，这两只狼都是在奔跑跳跃中被击杀。以此来看，此人枪法堪称神准了。

他定了定神，转头对董樵道："贤弟，看来有高人在暗中相助，但不知是何方神圣？"董樵也感到不解，便摇了摇头。两人坐在马上，不由得四处环顾。

少顷，右侧的山坡上传来一阵草木簌簌之声，且愈来愈近。借着夜幕降临前仅余的一点光亮，赵守忠和董樵隐约望见了一个人影。而待其走到跟前，他们终于看清楚："来者是一位猎户打扮的男子，其背上挂着弓箭，腰间挎着短刀，而双手当中所握着的，则正是一把鸟铳。"

"两位可好，方才没有惊到吧？"那位男子客气地问道。

董樵和赵守忠早有约定，在途中若遇到陌生人问话，一概由前者作答。此时，董樵看了看男子的装束，又听他是招远、栖霞一带口音，多少有些放心，就向对方致谢道："我等无恙。壮士弹无虚发，真乃神技！刚才承蒙出手相助，感激不尽！"

那男子听到对方夸赞他的枪法，不禁咧嘴笑道："哪里，哪里，方才换枪还是慢了些，差点让这畜生扑了上去。"

说话间，董樵和赵守忠已经下了马。两人走到狼倒下的位置，先后看了看。董樵不禁感叹道："如此两只恶狼，倘若不是壮士及时解围，我们恐怕就有大麻烦了。"

"说来也巧。我本想在此狩猎野猪，没想到野猪没有出来，竟然遇到这番场面。"那男子答道。

原来，他的确是这附近的猎户。只因前些时日在山谷中发现有野猪出没，当天下午便携带鸟铳来此埋伏。在董樵和赵守忠两人靠近之前，他也已经发觉林中有狼，但并不想主动招惹。不过，他为人热忱，看到两人陷入困境，便立即决定帮上一帮。

于是，他就暗自点上火绳，待狼窜出之后，先击杀前面那只，然后又利用赵守忠与另一只狼对峙的间隙，快速装填好弹药，随即开了第二枪。

说完其中原委，那男子回过神来，也向董樵和赵守忠询问道："看两位也不像是周边居民，为何要在傍晚来到这深山密林当中呢？"

董樵对栖霞风土人情所知颇多。他听到男子提及"岗山"，便反问道："岗山，莫

82

不是栖霞西南古刹岗山寺所在的岗山？"

"正是，"那男子道，"岗山寺在这条山谷以南五六里之外。难道两位是要去往寺中？那想必是走错了路，岗山寺在栖霞地界，而这条山谷则是通向招远县境。倘若步行，倒是可以翻山转到另一条路上，但两位既然骑着马，恐怕就要退回北面的岔口重新走了。"

方才刚刚脱险，此时又听说没有走错路，董樵和赵守忠不禁都喜上眉梢。前者于是就将两人如何从栖霞赶往毕郭集，如何在寺口打听道路，如何在岔口那里迷了路，一一告知对方。

"倘若是当地人在白日通行，这条小路诚然更近。但两位不熟地形，又赶上傍晚，就有些得不偿失了。毕郭集尚在十里开外，且沿途都是这般山间小路。如今天色已黑，恐怕行走不便。两位不如暂且到寒舍将就一晚吧？"那男子听后，不但未做多想，反而邀请两人到其家中借宿。

董樵连忙推辞道："刚才救命之恩，还未曾报答，现在岂能继续叨扰？再说夜里登门，恐怕家人亦不方便。"

"无妨，我一人独住，家中并无他人，两位就不要客气了。"那男子回道。

赵守忠见夜幕降临，加之又对那男子的鸟铳技法颇感兴趣，就向董樵点了点头。后者便对那男子道："恭敬不如从命，那就多谢壮士了！"

见两人答应，男子颇感高兴。他将鸟铳斜背在肩上，腾出手将两只狼拖在一起，用绳子捆好，然后准备扛起来往回走。

董樵见状道："壮士且慢！扛着两只狼未免太沉，不如我二人用马驮回去吧。"

那男子也是一番推辞，但董樵过意不去，定要如此，对方最终还是同意了。

于是，他在前引路，董樵和赵守忠则牵着马，三人开始在山谷之中鱼贯前行。

时至戌初，谷中已是漆黑一片，董樵和赵守忠早就不辨方向。好在男子熟悉地形，一路不曾停顿。走了约有四里的样子，他们步入另外一处山坳，来到单独一栋草屋前面——那里应当就是该男子的住处了。

草屋的门没有上锁，男子推门而入，点亮一盏油灯，然后招呼两人进来。

两人走进去一看，只见屋中陈设极其简单，除了一张木床、一个方桌和一口锅灶之外，再无其他大件家什。不过，墙壁上悬挂的打猎器械倒是不少，弓箭、腰刀、手斧等均有之。而墙根处还堆放了一些之前打回来的小型猎物。

在此间歇，那男子用布将鸟铳擦拭了一遍，在墙上挂好，然后在锅中添上水，又抱了些木柴生起火来。

董樵知他是要做饭招待，急道："壮士不必忙活，我等随身都带着干粮。"

男子抬头笑着说："也没什么好饭好菜，就是自己打的一些野味，请两位尝个鲜吧。"

说完，他起身走到墙根处，收拾好一只野鸡，切作几段，放入锅中。

董樵过意不去，又要开口称谢："壮士……"

不过，话还没说完，就被男子打断："请不必再以'壮士'相称。今天相遇，也算是有缘。我姓杨，单名一个彦字。看两位应当都年长于我，若是不嫌弃，我就喊两位为兄长了。"

在此之前，一直是董樵在跟杨彦搭话，赵守忠并未作声。而这时见对方如此直爽，后者也不禁开口道："杨兄弟快人快语，今日能够相识，也是我等之幸。"

其实，在山谷中见识到杨彦的枪法之后，赵守忠就心生延揽之意："此人虽然仅是猎户，同于乐吾不能相比，但有如此神技，倘若招募麾下，将来在登莱举兵，也必有大用。"因此，他便想寻机跟对方谈一谈。

说完方才那番话后，他又继续问道："这鸟铳原是西洋舶来之物，中土虽然早已仿造成功，但主要都装备于军中，民间鲜能见到。不知杨兄弟从何得来此物，又如何练得这般身手呢？"

杨彦盖上锅，转身刚要回答，却见董、赵二人依旧站着。他连忙先从方桌下搬出两张凳子，放在了对方面前："刚才是我疏忽，两位兄长快请坐。"

董樵和赵守忠此时也不再客气，就分别坐了下来。杨彦这才缓缓道出了自己的身世。

原来，他出自招远城里杨氏一族，与十几年前举兵反清的生员杨威为同宗。按照

辈分，杨威是其族兄，只不过两人年纪相差较大。

这支杨氏原籍为浙江宁波府鄞县，洪武之初，其先祖北上黄县为官，卸任后就在相邻的招远县落户，此后逐渐开枝散叶，成为当地望族。明末该家族的杨觐光、杨观光兄弟先后考中进士，也令家族名声更为响亮。

那杨威虽是个文秀才，却颇喜钻研武艺。甲申之前，他就与曾在登州驻防的刘泽清等将领有所往来。而登州在明末一度是抵御后金的海防重镇，驻军装备颇为精良，尤其是孙元化担任登莱巡抚期间，专门聘请西洋工匠，铸造了大批红衣大炮、佛郎机和鸟铳。近水楼台先得月，杨威因此也对火器早有了解。

甲申当年，刘泽清官居山东总兵。当时崇祯皇帝下诏各地勤王，山东也因此广征义兵。杨威自告奋勇，拉起一车人马。刘泽清听闻之后，就将之纳入自己名下，并临时授予杨威官职。

然而，这批人马还没有来得及发挥作用，京师便迅速陷落，刘泽清闻风南逃至江淮。杨威见状，就率部占据招远县城，联络登莱各地士绅，拒绝大顺政权和清廷的接管，打出"明朝恢复副总兵"的旗号，盛时一度有七千余众。

由于深知火器的厉害，杨威在占据县城之后，就收缴招远武库中为数不多的鸟铳，组建起一支火器队。当时，杨彦只有十七岁，他自幼父母早逝，多亏杨威加以接济才长大成人，因此对之颇为感念，就追随对方起兵。而杨威对他也十分信任，将之编入火器队中。于是，杨彦就得到了接触鸟铳的机会。

杨彦虽然年纪较轻，但在射击上天赋异禀，短时间便练就出一手好枪法，五十步以内，所击辄中。尤其是填药装弹换枪之迅速，队中其他人等均难以望其项背。

彼时，清廷所委任的登莱巡抚陈锦见杨威势大，便虚与委蛇，假借议和之名，将他诱骗到登州府城囚禁，不久之后就加以杀害。杨威部属群龙无首，很快星散。杨彦无奈之下，便携带自己的鸟铳和弹药，躲到了招远、栖霞交界处的岗山之中，以打猎为生。所幸清廷入关之初，根基不稳，对杨威的部下也并没有穷追不舍。

这十几年来，杨彦常在山中狩猎，枪法日渐精湛。他平时很少出山，只有打到大的猎物之后，才会赶到十里之外的毕郭集上换钱，再购置硝石铅子及日用之品。虽然

生活清苦了一些，但天高皇帝远，倒也自在。

杨彦独居已久，平时难得跟人倾心交谈。这次遇见董樵和赵守忠，他就打开话匣，详细讲述了一番，言语当中也并不避讳。

杨威起兵一事，董樵自然是知晓，而赵守忠此前也听高璟提起过。如今，两人得知面前这位神枪手与杨威出自同宗，不禁皆感喜悦，心中也更添几分信任。尤其是赵守忠，当他听说招远杨氏源自浙东鄞县时，心中暗自称奇："张煌言张司马亦是鄞县人，看来冥冥之中自有天意了。"

赵守忠看了董樵一眼，两人互相点了点头。于是，前者也对杨彦袒露心扉："杨兄弟，实不相瞒，我等与先兄为同路中人。现今正欲联络仁人志士，共图复兴大明。你有这般本领，与其老于山野，莫如上阵杀敌。不知意下如何？"

听到这番话语，杨彦的脸上不禁浮现出惊讶之色。不过，他回想起两人在山谷中与狼对峙时的场景，料想对方也非平头百姓，心中逐渐释然。

"两位兄长以实情相告，那便是不把杨某当作外人。既然如此，我也就有话直说。礼义廉耻那些大道理，杨某懂得不多，但知道有恩报恩、有仇报仇。当年，先兄杨威不幸冤死在陈锦手中，两位若能击杀陈锦为先兄报仇，则杨某愿效犬马之劳。"杨彦语气坚定地答道。

赵守忠听闻对方如此说辞，连忙道："杨兄弟有所不知，我与那陈锦之间也有大仇。当年他率军进犯舟山岛，鲁王眷属及不少忠臣因此殉难。但天理昭彰，此贼已在数年前死于福建义师之手，也算是遭到报应了。"

原来，陈锦在担任登莱巡抚时，虽然杀伐甚重，却也得到清廷青睐，数年之后就擢升为总督，调至江南、闽浙等地任职。其间，他与鲁王朱以海及郑成功麾下的军队时有交锋。

顺治八年（1651年），他指挥清兵乘虚攻陷舟山；顺治九年（1652年），郑成功所部进攻漳州，陈锦率部前去抵御，结果吃到败仗，而在退守同安县之时，被其家奴携怨刺杀。此事在闽浙几乎无人不知，但杨彦远在山东，又隐居山中，因此就不曾听闻。

听完赵守忠的介绍，杨彦大为感慨："原来如此，仇人虽然被他人所杀，但消息是

由两位告知，这终究也是缘分。杨某现情愿追随两位，接下来该当如何？听凭吩咐！"

赵守忠见对方同意入伙，不禁喜道："杨兄弟莫急，复兴大计容我等详细筹划。而今商议未定，待到真正举兵之时，再来请你出山。"

董樵也附和道："英雄必有用武之地，不急于这一时。鸟铳为显眼器械，依董某之见，杨兄弟暂且仍在山中蛰伏，以免被官府盯上。"

杨彦点头答应。此时，热锅即将烧开，水汽顶着盖子不断发出声响。"刚才忙着说话，差点忘了锅里的东西。"他一边笑着，一边转身去灶边收拾。

在这间歇，董樵和赵守忠也取出随身携带的干粮。待杨彦将锅里的野味端上来，三人便就着干粮，匆匆吃了起来。

由于先前在山谷中有些耽搁，晚饭过后，已是将近半夜时分。杨彦来到床边仔细整理了一番，便招呼董樵和赵守忠道："寒舍简陋，只能委屈两位兄长在这里挤上一晚了。"

"那杨兄弟睡在何处？"董樵问道。

杨彦笑了笑，随即从屋外抱来一堆干草在墙边铺好，然后对董樵道："我睡在此处即可。这些年来在山中打猎，常常以地为席，早就习惯了。"

董樵和赵守忠还想推让，但杨彦坚决不肯。两人不想拂逆这位新朋友的热情，也就勉强同意了。

这栋草屋虽然简陋，但好在时至五月，夜间也并不冷。三人均觉疲惫，不多时就进入梦乡。

次日卯初，他们先后醒来。在简单充饥之后，董樵和赵守忠着急赶路，便向杨彦辞行。后者却笑道："兄长莫急，今日逢五，又赶上端午节，毕郭集市上想是热闹无比。待我稍作收拾，随你们一起出发，去集上售卖猎物，正好也顺便引路。"

经此提醒，董樵和赵守忠才想起当天已至端午。其实，昨日在于乐吾家中及栖霞县十里铺，两人虽然皆曾提及端午，但都是因他事而顺带谈起，并非有心过节。而在山谷中经历过险情之后，头脑中就更无此念头。

"惭愧，真是过糊涂了。既然如此，我等就结伴同往毕郭集吧。"赵守忠道。

于是，三人各自收拾好东西，踏上路途。

有杨彦作为向导，这一路上果然走得顺畅。三人自辰初出发，半个多时辰后就来到了毕郭集。

毕郭，属招远、莱阳、栖霞三县交会之地，且东西南北皆有官道通行，因而商旅辐辏，形成一处大集，在方圆数十里内都颇为知名，民间有"逢五排十，毕郭大集"之谚。故此，人们在称呼这里时，也常将毕郭和毕郭集混用。

当日适逢端午，集上尤显热闹，不仅柴米油盐酱醋琳琅满目，就连从南方辗转运来的茶叶等商品亦有不少，至于艾蒿、糯米、角黍（粽子之古称）等应景之物，更比比皆是。

赵守忠一行在熙熙攘攘的人群中穿梭了好一阵儿，才走到了集市的南侧——这也是杨彦习惯摆摊的位置，而再往南走，就是通往莱阳西境的大道了。

行至此处，杨彦并不过意，还想向前再送一程。但董樵劝道："杨兄弟，请留步吧！前方道路我自认得，就不必劳烦了。"

赵守忠也道："他日必有重逢之时，杨兄弟就此别过吧，请多保重！"

他一边说着，一边从怀中取出些许银两塞到对方手中："这是我们的一点儿心意，本想在集上买些礼物相赠，但时候不早，还是劳烦杨兄弟自己选购吧。"

"兄长莫不是瞧不起杨某？"杨彦急欲推脱，不由得高喊了一声。

董樵下意识地环顾了四周，见并无人留意这边，这才低声劝道："杨兄弟，赵兄并无他意。常言道，礼尚往来。你既然热情相待，我等又岂能空手访友？现不过是事后补上礼物罢了。此处人多眼杂，不宜来回纠扯，你就收下吧！"

杨彦无奈，只好接过银两。双方依依不舍，最终还是彼此道了一声"后会有期"，接着就分道扬镳了。

12. 金口港

离开招远县毕郭集，董樵和赵守忠策马向南疾驰了十多里，便进入莱阳县地界。

与前几日在栖霞时的崎岖跋涉不同，这一段的道路明显平坦了许多。赵守忠有些不解，中途歇马之时便向董樵询问。

董樵答曰："登莱地势，东高西低。自莱阳城以东，群山连绵起伏；向西至胶莱河，则多为平原旷野。现今所行道路正在莱阳西境，故可谓坦途。"

赵守忠听后若有所思，停了片刻方又开口："贤弟，因地制宜，用兵之道。就登莱地势而言，倘若他日举兵，应当以克复莱阳为先。如此，进可西向胶河，直逼青齐；退可东保群山，固守待机。"

董樵闻言感慨道："兄长果然高见。当年于乐吾举兵之时，我也曾有如此设想。但莱阳城垣高大坚固，于乐吾感觉并无把握，就退而求其次，转攻宁海州。后来虽然攻下此城，可其终究偏于一隅，难以影响登莱大局。"

"可惜，可惜！"赵守忠叹道。两人虽相识不久，但志同道合，这几日相处下来，见解又颇有默契之处，不觉已生惺惺相惜之感。

路平马快，待到中午，两人已向南奔出了七八十里，来到一处大的村镇，只见当地亦是商贩云集、人群熙攘。董樵不禁笑道："今天真是赶巧，连遇两个大集。此处唤作水沟头，为莱阳西乡一处繁盛之地，亦逢五逢十赶集，观其规模，与招远毕郭集难分伯仲。择日不如撞日，既然走到此处，就在这里吃过午饭再说。今日端午，不如便以角黍充饥。赵兄以为如何？"

赵守忠颔首赞同。两人下了马，找到售卖角黍之处，买了一些品尝。自从甲申之后，赵守忠久居江南，多年未食北方角黍。如今在此吃到，心中不免又感慨了一番。

吃过饭后，两人继续南行。端午时节，天气渐热，午后难免困乏，行进步伐也随之放缓。到了酉初时刻，他们方走出六十余里，较之上午显然不及。

这时，董樵望见前方已到达万华山，心知即将进入即墨地界，便跟赵守忠商议，今晚就在即墨北乡投宿。

从万华山向南，行约十里之后，两人抵达一处名叫"柘家庄"的村落，见其路边亦有茶棚客舍，就决定在此落脚。

与此前相仿，进店之后，依旧是由董樵出面与伙计对谈，而赵守忠则未开口。伙计听董樵为邻县莱阳的口音，自然是毫不起疑。

是夜无事。次日一早，两人重新踏上行程。从柘家庄到即墨县城约有四十里路，快马加鞭之下，他们已时前后便来到了城郊。五天前刚出发之际，他们就曾在这里短暂停留，当时心中可谓忐忑，而今重回故地，显然已是另外一番心情了。

即墨县城距离铁骑山不远，倘若策马疾驰，午饭前便可赶到。但两人皆不愿劳烦黄家招待，便在中途停歇时吃了点干粮。如此一来，待回到玉蕊楼，已是未牌时刻。

进门一看，黄培等人并不在楼中。询问仆人，方知昨日端午顾炎武、宋继澄、张允抡等人结伴外出踏青，听说是前往一处名叫"华严庵"的地方，因路途较远，当天便在该处留宿，今日也要晚些时候方能返回。而黄培则早前几天就已回到即墨家中。

董樵和赵守忠见状，就先各自回屋歇息去了。

大约到了申末时刻，楼外响起车马声响，董樵和赵守忠料想是顾炎武等人归来，便一起到楼下迎接。

少顷，顾炎武、宋继澄、张允抡三人果然走了进来。他们见到董樵和赵守忠，先是惊讶，随即欣喜，不及上楼更衣，就连忙询问起此行经过。

董樵望着赵守忠道："如今已回到玉蕊楼，董某就不便越俎代庖，还是请赵兄讲述吧。"

赵守忠笑了笑："这一路之上，诚然是辛苦董贤弟了。"

接着，他便将如何从即墨一路来到栖霞唐家泊，如何在锯齿山中劝说于乐吾，如何去往栖霞滨都宫参拜，再如何经招远返程，前前后后地讲了一遍。只不过关于请签和杨彦使用鸟铳这两个细节，他则隐去未提。

众人听闻于乐吾有松口之意，不禁皆感欢欣。顾炎武从江南而来，对此尤感振奋，称赞道："赵兄独身北上，跨越千里而建此功，真可谓孤胆英雄！"

"眼下刚有眉目，建功之说，实不敢当。再者，也多亏董樵贤弟及诸位仗义相助了。"赵守忠自谦道。

"不知接下来有何打算？"顾炎武又问。

"临行前张司马曾有吩咐，事情若有进展，应早日向他传递消息。这几日，我思忖再三，感觉此事关系重大，恐难用书信说明，须当面禀报方可。但究竟是走水路还是陆路，暂时尚未定夺。"赵守忠道。

"陆路迂回辗转，且关卡众多，若想早日回到闽浙，还是以乘船航海为宜。"顾炎武建议。

"所言甚是。但陆路尚能独自行走，水路却须搭乘船只。且即墨距离闽浙不下千里，小舟难以远航，必须大船方可，而驾船之人也要可靠。我初来乍到，仓促之间不知从何觅得。"原来，赵守忠也有乘船南下之心，却苦于找不到合适的船只。

这时，一旁的宋继澄开了口："依我之见，此事可与孟坚商量。黄氏为即墨巨族，想必会有门路。"

且说这玉蕊楼乃是黄宗昌所建，其楼内管事之人，自然也是按照亲缘近远排序。黄宗昌去世之后，其子黄坦便是主人；而黄坦外出之时，则由其族兄黄培做主；若黄坦和黄培皆不在，宋继澄因系黄家姻亲（黄培的姐夫），说话也管用。

再加上他年龄较长，因此，方才提议之后，众人纷纷点头。宋继澄见状，便又自告奋勇，准备立即前去即墨城中告知黄培。众人看天色将晚，劝他明日动身也不迟。

翌日一早，宋继澄乘坐马车赶往即墨县城，其余之人则留在玉蕊楼中等待。

赵守忠算着时辰，原以为宋继澄中午便能回来。但一直等到傍晚，仍不见动静，他不禁着急起来。顾、张、董三人怕其心中烦闷，便在客厅陪他闲谈了一番。

戌时已过，夜幕已临，屋外忽然传来一阵急促的脚步声。众人赶到门口一看，只见来者正是黄培和宋继澄，前者的装束很是特别——一身大斗篷从头遮到脚，只有脸庞露在了外面。

顾、张、董对此倒不觉有异。唯独赵守忠这是头一次见，不免有些惊讶。但等黄培进屋脱下斗篷之后，他也马上醒悟过来：大斗篷是用来遮挡里面的明朝衣冠和发式。

黄培见众人都在站着等候，连忙拱手致歉："劳烦诸位久等了。近来有小鬼缠身，黄某白日外出属实不便，所以赶来迟了些。"

原来，最近几日有仇家翻起旧账，到即墨县衙控告黄培不遵行清朝服制。知县虽然将此事压了下来，但也派人告诫黄培："切勿当众露面，以免贻人口实。"

因此，宋继澄虽然上午就赶去报信，但黄培一直等到黄昏时分才乘坐马车出城。

赵守忠听到有人向官府控告，不禁心中一凛，连忙问道："孟坚兄，该不会是我来此之事走漏了风声吧？"

黄培稍作思索，答道："对方控告以衣冠发式为由，并未言及其他，应是不知你我之事。"

随即，他话锋一转，向赵守忠询问起此次栖霞之行的详细经过。虽然宋继澄已经告知其大概，但他还是想再听听当事人的亲口叙说。

赵守忠亦不厌其烦，从头到尾又复述了一遍，而"请签"和"鸟铳"这两个细节，依然略了过去。

"赵贤弟，首功告成，可喜可贺！"听完之后，黄培同样夸赞起来。

赵守忠连连称谢，谦虚道："一切皆赖孟坚兄运筹帷幄。"

两人互相客气了一番，然后便谈起返程之事。

"听闻贤弟有意乘船南下？"黄培问道。

"诚然如此。"赵守忠点了点头。

"即墨沿海有两大口岸，东为'金口港'，西为'女姑口'。两者相较，金口更显繁盛。看来，此事还需从金口下功夫了。"黄培又道。

听到"金口"之名，赵守忠心中一动："前几日去栖霞途中，自己曾与董樵到访过

金口港。那里确是一处繁华海港，南来北往的船只众多，应当有机可乘。"

"那就劳烦孟坚兄了。"想到这里，他连忙起身向黄培致谢。

黄培扶着赵守忠重新落座，接着道："现南北睽违，清廷对出海船只查验极严。具体如何行事，需筹划数日，请贤弟在玉蕊楼耐心等候。"

赵守忠点头答应。此时，方才不曾插话的宋、顾、张、董等人见事情大体商定，便也开口寒暄。黄培得知众人均尚未吃饭，便吩咐仆人快速备好一桌酒席。宾主之间把酒相谈，夜深方才各自休息。

次日天还未亮，黄培便重新裹上斗篷乘车赶了回去。此后几天，余下的众人在玉蕊楼里时而议论南北形势，时而切磋诗词歌赋，时而探讨崂山胜景，倒也怡然自得。

经过前后几番交往，赵守忠对黄培已是极为信任。因此，对方虽然一连数日没有消息，但他心中依旧踏实。

果然，等到第五天早上，有仆人从即墨城里送来了书信——只不过，信并非写给赵守忠，而是写给宋继澄的。

宋继澄展信阅毕，告诉众人道："孟坚那边已有对策，但近来风声较紧，他不便外出，亦恐书信交代不清，便唤宋某过去当面传讯。诸位且再等半日，我去去便回。"

赵守忠见宋继澄已是双鬓斑白，却仍在来回奔走，心中既觉感动，又有不忍。他本想劝阻几句，但旁人贸然前往黄府势必引起注目，而宋继澄作为姻亲登门则无可疑。因此，想要尽快传递消息的话，也只能辛苦宋继澄跑一趟了。

于是，他恭敬地向宋继澄谢道："如此劳烦澄岚先生，赵某实属惭愧。"

宋继澄听他又以"先生"相称，不禁回道："贤弟若再如此称呼，宋某亦只能喊'赵执事'了。"

言罢，两人相视一笑。随即，宋继澄就动身出发。

有了上次的经历，众人原以为他须等到傍晚才能返回。但午后不久，其便又匆匆出现在玉蕊楼中。

进门之后，他直奔赵守忠身旁，喜道："南下的船只已有着落了！"

赵守忠本想先作客气，询问宋继澄是否吃过午饭。但他听闻有了船只，当即心头

一震，便不顾其他，直接打听起细节。而后者亦无暇顾及茶饭，便将其中经过讲述了一番。

原来，黄培自从玉蕊楼返回之后，很快便派人前往金口港联络。而黄家在即墨毕竟是人脉广泛，虽然中间费了些周折，但最终还是寻到了门路。

当时，金口港为南北航运中转之地，清廷的海漕船亦常来此停泊。而所谓海漕船，即从江南走海路运送漕米到京师的官船。这些船在北上时是满载而去，在南下时则空船而返。由于其具有官船身份，清廷水师极少对之查验。久而久之，船上便有人动起了"顺带走私"的脑筋。

其中具体操作，即在空船南下之时，于沿途港口私自接纳乘客及货物，按照人头货值抽取佣金，将之载到长江口附近，再寻一偏僻处所卸下。由于清廷海禁森严，普通商旅出海行船相当不易。因此，这一走私生意，倒也很是红火，可谓一本万利。只不过，那些从业之人深知此举触犯清廷律法，在行事时也十分谨慎，除非是可靠之人介绍，否则绝不接活。

黄家通过人脉，辗转联络到金口港上的一位店主。该店虽以收售土产为名，但暗地里是海漕船的捎客。经过一番讨价还价，对方同意将人送到海漕船上，但需收取五十两银子作为报酬——其中十两银子归店主，另外四十两则是交给船上之人。而五十两银子在当时可不是一笔小数目。要知道，七品知县全年明面上的俸禄，大概也就这么多。

赵守忠听闻这五十两银子已由黄家代付，当即要回屋取出盘缠奉还。宋继澄见状，连忙喊住了他："贤弟仍是这般客气。你身为闽浙密使，孟坚既然敢与你相见，难道还舍不得这五十两银子？切莫再见外了！"

还未等赵守忠答话，宋继澄接着道："那艘海漕船约定于明晚出发。贤弟收拾一下，翌日一早就该赶往金口港了。孟坚已安排心腹之人驾驶马车相送，贤弟的坐骑就暂时寄养在此处吧。"

"谨遵安排。劳烦两位兄长费心了！"赵守忠谢道。

当晚，因黄培不便赶到，便由宋继澄代为做东，在玉蕊楼中设宴为赵守忠饯行。

相陪众人虽均心中不舍，但考虑到赵守忠还要长途跋涉，所以席间敬酒并不多。赵守忠自然也是感慨万千，他向宋、顾、张、董四人一一道谢、道别。而言至情深之处，他的双目也几近潸然，但还是努力克制住了。

散席之前，宋继澄与赵守忠约定次日卯时出发。不过，后者整夜辗转难眠，到了寅时之初便已起床。他收拾好行装，等到卯初便走下楼去。

待走到院内，面前的场景不禁让他吃了一惊。原来，宋继澄、顾炎武、张允抡、董樵四人早已站在那里等候，而一旁的马车也已经备好。

赵守忠刚要开口，却被宋继澄抢了先："贤弟，我等不便送到金口，只好在此作别吧。你一路保重，盼望早日归来！"

宋继澄说完，顾炎武、张允抡、董樵也纷纷抱拳，齐声道："一路保重，早日归来。"

赵守忠眼中一热，声音微颤，拱手答道："诸位也多多保重！"

"请上车吧！"宋继澄道。

赵守忠又行了一遍礼，接着毅然跨上了车。车夫随即挥动鞭子，驾驶马车离开了玉蕊楼。

从铁骑山至金口港，约有九十里路，乘坐马车一般需大半日的工夫。但黄培事先已有吩咐，因此车夫快马加鞭，赶在午前便到了金口港。

穿过熙攘的主街之后，马车行至码头附近一家店铺门口。此时，车夫将马勒住，对赵守忠道了声："客人请稍候。"接着独自进到店中。

等了约有半盏茶的工夫，他重新现身，但旁边又多了另外一人。隔着车帘，赵守忠未能看清对方的长相，但从装束来判断，并不像是个普通的伙计。

在那个人的指引下，车夫将马车赶到了店铺的后院。停稳之后，他先下了车，然后对着车里恭敬地说："客人，地方到了。"

赵守忠早已准备妥当，听到这句话，便卷开帘子跨了下去。双脚刚一站稳，他便快速环视起这处院落，只见其四周都堆满土产货物，看起来与普通店铺并无区别。

"难道今夜安排我登船的就是这家店？"他心里有些疑惑。

环视过后，赵守忠的目光回到了马车旁边，恰好与车夫身旁那人撞了个对眼——很显然，对方刚才一直在打量他。

不知是否发觉场面尴尬，车夫此时恰到好处地介绍起来。"这位便是店主，客人接下来一切听他安排即可。"他对赵守忠道。

赵守忠闻言，便向对方点头示好。但那人并无反应，脸上也是一副不冷不热的表情。

"那小的就先行告辞了。"一旁的车夫又道。

"好的，有劳了。"赵守忠回复道。

车夫随即上了车，赶着马匹离开了院落。

见院内只剩下两人，刚才一言不发的店主终于开了口。但他的第一句话并非打招呼，而是告诫赵守忠道："从此时起，你不可再说一句话，只能点头或摇头！"

赵守忠大感惊讶。对方接着道："你我此前并不相识，此后亦不相识。今日之事，亦当作从未有过。上船之后，死生有命，无论何种情形，均属个人造化。若日后走漏消息，则天打雷劈！你情愿以此发誓吗？"

赵守忠似懂非懂，但既然要靠对方上船，便点了点头。

此时，店主不再说话，而是做了个手势，示意赵守忠跟他走到墙角。待过去一看，那边放了六口大木箱子，其中五口均已盖上，唯有中间一口尚是开着。店主伸手指向这口箱子。赵守忠不解，一时愣在了旁边。

店主见状，就先指了指赵守忠，又指了指箱子，然后抬起手掌做下压之状。赵守忠这才明白对方是让自己进到箱子当中。

他本有些疑虑，但想到这是黄培联络的店家，便横下心来，俯身踏进箱子里。

这箱子有半人多高，赵守忠进去之后，上身尚露在外面。此时，店主的脸上浮现出恼色，他猛然又做了个下压的手势。

赵守忠顿悟，就屈身在箱子里坐下。随即，只听"砰"的一声，箱子便从外面盖上了。

虽然眼前陷入一片漆黑，但赵守忠的心里这时明亮了起来："店主将我藏在这里，

届时多半就混在其他货物当中，一起装船。我并不知晓他的底细，彼此之间也无对话，即便被人发现，他只需一口咬定是我私自潜藏在内，就可以脱离干系了。"

想通了这一点，赵守忠多少松了口气。他收回心绪，开始转头环顾四周。而在动弹的时候，他极力避免发出声响，生怕惊动了外面。

当看到身后左侧的位置时，赵守忠忽然发现一丝微弱的光亮。他伸手一摸，原来是个小孔。

"这应当是提前预留的气孔，只不过孔的位置靠下，且外观多半经过改造。虽然可以透气，但照不进多少光。如此看来，这家店铺诚然是谙熟走私的门道了。"赵守忠心想。

此前在马车上时，他已经吃了些干粮，此刻并不觉得饿。但时至五月，蜷身箱中难免闷热。不多时，他便有了困乏之感。

"也不知到底何时出发。与其在这漆黑当中枯等，不如先补足觉再说。"赵守忠自忖。

于是，他缓缓除去外衣，倚在箱壁一侧，逐渐睡了过去。

13. 舟山岛

不知过了多久，忽然间一阵剧烈的晃动，将赵守忠从睡梦中惊了起来。

他连忙定了定神，转头向箱子边上望去，可面前毫无半点光亮，哪里还看得见之前那个小孔？

赵守忠心中一凛，努力回想起入睡之前的相对方位，然后伸出一只手摸了过去。所幸，这次他很快摸到了小孔的位置。

此时，他才恍然大悟：现在应该到了晚上。那个小孔本来透光就不好，天黑之后自然也就成了这个样子。

正在思考之际，箱子又摇晃了一下，而这次还伴随着一个男子的声音："快过来搭把手，这个箱子真沉！不会又是大货吧？"

"告诉你几次了！多干活，少打听！"另外一个男子斥责道。

少顷，只听"咯吱"几声，箱底像是与地面摩擦了一下，赵守忠感觉自己被抬了起来。而随即又是"咚"的一响，他被晃得差点喊出声来——很显然，刚才被抬起的箱子，这会儿已经被扔到了某个地方。

此后，刚才那种声响又在外面重复了几次。接着，一个男子吆喝道："出发！"这一次，赵守忠听得真切：说话者不是旁人，正是店主。

"刚才多半是他在指挥伙计搬箱子，看来不久之后就要登船了。"赵守忠心想。

果然，在店主发令之后，外面便传来辚辚声响——一辆马车载着这些木箱子向码头行去。

这家店铺就在码头边上。不用多时，车便到达。

金口港为即墨要地，地方官府在此设有巡检兵丁，专门查验出海的行人及货物。此刻虽已将近子夜，但码头上仍有值守者。只不过，当他们认出马车上的人时，立即就放行了——那五十两的走私费用当中，自然也少不了他们的份儿。

到达码头之后，随车的两名伙计麻利地将箱子卸下，然后依次装到岸边的一条小船上。这艘船已在此等候多时，船首也立着两个汉子。但以上四人全程只是默默搬货，彼此并无言语交流。待到装载完毕，小船便开始划动，向着海面远处驶去。

方才这阵工夫，赵守忠一直蜷在箱子里屏息倾听，待听到海水涌动之声，便心知来到码头。而箱子被抬起又放下，显然是已经装上了船。

起初，他还以为这就是南下的海漕船。但过了一会儿，感觉船只摇晃得厉害，心中不禁犯起嘀咕："怎么上的是一条小船？"

从中午至此时，赵守忠在箱子里闷了半天，中间又未曾吃饭。现在再随着小船在海上漂荡，难免有些发晕。但好在这些年来，他辗转于闽浙沿海，已深有行船经验。见此情形，他调整坐姿，提神运气，总算是将这阵眩晕扛了过去。

过了约有半个时辰，外面摇晃得轻了一些，船桨划水的声音也渐渐变小，感觉像是要停下来。"现在到哪里了？"赵守忠心中不解。

此时，外面忽然传来了说话声。"东西都带齐了吗？"一名男子问道。其声音听着有些远，像是从上方某个位置发出。

"都带齐了，五箱小货、一箱大货。"小船这边有人回答道。

赵守忠忽然记起：出发前曾听外面有人提过"大货"这个称呼。"'大货'难道说的就是我？"他暗自琢磨着。

原来，海漕船体型较大，吃水较深，难以靠近岸边，故需用小船在中间转运。方才问话之人，就是海漕船上的接应者；而答话之人，则是店主的一名手下，他与船上的同伴就专门负责在码头和海漕船之间运送"走私物品"。当然，这些情形，藏在箱子里的赵守忠只能猜出个大概。

两边接上话之后，海漕船放下了一个吊笼。小船上的两名男子，合力搬起一个箱

子放进吊笼，然后再由海漕船那边拉上去。如此反复六次之后，小船运过来的箱子就都转到了海漕船上。

赵守忠虽然看不到外面的场景，但通过刚才听到的那番对话以及向上升起的感觉，也推断出自己将要登上海漕船。

箱子搬运完毕之后，小船快速离开。而海漕船这边，一名头目模样的男子指挥着其他人，将箱子抬到了甲板下方的暗舱内。随即，他吩咐众人退下，独自借助火把的光亮，开始查看这些箱子的外观。

待看到赵守忠那口箱子外面的小孔，他当即明白，便伸手解开箱子上的绳索，将盖子抬了起来。

刚才外面这些声响，赵守忠早已听到。因此箱盖被打开之际，他并未惊慌，依旧坐在当中，只是抬起衣袖遮在面前，以免两眼突然受到光亮的刺激。

少顷，他感觉已能适应，便放下袖子，一边缓缓起身，一边看向前方。只见迎面站着一名男子，也在盯着他这边。

两人对视片刻，那名男子开口道："这舱中存有饮水，干粮想必你已提前准备。从现在起，你就待在这里，不可出舱，亦不可对外呼喊。总之，切勿自寻烦恼！时候到了，便会安排你下船。"这番口气，与金口港那位店主如出一辙。

赵守忠点了点头，心里暗自感叹道："昔日身处王府之时，出行皆是光明正大，如何能接触到这番门道？"

那男子说完，便带着火把离开，舱内随即又暗了下来。好在赵守忠已有摸黑经验，他扶着箱子慢慢坐在地上，从包袱中取出黄家为他准备的干粮，掰了一块送入口中。从中午到现在，他颗粒未进，肚子早就咕噜作响了。

匆匆果腹之后，赵守忠顿觉增了些精神，加上先前已经睡过，此时便毫无困意。他静下心来，先将今日之事细细回想了一遍，确认并未露出破绽，然后又思考起接下来的行程。

"若一路顺畅，海漕船不用十天便可到达长江口。后续赶往闽浙，还需另想方法。只是在这黑暗之中，难以计算时日，亦不知对方会在何处停船，届时也只能随机应

变了。六月盛夏已近，不知张司马和延平王那边，现在又是如何情况了？"赵守忠自忖。

此时，船舱忽然大幅摇摆了一下——料想是原本停泊的海漕船已开始起航。正在凝神思考的赵守忠没有防备，不由得被晃倒在地。但这艘海漕船终究大了许多，起初那阵摇晃过后，很快就平稳了下来。

赵守忠扶着箱壁，慢慢又站起身来。他抬头环顾了一下四周，在身后上方，赫然发现了一丝光亮。刚才他忙于思索，加上又是背对而坐，并没有留意到这一点。

他小心翼翼地摸到光亮的正下方，仔细观察了一番。原来，那里是甲板中间的一处缝隙，外面的光线便由此照了进来。赵守忠本来颇为计算时日而发愁，如今见此情形，当下也有了主意。他随即又摸回箱子旁边，将随身物品搬到了缝隙的下面。

收拾好之后，他便枕着包袱躺在了地上，一边仰望着上方的光亮，一边回想起往事。就这样，不知不觉又睡了过去。

再次醒来之时，舱内已然亮堂了许多。赵守忠向上望去，感觉目中颇有暖意，想是外面已是太阳高升了。

他坐起身来，伸了伸臂膀，又喝了点水，然后改为站姿，开始在舱内走动。

舱内空间颇大，约有三四丈之阔，高度则为一丈许。不消说藏一个人，就算是二三十口，恐怕也能装得下。

赵守忠仔细察看了一番，确认舱内再无他人，只是还有十多口大小不一的箱子。与他之前藏身的那口箱子不同，其余那些在外面都挂着铁锁。"这多半就是沿途装载的走私货物了吧？"赵守忠心想。

此时，他忽然又想起昨晚那人在舱内与自己说话的场景。对方离去之际，像是爬的梯子，如今却看不到梯子的踪迹。按照记忆中的方位，他走到那人登梯之处，仰头望去，只见正上方的木板与周边颜色不同。昔年在海上漂泊时，赵守忠对船只有所了解。看到此处，他心中便已明白：想必舱口的盖子是从上而开，梯子则是临时放下的。昨晚视线昏暗，因此未能看清。

弄清舱内的布局之后，赵守忠也逐渐安下心来——为今之计，也无他法，只能在这里耐心等待了。

接下来几天，他渴则饮水，饿则充饥，困就休息，闲时便翻阅包袱中的那本佛经，倒也不觉烦闷。只是中间有一日，天降大雨，舱内漏了些水进来，他无奈又到箱子那边躲了躲，而海漕船似乎也因此耽搁了些行程。

通过缝隙中的光线变化，赵守忠在心中默默数着日子。待到出发之后的第九天，他感觉应该快要接近长江口，但上面始终无人与其联络。

此时，他随身带的干粮所剩不多。经过一番斟酌，赵守忠下定决心，倘若明日一早再无动静，自己便要设法提醒对方了。

人一有了心事，时间便难熬起来。当天晚上，赵守忠辗转反侧，难以入眠，好不容易挨到了天亮。他稍微吃了点干粮，整理好行装，然后将先前藏身的木箱子盖上，慢慢挪向梯口下方。

梯口那块甲板距离地面约有一丈，纵使伸手也难以触及。不过，赵守忠昨日已经想好了对策——那便是踩在箱子上。

不过，当他站上去之后，却迟迟没有伸手。

"对方曾专门叮嘱，不可与之主动联系。如今这一敲下去，惹怒对方事小，万一耽搁行程，可就是大麻烦了。"此时，他心里不禁又犹豫起来。

"但干粮即将吃尽，这般等下去显然也不是办法，就只能硬着头皮试一试了。对方毕竟是收钱办事，即便恼怒，也不至于翻脸吧？"如此说服自己之后，赵守忠深吸了一口气，然后抬起手来，对准梯口那块木板敲了过去。

咚的一声过后，他马上屏住呼吸，仔细听着木板上方的动静。但奇怪的是，外面并没有什么反应。

见此情形，赵守忠有些诧异，便决定再敲一次。而这次，他提前蓄了蓄力气，这才猛地拍向上方。嘭的一声，木板当即震了起来。

然而，等到声音消散，依然不见有回应。此时，赵守忠心中的诧异已变成了焦虑，他不由得握紧拳头，准备狠狠砸上去。不过，正在将要动手之际，只听外面"轰隆"一声，船舱随即剧烈摇摆了一下，差点将箱子上的赵守忠晃了下去。

还没等他反应过来，又有两声巨响接连而至，船舱晃得更为厉害。赵守忠站立

不住，只能借势跃下箱子，半蹲在地上。

"怪哉！方才的轰鸣，显然是红衣大炮射击时发出的声响。但海漕船系清廷官船，在长江口附近，怎么会遭到炮击呢？"在闽浙这些年来，赵守忠对西洋火器知晓一二，这时也已经辨别出刚才的声音。

三响过后，船舱的晃动逐渐停了下来，甚至比之前航行时还要平稳，感觉像是已经抛锚了。

又过了一会儿，赵守忠隐约听到外面传来嘈杂之音，似乎又有不少人登上了这艘海漕船。随即，船又开动了。

虽然不知道究竟发生了何事，但赵守忠决定继续敲木板。于是，他重新站到箱子上面，再次用力拍了起来。

这一次，上头终于有了动静——少顷，木板被掀开，大片阳光洒入舱内，里面一下子亮堂了起来，照得赵守忠有些睁不开眼。

"这下面还藏着人，快过来看！"上面一名男子呼喊着，像是在召唤他的同伴。

很快，伴随着一大串脚步声，入口周边围满了人。他们有的手持弓箭，有的手持长矛，还有两人端的是鸟铳。

"快些投降，若敢乱动，立即格杀！"上面的人齐声高喊。

赵守忠此时已经回过神来。他抬头望去，只见对方均是束发打扮，不由得吃了一惊："难道他们是闽浙方面的水师？"

正在思索间，上面的人又喊道："这厮独自躲在暗舱内，想必身份紧要，多半是清廷的大员。我等务必将其活捉，送到舟山岛交由张司马审问！"

话音落下，下边的赵守忠已是惊讶万分："舟山岛？张司马？莫非张煌言司马已经开始率部北伐了？听口气，这些人似乎都是他的麾下。原本自己还在担心后续行程，而倘若来者的确是友军，那可真是踏破铁鞋无觅处，得来全不费功夫了！"

他本想自报家门，但转念又怕走漏风声，便决定将计就计，让对方把自己"绑"到张煌言面前。好在随身的包袱当中并无信札，而身份文牒又是化名，料想对方也不知道自己的真实身份——要说起来，赵守忠长期随扈在鲁王左右，而张煌言麾下的

将士又多有新招募者，再加上前者现在已是辫发打扮，因此双方互不相识，倒也不足为奇。

拿定主意之后，赵守忠并未开口辩解，而是按照指令，先将外衣和包袱扔给对方，然后又顺着放下来的梯子爬了出去。

登上甲板之后，赵守忠这才发现：原来舱室的开口十分隐蔽，位于海漕船后半段的一个角落里，旁边还堆着若干杂物。难怪他这些天待在舱内，也很少能听到上面的动静。

那些束发军士先将赵守忠双手绑缚，又把他带到了船首处——十多名辫装者已经蹲在了那里。他们显然是海漕船上的驾乘之人，当下也成了俘虏。

再向旁边望去，只见海漕船的左右两舷各有一艘兵船，船上放置了数门火炮。先前的轰鸣声，想必就是它们发出的。

此时，赵守忠已经猜出了个大概：料想是这艘海漕船驶到长江口附近，遭遇北上的闽浙水师前锋。后者发现对方为清廷官船，便开炮示警，将之俘获。对海漕船上那些人来说，这可谓倒霉透顶；但对赵守忠而言，也算是因祸得福了。故此，他虽然暂时也蹲在俘虏的队伍中，但心境与其他人大不相同。

在两艘兵船的夹持下，这艘海漕船开始向舟山岛驶去。从长江口到舟山岛，路程并不算远。向南穿过羊山、岱山等岛屿，便可到达。赵守忠沿途偷偷眺望，见不少岛屿之上都已有己方水师安营扎寨，显然闽浙方面此番动作甚大，不由得暗自欣喜。

航行约有大半日，黄昏之际，舟山岛便出现在前方。而等到这三艘船进港停泊，岸上已经点起了火把。

在兵士们的押解下，赵守忠等人鱼贯下船，来到了一处营寨当中。自从七年前兵败此处之后，他这还是第一次重返舟山岛，心中不免感慨万千。

待行至中军帐附近，领头者吩咐众人原地待命，自己则进入帐中禀报。不多时，他又匆匆而出，传达了张煌言的将令："藏在舱中的清廷要员带进帐中审问，其余诸人先集中到空帐篷内看管。"

听闻命令，有两名兵士当即从身后推了赵守忠一把，呵斥道："张司马有令，还不

快走！"

如此正中了赵守忠的下怀，他克制住心中的兴奋，遵照吩咐走进中军帐内。

进帐之际，张煌言正在伏案览牍，其案头点着一盏灯烛，两旁各有一名童子侍立，而前面则左右站着四名护卫。

借着烛光，赵守忠远远地看了看张煌言的打扮，只见在江心寺时的青衣乌帽，已换成了如今的甲胄戎装。触景生情，他回想起这几个月的经历，竟有些恍如隔世之感。

"启禀司马大人，末将俘获的清廷要员现已带到帐下，听候发落。"领头者大声通报道。

"嗯，前锋营诸位将士辛苦了！先下去歇息吧。"张煌言答了一声。不过，此时他的目光仍停留在桌案的文牍上。

"遵命！"领头者带着手下退了出去。张煌言这才慢慢抬起头来。

他刚要开口审问，却认出了赵守忠的面孔，不由得惊起身来。

随即，他快步走到赵守忠跟前，又仔细确认了一番。而四目相接之时，两人均面露喜色。

"快快松绑！"张煌言大声下令。靠得最近的两名护卫连忙上前，将赵守忠身上的绳子解开。

"你等先行退下，守住营帐门口。没有我的命令，任何人也不许进来！"张煌言又吩咐道。

护卫和童子们很快遵命离开。此时的营帐里，就只剩下了赵守忠和张煌言两人。

14. 铁骑山

夜色渐深，舟山岛的中军帐里烛火通明。

"守忠拜见张司马。"见旁人退下，赵守忠当即向张煌言俯身行礼。

张煌言一边将之扶起，一边感慨："自江心寺一别，我无日不在挂念赵执事。万没想到，今日竟会以如此方式相见。您受苦了，快请落座说话！"

赵守忠自早上"被俘"之后，在地上蹲了有大半日，此时也的确有些难以站立。他道了一声"多谢张司马"，便坐在帅位下首的一把椅子上。张煌言则并未回到帅位，而是紧挨着前者坐下了。

两人官位有别，如此座次与官场规矩大有违背。赵守忠见状，不由得想站起身来，但马上被张煌言制止了。"眼下正是军兴之际，帐中又无旁人，赵执事不必拘礼。"后者道。而前者按在椅子两边的手，也就慢慢放回了双膝处。

稍作寒暄，两人便切入正题。赵守忠不顾疲惫，将北上这两个多月来的经历，前前后后地向张煌言讲述了一番。与胶州高璪、即墨黄培、莱阳董樵、栖霞于乐吾及顾炎武、宋继澄、张允抡等人的来往细节，他都逐一不落，甚至太古堂老仆、神枪手杨彦之事，也详述了一番。唯独栖霞滨都宫求签一节，刻意未提。

赵守忠讲得细致，张煌言听得也认真。至精彩动情之处，两人也时有感叹。

当讲完"如何从金口港设法搭船""如何阴差阳错来到舟山岛"之后，张煌言也觉得不可思议。

"当是文丞相在天英灵，暗中庇佑我等大明义士了！"他感慨道。

随即，他又夸赞起赵守忠："赵执事智勇双全，此行立一大功。殿下若听说，想必也会觉得欣慰吧。"

还未等对方答话，张煌言又解释道："赵执事，我本想等你有了消息再行举兵。但西南战事危急，贵州大部已经沦陷，云南那边前些时日又派来密使求援，延平王便决定提早起事。我率所部作为先锋，于本月之初开拔，前几天刚刚收复舟山岛。不想今日又巧遇到了你，可谓双喜临门。"

"承蒙挂念，张司马！可惜在下办事不力，于乐吾那边暂且只是松口，恐怕不能及时呼应北伐了。"赵守忠自责道。

"山东陷敌已将近十五年，久不见汉官威仪。于乐吾敢有此番态度，足见其是条好汉。对方所提要求，亦可理解。我等若无收复南都之决心，又何以感召天下之英雄？这次出征，即是为此！"张煌言肃然道。

"不知大军定于何时进攻南都？"赵守忠问道。

张煌言略作思索，接着道："此次北伐，延平王与我已经商议好对策，先克舟山，再取崇明、宝山，待控扼江口之后，便以水师主力溯流而上，直取金陵。舟山现已收复，前锋逼近崇明，延平王本人现也进驻浙江双屿岛。若崇明之战再胜，兵临南都之期，便可计日而待了。到那时，不愁说不动于乐吾。"

"终于要盼到这一天了。"赵守忠脸上的疲惫一扫而光，代之以欣喜颜色。

此时，营帐外面忽地传来三通鼓响。原来，两人刚才相谈甚欢，不知不觉已经过了子夜。

听闻三更报时，张煌言顿有所悟，他笑着对赵守忠道："赵执事千里归来，竟然空腹至深夜，实乃张某人的过错。还请稍候片刻，我这就安排。"

于是，他提高嗓音，对帐外喊道："来人！"

两位童子闻声掀开布帘，鱼贯而入。张煌言分别对他们道："去准备些好菜好饭，赶快送过来；再就近腾出一间营帐，收拾干净，等候盼咐。"

童子们各自答应，便下去准备了。过了约一盏茶的工夫，其中一人便用托盘把酒菜端了上来。不多时之后，另一人也归来复命，告知营帐已准备妥当。通禀完毕，两

人便又退了出去。

"赵执事此次劳苦功高，本应多敬你几杯，但眼下军务正忙，今日时候又已不早，就暂且欠下这顿酒吧。"张煌言笑道。

"张司马言重了。不知卑职何时北返为宜？"赵守忠并不在意喝酒之事，而是问起了接下来的安排。

张煌言沉思了一会儿，缓缓说道："我方水师主力已在舟山岛集结。若得天时，近日便可进攻崇明。待崇明收复，再具体商议不迟。这几天，赵执事先在此处好好歇息吧。"

如此安排，亦属合理。赵守忠道了声"遵命"，这才在张煌言的招呼下，端起碗筷，开始用餐。

等赵守忠吃完之后，张煌言又唤来童子，吩咐将前者带到收拾好的营帐中休息，并叮嘱在其门外安排护卫，不许旁人打扰。很显然，这也是为了继续掩护赵守忠的身份。

那座营帐就在中军帐右侧不远。赵守忠颠簸多日，早已疲惫。童子刚一离开，他便吹灭灯烛准备休息。

不过，在这之前，他专门又向中军帐望了一眼。只见那边依旧灯火通明，张煌言显然是要宵衣旰食了。

"唉！张司马为复兴大业真是鞠躬尽瘁！"赵守忠暗自感叹道。

次日一整天，他待在营帐内未出，三餐皆由童子送来。张煌言只是在傍晚才过来小坐了片刻。他告知赵守忠："当天有大批战船启程开赴羊山岛，自己忙碌一天，正为此事。"

羊山岛位于长江口以南，距离崇明岛不远。赵守忠心知此举当为进攻崇明岛的前奏，不禁颇感振奋。

寒暄过后，他见张煌言面有倦色，不忍多做打扰，便劝对方早回中军帐了。

又过了一日。吃过午饭后，赵守忠正在休憩，忽然感觉营帐猛烈摇晃起来。他起身一看，原来是外面刮起了大风。这些年来，他在闽浙漂泊，对海上天候亦有了解。

如今见此情形，料想岸边已是巨浪滔天，心里不由得担忧起来："水师主力现在羊山，此岛狭小，无避风港湾，如此天气之下，战船恐将受损吧？"

这阵大风刮了约有两个时辰，待到傍晚才稍稍停歇。赵守忠虽然不能出去，但可以听到军士在外面来回奔走呼喊，显然是在收拾被大风扫过的营地。

当晚，依旧是由童子送饭过来，但张煌言未露面。赵守忠心中有些不安，饭菜没吃几口，夜里也辗转难眠。

好不容易熬到了第二天，临近中午之时，终于盼来了张煌言的身影，只是对方的脸上已挂满愁容。

赵守忠见状，暗觉不妙。他本想开口询问，但又将话咽了回去。

"赵执事，此次北伐，恐将作罢了！"沉默了有一会儿，张煌言才缓缓开口。

赵守忠虽然在心里有些准备，但听闻这个消息，仍是感觉晴天霹雳，不由得愣住了。"前几日还在筹划着收复南都，今天怎的就要鸣金收兵了呢？"

"唉，天意难违！"张煌言叹了口气，接着将事情原委讲述了一番。

原来，那羊山岛上生长有一群野羊，"羊山"之名就由此而来。民间相传，此羊为天神牧养，只可远观，不可触碰，否则必有大难。因此，以往船只路过此处，绝不敢打扰。然而，昨日张煌言麾下的水师停泊此处，有若干新募的内陆兵士不知此规矩，竟然猎杀了几只，下锅烹食。随军将领想要阻止，但为时已晚。

说来也是灵异，兵士中午杀羊，午后海上便起狂风。停泊在羊山岛海边的战船，或彼此碰伤，或触礁沉没，损失大半，已无力继续进军。张煌言得知消息之后，连夜派人通禀郑成功。今日上午，郑成功那边送来书信，建议撤兵休整，择期再举。

"此次北伐，旗开得胜，本欲有所作为，不想竟遭逢此难！心中虽有万般不甘，但眼下已无他法了。苍天啊！为何不保佑我闽浙义师呢？"张煌言痛声叹道。其语气当中，既有悲愤，又有无奈。

此时，赵守忠已逐渐回过神来。他自己虽也倍感失落，但看到张煌言的表情，更为心疼对方。于是，他试着劝解道："六月盛夏，遇到台风亦属常事。古人云，'天将降大任于是人也，必先苦其心志'。张司马夙兴夜寐，忠心为国，眼下虽有小挫，但终

将得到上天眷顾！"

张煌言心知对方有意宽慰，脸色稍稍和缓。他又叹了口气，然后道："延平王与我亦知盛夏多风，本不利于水师进军。但西南方面亟待牵制，而兵法又讲究出其不意，故选在此时北伐。没想到，人算终究不如天算了。"

"张司马，此次北伐既然作罢，那不知登莱方面当如何处置？"赵守忠见对方语气已经和缓，便问起自己接下来的差事。

"我刚才亦在琢磨此事。羊山之祸，非战之罪。水师前锋虽有损失，但延平王麾下主力尚在。退兵休整，只是临时应变之举，他日必将重整旗鼓。因此，联络登莱之事，切不可半途而废！"张煌言答道。而这番话的口气，也逐渐恢复了他以往的坚毅。

听闻此言，赵守忠有些宽心。他略作思忖，接着问道："于乐吾那边应当如何答复，亦请张司马明示。"

张煌言在地上来回踱了几步，又猛然停下，盯着赵守忠道："此人既看重义气，我等亦不可以虚辞应对。江南形势，不妨对其直言。"

赵守忠点了点头。张煌言又道："再次北伐，恐要等到来年。此番重返山东，赵执事便可常驻当地，继续联络登莱士绅，待时机成熟，再有所举动。"

"这次北上，主要就落脚在即墨玉蕊楼中。此楼虽有黄家庇护，但偏处山中，与外界联络不便。此次既然要常驻，应当在舟楫便利之处择一安身场所，定期与江南互通音讯。金口港为南北商船中转之地，不妨就以此作为据点。"赵守忠心想。于是，他便将此主意向张煌言禀告。

张煌言听闻此番提议之后，当即同意，且补充道："金口既为商港，赵执事常驻此地，以经商为名较为妥当。"

"张司马高见！如此一来，亦方便筹措囤积粮饷。但此事多半还需劳烦即墨黄孟坚居中帮忙了。北返之后，我便约他面谈此事。"赵守忠回复道。

"这位黄孟坚诚然是忠义之士！"在第一天晚上对话时，张煌言已经得知了黄培的义举。此时再次听到对方的名号，不禁又是一番感叹。

"赵执事，我军虽在羊山岛受挫，但长江口目前仍在掌握。这几天我便联络船只，

将你送到海州。"感慨之后，张煌言已然做出了安排。

原来，三四月之间，就在赵守忠北上的同时，张煌言也派出密使联络江北州县，海州（今连云港）那边现已建立据点。而从浙东至金口港，海州恰在中途。按照张煌言的筹划，赵守忠这次北返，即先从舟山岛乘船到海州，再由海州方面安排其搭乘前往金口港的船只。如此不仅能节约时日，亦可掩人耳目。

对于这番安排，赵守忠自然并无异议，只是又细问起将来联络渠道之事。张煌言与他商议："待后者在金口港站稳脚跟之后，可安排商船定期往返海州，经此作为中转，再向浙东传递消息。"

事情至此已大体商定，而时辰也已经过了午后。张煌言连忙吩咐帐外的童子给赵守忠端来饭菜。但他自己并没有吃，就匆匆回到了中军帐。

此后两天，赵守忠照旧待在营帐之中，张煌言则没有再露面。等到第三日的晚上，童子来送饭时才告知："张司马稍后将过来叙话。"

赵守忠将饭菜匆匆吃了几口，随即便站在营帐口旁，恭候张煌言的到来。

少顷，张煌言走进帐内，手中还托着一个包袱。赵守忠定睛一看，那正是自己前些天被收缴上去的随身之物。他心中当即明白：今晚多半是要动身了！

果然，张煌言将包袱交还给赵守忠，并告知里面已经备好了新的文牒及盘缠，北上的船只也安排妥当，仍是夜半时分出发。末了，他又满眼期许地望着赵守忠道："赵执事，有劳了！路上多多保重。"

这一场面，不禁又让赵守忠想起当初在江心寺时的情形。他满怀感慨接过包袱，毅然答道："定当不辱使命！"

由于军务繁忙，张煌言未多作停留。交代完毕，两人便互相辞别了。

夜半过后，有童子前来提醒赵守忠动身。后者本来也没有休息，便立即走出营帐。

随即，童子在前引路，带着他离开营寨，来到海边，登上了一艘快船。

赵守忠上船一看，只见舱内已经坐了五名男子，也都是辫发打扮——原来，张煌言担心赵守忠一人乘船有些太过招摇，便又安排了五个人剃发同行。这五人之间互不相识，且是错时登船。如今见到赵守忠，他们只道是跟自己情况相似，并未多做联想。

正如张煌言所言，闽浙方面的水师虽然在羊山岛遭遇损失，但依然掌控着长江口。口外之洋面，不见清军片帆。赵守忠乘坐的快船，出发后一路颇为顺利，只用了大概三日的工夫，他们就抵达海州。

在海州那边的接应下，赵守忠和其余五人同时弃舟登岸。但到了次日，只有他一人登上了一艘开往即墨金口港的商船。这艘商船的主人倒不是张煌言的属下，他也并不知晓赵守忠的身份。之所以答应在船上夹带生人，原因与先前的海漕船相仿，都为了多赚点银子。

时值六月中旬，南风颇多，从海州到即墨，扬帆两日便可到达。待到离开舟山岛后的第六天，赵守忠便又回到了金口港。与前番北上相比，这次显然要快得多。

这艘商船驶进金口港是在当日的黄昏。船主与岸边的巡检兵丁显然也是老交情，后者对其船上的货物和人员只是稍作检视，便放行上岸了。

赵守忠对金口港已有了解。下船之后，他先雇好一辆马车，约定翌日一早前去即墨城，然后才找到客栈落脚歇息。

是夜无事。待到天明，赵守忠便乘车出发。半日过后，马车来到即墨城郊。这时，他吩咐停车，付清了钱，改为步行，独自向铁骑山进发。大约到了申末时刻，那座熟悉的玉蕊楼就又出现在了视线当中。

玉蕊楼的仆人都是黄家精挑细选而出，个个机敏。他们很快就认出了赵守忠，并恭敬地将其请到了楼中。

当日玉蕊楼稍微有些冷清。先前的黄、顾、宋、张、董五人，只有宋继澄尚在楼内。他本来在楼上休憩，听闻赵守忠归来，不及更衣，就匆匆跑了下来。

"贤弟，终于把你盼来了！"宋继澄见到赵守忠，不禁惊喜交加。

"是啊！澄岚兄一向可好！"赵守忠也是难掩激动。

寒暄过后，宋继澄问起赵守忠的近况，后者便将自己的前后经历讲述了一番。当听到对方在舟山岛上巧遇张煌言时，宋继澄连连抚掌称妙；而听到闽浙水师在羊山岛遇到大风时，他则长叹了一声。

待赵守忠讲完，宋继澄感慨道："此次北伐未获成功，固然可惜。但留得青山在，

不怕没柴烧，贤弟既然将常驻登莱，只要用心经营，假以时日，必定会有一番作为！"

"承蒙兄长吉言，日后还少不了要麻烦您和诸位仁兄。"赵守忠抱拳谢道。

接着，宋继澄也将即墨这边的情形加以介绍。原来，在赵守忠南下不久，董樵便辞别诸人，返回东海成山继续隐居。而在半个月前，顾炎武也离开玉蕊楼，奔赴京畿一带云游。至于黄培和张允抡，前者照旧蛰居在即墨城中，而后者这几天则又去华严庵游览了。

"贤弟莫急，孟坚那边，还是由宋某前去传信。金口港开店一事，等与他商议之后再做定夺吧。"末了，宋继澄建议道。

"那就有劳澄岚兄了。"赵守忠点了点头。

15. 高相国

赵守忠重返铁骑山的次日，宋继澄就又乘坐马车去了趟即墨城，将此事告与黄培知晓。

黄培闻讯，亦是且叹且喜。叹的是闽浙北伐中途而返，下次举兵还不知要等到何时；喜的是赵守忠今后常驻即墨，说明张煌言那边并非放弃登莱。

他与宋继澄商议了一番。仍是由后者回玉蕊楼传信，自己则派人赶赴金口港寻觅合适店铺。双方约定："五日之后的夜里，共聚玉蕊楼，再定对策。"

赵守忠得知消息，感觉时日尚早，与其枯坐屋中等待，不如出去走走。此前一个月的时间，他大多是在船舱内和营帐中度过，鲜有外出的机会，此时不免已有发闷的感觉。

不过，外出的想法虽然很快确定，但具体的去向，他却斟酌了半天——太远的话，日程有些急促；太近的话，恐怕难有新鲜感。

思来想去，他决定前往胶州，一来是感谢居间牵线的高琭，二来也是还愿——当初到访官路村时，他曾以祭扫高弘图墓园为名，而今恰有空暇，正好就去兑现诺言。

拿定主意，赵守忠便向宋继澄诉说了一番。后者听闻，对于他的重情重义，不免也颇为感慨，并叮嘱他一路小心，只需四日内赶回即可。

于是，次日一早，赵守忠就离开玉蕊楼，向胶州官路村进发。

这次出行，赵守忠仍是骑着先前寄养在铁骑山的那匹白马。在南下期间，黄家对它悉心照料，此时正是膘肥体壮。出发之后，它载着赵守忠一路飞驰，上百里的路程

跑下来，只用了半天多的工夫。

待再次看到"官路老酒"的招幌，赵守忠忽然记起上次高璪外出买酒菜之事，心想今日万不可再让对方破费。于是，他临时下马，进店购置了一坛酒和几味佳肴，然后才又向高璪住处行去。

赵守忠登门之时，高璪正在书房中作画。陡然见到故人，后者先是吃了一惊，随即浮现出欣喜之色。他先招呼前者落座，然后跨出房屋来到院内，将街门的木栓插好，这才又回去叙话。

两人既知根知底，说话便开门见山，高璪先是问起赵守忠的近况。此前，黄培虽曾派人送给高璪一封书信，告知其与赵守忠相见之事。不过，为防书信被他人截获，信中言语简略而晦涩。因此，高璪对赵守忠这几个月来的详细经历，知晓的并不多。

赵守忠并未马上答话，而是拿出提前买好的酒菜，一一放在桌上。高璪见状，不由得想起赵守忠初次拜访时的场景，便会心笑道："赵执事真是细心！"

随后，两人边饮边谈。待到赵守忠大略讲完之际，坛子中的酒已被喝掉了一大半，而屋外也是暮色将深。

"北伐因台风而中辍，诚然可惜。但赵执事登莱之行，终究也是有所收获。那于乐吾现虽以克服金陵为托辞，但若倾心与之相交，后面未必不会松口。"这时，高璪站起身来，一面点上灯烛，一面对赵守忠道。

"子素所言甚是，张司马这次命我常驻即墨，想必也有此意。"赵守忠应和了一声。

方才，他一直忙着讲述经历，还未来得及向高璪点明来意。此刻见对方已经起身，便将话锋一转，接着道："这数月来虽然多有坎坷，但也屡屡逢凶化吉。正所谓谋事在人，成事在天，此番能顺利联络到于乐吾，既多亏了子素从中相助，也有赖相国在天英灵庇佑。实不相瞒，这次重返胶州，赵某即想诚心前往相国墓园祭拜，还望子素答允。"

听到赵守忠提及祖父，高璪心中顿时感慨万千。他沉思了一会儿，才缓缓回复道："赵执事如此诚心，高某感激不尽！只是家道中落，祖墓祭田所存寥寥，此行恐招待不周，还请多多包涵。"

"子素多虑了！赵某只要能在墓前亲自奉上一炷香，心愿便足，岂会在意其他？即墨那边还要赶时日。如若方便，你我明天一早便动身吧。"赵守忠答道。

初次探访官路村时，他曾从高璪叔祖的口中得知高弘图的墓园在胶州城南之阁老山，距离官路村有将近百里路程，即便是骑马，一天来回也有些吃力，因此便提议尽早出发。

高璪点头答应，约定明日卯时动身。两人当下不再饮酒，各自开始收拾行装。赵守忠那边，有白马代步，倒是不用过于忙活。而高璪宅中并无马匹，因此他就连夜出门，向"官路老酒"的店家——也是高氏同族之人借了一匹坐骑。

翌日一早，两骑并发，向南奔去，中途鲜有停歇。只是在路过胶州城郊时，赵守忠下马买了些祭祀供品。

大约到了午前时分，两人行至阁老山下。此山并不算高，先前也不闻名，只因高弘图生前为阁臣而死后葬于此，阁老山之名，才在民间流传开来。

待行至山下，高璪和赵守忠先将坐骑拴好，然后改为步行，走到墓园之内。

当年在南都之际，高弘图曾官居礼部尚书兼东阁大学士，后来又被加封为太子太保。如此显赫头衔，倘若未曾改朝换代，其身后必是极具哀荣。可惜他遭逢乱世，不仅客死异乡，墓园规制也大为缩减。赵守忠见此，心里又是一阵唏嘘。

两人来到墓碑前，高璪先上前一步，叩首行礼，口中念道："祖父在上，不肖孙高璪有事禀告，浙东鲁王殿下近臣赵执事守忠，今特来拜祭。其正奔走复兴，可谓忠臣义士，望祖父之灵庇佑，以竟其功。"

说完这番话后，高璪站起身来，向赵守忠做了个手势。后者平复了一下心绪，正了正衣冠，呈上祭品，点燃香烛，郑重祭拜起来。

礼毕之际，已过正午。两人结伴下山，重新上马，沿着原路向回赶去。

上午这两匹马已奔波百里，下午返程时难免步伐放缓。待两人再次来到胶州城郊，已是申末酉初。赵守忠看了看天色，自忖不便再跟高璪回去，就提议道："先在附近吃顿晚饭，然后就分道扬镳。对方依旧返回官路村，自己则径直赶往玉蕊楼。"

高璪知道赵守忠还要赶赴黄培之约，便不再挽留。两人当即在城郊下马，找了

一家不太显眼的酒肆，点了几道酒菜。赵守忠抢先付了钱，匆匆吃完之后，两人就此别过。

从胶州城郊至即墨铁骑山，向东直行虽然里程较近，但赵守忠对此路不熟。稳妥起见，他决定先折向东北，仍从大店村附近过河。

重新出发之时，户外尚有亮光。而那匹白马在吃过草料之后，脚力也有所恢复。赵守忠一路扬鞭疾驰，在戌时前后赶到了大店村。

前已言道，这大店村地处胶莱河与大沽河之间，一东一西各有浮桥相连。其中，胶莱河水面不宽，赵守忠很快策马而过。但来到大沽河浮桥前，情形却颇有不同。

大沽河本就宽阔，加上此刻夜色渐深，浮桥在河中若隐若现，一眼难以望到头。夜里骑马在上面行走，显然容易出现闪失。赵守忠思忖一番，决定先不过河，而是调转马头，返回大店村中，准备寻找借宿之地。

然而，大店村虽然规模不小，但不曾设有急递铺，街上并无客栈。赵守忠转了一圈，正在无可奈何之际，忽然想起："当初过河问路时曾有老农告知，大店村的浮桥系附近一所寺院募集善款而建。既然寻不到客栈，干脆就到寺中借宿吧。"

盛夏时节，乡村不乏沿街纳凉之人，赵守忠便下马打听了一番。而当地乡民也颇为热情，听闻他是外来口音，又是夜里前往寺院，想必是着急投宿的路人，便将他带到了寺院附近。赵守忠大为感动，不禁连连称谢。

来到山门前，只见门檐两侧已经挂起了灯笼。借着灯光，赵守忠看到门匾上书有"太平寺"三个大字。

"原来这里叫作太平寺，如果大明中兴，天下重归太平，那便好了！"他暗自感慨。

轻叩了几下门环之后，不多时就有一位僧人打开门来。赵守忠直说来意。僧人对此应是早已司空见惯，并未多问其他，而径直道了一声："施主请。"便带着赵守忠进到了寺中。

拴好马匹，绕过几道回廊，两人来到一处厢房外，赵守忠心想："这必是寺中的客寮了。"果然，待僧人推开房门，只见屋内搭着一处大通铺，已经有好几个汉子躺在上面，像是都睡了的样子。

此时，僧人指了指大通铺上的空处，低声对赵守忠道："鄙寺简陋，委屈施主在此歇息吧。"赵守忠连忙称谢，僧人随即告辞离开了。

虽然与许多陌生人共处一室，但赵守忠此行并未携带要紧物品，倒也并不担心。他脱下鞋袜，侧身躺了下来。这两日连续奔波数百里，他早已困乏，很快便起了鼾声。

不知过了多久，他恍恍惚惚听闻有人在喊自己的名字。起身一看，只见对方是一位身着明朝一品官服的老者，面孔颇为眼熟。赵守忠努力回想了一番，猛然认出："来者不是旁人，正是胶州相国高弘图。"

"高相国不是已经故去多年了吗？"想到这里，赵守忠不由得吃了一惊。他刚想询问，却见老者摆了摆手，示意他不要开口。

"你且随我过来。"对方接着道。

赵守忠心中虽感疑惑，但见对方神色举止颇为庄严，亦不敢迟疑，便跟着来到了屋外。

穿过一片光亮，两人行至两株银杏树下，只见其枝干苍苍，显然颇有些年岁。而在树冠之下，放有一张石桌。石桌之上，已经摆好了几样酒菜。两旁还各有一个石凳。

来到石桌前，老者对赵守忠道："请坐吧。"赵守忠依言而行，便在西边那个石凳上坐下了。

落座之后，老者没有立即开口，而是连连招呼赵守忠喝酒吃菜。过了有半炷香的工夫，他才开始说起话来。

不过，对方既没有自报家门，也没有询问赵守忠的情况，而是忽地讲起了"靖难之役"的陈年往事。

所谓"靖难之役"，即明初朱家皇室内部的一次权力争斗。且说洪武朝时，明太祖朱元璋原本立嫡长子朱标为储君，可惜朱标英年早逝，未能克承大统。朱元璋在悲痛之余，经过一番取舍，最终又立朱标长子朱允炆为皇太孙。

对于这一安排，朱允炆的叔叔们心中并不服气。朱元璋在世时，他们还敢怒不敢言；而等到朱元璋去世，朱允炆登基做了建文皇帝，这些藩王就逐渐露出异心。

在一班儒臣的支持下，建文皇帝决意削藩。当削到燕王朱棣的头上时，他便以"清

君侧"为名，公然举兵反抗。

经过数年鏖兵，燕军最终攻入京师（南京）。而在宫中一场大火过后，建文皇帝不知所终。明朝帝系自此从朱标这支转到了朱棣那边。

赵守忠作为王府藩臣，对于这段历史可谓熟悉。但老者此刻突然提起，他一时之间猜不出有何用意。

待到讲述完毕，老者向赵守忠问道："靖难之役，你可知人心向背如何？"

"奸佞当道，成祖文皇帝举义匡扶社稷，自然是人心所向。"赵守忠答道。而自靖难之后，这也是明朝官方的统一说辞。

"并非如此！"老者摇了摇头，"成祖自然是一代雄主，但建文皇帝多有仁政，江南士绅其实更倾心于后者。只是天有定数，终非人力可改了。"

接着，他话锋一转，又问赵守忠道："大势已去之时，你可知建文皇帝如何脱身？"

关于朱允炆的下落，明廷一直讳莫如深，民间倒是有多种传言，赵守忠也听说过一些。而流传最广的一个说法就是："建文皇帝在城陷之际剃发为僧，乔装逃走了。"

赵守忠虽然仍是摸不着头脑，但见老者问得急切，便以听到的传闻作为回答。

"是了。"这一次，老者点了点头。

不过，说完这两个字之后，他便陷入了沉默。而赵守忠不知该如何接话，也愣在一旁。

过了有一会儿，老者抬头看了看天，又望了望赵守忠，长叹了一声道："罢了，天机不可泄漏！时候不早，我须告辞了。刚才的话，你多加领悟吧！"

言罢，老者忽然闪身不见。赵守忠大为惊骇，连忙喊道："高相国！高相国！"

伴随着这阵喊声，眼前的景象忽然间全部消失，而出现在眼中的，则是屋顶的梁木。

赵守忠使劲了揉眼，抬头转身望了望四周。只见窗外已有光亮，而身旁的大通铺上，几名陌生男子仍在熟睡。他此时方悟，刚才与老者之对谈，原来是南柯一梦。

回忆起老者的面容和装扮，再联想起昨日到阁老山祭拜之事，他不禁暗自疑惑：

"难道是这次的祭拜感动了高相国，所以专门托梦于我？"

此时，屋外虽有光亮，但还不到晨起时刻。可赵守忠反复琢磨着梦中场景，早已毫无睡意。

"我在墓前祭拜时，心中默默以复兴大计祈愿。若真是高相国托梦，应当指点此事才对。但他为何要谈起靖难之役，又为何要询问建文皇帝的下落呢？"

想了半天，他始终不得其解，便决定出去散散心。这时，屋外隐约已可听到寺僧扫地声响。于是，他翻身下铺，轻轻走出门外。

沿着回廊走了二三十步，赵守忠来到一处庭院当中，视野豁然开朗。只见四位寺僧正在挥动扫帚清扫地面。其实，地面上本来也算干净，唯有少许银杏叶子。"寺里多半就是这个规矩，僧人们每天此时起床清扫，也是习惯了吧？"赵守忠心想。

而就在这刹那之间，忽然又有一个念头从他头脑中闪过："方才在梦境里，不就见到两株银杏树吗？"

想到此处，他赶紧抬头环顾了一下四周。只见不远处的围墙之上，正有一片繁盛的树丛。看叶子的形状，其为银杏无疑了。

赵守忠心中一动，便走到一位僧人的旁边，对他道："敢问师傅，那边是何树木如此茂盛呢？"

僧人放下扫帚，双手合十回道："施主，院内有两株银杏古树。相传隋唐建寺之际，便由祖师亲手所植，距今约有千年了。"

"啊！"赵守忠不禁叹了一声，他随即问道，"如此神树，可否带在下前往观瞻？"

"请施主稍候。"僧人又答。

他转身向同伴伸手示意，然后又对赵守忠说："施主请随我来。"

两人一前一后，从围墙中间的小门穿过，来到了旁边的院落。此时，两株银杏古树的苍虬树干，就出现在他们的视线当中。

待来到树的正前方，僧人侧了侧身，请赵守忠走近观瞻。而后者过去之后，当即便愣住了——原来，这两株古银杏的树冠下方，正摆放着一张石桌、一对石凳，与他梦中所见，竟是丝毫不差！

16. 海州行

在太平寺的两株银杏树下，赵守忠愣了有好一阵子。一旁的僧人见此情形，还以为对方是惊讶于古树之沧桑，倒也不觉奇怪——此前的游人多半也是这般反应。过了一会儿，他悄然回去继续扫地。银杏树前便只留下了赵守忠。

"高相国此次托梦，定有深意。只是具体是何暗示暂时难以参悟，唯有日后再细细琢磨了。"赵守忠回想了半天，亦未能想通梦境的寓意。他叹了口气，心中默默祷告了几句，决定继续赶路。

回到客寮整理好行装之后，他来到拴马处解开缰绳，走出太平寺，开始向河边的浮桥进发。

此时晨光明媚，过浮桥自然就简单了许多。渡河之后，向东不远便是即墨地界。这条道路，赵守忠已经走过两趟，早就熟稔在胸。于是，他快马兼程，一路疾驰，午前便赶到了城阳集。在那里，他稍作歇息，就又奔向铁骑山。

回到玉蕊楼之时，宋继澄和张允抡都在。后者也已听说赵守忠此前之事，现下相见，面上亦有欣喜之色。

赵守忠将胶州之行的经过，大略向宋、张两人讲述了一番，古寺托梦一事则略去未提。

高家先前的变故，两人虽早有耳闻，但此刻再次听赵守忠提起，不免又唏嘘了一番。

随后，宋继澄也告知赵守忠："黄培那边昨日派人传来消息，金口港开店之事，已

有眉目，明夜他将赶到玉蕊楼商议。”

赵守忠点头称谢，交谈过后，三人就各自回去休息了。

当夜及次日，赵守忠待在屋中未出，时而回想梦境中的场景，时而思忖接下来的举措。对于前者，他仍未有参悟；而对于后者，则大体拿定主意——等金口港店铺开张之后，他便以此身份为依托，寻机再去栖霞拜访于乐吾。

黄昏过后，他见天色已晚，便下楼来到客厅，准备迎接黄培。而宋、张两人也不约而同，陆续走下楼来。

大约到了戌时，外面传来车马声响，片刻之后，黄培快步进屋，仍是前番斗篷罩身的打扮。他径直走到赵守忠身旁，不及除下斗篷，且行礼且说道：“赵贤弟此番辛苦了。如此勤劳王事，黄某自叹不如！”

赵守忠连忙答礼回复道：“承蒙兄长谬赞，守忠不过尽力而为。眼下虽取得些许进展，其实也是仰仗各位仁兄相助。”

黄培笑了笑，这才除下斗篷，露出衣冠，坐下喝了口茶。接着他切入正题，谈起金口港开店之事。

原来，在金口港店铺当中，以转卖南北土产者居多，即先收购登莱各县物产，装船南运；回船之际，再载来南方物产售卖。大凡南运土产，以谷物、松木、毛皮居多；而北来之物，则以大米、茶叶及干笋为主。

黄培派人打探了一番，闻知有家土产商号老主人去世，少东家不善经营，意欲转手。该商号房舍、船只、出海许可文书一应俱全，要价亦不算高，约纹银五百两即可，便建议将之盘下。

赵守忠听闻，心中颇有所动。尤其是“皮毛”之语，不由得让他想起岗山中的神枪手杨彦。“若以此开店，正好也可联络杨兄弟。”他心中暗忖。

于是，待黄培说完，他便表示赞同：“兄长筹划缜密，赵某佩服。”而一旁的宋继澄和张允抢，此时也各自颔首。

黄培见众人并无异议，微笑道：“这一百两银子的定金，总算没有白花。”原来，他担心迟则生变，在得知该店铺正在寻找买家之后，便命人带着定金前去订下契约，

如若中途反悔，则定金就有去无回了。

自北上相识以来，赵守忠已多次得到黄家的接济，内心早有愧意。此刻听说开店定金亦已由对方垫付，更是感到不安。他站起身来，肃然对黄培说道："兄长情意，守忠心领，但公私毕竟有别，金口港开店为浙东公事，此次重返即墨，张司马已拨足银两，纵然不足，海州方面亦可接应，实在不能再让孟坚兄代为出资了！"

黄培起身扶着赵守忠坐下，然后笑着对他道："赵贤弟切勿见外。黄某此举，并非'代出'，而为'合伙'。金口港舟楫之利，黄某本就有心与焉，现在恰逢此机会，便决意同贤弟共同开店。店面转手之银两，虽由黄某先出，但后续经营，则绝不插手，全凭贤弟决断。若有盈利，黄某亦可坐享其成，不知贤弟意下如何？"

话已至此，赵守忠知他诚心相助，也不便继续反驳，就点了点头："谨遵兄长吩咐。每至岁末，店铺盈利必送至府上。"

双方议定出资一事，便又商讨起具体细节。黄培担心夜长梦多，提议明日一早就前往金口港办理交割。不过，他本人自然是不便露面，而是安排管家陪同赵守忠一起。

待商议完毕，已是亥末子初。黄培本想吩咐上些酒菜作为消夜，但赵守忠、宋继澄和张允抡纷纷推辞。于是，众人就各自回屋了。

次日天明，黄培仍是早早乔装乘车离开。而赵守忠这边，则是等到辰时过后才动身。他本想骑马，但宋继澄和张允抡提醒说："骑马上街，英姿顿显，恐不像是开店的掌柜。"赵守忠感觉有理，便也坐上了马车。

来到金口港之后，赵守忠方知该店铺的老主人原籍在潍县，早在甲申之前便已在此经营。盛时名下店铺房舍有三十余间、快船三四艘。后因身体有恙，无力操持，而其子喜好犬马声色，不谙经商之道，家业逐渐败落。今年之初，老主人辞世，少东家见生意日渐亏损，便萌生卖店返回潍县之意。不过，此时可供售卖的资产，就仅剩下十间房舍、两艘快船了。

见到赵守忠一行，这位少东家并无太多言语，只是催问补足银两。待管家将剩余的四百两白银奉上，他便从身后拿出一个木匣递了过去。

赵守忠打开一看，见房契、船契和官府颁发之出海许可文书一应俱全，便向管家

点了点头。后者随即取出之前的定金契约，在空白处写上"钱产两清"的字样，载明日期，就让对方签字画押了。

买卖完毕，对方带上细软之物离开。赵守忠就以新掌柜的身份，入主店内。

店铺里原有的伙计，已被对方提前遣散。要想恢复经营，首先须有人手。赵守忠思虑一番，决定暂且在当地招募若干，待到与张煌言那边取得联系，再由闽浙方面替换补充。

主意虽定，但买店的银两毕竟是由黄家所出，赵守忠自忖应先告知对方。于是，他便将此事写在信中，在管家辞别之时，让其带给黄培过目。自己则留在金口港等候消息。

次日中午，黄培派人骑快马送来回信，重申"店铺由赵守忠做主"之意。后者见此，很快就在店门口贴出招工布告。

由于许诺的薪资相对丰厚，几日下来，便先后有二十多名伙计前来应募，其中有几个还是先前店里的旧人。赵守忠甄选了一番，共选用了十个人，将他们分作两队，一队负责店面日常操持及土产收购，另一队则专事航运。

在兖州鲁王府供职之时，赵守忠便长期负责打理藩产，对于经营颇有些心得。加之有先前那几个伙计穿针引线，店铺很快就有模有样。用了不到半个月的工夫，首批南运的土产便已收齐装船，准备发往海州。

这些伙计毕竟都是局外之人，他们即便到了海州也无法与张煌言的麾下取得联系。因此，这次航行，赵守忠随船同往。而在出港之前，他循例向巡检兵丁递上了孝敬银两。兵丁们查验出海许可文书无误，又见赵守忠识得大体，便没有为难。于是，这艘船就顺利地驶出了金口港。

航行途中，并无波澜。两日之后，赵守忠一行便抵达了海州。进港之后，他以联络买主为名独自登岸，伙计们则留在船上等待。

凭着此前预留的地址和暗语，赵守忠与海州接应之人取得联系，并当场书写了一封信札——在从金口港出发之前，他也曾考虑过写信一事，但出港进港都有清兵查验，倘若随身携带如此机密信札，难免会有风险。因此，他便决定到了海州之后再动笔。

对方告知他："纵是快船，从海州往返浙东，也需六日时间，还请耐心等待。"赵守忠倒是不急，回港之后便寻觅到合适客栈，带着多数伙计入住，船上则每日轮流派人值守。

等到第六日，并无消息传来。赵守忠对张煌言的为人行事颇为信赖，对此安之若素。而伙计们每天好吃好喝，工钱亦一分不少，自然也并不着急。

如此到了第八日上午，忽然有人给赵守忠送来一张字条，上面写道："买卖现已谈妥，下午可来取定金。"赵守忠明白浙东那边已有回音，心中怦然一动。

午饭过后，他独自赶往接头地点，从联络人那里接过了张煌言的亲笔手书。实际上，张煌言早就收到了赵守忠的消息，并且很快选派两名心腹带上犒劳银两，前来海州接应。只不过，船只回来时在长江口处遇到风浪，中途耽搁了一天多的工夫，这才来得晚了一些。

张煌言在信中说："这两名心腹可跟随到金口帮忙打理店铺，以后船只往来，以每月十五日为期。每月之初，由金口发船；到了月末，再从海州返回。这中间前后，则是留给海州往返浙东的时日。"

阅毕书信，赵守忠心中颇为振奋。如此一来，南北音讯可通，粮饷亦能接济，自己总算不是孤军奋战了。

翌日，海州那边派人送来一批银两，并从船上取走货物。这些操作在表面与普通买卖并无二致，旁人也未觉有异。

"生意"有了进账，赵守忠当即发下赏钱，并放工一日。伙计们个个欣喜，便结队进城游玩去了。赵守忠自己则又前往接头地点，与随船而来的两位心腹会面。

此二人虽在张煌言麾下效力，但并不知晓赵守忠的真实身份。在出发之前，张煌言只是叮嘱他们："到了海州，与金口来人见面后，一切听其吩咐即可。"

赵守忠与对方约定，今后彼此以掌柜、伙计相称，南北航运皆由二人负责跟船发货传信。其中的门道，二人不甚明白，但既然张煌言有令在先，他们很痛快地就应允了。

又过了一日，伙计们陆续归来，赵守忠决定立即北返。他将二人介绍给众伙计，

声称系在海州招募的雇工。此等情形在商界并不鲜见，加之众伙计还在兴头之上，便毫不起疑。

而在此时，海州方面也送来当地土产供船载回。至于银钱，只是减半收取。这一买一卖、一来一往，其实就相当于从闽浙向登莱输送粮饷了。

三日之后，船只返回金口港。赵守忠安排伙计将运来之土产售卖，又获利若干。牛刀初试便取得成功，赵守忠心中踏实不少。随后，他将店中日常杂事安排给两名心腹处理，自己则琢磨起接下来联络于乐吾的事情。

思忖一番，他决定先修书一封送往于乐吾处，将此前北伐之事及金口港开店之举相告。不过，店中伙计显然难膺送信之任，此事还需劳烦黄家出马。

这一日，他带上提前备好的礼物，雇了辆马车向铁骑山赶去。

在距离玉蕊楼还有十多里的地方，赵守忠仍先将马车打发走，自己则携带礼物，步行走进山里。

这时已到七月下旬，暑热渐退，草木更盛，与上次离开时相比，山中景色别有不同。赵守忠眼见此，不免感叹时光如飞。

当日，宋继澄和张允抡正在玉蕊楼中。两人见赵守忠登门，颇为欣喜，连忙询问起近况。赵守忠前后讲述了一番，随后又将礼物奉上，两人推让了一番，最终都笑纳了。

待赵守忠提及送信给于乐吾的打算，宋继澄对他道："此事不必劳烦孟坚，赵贤弟只管书写信札。送信之人由宋某安排即可。"

赵守忠点头称谢，当晚便留在楼中写信——自初次来到玉蕊楼之后，黄家为他安排的那间房间，一直保留了下来。

次日天明，赵守忠将信札交给宋继澄。后者随即喊来一名仆人。看到这位仆人的面孔，赵守忠颇觉眼熟。他很快就想了起来：当初董樵在玉蕊楼写信送给于乐吾时，黄培安排的信使，也是此人。

宋继澄将事情向仆人吩咐清楚，仆人答应了一声，便牵马出发了。

从即墨铁骑山往返栖霞唐家泊，需三四日的工夫。赵守忠不想枯等，便又返回了

金口港。临行之前，他将送给黄培的礼物委托宋继澄转交，约定第四日下午再回玉蕊楼等候于乐吾的消息。

时光飞快，转眼便到了约定之日，赵守忠如期而至。进楼之时，宋继澄和张允抡早已在客厅恭候。宋继澄见到他，连忙迎上前去，笑容满面地说道："赵贤弟，有喜事了！"随即，张允抡也走了过来，同样是这番说辞。

一时之间，赵守忠有些摸不着头脑，便问道："两位兄台，不知何喜之有？"他心中猜想多半是于乐吾的回信已经送来。但倘若仅仅是一封回信的话，宋、张两人断不至于是这般神情吧？

宋继澄笑而不语，从桌子上端起一个木匣，递给了赵守忠。后者打开一看，匣子上层是一个信封，看着应是于乐吾的回书。而继续向下看，里面还有一张纸片。

赵守忠先将信封和木匣放下，腾出手来展开纸片。虽然尚未看到里面的内容，但从大红的外皮也不难判断出这是一张喜柬。

"难怪刚才两人那般说辞，原来如此。"这时，他方有些明白。

上次跟随董樵去往栖霞时，赵守忠曾留心观察过于乐吾家中人物，但此刻反复回忆，也没有想起究竟是何人临近婚龄。

"两人既是如此神情，想必已经知晓答案。"赵守忠心想。于是，他不及拆阅喜柬内的文字，径直向宋继澄问道："敢问兄长，喜主竟为何人？"

宋继澄又笑了笑，缓缓回了三个字："于——乐——吾！"

17．中秋夜

听闻举办喜宴之人为于乐吾，赵守忠颇感惊讶。他原以为是于家晚辈有所嫁娶，万没想到五旬开外的于乐吾，竟然又将有新婚之喜。

他再次回忆了一遍上次前去唐家泊时的场景，自己虽未亲眼见到于家夫人，但在酒桌寒暄之际曾听董樵提起。以此推断，于乐吾显然早有家室。"天有不测风云，难道这数月之内，于家已有所变故？"

一旁的宋继澄见赵守忠面带疑惑之色，料想对方不解其中究竟，便笑着对他道："看来贤弟有所不知，此次于乐吾之喜，并非娶妻，而是纳妾。"

赵守忠恍然大悟："漂泊海上这些年来，终日忙于金戈铁马，对民间嫁娶习俗逐渐生疏，竟然忘记有纳妾之喜。于乐吾虽已过中年，但终究是一方头面人物，纳妾倒也不足为奇。刚才自己真是多虑了。"

想通这一点，他便也笑了笑，回了一句："原来如此，是赵某孤陋寡闻了。"

"非也！我等也不过是刚刚知闻。"宋继澄道。

原来，前去栖霞唐家泊的信使，当日早些时候赶了回来。从其口中，宋、张二人得知于乐吾将要纳妾之事，也获悉对方给赵守忠捎来了喜柬。因此，后者刚一进门，他们就纷纷道喜。

而之所以向赵守忠道喜，显然不单单是因为有喜酒要喝，更多还在于此举体现出于乐吾的微妙态度。

"赵贤弟，这纳妾虽也是喜事，但规制不比娶妻，一切仪式均要简略。循例不得大

宴宾客，只能邀请少许亲朋故旧前去捧场。而于乐吾既主动送来喜柬相邀，自然是对贤弟另眼相看，有意继续深交了。"宋继澄解释道。

赵守忠点了点头，这才在桌旁坐下，依次打开信封和喜柬，逐字看了起来。

待其阅毕，宋、张两人问起信中细节。赵守忠道："北伐中辍之事，于乐吾未置评论。不过，金口港开店之举，他倒是大加赞赏。信中说，过些时日，他还将专程派人前往金口港送上礼物，以贺开张。"

宋、张闻言，面上皆泛起喜色。赵守忠接着道："喜宴之期，定在下月二十八日。按照于乐吾信中所说，董樵贤弟也在受邀之列。"

"如此甚好！"宋继澄不禁赞了一声。

一旁的张允抡则问道："不知于乐吾所纳之妾，出自何门？"

原来，信使虽听说于家将要纳妾，但并不知道女方底细。宋、张二人自然也无从得知。

"喜柬中但说为林氏，具体情形亦未提及。"赵守忠道。

"林姓为栖霞望族，与于家倒也称得上是门当户对，只是其支派众多，具体为何家何人之千金，暂时不好推断了。"张允抡喃喃自语道。

"赴宴之事，贤弟可有主意？"此时，宋继澄接过话头，询问起赵守忠的打算。

赵守忠思忖一番，答曰："于乐吾现今热情相邀，我自当诚心以赴。只不过具体如何行事，还需通禀张司马之后方能定夺。再者，董樵贤弟既然也同受邀请，此事亦应与他相商。只是他远在东海，还要烦请兄长从中联络了。"

"此乃分内之事，贤弟也只管修书一封。待到明日，我便派人送到东海。孟坚那边，过几日宋某将亲往告知。他听闻此消息，想必也会欣喜吧。"宋继澄道。

赵守忠连忙称谢，双方又彼此客气了一番。宋继澄见天色不早，便吩咐准备了几道酒菜。人逢喜事精神爽，当天晚上，三人把酒相谈甚欢，至深夜方罢。

次日，赵守忠早早起床写好了书信，邀请董樵在八月十五之前赶到即墨，一来商讨赴宴之事，二来共度中秋佳节——上次唐家泊之行，董樵出力甚多，赵守忠心中早就过意不去，如今金口港店铺开张，待人接物方便许多，便思忖借此机会犒劳董樵

一番。而在信中，他亦简略提及六月舟山之行的经历，毕竟董樵隐居在东海，之前也没有机会当面向他叙说。

信使出发之后，赵守忠又停了大约半个时辰，这才启程赶回金口。

回到店中，他开始催促起备货事宜。毕竟，赴宴的讯息还要早日传到张煌言那边。好在上次出船，伙计们都分到了不少赏钱。有此先例，众人均干劲十足。到了八月初，货便备得差不多了。

好事双至，没过几日，玉蕊楼那边也转交来董樵的回信——当初的书信是由宋继澄吩咐送出，信使自然也是将回信呈送给他。而宋继澄收到回信之后，便又安排另外一人，再将之转送到金口赵守忠处。

接到来信，赵守忠并未立即拆开，而是随手塞入了袖中，然后接着在店中忙碌。直到傍晚放工，他才独自退入内室，取出信札，仔细阅读起来。

董樵的回信并不长，开篇对赵守忠北返表示欣喜，随后告知于乐吾的请柬也已收到，末了，他答应数日之后便动身西行，力争在八月十五之前在即墨与赵守忠相会。

待信读完，赵守忠心中不觉已添了几分踏实。他计算着时日，决定明天就安排货船前往海州。如此一来，待到与董樵会面之际，张煌言的回信差不多也能送来。届时，栖霞之行该如何应对，便就有了眉目。

货船那边，早已准备妥当，上次尝到甜头的伙计们，听到出发的指令，个个欢欣。此次赵守忠不再随船，便提前将分工布置了一番：航船驾驶事务由先前一位伙计负责；张煌言派来的两名心腹，一人作为信使，贴身携带赵守忠写好的密信，交给海州接应之人；另一人主管货物，打理买卖钱款。待安排妥当，货船起锚，就向着海州出发了。

而在发船之后这七八天的时间里，陆续又有佳音传来。

前几日，先是于乐吾按照信中所说，派人送来了开店贺礼。礼物虽不贵重，但赵守忠也颇感振奋。他不仅准备了一份厚礼回赠，还专门给了来人一笔赏钱。

后几日，玉蕊楼那边又差人送来书信，说董樵已到，请他前去赴会。赵守忠闻讯，本要立即赶过去，但转念一想："若去玉蕊楼中相聚，又要劳烦黄家招待；如今自己已在金口立足，不如等到中秋佳节，直接请众人过来，以尽地主之谊。"

于是，他当即书写一封回信，让信使转交给宋继澄。在信中，他盛情邀请宋继澄、张允抡、董樵三人在中秋之日前来金口游览。至于黄培那边，赵守忠虽知其外出不便，但也托付宋继澄代为相邀了。

宋继澄的回应倒也快，到了第二天傍晚，信使便又来到金口。赵守忠展信一阅，见宋、张、董三人均已答应，而黄培那边果然回复说："心意已领，可惜外出着实不便，愿诸君尽兴。"

时至八月十二，中秋佳节近在眼前，既然贵客已答应登门，赵守忠自然需好好准备一番。他思忖再三，决定将宴请地点定在"海上"，即乘船出海，在甲板上把酒赏月。这样一来，既有海景可赏，又可隔绝耳目，可谓一举两得。

主意既定，赵守忠一边吩咐伙计寻觅合适船只，并跟巡检兵丁提前疏通，一边回信给宋继澄，请他携带几名心腹仆人同来——毕竟，众人在船上难免会谈及要紧之事，店中伙计在场恐多有不便，还是由铁骑山那边派人比较妥帖。

接下来几日，进展都相当顺利，船只已经赁好，巡检兵丁那边也打点好了关系，宋继澄亦回复同意。万事俱备，只待中秋到来了。

那金口镇平素本是逢一逢六赶集，不过既然十五日便是佳节，商贩们就不约而同，纷纷提前一天出摊。中秋当日一早，镇上便车来车往、人声鼎沸，好一派热闹场面。

按照先前约定，宋继澄、张允抡、董樵三人清晨乘坐马车离开铁骑山，带着几名仆人向金口赶来。等到中午之前——差不多也是镇上最热闹的时候，他们一行从熙攘的人群中穿出，来到了赵守忠的店门口。

赵守忠早已在前堂等候，见三人到来，连忙到车前迎接。三人当中，他与董樵交往较深，分别也更久，因此见面之后，彼此尤感激动。

寒暄过后，赵守忠将客人引入后堂，那里已经摆好了一桌酒菜。这顿宴席虽也丰盛，但众人皆知重头戏是在晚上，且担心隔墙有耳，只是简单吃了一些，席间亦不曾多聊。

饭后稍作休息，大约到了申初时刻，这一行人开始前往码头。在此之前，赵守忠已经安排店里伙计将铁骑山来的仆人们送上了船。因此，待赵、宋、张、董一到，船

便启碇解缆，向海中驶去。

八月时节，海上仍是南风居多。铁骑山来的仆人们终究不是专业水手，只能勉强驾船操纵。因此，挂帆起航之后，这艘船在南风的吹拂下，渐渐向北漂去。

金口港以北，乃是莱阳县五龙河口方向。当日天晴，对岸的连绵群峰皆清晰可见。宋继澄、张允抡和董樵都是莱阳人，如今见故土渐近，不由得皆心生感慨。

行至半途，赵守忠见离岸已远，便吩咐下锚。此时，这艘船便在即墨与莱阳之间的海湾里停了下来。

"此处无耳目之余，我等尽可把酒言欢、畅所欲言了。"待船停稳之后，赵守忠先开了口。

宋、张、董三人闻言皆笑，纷纷称赞赵守忠考虑周全。在笑声中，众人按主宾落座，提前准备的好酒好菜随即也端了上来。此次海上中秋之宴，便正式开席。

前几杯酒，赵守忠照旧说了些客气话。待到半壶过后，他方谈起正题："此次劳烦两位兄长和董樵贤弟前来，既是共度中秋佳节，亦为商讨栖霞喜宴。赵某终究是初来乍到，此次于乐吾娶亲之事，还需各位指点迷津。"

宋、张两人笑而不语，各自转头看了看董樵。后者见状，也笑了笑，接着开口答道："董某不才，但对内情也知晓一二，今日便为诸兄详述之。"

说完，他略一停顿，然后望着赵守忠问道："上次去往栖霞途中，曾提及于乐吾上次起兵之经过，不知赵兄尚记否？"

赵守忠点了点头："幸蒙贤弟介绍，那于乐吾起兵之初，本应先占据州县城池，开府放粮，招兵买马，做长久之计。可惜他仅攻下宁海州一地，且旋即退出，扎营于山野，以致无所凭资，粮饷不继，军中士气低落，最终不得不接受招安。至今思之，仍令人叹惋。"

董樵道："诚然如此。方才赵兄提及宁海州，而于乐吾此次所纳之妾，即与宁海州有所渊源。"

话音落下，宋继澄和张允抡的表情倒是不曾变化——想是董樵已经将内情提前告知，赵守忠却吃惊不小，神色不由得严肃了起来。

132

"愿闻其详。"他急切地说了一句。

董樵接着道:"且说那于乐吾率军攻下宁海州后,虽未在城中久留,却也与当地士绅有所接触。其中,一位胡姓士人与他交往尤为密切。后来,在于乐吾准备撤军之际,这位胡姓士人忽然带领一名少女前来求见。那少女当时不过十四五岁,却主动提出要加入于乐吾军中。于乐吾见对方为女流之辈,自然不肯答应。但少女态度坚决,非此不可。而那胡姓士人又将少女的身世讲述了一番,于乐吾这才答应下来。"

"这位少女究竟是何出身呢?"赵守忠又问。

"唉!"董樵叹了口气,道,"这便要提起一段伤心事了。回想崇祯十六年(1643年)之际,阿巴泰麾下清军侵扰山东,非但我莱阳县因此蒙难,宁海州亦未能幸免。宁海城破之后,殉难者众多,其中有一人就是时任宁海知州汪逢渊。他系遵化县举人出身,上任不过一年,便遭遇此劫,真是祸福难料啊!"

此时,赵守忠不由得也叹了一声,宋、张两人虽已知晓此事,但都跟着点了点头。

董樵又道:"汪逢渊殉难之际,其妻子也一同自缢。两人膝下有一独生女儿,当时仅七八岁的年纪,所幸被一忠心仆人设法带出城外,这才逃过一难。后来,两人辗转来到那位胡姓士人家中,该人为宁海卫指挥使胡氏世家的庶出子孙,此前与汪逢渊有些交情,又怜悯忠臣遗孤,便收留了对方。"

赵守忠祖上亦是军职世家,眼下听说宁海卫胡氏的义举,不免触景生情,心中又是一番感慨。

"此后,汪逢渊的女儿一直由胡姓士人抚养,逐渐长大。她虽是女流,却颇有男子气概,对当年父母殉难之事始终耿耿于怀,据说曾立下重誓要杀清廷官员报仇。而于乐吾上次举义之后,率军攻下宁海,将清廷委派的知州斩杀。这少女听闻消息,认为于乐吾此举系替她报仇,便视之为恩人,请求投入其营中效力。于乐吾一向讲究义气,起初虽没答应,但知晓少女身世之后,不禁大为感动,也就同意了。"董樵接着讲道。

听到此处,赵守忠若有所悟,便问:"难道说这位少女,就是于乐吾此次所娶之人?"

董樵颔首微笑:"正是。"

"她不是忠臣汪逢渊的女儿吗？可喜柬上写的怎么是林氏？"赵守忠又问。

"这便是后话了。"董樵又答，随后他将其中的经过叙说了一番。

原来，于乐吾虽然答应收留汪氏，但考虑到女子随军多有不便，就以协助筹办后勤粮秣的名义，将她安置在栖霞一林姓大户那里。再后来，于乐吾接受清廷招安，解散部众。因汪氏不便再回宁海，他便与林姓大户商议，请对方收汪氏为义女。从那时起，汪氏便改姓为林氏了。

女大当嫁。随着林氏年龄渐长，其义父母也开始操心起她的婚事。可奇怪的是，不管媒人如何牵线，林氏始终不肯点头。到了后来，身边人才渐渐明白，林氏其实早已心有所属，而意中人，便是于乐吾了。

"于乐吾为之报仇，林氏有心报恩，其情可鉴。"赵守忠叹了一句。

董樵点了点头，又道："义父母知道林氏所想之后，便寻机向于乐吾说明情况。而于乐吾家中已有正妻，且又感觉彼此年纪相差较大，起初并不同意。不过，林氏坚持己见，一直苦苦等候，现今年纪已有二十三四。于乐吾心中感动，在告知正妻之后，便同意纳林氏为妾，这才有了此次的喜宴。"

"原来如此。"听了董樵的讲述，赵守忠先前的疑惑方才解开。此时，他转头看了看舷窗之外，只见水面已有金黄之色，原来已届日落时分了。

"刚才光顾着说话，倒是忘了喝酒，赵某招待不周，先自罚一杯。"言罢，他便仰起头来，一饮而尽。

其他三人笑了笑，也各自举起杯来，跟着喝了一口。

接下来，众人继续举杯推盏。不知不觉，明月已在海上升起了。

"露从今夜白，月是故乡明。自甲申之后，赵某这还是首次在山东欣赏中秋夜月。"赵守忠放下酒杯，对着月空喃喃自语。

董樵听他言语之中颇有伤感，便安慰道："天下之事，尚未可知。众义士若齐心协力，花好月圆，犹可期待。"

赵守忠听到"天下"之语，不禁又想起了正事，于是问董樵道："贤弟，你对于乐吾多有了解。他此次发来喜柬相邀，且派人送礼庆贺店铺开张，不知是何寓意？"

对此问题，董樵显然心中有备，因而当即回道："于乐吾虽常与士绅来往，但其为人行事，更带有江湖习气。上次赵兄跋涉千里，专程登门拜访，已让于乐吾心生敬重。而此次南下归来，赵兄又能以江南实情相告，想必更使之佩服。依董某之见，他有心与赵兄深入结交，后面举兵之事，应当有些盼头。"

此前在玉蕊楼中，宋继澄和张允抡虽然也曾有过这番推断，但董樵毕竟曾是于乐吾的军师，从他口中再次说出，自然更令人信服。

"如此便好。具体如何赴宴，等江南那边有了消息，我再与贤弟另做商议。"听到董樵的话，赵守忠也松了一口气。他又抬头望了望海上的明月，忽然想起三月中旬从江心寺出发时的那个夜晚："算起来，这已是北上的第五个月了！"

18. 赴喜宴

在海上度过了中秋月夜之后，次日上午，赵守忠一行乘船驶回码头。白天的金口港，人来船往，十分热闹。他们上岸之时，也并未引起旁人注意。

回到店中稍作休息，宋继澄等人便向赵守忠辞行。后者本想留对方多住几日，但心知此处不比玉蕊楼，难免人多眼杂，就勉强答应了。

临行前，赵守忠将提前备好的礼品装到车上，又与董樵相约："待南下之船带回消息后，再择期见面商讨。"交代完毕，众人逐一道别，宋继澄、张允抡、董樵便乘车赶回铁骑山。

当日无事。到了第二天的午后，赵守忠正在后堂独坐，忽然有伙计跑来通禀，说是前往海州的商船刚刚返程到港。赵守忠闻讯大喜，当即快步出门，赶向海边。

行至码头后，他先找到信使，向对方使了个眼色。后者点了点头，赵守忠当下宽心，这才大声对船上伙计道："诸位辛苦了，一会儿卸船完毕，大家可先行休息，待明日到账房按名册领取赏钱。"

伙计们听闻此言，欢声雷动，不顾疲惫，又各自忙活起来。而趁此间隙，赵守忠又向信使做了个眼色，然后带着他回到了店里的后堂。

"海州那边可有消息？"见四下已无旁人，赵守忠便开口问道——而所谓海州那边的消息，显然指的就是张煌言的答复。

"有回信在此。"信使一边回答，一边小心翼翼从怀中摸出一个油纸包，递给了赵守忠。后者快速将油纸包打开，取出内中的信札，匆匆阅读起来：

"执事辛苦，来信已悉，甚觉欣慰。赴宴之事，当尽力而为，余乐见其成。现特备两份薄礼，作转赠主人之用，盼早获君之佳音。勿念。"

这封信虽然前无抬头，后无落款。但在赵守忠眼里，仿佛就是张煌言站在身边向自己叮咛。一时之间，他心中五味杂陈，既感振奋，又觉伤感，同时有一丝急迫。一旁的信使将其神情变化看得真切，嘴角微微嚅动，似乎想问些什么，但最终还是一语未发。

片刻之后，赵守忠回过神来，想起张煌言在信中提到的礼品，便又开口问道："除了回信之外，可有其他物品捎来？"

"还有一个木箱，夹带在货物当中，方才不及取下，回头便送到后堂。"信使回答道。

赵守忠点了点头，又慰劳了几句，然后就让对方下去休息了。

入夜之后，信使果然携带一个木箱前来。这口木箱并不大，双手即可端起。待信使关门退出，赵守忠轻轻打开箱盖。此时，一柄短剑和一幅卷轴就出现在了面前。

赵守忠感觉这柄剑颇为眼熟，便先将之取出。经过一番端视，他辨认出这是鲁王朱以海在监国期间赐给张煌言的一件宝物，没想到这次居然被后者慷慨转赠。

"张司马此番真是用心良苦！"赵守忠放下宝剑，暗自叹道。

紧接着，他又将卷轴铺在桌上。待到完全展开，"义薄云天"四个遒劲大字，随即跃入眼帘。这四个字与之前信札上的行文虽然大小有别，但皆笔力雄浑，显然都出自张煌言之手。

赵守忠端视着这幅墨宝，自忖道："张司马以宝剑和手书相赠，显然是对赴宴之事相当看重。这两份礼物不但要转交给乐吾，还须让他知晓其中究竟方可。事不宜迟，明日我便前往玉蕊楼，与董樵贤弟商议此事。"

主意既定，他将卷轴和宝剑重新放回木箱当中，再用布将木箱包好，然后放入床底，这才熄灯入眠。

翌日一早，赵守忠便启程赶往铁骑山。赶到之时，宋继澄、张允抡皆不在，唯独董樵守候在楼中。

两人四目相接，彼此会心一笑。董樵开口问道："看来江南那边是有喜讯了？"

"喜讯称不上，不过张司马那边对赴宴之事却也十分看重，吩咐赵某尽力而为，且托人捎来两份珍贵礼物，令我转赠给于乐吾。"赵守忠答道。接着，他便将宝剑和手书的情形向董樵逐一介绍，后者边听边点头，显然也是对张煌言的诚意颇有感触。

待讲述完毕，赵守忠略作停顿，又道："此事关系重大，既不可过于张扬，又须让于乐吾知晓张司马的心意，具体如何筹措，还需仰仗贤弟了。"

董樵沉思片刻，回道："于乐吾生平最重义气，张司马既然如此心诚，起兵之事应该会有转圜。依董某之见，我等可提前几日赶往栖霞，先同于乐吾单独会面，将张司马的礼物转交于他。待到大喜之日，再跟随其他宾客，将礼金奉上。"

"如此甚好，只是若提前赴宴，也当及早告知对方。"赵守忠补充了一句。

"兄长所言极是。不过今日已是八月十八，距离婚期只有十日之隔。即墨与栖霞书信往返需三四日工夫，中间还要腾出时日准备行装，然后才能启程，如此未免有些仓促。于乐吾大喜将至，这段时日必然不会外出，我等又非初次登门，不如径直前去拜访？"董樵建议。

赵守忠感觉此言有理，便颔首同意。两人随即约定：赵守忠先回金口准备行装，待四日之后的正午，再来玉蕊楼与董樵会合，接着一同前往栖霞。

商量完毕，已是午后时分，赵守忠不及停歇，便又匆匆踏上返程。

接下来的两天里，他先将张煌言送来的东西重新包裹好，又将其他物品和礼金一一备齐，再将店中日常事务做了一番安排。待到第三日早上，赵守忠就如约赶去铁骑山。

走进院内，只见先前寄养在此的那匹白马已被牵出。它看到主人归来，发出一声低鸣，显得颇为欢欣。赵守忠心中一阵感慨，不由得走上前去，在马颈的鬃毛上轻轻地摸了摸。

此时，楼中众人已闻声走出——除董樵之外，宋继澄和张允抡这次也在，他们已从前者口中得知事情大概。四人见面之后，彼此寒暄了几句，便相互辞别。董樵和赵守忠各自上马，朝着栖霞奔去。

赵守忠毕竟已在金口常驻。为避免途中被人撞见，此次出发，两人就舍弃东面那条线路，改从即墨县城向北，经万华山进入莱阳地界。当天晚上，仍是由董樵出面，在官道旁选了一家客栈歇脚。

从客栈到栖霞唐家泊，尚有一百六十余里。董樵计算着路途，自忖一天赶去有些急促，且傍晚登门不甚礼貌，便与赵守忠商议，第二日先在莱阳城东七十里之兰家店暂住，待第三天再前往唐家泊。

日程较为宽松，赶路就不着急，两人也有了观赏途中风景的闲暇。此时，中秋已过，天高气爽，策马奔走在胶东田野上，颇有心旷神怡之感。

正如事前计划那般，在出发之后的第三日上午，牙山那高耸的三颗锯齿，便又出现在了董樵和赵守忠的视线当中。

接近唐家泊村之时，两人照旧先下了马，然后慢慢走了过去。

与上次到访唐家泊时相似，此次村口依然有壮丁值守，只不过换了两副新面孔。他们见有生人牵马而来，连忙上前盘问。董樵并未答话，径直从怀中取出喜柬交给对方。那人只看了一眼喜柬的封皮，便毕恭毕敬地将之还到了董樵手中，同时闪身让出大路，道了一声："贵客请！"

董樵点了点头，与赵守忠前后走进村内，向于乐吾宅邸行去。

尚未走到门前，两人便听到阵阵呐喊之声。待近前一看，原来校场之上又有一众汉子在练习武艺，而居中指点者不是旁人，正是于乐吾。

那于乐吾终究是武艺高强之人，他虽然面朝弟子、背对董樵，却也在嘈杂声中闻见马蹄行进之响。还未等董樵开口，他便先快速转过身来，向两人来的方向望去。见到来者，他略微一怔，随即又换上了笑脸。

"我等贺喜心切，担心中途有所耽搁，便提前几日动身。事先不及告知，多有冒昧，还请兄长海涵。"董樵见于乐吾看了过来，连忙行礼示意。

于乐吾点了点头，抱拳答道："二位贵客路途遥远，是于某考虑不周，未提前安排妥当。二位快请进屋歇息。"他一边说，一边迎了上去，引着董樵和赵守忠向客厅走去。

进屋、落座、上茶之后，于乐吾很快屏退了旁人，然后言道："于某本就是个

粗人，生性直来直去，二位既然提前光临，想必也有缘由。我等不必拘束绕圈，有什么话，但说无妨。"

董樵先看了看邻座的赵守忠，又转头望向于乐吾，笑着回复道："于兄果然快人快语，此次董某就不越俎代庖，还是由赵兄直接说吧。"

赵守忠虽跟于乐吾相识不久，但见对方如此直爽，再加上事关复兴，他便也不多作客套，立即将自己南下拜见张煌言的经过及再次北上后的进展，向于乐吾一一道来。这些情节，他此前在书信中也曾大略提过，可终究不如当面讲来得直接。

在赵守忠讲述的前半段时间里，于乐吾都不曾插话，只是时不时点点头。待听到张煌言专门赠送贺礼的细节，他忍不住感慨道："不想张先生对鄙人竟然如此看重！"

"人以群分。于兄名震山左，义气盖世。张司马视于兄，自然是英雄相惜。"赵守忠应和道。

于乐吾笑了笑："赵先生又绕圈子了，那于某不妨直说。上次相见，我看你一身胆气，已是敬佩。而前番在来信当中，你又以江南实情相告，足见是忠厚之人。如此为人行事，颇合于某的脾性，于某因此也愿以诚相待。闽浙方面虽遭遇小挫，但于某不改承诺。张司马下次挥师克复金陵之际，于某定当履约。"

此次前来栖霞，赵守忠之意本不在酒，而在探听于乐吾之口风。他原本预料中间会费些周折，但没想到刚一见面，对方便开门见山，表现出愿意继续结盟的态度，卸下了他心头的一块巨石。这一刹那，赵守忠全身颇有种轻快的感觉。

他朝着董樵望了望，见其也面带喜色，显然对于乐吾的回答亦是相当满意。

正事挑明，接下来的聊天就轻松了许多。于乐吾询问了董樵的近况和赵守忠金口店铺的情形，两人也各自讲述了一番。

聊了一阵儿，时已至中午。于乐吾这才重新喊来仆人，吩咐准备饭菜。因午后另有事务，他并未招呼饮酒，而是相约晚宴再尽兴。午饭过后，赵守忠将盛放张煌言礼物的两个木匣当面交给于乐吾，然后便跟董樵各自到客房内休息。于乐吾收下礼物，并未马上打开，而是直接出门了。

终究是一路车马劳顿，赵守忠进屋不久便倦意上身，不知不觉睡了过去。待到被仆人从门外唤醒之时，已到了酉初时分。

八月之末，昼已变短，酉初便是黄昏。赵守忠起身看了看窗外的天色，知是晚宴将近。他先回应了仆人一声，然后整了整衣装，接着快步跨出门去。他走到回廊当中时，只见董樵也正从屋中走出。

在仆人的引领下，两人来到东跨院内的一处厅房。推门一看，房间正中是一张八仙桌，桌上已摆好酒菜，坐在主位之人便是于乐吾，副陪则是上次见过的尹应和，而除此之外，斜侧还分别坐着两名男子，年纪看起来要轻一些。

赵守忠感觉对方面生，不免有些迟疑，而身旁的董樵却很快喊出声来："原来九英雄、十英雄也在，今夜之酒，董某提前甘拜下风。"

听闻此语，赵守忠忽地想起上次到访时曾听于乐吾提过他的两位兄弟于九和于十。

只是对方当时有事外出，因此未曾见得。而如今，其兄长大喜在即，他们自然要居家帮忙。董樵口中的"九英雄"和"十英雄"，想必就是这两人了。

正在思索之间，于乐吾也开了口："董先生休要谦虚，待会酒中自有分晓。我先为赵先生引荐一下，新来这两位都是舍弟，一个排行第九，一个排行第十，直接称呼他们于九、于十即可。想必先生也知道，于某在外界被人唤作于七。这第七、第九和第十，都为本宗族内之排行，若单论同胞兄弟，于某忝为兄长，而他们就是老二和老三了。今晚在座都不是外人，大家待会儿痛快饮酒，畅所欲言，不必拘束。"

待于乐吾说完，于九和于十也在一旁附和道："上次两位贵客前来，我等未及赶回，这番得见，定当好好相陪。"两人与赵守忠虽系首次见面，但这番话说得毫不生分，想必是于乐吾已提前为之介绍了。

赵守忠抱拳道："将门皆虎子，久闻两位英雄大名，此番能够相识，实乃赵某之幸，日后请多关照。"

"哈哈！"此时，于乐吾忽然大笑起来。赵守忠目光一转，不解地望了过去。只听对方又道："赵先生刚才虽属客气，却也算是未卜先知了。接下来几日，于某恐难以抽身，便由他俩代为相陪。"

紧接着，他叮嘱于九、于十说："赵先生和董先生都是贵客，千万不可怠慢了。"两人自然是连连点头。

　　寒暄过后，赵守忠和董樵依次落座，晚宴正式开席。众人既已相熟，饮酒便不再拘泥陈规，一人举杯，全桌同饮，可谓酣畅。

　　席至中局，于乐吾忽然对赵守忠耳语了一句："回头劳烦向张司马转告谢意。"在此之前，他对张煌言的称呼都是"张先生"或"苍水先生"，而从未提及其在永历朝廷中的官职。这番以"张司马"相称，让赵守忠颇感惊喜。

　　"看来对方应该已经看过张司马的礼物了。"他心想。

　　酒宴自酉初开始，饮至亥末，众人皆有酪酊之状，这才散席离去。尹应和此次颇有醉意，便没有赶夜路回家，也一同在于宅的客房住下了。

　　接下来的几日，于乐吾果然很少现身，赵守忠和董樵每天的两顿正餐，均是由于九、于十作陪。而在此期间，于宅里也忙着张灯结彩，准备迎接大喜之期的到来。

　　不知不觉，八月二十八已至。从早上起，陆续就有客人登门贺喜。赵守忠和董樵虽是提前到达，但也重新整理好衣装，携带名帖和喜金礼单，前往大门口的账房登记处点卯。而走过去之时，正好遇见在门前迎宾的于乐吾。

　　双方见面，相视一笑，赵、董二人拱手庆贺，于乐吾抱拳答礼，彼此正要接着寒暄，忽见一名家丁匆匆赶来。那人想是有急事通禀，但见于乐吾正与客人交谈，便有些迟疑。于乐吾见状，向赵守忠和董樵又作了个揖，然后闪身到了一旁。

　　在家丁向于乐吾通禀的间歇，赵守忠和董樵也到账房先生桌边点了卯。这当中虽没过多长时间，然待转身再看，于乐吾却已不见了踪影。

　　两人有些意外，但并未多想，而是按照门口喜榜所示，进入客厅找到座位等候了。

　　没过多时，又见于十快步跑进客厅。他找到董樵后，在其耳边低语了一番。董樵听罢，向赵守忠使了个眼色，便起身跟对方离去。

　　见此情形，赵守忠心知外面当有急事，只是具体为何，暂时难以知晓。他知着急也无用，就将心绪平复下来，接着坐在桌旁等待。

此时，客厅中已有不少宾客到来。赵守忠虽皆不相识，但通过外貌衣着也能大体猜出来人的身份，只见当中既有武夫，又有文人，甚至还有僧侣和道士。"这于乐吾果然是结交广泛，三教九流均不乏其人。"他暗自感慨。

等了约有一盏茶的工夫，董樵方才赶了回来，神情颇为凝重。赵守忠刚想询问究竟，对方却摆了摆手，示意不便开口。两人彼此缄默，直到正午开席。

19.宋荔裳

纳妾，虽亦为喜事，但终究不比娶妻。新郎不迎亲，新妇不拜堂，一切礼仪均从卑从简，唯独宴席环节还可称热闹。

席间敬酒之时，赵守忠专门留意了一下于家三兄弟的神情。于乐吾未见异样，于九、于十的脸上却有苍白之色，显然是心事重重。他虽然尚不知其中究竟，但对于乐吾的敬佩，暗自又增添了几分：遇事面不改色，诚然有大将之风。

宴席自正午开始，至傍晚方告一段落。近处之亲朋，各自离去；而路远之宾客，则都由于家安排住下。

散席起身之时，董樵暗中拉了拉赵守忠的衣襟。后者心领神会，回去稍作休整，便悄然来到董樵的房中。

"赵兄，席间人多，不便交谈，请勿见怪。"待赵守忠坐下，董樵先开了口。

"岂敢见怪！只是不知于十中途将你唤出，所为何事？"赵守忠问。

"此事说大不大，说小亦不小，乃是一恶少滋事。"董樵道。

赵守忠一愣，他知道于乐吾为栖霞头面人物，地方士绅大都要敬他几分，此刻听说有人前来滋事，而且是赶在大喜之日，不免有些惊讶。"恶少？哪里来的恶少敢到于家滋事？"他又问。

"唉！"董樵叹了口气，道，"普通地痞着实没有这番胆量。不过，今日之恶少，却并非来自寻常人家，乃是我表兄莱阳宋荔裳之族人。按照辈分，我应称呼宋荔裳为叔。此前我就曾听闻宋荔裳之该族人生性顽劣，今日之事，果然是本性难移。"

接着，董樵便将事情的来龙去脉讲述了一番。

原来，董樵所言之宋荔裳，就是莱阳名士宋琬，他字玉叔，号荔裳。这莱阳县中，有两支宋姓均为望族，其一便是宋琬之族，另一则是宋继澄之宗。宋琬之父，名为宋应亨，乃是天启年间进士，官至吏部稽勋司郎中，人称"宋稽勋"。宋应亨有位同胞兄弟名叫宋大遒，而宋大遒孙辈当中有个唤作宋奕炳的，就是董樵口中的恶少了。

作为莱阳县的名门望族，宋家在崇祯十六年（1643年）的"癸未邑难"中也深受其害。宋应亨本人带头守城，在与清军作战时不幸身死，其族人眷属也多有殉难。而宋琬当时跟随入仕的兄长宋璜在杭州居住，则侥幸躲过一劫。

杀父之仇，不共戴天。得知父亲殉难的消息后，宋琬满腔愤懑，亦有报仇雪恨之心。可惜他身为柔弱文人，且尚未取得显赫功名，既难以赶赴战场杀敌，又不能影响朝堂决策，报仇之念，终究是有心无力。

转过年之后，就是甲申之变。清军入关，占据京师，随即派人接管河北、山东，统治渐趋稳固，宋琬报仇的可能性更变得微乎其微。当此之时，他心中苦闷，万念俱灰，本想像董樵那样归隐山野，了此残生。但好友江南名士施闰章劝道："倘若现在归隐，不仅大仇难报，家门恐亦衰落，身故之后，墓碑上只不过写一前朝贡生；不如忍辱负重，先考中功名，重振宋氏宗族，然后视时局变化，再做进退。"

这番言语，让宋琬颇有所动。经过反复思虑，他最终作出决定：参加清廷方面举办的科考。顺治二年（1645年）秋闱，他考取举人；顺治四年（1647年）春闱，他又高中进士，由此入仕为官。

"赵兄，实不相瞒，宋荔裳与我虽是表亲，但他当初所为，我亦曾不以为然。直到后来他有次归乡专门约我相见，彼此促膝长谈，方才消除隔阂。人各有志，不可强求。况且他虽身在曹营，可心未必不在汉。"讲到关键之处，董樵的语调不免激动起来。

"能屈能伸，无可指摘。天下大事颓败至此，又岂是宋荔裳之过？"赵守忠劝慰道。

听到对方如此回答，董樵多少也缓了一口气。随即，他又讲述了于乐吾与宋琬之间的渊源。

顺治七年（1650年），于乐吾在接受清廷招安之后，名义上被委任为栖霞县把总，

但实际仍受到猜疑。尤其是在力主招安的登州府知府张尚贤离任后，时常有仇家匿名向清廷诬告于乐吾意图不轨。由于缺乏人证物证，这些诬告案件大多只在府县两级打转，最终也都不了了之，可有些官员以此为要挟向于乐吾索贿，后者疲于应付，有苦难言。

其中，最令于乐吾头疼的一次诬告，发生在顺治十一年（1654年）。当年，鲁王监国麾下的大将张名振与张煌言率军北上，其主力攻入长江，还有一支偏师则沿海北上，兵锋直至登莱。正在此风声鹤唳之时，又有人向登州府衙告发于乐吾"勾结海贼"。这次府衙官员不敢怠慢，虽然并无实据，但也将此案上报给山东巡抚。

事情闹到这一地步，显然就不仅仅是要耗费钱财，更需要朝中有人帮忙说话。情急之下，于乐吾便想到了宋琬。甲申之前，两人就已相识。后来，因为董樵的缘故，双方更为熟悉。其间，对于宋琬不报父仇的举动，于乐吾也曾颇有微词。但正所谓同病相怜，后来当他自己也接受招安之后，显然就愈理解了前者的苦衷。

顺治十一年之时，宋琬已在外省升至道台，在官场上颇有些人脉。在接到于乐吾的求助书信之后，他当即从中疏通。

既然有人出面担保，此案又无证据，于乐吾那边再用银两打点，山东巡抚衙门就顺水推舟，以"无据可查"为由，将公文驳回登州府，最终大事化小，小事化了。而经此一事，于乐吾对宋琬自是心怀感激了。

"原来如此。既然宋琬对于乐吾有恩，那于乐吾对宋家子弟高看一眼，也在情理之中。"听到此处，赵守忠顿有所悟，不由得感叹了一句。

董樵点了点头，接着道："前些年，宋荔裳的挚友施闰章又调到山东担任'学政'。有了这层关系，于乐吾对宋家自然更是不能怠慢。因此，他虽知宋荔裳在外地任职不能赶回，每逢喜事却也专门送去书信喜柬，邀请其委派族中子弟代来栖霞赴宴。"

"难道说今日滋事之恶少，是由宋荔裳派来？"赵守忠问。此前董樵虽提过宋奕炳的名字，但他并未记清，这时便只能以"恶少"来称呼。

董樵神情略有尴尬，回道："既是，也不是。这宋奕炳奉其叔父之命前来不假，但滋事之举，显然并非宋荔裳之意。"

"这是自然。只是不知这宋奕炳为何要在于家大喜之日擅自滋事？"听到董樵的回答，赵守忠忽然意识到自己方才所问存有歧义，当即改用"擅自滋事"一词。

"说来话长。"董樵道，"宋荔裳也知这位侄子不成器，派他前来实属无奈。"

原来，宋琬与宋奕炳之父虽是同堂兄弟，但彼此家境相差颇大。前者考中进士，入仕为官；后者委顿乡里，相形见绌。在此情形下，宋奕炳对这位堂叔，多少有些羡慕嫉妒之心，时常对外抱怨，责怪对方对族中后辈缺乏体恤。那宋琬虽知晓宋奕炳的习气，但也不想落个"寡恩冷漠"的坏名声，便想寻机提携一下他。而收到于乐吾的喜柬后，他考虑一番，便决定派宋奕炳代为赴宴。

宋琬的初衷，一来是让宋奕炳在场面上历练一番，二来也是帮他得些好处——此次名义上是去于家贺喜，但以于乐吾的为人行事，显然会有厚礼回赠。

不过，其中的深意，他并没有向宋奕炳明说，只是写信让对方去栖霞赴宴。后者得知宋琬安排自己长途跋涉，且需先垫资购买贺礼，心中颇不情愿。一直拖到了婚期前两天，他才随便带了几件不值钱的东西，踏上了前往栖霞的行程。

由于漫不经心，中途在一家客栈歇息时，宋奕炳将装有喜柬和礼物的包裹遗失。他本想就此撂挑子返回莱阳，但又害怕遭到责骂，于是便横下一条心，两手空空前去赴宴。

当日上午，他赶到唐家泊村外，自称是于家主人所请的贵宾。守门的庄丁见他既没有喜柬又未带礼物，便不允他进去。宋奕炳恼羞成怒，既不自报家门，也不容对方通禀，当即对庄丁破口大骂。

彼时，于九、于十两人就在寨门口不远处，听到吵闹声，连忙赶了过去。那于九也是个直脾气，听了庄丁的禀报后，不及询问宋奕炳身份，便开口呵斥。宋奕炳不服，随即对于九也出言不逊。于九按捺不住火气，一拳挥去，那宋奕炳便倒在了地上。

一旁的于十较有城府，他见对方趾高气扬，想是有些来头，如若将事情闹大，恐怕后面不好收拾，便连忙派人去通知于乐吾。于是，就有了先前赵守忠和董樵在于宅门前所看到家丁急事通禀的那一幕。

于乐吾赶到村外，得知来龙去脉，便先问起宋奕炳的来历。那宋奕炳也饶是有

些眼力，他见于乐吾气宇轩昂，料想是于家主人，这时才报出姓名籍贯。于乐吾听说他就是宋琬的侄子，不由得吃了一惊。兹事体大，是或不是，须由熟人甄别之后才能断定。因此，他一面稳住宋奕炳，一面让于十去请宋琬的表弟董樵前去辨认。

董樵善于识人，虽然只在早年见过宋奕炳一面，但这次也很快将他认了出来。而宋奕炳那边，并不识得人群之中的董樵。

得知对方确为宋琬之侄，于乐吾也不得不放低身段，他将宋奕炳扶起，然后强令于九向之赔礼。于九心有不甘，但慑于兄长威严，还是照办了。

接下来，于乐吾吩咐仆人将宋奕炳带到专门的客房内，并单独上了一桌好酒好菜为之压惊。账房那边，稍后也遵照指令，悄悄将一个礼盒送了过去，里面盛的是一百两纹银。

"这宋奕炳自己粗心大意将喜柬和礼物遗失，却借机撒泼，让于家反过头来以厚礼回赠，着实无赖！"听到这里，赵守忠忍不住骂了一句。

"如此行径，诚然有辱家门。日后宋荔裳知晓，定会对此劣子严加申饬。"董樵附和道。

赵守忠颔首以示赞同，又道："于乐吾大喜之日遇此沮丧，心中想必也是十分恼怒，若非看在宋荔裳的情面，又岂能咽下这口恶气？但现下只能曲意逢迎了。请神容易送神难，要打发走宋奕炳这尊瘟神，恐怕也要费些工夫了。"

两人自傍晚开始对谈，至此已过了一个多时辰。赵守忠见夜幕已深，加之上午的疑惑已然解开，本想告辞回屋歇息。但就在此时，他脑中忽然又闪过董樵说过的一句话："宋荔裳虽身在曹营，可心未必不在汉。"

初听之时，赵守忠的心绪主要放在宋奕炳滋事的经过上，对这句话并未仔细琢磨。而此刻再想，却颇觉有深意。他自忖："宋琬现在清廷为官，虽不掌兵，地位亦非同寻常。倘若能劝其反正，自然是有利于中兴。董樵不是外人，刚才既然提到，就不妨再问他一问。"

于是，他抖擞精神，继续问道："贤弟，依你之见，宋荔裳还有无报仇雪恨之心？"

这句话的弦外之音，董樵听得明白，但没有立即回答。在内心里，他亦盼望表兄与己同路，共襄反清复明大业；但大凡世人，都难割舍"名利"二字，如今天下大势隐隐已定，要想追名逐利、光大门庭，除屈身清廷之外，似无他法。又有几人能主动放弃荣华，而跳到永历朝廷这一叶孤舟之中呢？

反复思考了一阵子，他才缓缓对赵守忠道："赵兄，于乐吾上次在锯齿山中曾言，他本人并非贪生怕死之辈，却不愿令家人、亲友枉送性命。宋荔裳之心境，应与其相仿。现下劝说，多有不便。且他目前远在陇右任职，即便答应，亦远水难救近火。不妨待他调任沿海，东南义师再翻转战局，如此则双方就有可能携手合作了。"

董樵这番话说得颇为诚恳，赵守忠听后也连连点头："贤弟所言有理，现下只盼延平王与张司马重整大军，早日克复金陵。"

说完了宋荔裳，两人又商议起了返程事宜。经历今日之事后，董樵心知不便在于家久留，而赵守忠也牵挂下月初发船之事，因此，双方很快决定第二天就辞行。

翌日天明，两人本想稍晚再去通知于乐吾。可大约到了卯中时刻，就有仆人前来相请，说是主人正在客厅等候。两人听闻，皆感惊讶，不过既然于乐吾主动约见，正好一并向之告辞。

来到客厅后，于乐吾屏退旁人，向赵守忠拱手赔礼："连日琐事缠身，未能尽地主之谊，赵先生多请见谅。昨日之事，想必先生也已知晓，于某也不讳言。莱阳宋荔裳先生乃是董樵先生表兄，他于我有恩，我自然不能以怨报德。"其话里行间，应是料到董樵已将情况告知赵守忠了。

"于兄义薄云天，实在令人佩服。"赵守忠抱拳回道。这"义薄云天"四字，乃是张煌言赠给于乐吾的手书。他此刻提起，显然有一语双关之意。

于乐吾心领神会，面色放缓，又道："赵先生，人在矮檐下，不得不低头。这些天来我亦反复思考，要想扬眉吐气，不受制于小人，似唯有更换门庭可行。期盼张司马重整旗鼓，早日传来佳音。"

赵守忠心头不觉一震，但很快又领悟过来："于乐吾今日的口气，较前番更为诚恳，多半是被昨日之事所激。此事虽因宋奕炳而起，但根源在于清廷之猜疑。若清

廷对他信任，于乐吾自不用专门讨好宋荔裳。否则，日后难免还会重蹈覆辙。"

思罢，他回复道："所言极是！于兄如此英雄人物，却受制于宵小之辈，诚然可惜。此番壮志，赵某定当向张司马详禀。"

话音落下，一旁的董樵也附和道："事不宜迟，张司马那边应尽早通禀。于兄新婚宴尔，我俩也不便叨扰。今日就此别过，待江南那边有了回音再行商议吧。"

于乐吾知道对方主意已定，也未强留。他重新喊来仆人，后者端上来一大一小两个木匣。于乐吾指着木匣道："礼尚往来，张司马以厚礼相赠，于某又岂能以空手相迎？现略备两份薄礼，请赵先生代为转交。"

他随即上前一步，径直将木匣打开。只见小木匣当中盛放的是一支毛笔和一方砚台，大木匣当中则是一件花纹斑斓的皮袄。

"掖县狼毫？砣矶砚？"董樵似问似答。

于乐吾笑道："董先生不愧见多识广。这掖县毛笔和砣矶砚虽为登莱所产文房上品，但于某是个粗人，放在这里终究难以物尽其用。张司马乃当世名士，与这文房宝物正相般配。"

他略作停顿，又道："这件虎皮袄则是前些年于某在宁海州昆嵛山中猎获之物，防潮御寒，甚有收效。张司马常年在外操劳，想必也能派上用场。"

这些礼物虽看似普通，但显然也是于乐吾经过精心准备的。赵守忠连忙回复道："于兄一片诚心，赵某斗胆先替张司马谢过。"

接过礼物后，三人又寒暄了一阵，辰时之后方才别过。赵守忠和董樵回房略作收拾，带着于乐吾所赠的两个木匣，踏上了返回即墨的路途。

20.海中盗

离开栖霞，赵守忠与董樵一路快马加鞭，次日下午便回到了即墨铁骑山。

在玉蕊楼中，两人将此行经过向宋继澄和张允抡叙说了一番。得知于乐吾的态度，宋、张皆感欣喜；但听闻宋奕炳之事后，他们不禁又皱起了眉头。当中的宋继澄虽非宋琬同宗，但两家既是同姓又彼此交好，因此也颇觉尴尬。

"没想到莱阳宋氏，竟有如此不肖子弟！"他自言自语，隔空责骂了一句。

待赵守忠与董樵讲完，张允抡也道出一则消息："六月间从即墨北上的顾炎武，现已云游至京师一带。据他来信，八旗主力陆续南下，畿辅空虚，东南义师若趁机北上，必能有所收获。"

赵守忠听后颇觉振奋，他谢过张允抡，将此消息默记，准备一同向张煌言禀报。

接连收到喜讯，四人不禁都有了兴致。当晚，他们便在楼中设宴对饮，其间之热闹，正与海上中秋宴相仿。

翌日，赵守忠告辞启程，独自回到金口。而董樵则在玉蕊楼中住了下来——成山路途遥远，来回奔波甚为不易，众人劝他等些时日，待江南有了消息之后再作商议。

回到店里，赵守忠一面吩咐伙计备货装箱，一面琢磨书信的措辞。连着忙活了好几天，至九月初六，一切准备妥当，他又对信使叮嘱了一番，船便向着海州出发了。

前番提到，从金口至海州，来回约需五日；而从海州至舟山，往返又要六天。计算着时日，九月初六发船，至二十日之前应见回音。但这次船只南下，却仿佛泥牛入海，到了二十一日仍无消息。赵守忠心中好不焦急，却无他法，只能继续苦等。

当晚熄灯之后，他辗转反侧了许久，好不容易才有些睡意，前院却忽然响起嘈杂之响，少顷，一阵急促的脚步声逼近内堂。赵守忠不由得翻身而起，这时，门外也传来了伙计的喊声："东家，大事不好了！"

赵守忠不及披上外衣，箭步下床，拉开房门，急问："何事如此惊慌？"

伙计气喘未定，断断续续答道："人……回来了……就一个……"

"莫急，慢些说。"赵守忠口中虽是这般说辞，但心里也相当焦虑。听伙计的话，此事似与南下船只有关，显然关系重大。

伙计见主人临变不惊，当下也回过几分神来。他大喘了两口气，又道："货船返程途中遇上海盗，船只、货物、人员均被对方掳走，只放回一名水手来报信，说是如不按期备齐赎金，便要连人带货一起沉入大海。"

赵守忠心中一凛："货物尚在其次，只怕张司马的回信也落入外人手中。倘若因此走漏了风声，那就前功尽弃了。"自从开启南北联络以来，他最怕船只中途有变，而担心的事情果然还是发生了。

最初的焦虑过后，他很快镇定下来："遇上海盗，总好过遇上清廷水师。前者不过求财，对信札未必在意，事情尚有转圜余地。当务之急，需弄清对方底细，然后再作应对。"

"回来那人现在何处？"他向伙计问道。

"就在前堂。"伙计说。

"走，去看看！"赵守忠边说边赶了过去。

刚进前堂，就见靠近门口的地上躺着一名汉子，虽因灯烛昏暗而看不清对方的面孔，但想必便是那位被海盗放回报信的水手了。

"快取温水来！"赵守忠大声吩咐。屋内另一名伙计如梦初醒，这才动了起来。

喝下半碗温水之后，那汉子恢复了些精神，想挣扎起身。赵守忠示意他不必，随即俯身半蹲在对方旁边，问起事情的经过。

原来，船去之时还算顺利，但在返回途中，却因遇上风浪而耽搁了两天。为赶时日，就不得不兼程夜航。而就在前天夜里，当船行至即墨东南海域的田横岛附近时，

忽然迎面驶来五六艘小舟，后头还跟着一艘大艇。他们明火执仗，将货船团团围住，喝令抛锚。

货船上的普通水手不曾经历过这般场面，都吓得不敢动弹，而两名信使虽然上过战阵，但此刻见寡不敌众，加之不想暴露身份，便也就屈从了。就这样，船上连货带人，均被对方掳走。

"如此看来，此次货船被劫，主要是因夜间航行误入海盗埋伏所致。对方应是长期在此撒网，而并非专门与我方为敌。"听完水手的叙述，赵守忠心中大致也有了判断。

"他们将船只掳掠至何处？又是如何将你放回来的？"他又问水手道。

"对方跳上船后，便威逼舵手转向，跟随前面的小舟驶到了田横岛的一处港汊中。接着，船上众人就被赶下了去，由贼首一一逼问身份……我等实在无法，也就说了。那贼首听闻船东就在金口，便有了勒索赎金之心，因此决定派人回来送信……我前些时日刚好染上风寒，身子有些虚弱。他们见此，就派了一艘小船趁夜驶入金口港，把我放了回来。其他人仍被关在岛上的草屋中。"水手断断续续地说道。

"他们索要多少赎金？"赵守忠问。

水手忽然想起了什么，连忙摸向腰间，取出一张有些褶皱的纸条，交到了赵守忠的手里。

展开一阅，只见上面写道："限五日之内备齐白银四千两，乘船送至田横岛。钱到之时，人、船、货如数奉还；如若不然，休怪无情！"

"这番言语虽然杀气腾腾，纸上笔迹却有些功底，不想这海盗当中，竟也有通文墨之人了。"赵守忠暗自惊讶。他先前的担忧主要在于"身份暴露"，此刻见对方之意在于钱财，反倒有些安心。

"田横岛距此多远？"他又问。该岛相传系秦汉之际齐国豪杰田横避身之处，故此得名。赵守忠此前虽曾听闻这一典故，却还未曾去过。

"大约六十里，行船需半天工夫。"水手道。

赵守忠点了点头，然后吩咐旁边的伙计道："将他扶下去好生休息吧。"

回到后院屋中，赵守忠已无睡意："张司马的回信，应当尚未被对方发觉。信中虽

都是暗语书写，但万一暴露出来，终究是个隐患。事不宜迟，须设法将船只和人员及早迎回。"

思索半天，他还是决定先与董樵等人商量，再定对策。

次日天一亮，他就赶往铁骑山。等到巳末时分，便已身处玉蕊楼中。

董樵、宋继澄和张允抡得知赵守忠赶到，还以为是江南传来新消息。见面一问，方知遭遇海盗之事，一时之间，三人不禁均有惊愕之感。

当中的董樵毕竟曾于乐吾处与绿林之辈打过交道，很快便反应过来。他对赵守忠道："兄长莫急，这登莱地面上的海陆强人确有不少，如文登以西之昆嵛山、大嵩卫以北之招虎山，也各有聚啸之辈。不过，这些强人多跟于乐吾相识。偶尔有不识者，也听说过栖霞于七的威名，总要卖几分面子。因此，有了于乐吾这层关系，事情也并非太棘手。当年我隐居成山之后，返乡时常要从大山密林经过。为避免麻烦，我事先就从于乐吾处要来他的钤印名帖，持此名帖，果然畅通无阻。这次田横岛上的强人，虽暂不知其底细，但多半也属此情形。"

赵守忠面有喜色，急问道："名帖现在何处？"

"就在我行李当中。"董樵答。

"那又要劳烦贤弟了。"赵守忠拱手道。

"这倒无妨，只是名帖终究不如亲笔书信。但时间紧迫，再去栖霞请于乐吾写信已经不及，现今唯有带着名帖去试上一试了。"董樵道。

赵守忠沉思了片刻，又道："对方在信中索要白银四千两，现虽有于乐吾名帖，但亦不能一毛不拔。我回去可备上白银两千两，然后再带着名帖前去，以保万全。"

"如此甚好，对方既得实惠，又不碍情面。赵贤弟果然考虑周全。"一旁的宋继澄称赞道。

董樵和张允抡也都点了点头。四人随后商议：赵守忠先返回金口准备银两、船只；宋继澄则赶往即墨城中，请黄培再托人打听田横岛的底细；董樵则在玉蕊楼中等候，不管有无消息，都要在三日之后赶往金口，与赵守忠会合，再一同乘船出海交涉。

经此一行，赵守忠心中踏实了许多。回到金口，他先安抚了一下店里的伙计，然

后开始准备银两和船只。伙计们见东家似有成竹在胸，便也不似先前那么慌张，开始照旧干活了。

三日后的傍晚，董樵如约来到金口店中。他告诉赵守忠："田横岛上原有居民已于前些年被清廷强令迁出，后来当地遂为海盗盘踞。不过，这些海盗只劫民舟而不碰官船，且一心图财，鲜少害命，因此官府对此也置若罔闻，非但不曾派兵征缴，即便文档卷宗中也无详情记载。黄培虽多方打探，但也只隐约听说为首者绰号叫作'李猫子'，其余则均不知晓。"

赵守忠听罢，略有些失望，但此时也只能继续依计行事了。

转过天来，就是对方所定期限的最后一日。赵守忠与董樵备齐东西，吩咐先前回来报信的水手带路，于辰时初刻启碇，向着田横岛航去。

一个半时辰过后，船只驶过栲栳头海岬，由此从金口湾转入大洋之中。又过了约一个半时辰，视线前方出现一座长条状的岛屿。这时，水手在赵守忠身旁颤声道："前方就是田横岛了。"

等距田横岛约五里许之时，赵守忠命人放下风帆，改用木浆划船。但船只还未至中途，忽见迎面驶来三艘小舟。其航速甚快，不多时便已将赵守忠的船只围住。

"来者何人？赶快报上名来，否则弓箭伺候。"当中那艘小舟上一名汉子喊道，其两侧的同伴应声弯弓，将箭头对准赵守忠等人。

"各位好汉，多有打扰！我乃金口船东，现特遵命将赎金送来，烦请向头领通禀一声。"赵守忠回道。

"你说这船上装的是赎金？好！我现就派人上船查验。若是花言巧语，定要你尝尝厉害。"对面的汉子又喊道。

言罢，他一挥手，左侧小舟上一人持刀跳到来船的甲板上。赵守忠见状，也吩咐水手将盛有白银的箱子打开。当日天晴，箱盖刚一掀开，雪白的银子就在阳光的照射下闪闪发亮。一时之间，持刀那人竟有些看直了眼。在先前那名汉子的呼喊下，他才点了点头。

"再看看船上是否藏有兵器？"那名汉子又喊。

持刀者来回翻动了一阵儿，然后使劲摇了摇头。

"还算你有些诚心，那就随我们去见头领吧。"留在船上的那名汉子向赵守忠喊道。相比之前，这番话的口气已是大为和缓。他同时向两旁的同伴使了个眼色，其余海盗随即也松下了手中的弓弦。

三艘小舟接着掉转船头，一艘在前，两艘在后，将赵守忠的船只夹在中间，一起向田横岛驶去。

不多时，众船行至一处港汊当中。此港入口狭窄，两侧各有礁石耸立，彼此对峙如门，颇为险峻。而里面倒是相当开阔，停泊有大小船只十余艘——当中隐约可见被掳来的店里那艘货船。其北面则有座低山作为屏障，山顶上设有瞭望台，山脚下则搭建着一排草屋，想必就是海盗们的营寨了。

"对方颇识地势，布局有些章法，诚然不是泛泛之辈！"赵守忠和董樵远远望见上述情形，不禁低声互叹。

待靠近岸边，前头那艘小舟先跳下一人，飞快奔向草屋。少顷，他又跑回岸边，对着先前那名汉子喊道："头领有令，让对方带着赎金上岛！"

在刀锋簇拥之下，赵守忠、董樵及搬运银箱的伙计依次登岸。赵、董两人均见过战阵，此刻自然心中不惊。而搬银箱的伙计却难掩紧张，步伐也颇显沉重。

待来到草屋前，只见那里密密麻麻站着数十名持械壮汉，正中放着一把太师椅，椅子上斜坐着一名男子。该男子头戴笠帽，身着灰袍，虽然看着年纪并非很大，但应当就是群盗之首了。

赵守忠和董樵四目相接，彼此微微颔首，前者便跨出一步，对着笠帽男子拱手道："在下为金口货船的东家，现特来拜见头领。"

笠帽男子稍一正身，笑道："盗亦有道，我等虽为海盗，但也言而有信。你既肯守约定，我自然也不食言。待会儿我点清银两，你接回人船，咱们就此两清。"

说完，他挥了挥手，示意身旁之人上前验看银箱。

"头领且慢！船上众人皆跟随我多年，名为主仆，情则兄弟。多日不见，甚是挂念。不如我先去探望他们，再清点银两不迟。"赵守忠道。

笠帽男子闻言，身子不禁又坐正了一些，同时认真打量起赵守忠。片刻之后，他忽然朗声笑道："这样的东家着实少见，也算是条汉子。好！就依你所言。"随即，他将手向右侧的一间草屋指去。

赵守忠顺此方向走到屋外，推开房门，只见先前船上之人，除回来报信那位水手之外，均坐在其中。众人被囚禁已有六七日，此时见到赵守忠，心知脱身有望，面上皆有喜色。

"诸位受苦了。在下虽不才，但定保大家平安！"赵守忠一边说，一边在人群中扫视，最后落在了信使的身上。信使心领神会，微微点了点头。

"现在该看我要的东西了吧？"待赵守忠回来，笠帽男子似问似答。旁边两名壮汉随即闪身而出，走到银箱旁边。

此次赵守忠准备的白银，系以通用银票从金口钱庄中兑出，一锭为二十两。这两千两银子，也就是一百锭，数起来并不费力。少顷，两名壮汉便已点清。但在点完之后，两人面面相觑，并不吱声。

"怎么样？"笠帽男子耐不住问道。

"启禀头领，这箱内共有白银两千两。"其中一名壮汉低声回道。

"两千两？"笠帽男子从椅子上跃身而起。

"是两千两。"银箱旁的壮汉此次的声音更低了。

笠帽男子深吸了一口气，目光移至赵守忠身上，冷笑道："这位东家果然不同寻常，钱没备齐就敢上岛。也罢，既然银两只有五成，那船上之人亦要留下一半，这样方才公允。至于谁去谁留？听君自便。"

"将军且慢，这里现有名帖一封，不知可否通融？"赵守忠尚未答话，一旁的董樵先开了口。他随即从袖中取出于乐吾所赠名帖，递上前去。

那笠帽男子听对方以"将军"相称，不由得愣了一下。其他人虽然也觉突兀，但只道是董樵有意出言奉承，倒并未多想。

稍做犹豫，笠帽男子上前几步，接过名帖，看了起来。

少顷，他又猛然将名帖放下，然后端视起董樵，缓缓问道："你这名帖从何得

来？”

“多年前从锯齿山得来。”董樵道。

笠帽男子面有惊色，正欲开口，却又咽了回去。他绕着董樵和赵守忠走了一圈，这才朗声道：“既有名帖，就请屋内叙话。”

赵守忠虽不知其中详情，但此时也猜出个大概：董樵多半与对方相识，而对方跟于乐吾也应渊源不浅。他望了望董樵，只见其面带微笑，便安下心来。两人一前一后，跟随笠帽男子走进居中的一间草屋内。

“敢问尊驾可是董军师？”关上房门，笠帽男子当即问道。

董樵笑了笑：“李将军，别来无恙了。”

“两人果然相识！”一旁的赵守忠暗自喜道。

21. 李猫子

在草屋内，听着两人之间的对谈，赵守忠这才逐渐知晓笠帽男子的底细。

原来，他姓李名茂，系莱州卫军籍人士，祖上本是世袭百户。崇祯五年（1632年），孔有德在登州发动叛乱，大举围攻莱州城。城中军民坚守不屈，最终迎来援军而解围。此战当中，李茂之父立有军功，被擢升为副千户，进封武略将军。

崇祯十五年（1642年），其父去世。按照明朝法度，李茂需守孝三年，期满后方可向兵部提请袭职。然而，崇祯十七年（1644年）清军入关之后，很快下令前明卫所世职袭替一概停止。李茂失去祖职，不能继续领取俸禄，顿时落魄。

因对清廷此举深为不满，当年杨威在招远打出"大明山东恢复副总兵"的旗号之后，李茂随即投入其麾下。不料，未过多久，杨威就被清廷登莱巡抚陈锦诱杀。李茂无处立足，漂泊在登莱诸县之间，以教授拳法而勉强为生。到了顺治五年（1648年），于乐吾又在栖霞举兵反清。李茂闻讯，当即决定前往锯齿山投军。

于乐吾见李茂为军职世家出身，既有武艺，又通文墨，便对之另眼相看。于乐吾先委任其为前营将军，后干脆与之结拜为义兄义弟。当时董樵也在于乐吾军中出谋划策，与李茂曾有所往来。

好景不长。到了顺治七年（1650年），于乐吾在接受清廷招安之后，将部众遣散。李茂不愿臣服清廷，便拒绝了于乐吾的挽留，又重新流落在江湖之上。

顺治十年（1653年），海时行在胶州叛清，对外也打出"复明"旗号。一时之间，登莱诸多豪杰不明所以，皆有意前去投奔。李茂当时正在大嵩卫一带徘徊，听闻消息，

便觅得船只走海路投奔。然而他刚到胶州以南的灵山卫，就听闻海时行已经弃城南逃，且"复明"只是托词，并非真心。李茂进退失据，只能在胶州、即墨沿海漂泊，后来便阴差阳错入伙成为海盗。

那些普通海盗只晓得打家劫舍，哪曾见过大的战阵？因此，一身本领的李茂很快崭露头角，被群盗推举为头领。

坐上头把交椅之后，李茂随即约法三章：不碰官船，不伤人命，不白日行劫。而这显然也挠到了官府的痒处，胶州、即墨两地的衙门均感觉对方还算识趣，也就睁一只眼闭一只眼。至于那些被劫的商船，许多都是外来过路之客。在人生地不熟的情况下，他们能保全性命就已知足，丢失些许财物，一般也就自认倒霉了。就这样，李茂一伙在胶（州）即（墨）沿海活动五年有余，却始终无事。

毕竟是相隔不远，对于海盗们的举动，金口港的船帮多少有所耳闻，经过几番试探，双方之间也形成默契——金口商船仅在白天经过此地，其间海盗并不袭扰。

不过，这次由于耽搁了日期，赵守忠店里的货船不得不冒险夜航，没想到，果真就遇上了李茂他们。

当天夜里，李茂询问得知所劫为金口之船，原本有心将之放还——强龙不压地头蛇，金口商家多与当地官府盘根错节，万一引来征剿，麻烦甚大。然而，其余海盗却不愿白白舍弃这到手的肥肉。李茂不便拂逆众意，就有了那天派人传信索要赎金之举。

"没想到你我分别七八载，再次相见，竟是这般缘由。"听完李茂的讲述，董樵不由得感慨道。

李茂面有尴尬，忙道："李某有眼无珠，扰得军师大驾，这真是大水冲了龙王庙，一家人不识一家人。"

"李将军言重了，这冥冥之中，也终究是有缘。"董樵笑了笑。

李茂赔笑道："李某落草多年，形容枯槁，不知军师是如何辨认出来的？"

"起初我听闻'李猫子'之名号，心中就怀疑与李将军有关。待见面之后，更觉眼熟，只是还不敢确认。接下来细观君颜、静听君语，方才断定。"董樵答道。

"军师果然眼力过人，李某佩服。"李茂拱手致意。

"李将军过奖了。在下还有一事不明，这'李猫子'的名号不知从何而来？"董樵问道。

李茂这时已面色转缓，笑道："我之姓名，与'狸猫'之音相近。故入伙之后，道上朋友多以'狸猫''李猫'相称。这落草为寇，不比在朝为官，我亦不愿以真名示人，便干脆就叫作'李猫子'。为掩人耳目，我又常以笠帽随身。生人见之，还以为'李猫子'是因'笠帽子'而来。所谓'李猫子''狸猫子''笠帽子'，其实均为李茂。"

"原来如此。狸猫虽非文雅之称，但其生性机敏，与李将军确有相似之处。如此名号，亦能彰显将军之威了。"董樵赞道。

李茂又笑了笑，随即也问董樵道："旁边这位东家，不知是军师何人？此前曾听闻军师已隐居不出，怎的却与这金口船帮有了瓜葛？"

赵守忠方才一直在聆听两人对话，不觉已经入神，这时忽闻对方提起自己，身子不由得打了个激灵。回过神后，他急忙向董樵看去，却见董樵也望了过来。

"赵兄，此番也算是因祸得福了。这李将军实非外人，未来举事，可为强援。我等不妨以实情相告。"董樵并未马上回答李茂，而是先询问起赵守忠。

赵守忠此时已知晓李茂的出身，他自忖董樵所言有理，便点了点头。

于是，董樵又将目光转向李茂，郑重说道："李将军，不敢相瞒，这位东家乃是浙东鲁王监国殿下心腹之臣，姓赵名守忠，现奉大司马张煌言之命，前来联络登莱义士，以图中兴大明。我等数月之前方才相识，却一见如故。前些时日听闻他店中有事，这便跟随前来，不想却遇见李将军。"

他稍作停顿，又道："赵兄现常驻金口，名为行商，实则沟通南北。那货船便是往来传讯之用。所幸此次是被李将军撞见，若是落入他人手中，后果不堪设想。"

李茂起初神情凝重，待听到"所幸"之语，方才舒展眉头。他先看了看董樵，又望了望赵守忠，俯身抱拳道："李某差点误了大事，着实惭愧！现特向两位请罪。"

董樵忙向前一步，将李茂扶起。赵守忠这时也开了口："李将军何罪之有？此事只怪赵某孤陋寡闻，未能提前知晓将军大名，以致冒犯虎威。"

李茂听赵守忠此番说辞，这才慢慢起身，面色也转忧为喜，对赵守忠道："我还道是哪里的东家？原来是大明忠臣义士，难怪这般有胆识！"

"赵兄胆略诚然过人。"一旁的董樵应和道。接着，他把赵守忠先前和于乐吾交往的经历也大略讲了一遍。李茂听了，不禁又连连称赞。

待董樵讲完，赵守忠口中嚅动，像是想说什么，却又咽了回去。董樵看得真切，当下猜到几分。他略作思考，又对李茂道："李将军，赵兄与你初次见面，有些话还是不便开口。你我既是旧时相识，在下也就当面直言了。"

"军师但讲无妨。"李茂回了一句。

董樵接着道："现天下版图，虽已大半落入清廷之手，然大明正朔，仍存于云贵；忠臣义旅，仍战于浙闽。有道是'事在人为'，我等若同心协力，中兴并非无望。李将军既为明室世职之后，又有一身本领，与其落草为寇，何如共襄义举？不知意下如何？"

话音落下，李茂还未作答，赵守忠倒是先点了点头。刚才董樵这番言语，显然也道出了赵守忠自己的心里话。此时，他两眼紧盯李茂，急切想通过对方的神情提前获取答案。

"幸蒙不弃，李某情愿效劳！"少时，李茂便朗声回答。其语气之痛快，不禁让赵守忠颇觉惊讶。但他转念一想：那于乐吾毕竟做过清朝官职，且家大业大，难免有所顾虑。而这李茂对清廷心怀旧怨，又孤身漂泊海上，自然无这些烦恼。如此痛快，也在情理之中了。

想通之后，赵守忠转头望向董樵。董樵忙提醒他："有李将军相助，赵兄如虎添翼，可喜可贺！"

赵守忠顿悟，当即抱拳对李茂道："李将军深明大义，智勇兼备。能与将军共事，实乃赵某之幸！"

李茂回了礼，叹了口气，又道："承蒙谬赞，只是这'将军'之名号实不敢当。若真能复兴山河，承袭祖职，再以此相称不迟。"

"何须如此？待我回头向张司马禀明情况。他现居兵部尚书之职，又有便宜行事

之权，即可为李将军办理官籍。"赵守忠道。

李茂摆了摆手，道："此番好意，李某心领。但无功不受禄，我现又是落草之身，恐不便从命。"

赵守忠还欲再说什么。董樵则在一旁劝道："李贤弟既然决心已定，赵兄也不必勉强。待日后立功，可再请封赏。先前铁骑山、锯齿山众人都是以兄弟相称，现下我等不如也遵循此例吧。"这时，他对李茂的称呼也改为了"李贤弟"。

李茂与赵守忠都点了点头，便按照齿序，各自又改口行了礼。

礼毕之后，三人商量起接下来的打算。董樵问李茂道："今日屋内之事，自应保密。但屋外之事，不知贤弟将如何收场？"

李茂道："银两和货船自当完璧归赵。"

"不可！就按先前信中约定，银两留下，货船归回。否则恐令外人起疑。"董樵道。

李茂踌躇道："这样岂不是有损大局？"

董樵笑道："两千两银子换一员大将，划不划算，要问赵兄。"

"诚然是笔好买卖！李贤弟就依此行事吧。这两千两白银，只当是愚兄的见面礼了。"赵守忠附和道。

李茂见此，也就不再推辞。他沉思片刻，又道："今日相见，不胜欣喜，本应摆酒设宴为两位兄长洗尘。但现时多有不便，只能暂且失礼了。"

董樵道："田横岛与金口港相距不远，来日方长，不急一时。稍后我与赵兄回去之后，贤弟可仍以此岛为根基，明里操持旧业，暗中则招兵买马，以待举事之期。"

"谨遵军师之令。"李茂应声道。不知不觉中，他又将董樵称作"军师"。

"贤弟为将门世家，尚不敢称将军。董某一乡野村夫，又岂敢称军师？这军师的名号，此后亦不应再提。"董樵笑道。其言外之意："军师"系当年在锯齿山由于乐吾所封头衔，而今日既然已与闽浙声气相通，自当尊奉明室正朔，非有诏令而不得擅用此称。

李茂点头称是。三人又接着寒暄了一阵儿，这才鱼贯出屋。

随即，李茂吩咐收下箱中银两，然后放出关押众人，连同货船一起交还给赵守忠。

群盗不知详情，只道是递上去的名帖起了大用——此等情形在绿林道中并不鲜见，也就照办了。

双方交割完毕，赵守忠、董樵率众依次登上两条船，开始返回金口港。

船只起锚不久，忽然听闻李茂在岸上呼喊。赵董二人自是并不担忧，但其余人员均心有余悸，生怕是海盗反悔，反而将船桨挥得更快了。

未过多时，一艘小舟追了过来，船头站的依然是先前带他们上岛的那名汉子。"切勿惊慌，头领方才吩咐，东家既然守信，我等亦应还礼。这港汊之内多有暗礁，我现在前面引路，东家跟随在后即可。"

言罢，小舟径直向前航去。赵守忠这边的船员松下一口气，也驾驶船只先后跟了上去。

待驶过那道礁门，海面又重新变得宽阔。这时，领航的小舟停了下来，那汉子大喊一声"告辞"，便掉头返回。赵守忠的那两条船，则继续向金口港驶去。

抵达金口港之时，天色已暮。赵守忠提前告诫众伙计，不得对外透露被劫之事。众伙计方蒙赵守忠搭救，心中皆存感激，自然是满口答应。而码头上的巡检兵丁对其中经过毫不知情，见是熟悉船只，也就照例放行了。

回到店中，赵守忠吩咐留守者迅速备上好酒好菜，为众人压惊。董樵则独自去了后院客房。待酒过三巡，赵守忠向信使做了个眼色，先行退席。稍后不久，信使也起身离开了。

来到赵守忠屋内，信使道了声"失礼"，便除下左脚的鞋履，然后慢慢揭开鞋底，从夹层内取出一个油纸小包，恭敬地递上前去。这封信札原本贴身绑在他的怀中，当天夜遇海盗时，因怕对方搜身，他才匆匆改藏到鞋底——其中的夹层自然是提前就备好的。

"辛苦了。"赵守忠边说边接过油纸包。他小心展开信札，靠在灯下读了起来。由于信札的遮挡，信使并没有看到赵守忠脸上的神情，只是在昏黄的光亮中，隐约窥见其眉头时而舒展时而紧拧。

约半盏茶过后，赵守忠缓缓将信札放下，两眼又盯了会儿灯芯，这才问信使道：

"此次可有其他物品转来？"

"并无。"信使答。

"好。那你先下去休息吧。"赵守忠吩咐道。

信使遵命离去。不多一会儿，赵守忠也起身开门，向董樵的房间走去。

进屋之后，赵守忠并未马上言语。董樵望见其神情，心中已明白几分。

"赵兄，这次可是有不利消息传来？"静默片刻，董樵率先开口。

赵守忠点了点头，叹了口气，方道："确实如此。"

"我上次在信中将于乐吾之答复及顾宁人（顾炎武）之讯息——禀报，建议张司马早日再举。张司马回复说，虽感欣慰，但闽浙现准备不足，年内难以北上。望我等少安毋躁，静待时机。"赵守忠又道。

"这样说来，最早也要等到明年方能举事？"董樵问。

赵守忠没有搭话，只是又点了点头。

"无妨。古人云：久久为功。赵兄来到登莱不过数月，便已有所收获。再假以半年工夫，必然更胜今朝。"董樵心中虽然也有失落，但此刻仍出言安慰赵守忠。

"贤弟，我非不明此理。只是西南战事大为不利，若不尽早有所举动，大局恐难以收拾。"赵守忠叹道。

原来，因孙可望投降之后将西南虚实尽行告知，清军自年初进犯贵州以来，鲜遇挫折。省城贵阳现已落入其手，八旗前锋也已抵达滇黔交界。数月之间，云南李定国连发三道求救密信，请求郑成功出兵。局势显然已是万分危急。然而，闽浙义师此前在羊山岛受损，元气尚未恢复。又兼时至秋冬，西北风已起，不利船只北上。因此，郑成功虽亦焦急，但暂且只能以书信激励李定国，而难以立即出兵牵制。

以上种种情形，张煌言均写在信中。赵守忠读罢，心里自然是五味杂陈。

"赵兄所忧甚是。滇黔虽偏于一隅，然现今却为明室正朔所在。一旦滇黔告急，天子（永历皇帝）播迁，彼此音讯不通，恐绝天下之望。只是，闽浙所言亦有道理。用兵之道，天时地利，缺一不可。若仓促起兵，于大局亦无裨益。而今之际，唯有期盼云南能坚守至明年，等待闽浙再次北伐，如此或有转机。"董樵道。

赵守忠点了点头："也只能如此了。黄孟坚和于乐吾那边，我将逐一写信告知。今后赵某自当加紧联络，贤弟这边也要多多劳烦了。"

"赵兄言重了，分内之事，义不容辞。"董樵当即答道。

在灯火之中，赵守忠望着对方坚毅的面孔，不由得想起半年前在文丞相祠的场景。当时张煌言为其壮行之际，他自己也是这般神情。

22. 欧乡总

　　且说那田横岛之事过后，赵守忠虽对店中伙计屡加安抚，但终究有人心有余悸。月余之间，已有三四人辞去差事。赵守忠见慰留不住，也就厚赠酬金，打发他们离开了。

　　人可离去，船不可停。起初的一个月，为弥补人手不足，赵守忠曾亲自跟船南下一次。但如此一来颇耗时日，势必难以兼顾联络士绅事宜。因此，归来之后，他便决定补充些人手。

　　开店之初，赵守忠人地生疏，不得已只能张榜招募陌生之辈。时过境迁，而今他已站稳脚跟，便寻思着组建亲信班底。他一来写信请求张煌言再调拨些许可靠部下，二来也打算从登莱当地延聘若干同心之人。

　　刚动此念头，赵守忠便想到先前在招远遇见的神枪手杨彦。那杨彦既有一身本领，又与清廷有仇。若将来举事，诚然是个好帮手。何况他现以打猎为业，来到店中正好可协助打理皮货生意——闽浙那边制造甲胄军械，急需此物。

　　想到这里，赵守忠拿定主意，准备前往招远、栖霞交界之岗山中延揽杨彦。

　　此时，董樵早已回到东海成山。赵守忠自忖道路已熟，又不忍再劳烦董樵来回奔波，便收拾好行装，独自一人踏上路程。

　　出发之前，赵守忠特意算好时日，以便在招远毕郭逢集之际赶到。那毕郭逢五逢十有集，前次双方分别，地点即在端午的集市上。赵守忠对此记得清楚，心想杨彦多半会来集市卖货，故有这番举动。

从金口港出发，赵守忠先向西驰至即墨县城，然后向北，取道莱阳西境，直奔招远毕郭。十一月初五上午，他按计划顺利抵达毕郭集。

然而，来到集上之后，他遍寻皮货摊位，亦未发现杨彦的身影。

"难道杨彦这次没来赶集？"赵守忠不便当众打听，只能在心中暗自嘀咕。

在饭铺里简单吃过饭后，赵守忠决定前去山中寻找。从毕郭集到岗山，多为崎岖小径。不过赵守忠善于记路，虽然途中费了些工夫，但最终还是找到了杨彦的那间草屋。

"杨兄弟……杨兄弟……"还未靠近屋门，赵守忠先试着喊了起来，但屋内并无回音。

待走到门口，他又喊了两声，可仍不见里面的动静。这时，他忍不住用手推门。而尚没用力，木扉便"咯吱"洞开，随后一片杂乱的场景便呈现在面前。

赵守忠见状大惊——很显然，这里曾出现过变故。"到底怎么回事？杨彦哪里去了？"他心中暗自问道。

过了片刻，赵守忠镇定下来，仔细察看起屋内散落的物件。通过瓦罐碎片上的灰尘，他判断屋内的变动至少已发生一月有余。而墙上之前悬挂的那些武器——包括那杆鸟铳，也都不见了踪影。

在屋内沉思了一阵儿之后，赵守忠决定重回集市。毕竟杨彦独居深山，并无四邻。想要打听他的情况，唯有到集市上去试一试了。

拿定主意，他调转方向，匆匆沿着原路返回。

这一来一去，中间花了约两个时辰的工夫。但好在毕郭集大，午后虽然不如早上热闹，但赶集的摊贩尚未散退。

回到集上，赵守忠先将马在饭铺外拴好，然后扮作皮货商人的模样，来到上次杨彦摆摊之处，与一旁的小贩寒暄起来。

漫谈了一阵儿后，赵守忠爽快地付钱买下几张毛皮，这才话锋一转，问对方道："我年前曾在此处见过一杨姓猎户，手头好货不少，今天如何没见他来摆摊？"

小贩听他提及"杨姓猎户"，面上不禁露出难色。但买卖刚成，情谊尚在，他亦不

想回绝赵守忠。犹豫了一阵儿，他将赵守忠引至一旁的树荫中，小心问道："客官与那杨姓猎户可是沾亲带故？"

"非亲非故，我从外地而来，之前只是在他那里买过几次皮货。"赵守忠答。

小贩面色稍微舒展，又道："看客官也不像是本地人，难怪有所不知。那杨姓猎户不幸摊上官司，被拘押在招远县监牢中，距今已有两个月了。"

赵守忠大吃一惊，强忍面色继续问道："不知是何官司？"

那小贩便长话短说，将杨彦之事的前因后果告知了赵守忠。

原来，两个半月之前，杨彦照旧前往毕郭赶集。那次，刚好招远城里一位富家公子下乡游玩，在集上相中了杨彦所带的两张豹皮。杨彦要价三两一张，富家公子只肯出价半两。前者不愿售卖，后者却纠缠不休，双方就此发生争执。

那富家公子一向骄横，见杨彦不肯售卖，便起意强夺。他本想让家丁直接动手，可一同前来的管家头脑还算清醒——光天化日之下强抢货物，未免过于明火执仗。于是，管家献计让富家公子先行离去，自己则派人在散集后暗中跟踪杨彦，找到了他在岗山中的住所。

过了几日，管家又派人前去县衙控告杨彦，说他"私藏兵器，图谋不轨"。知县那边早就收了对方的好处，便不详询实情，径直安排官差前去拿人。

于是，下次毕郭赶集之时，杨彦被当众拘捕。管家又让人带着官差前去山中搜查，将杨彦平素积攒的珍贵毛皮一概掳走。好在杨彦行事一向小心，每次外出之前必先将鸟铳藏好。因此，官差在屋内虽翻箱倒柜，但只搜到几把猎户常用的短刀弓箭。

官差回去复命之后，知县当下明白了几分。他心知仅凭这些无法给杨彦定罪，但又不愿承认办错了案，因此便采用"脱"字诀——既不判决，也不释放，而以继续查证为名，始终将杨彦拘禁在监牢中。

杨彦藏有鸟铳这一情节，毕郭集上的摊贩并不知晓。但此事起因，他们都看得真切，难免有同病相怜之感，只是在官差面前敢怒不敢言罢了。此次见赵守忠是外地人，小贩这才竹筒倒豆子，将实情和感触一并倾诉出来。

赵守忠附和了几句，谢过小贩，重新回到饭铺，一边休息，一边思考对策。

他毕竟熟稔官场之事，细想之下便知道症结所在——富家子弟那边得了皮货，已是心满意足；知县这里，也只需找个台阶下。此时要营救杨彦并非难事，在招远找到头面人物作保即可。

"招远与栖霞为邻县，想必于乐吾会有门路，看来此事还需请他帮忙了。"赵守忠心想。此时日已西斜，他盘算着路程，决定先在毕郭住下，第二天再赶往栖霞。

当夜无事。翌日一早，赵守忠便策马驰往栖霞。此次，他没有走岗山小路，而是先向北后向东，取道大路前行。

到达栖霞城郊时，已近巳末。赵守忠稍作停歇，饮马喂料，自己也吃了些东西。然后继续赶路，约莫未初时刻，他便又来到唐家泊。

与此前不同，赵守忠这次登门，提前不曾有书信告知。因此，于乐吾得知庄丁通禀后，颇感惊讶。当日于九、于十皆在庄中，于乐吾便喊上两人，一同赶到门口迎接。

见面之后，彼此稍作寒暄。于乐吾便独自将赵守忠引入客厅，问起此行由来。赵守忠也毫不相瞒，将前后经过一一道来。那于乐吾听闻杨彦的身世及本事，不禁也连连感叹："没想到杨威竟然有如此忠义之族弟，他在地下如有知，也应欣慰吧。"

"杨彦为人忠厚，且善使火器，将来可有大用。此次他蒙冤入狱，须有保人才能开释。今日登门，正想请于兄从中疏通。"赵守忠道。

于乐吾略作思索，心中便有了人选，回复道："这倒并非难事，我与招远北乡的欧乡总有些交情。稍后我写封书信，再备些礼物，明天一早让于十陪着去一趟。由他出面，应当可保出杨彦。"

原来，那招远县共设有四乡四十八里，四乡分别为会仙乡、良山乡、灵山乡和黄山乡，平素也按方位称作东、南、西、北乡。每乡各有一名乡总，负责约束辖区地保、乡勇。其虽非官非吏，但也属地方上管事之人。而于乐吾所说之欧乡总，姓欧名显明，即招远北乡的乡总了。

"如此甚好，就依于兄所言。只是这礼物方面，不敢让兄长破费，由赵某承担即可。"赵守忠道。

于乐吾笑道："也罢。亲兄弟亦须明算账，就这么定了。"

商量完招远之事，赵守忠又大略提起在田横岛结识李茂的经过。起初，于乐吾面上颇有惊讶之色；待讲到董樵递上名帖、李茂以礼相待之情节，方才逐渐舒缓。

"正所谓不打不相识，李茂人才难得，赵先生也算是因祸得福了。"听完之后，于乐吾显然已是心情大好。他随即吩咐仆人准备酒菜，为赵守忠接风。

当晚宴席，除于家三兄弟和赵守忠之外，并无旁者。因为一早还需赶路，此次饮酒只是点到为止，不如以往那般酣畅。

次日天明，赵守忠和于十早早就踏上行程。路过栖霞县城时，前者付钱买了不少礼物。两人此时已较为熟悉，接下来的途中，赵守忠便问起那日宋奕炳之事。于十前后叙说了一遍，末了，又恶狠狠地骂了一句："我于家何曾受过如此羞辱？若非看在其叔父宋荔裳的情面，必定要打断那小子的腿。"

午后时分，两人抵达招远城郊，由此转向北，行约十里路，便可望见一座巍峨高山。于十对赵守忠道："那座山名叫'罗山'，是这招远县地界第一高峰。山前有一村落，即欧乡总的住处了。"后者不禁感叹了一番。

进村之后，两人按辔徐行，来到欧宅门前。值守的仆人认得于十，先将他和赵守忠引入客厅，接着再去后堂通禀。不一会儿，一位身材魁梧的中年男子便走了过来，想必就是欧显明了。

"老弟，哪阵风把你吹了过来，于大哥那边一切可好？"欧显明向于十问道。

"听他这番称呼，年龄应当在于乐吾跟于十之间了。"一旁的赵守忠心想。

于十恭敬道："承蒙欧乡总挂念，一切均好。"

"哎？老弟今日说话如何这般客气？"欧显明见于十以"乡总"而非"欧大哥"来称呼自己，不觉有些纳闷。踌躇之间，他的目光扫到了赵守忠身上，心中不由得猜到了几分。

"实不相瞒，此次有事需劳烦乡总帮忙。家兄现有书信在此，还请过目。"于十回复说。

欧显明接过书信看了会儿，又抬头望向赵守忠，问道："老弟，与你同来的这位，就是于大哥所说的赵先生吧。"

"正是。"于十点了点头。

"赵先生，幸会了！还请放心，于大哥的事，便是我欧某的事。不过现在进城稍有些迟了，待明日我便去面见知县，将人尽早保出来。"欧显明此前虽不曾见过赵守忠，但有了于乐吾的书信，也表现得相当热情。

赵守忠连忙抱拳致谢，并将所带礼物奉上。欧显明推辞了几句，还是笑纳了。

翌日卯时，欧、赵、于三人从罗山脚下出发，直奔招远县城而去。过了半个多时辰，他们便由北面的望海门入城。欧、于二人并无什么特殊反应，赵守忠则暗中好生环视了一番。

"看来这招远与栖霞相仿，亦是一座小城了。"他心想。

进城后未过多久，三人便来到县衙前。欧显明挥手指了指东边一家茶楼，示意赵守忠和于十进去等候，他则下了马，独自一人走进衙内。

等了约两刻钟的工夫，赵守忠透过茶楼窗户，望见有二人前后走出，仔细辨认，正是欧显明和杨彦。他本想起身出迎，又担心过于扎眼，便依旧坐着。

踏进茶楼之后，欧显明先用目光扫到赵守忠的位置，然后带着杨彦走了过来。待来到桌前，他指着赵守忠和于十对杨彦道："不用谢我，要谢就谢他们俩吧。"

杨彦被囚已久，气色不免有些欠佳。听到欧显明的话，他这才打起一些精神，端视起面前两人。当他看到赵守忠时，眼中忽然发出光亮，脱口喊道："赵大哥？"

赵守忠颔首微笑，示意杨彦坐下。欧显明见此情景，心知不便在场，就对于十道："老弟，今日天气不错，我且陪你到城中逛逛。让赵先生在此和这位小兄弟叙叙旧吧。"

"好嘞，我也有日不曾来招远城了。"于十站起身来。

"于兄弟，有劳前往马市一趟，帮我选匹良驹，以供杨兄弟骑乘。"赵守忠边说边从怀里掏出银两。于十接了过来，便跟欧显明出门了。

随后，赵守忠吩咐店家添了一壶新茶，又加了不少点心。待杨彦吃了一些，方才开始问话。

杨彦低声将当日之事前前后后说了一遍，大致如毕郭集上的小贩所言，只是更为详细。赵守忠听完，叹道："只怪赵某来迟，让杨兄弟受委屈了。"

"哪里！此次还多亏了赵大哥惦念，否则我孤身一人，还不知要在牢中等到什么时候。唉，要是杨威兄长还在，也不至于落到这般田地。"杨彦说着说着，不禁心生感伤。

赵守忠忙安慰道："杨兄弟莫要灰心，我这番前来，正是想延揽你入伙。今后你我相聚一处，彼此就有照应了。"

接着，他简要叙说了金口开店的经过，杨彦听了，脸上才浮现出欢喜之色。待赵守忠讲完，他当即答应下来。两人约定，离开招远城后，先去岗山之中收拾一番，再南下即墨。

谈完之际，已近中午。过了一会儿，欧显明和于十也估摸着时间往回赶。事情办妥，赵守忠兴致不错，便提议找家饭铺由自己做东。众人顺水推舟，也都同意了。

待酒足饭饱，正值未中时刻。赵守忠提前将行程安排告知了欧显明和于十。因此，散席之后，他们互相辞别，分道扬镳——于十出东门往栖霞奔去，欧显明出北门赶向罗山，赵守忠和杨彦则出南门，朝着毕郭方向前行。

大约一个半时辰后，两人行至岗山之草屋中。此处终究是杨彦十数年来的安身之所，南下之前，总要来凭吊收拾一番。再者，那支鸟铳还埋藏在附近。在来的路上，他与赵守忠商量再三，最终决定将之带到金口藏放，以免夜长梦多。

当天夜里，两人在草屋内将就睡下。次日天亮后，杨彦挖出鸟铳，用一床薄被将之包裹起来，然后缠上布条，牢牢绑在马鞍后侧，这才同赵守忠上路。

为避免经过毕郭时被人撞见，杨彦引领赵守忠向东走小路经岗山寺绕至栖霞地界，然后再向南，穿过一条田间小路，这才又转回通往即墨的官道上。

由于随身带着兵器，他们在路上不敢多作停留，只是在即墨北乡一处小河边稍微饮了下马。就这样，匆匆跋涉两百余里之后，临近子夜，两人抵达金口的店中。

23.再北伐

　　来到金口之后，杨彦迅速成为赵守忠的得力帮手。他不仅全权承揽皮货采购，而且担起前往于乐吾等处送信的差事。如此一来，金口与唐家泊之间的通信，不必再经由铁骑山中转，赵守忠跟于乐吾的交情，也日渐深厚了。

　　至于店中其他伙计，经过几次选汰，已尽数被张煌言那边派来的人手所替代。赵守忠日常行事，因此方便了许多。除了月初和月中在金口稍作打理之外，其他大部分时日，他都奔走在登莱各州县之间，与栖霞于乐吾、胶州高璪、即墨黄家、田横岛李茂及成山董樵等互通声讯，并且陆续又结识了若干新的豪杰。

　　光阴似箭。不知不觉，冬去春来，新年将至（顺治十六年，永历十三年，1659 年）。在腊月底，赵守忠就将店铺打烊，给"伙计们"放了十余天的假，让他们乘船南下，回闽浙过年。他自己则跟杨彦留守金口，彼此相依为伴。

　　正月十五过后，伙计们自南方归来，同时带回了张煌言的书信。在信中，张煌言告知赵守忠一坏一好两个消息。坏消息是：叛将吴三桂已率领清军占据昆明，永历皇帝移驾西狩，传闻将入缅甸境内躲避。好消息为：郑成功与张煌言下定决心，准备在三四月间挥师北上，再攻金陵。

　　听闻这两则消息，赵守忠亦忧亦喜。忧的是，西南大局恐已回天乏术；喜的是，自己这边终于又有了用武之地。事不宜迟，次日，他自己亲赴铁骑山，同时派遣杨彦至唐家泊送信，将张煌言那边的消息分别告知玉蕊楼众人和于乐吾。

　　此后两月，赵守忠一边联络登莱，一边沟通闽浙，来往海州的船只也因此增加为

三艘，彼此间隔出发。外人不明所以，还道是店里生意愈加兴隆了。

其间，张煌言又亲笔给于乐吾撰写了一封书信。信中不再遮掩，而是径直劝他弃暗投明。于乐吾回复称："先前之承诺不变，仍定在克复金陵后起兵。不过，只要闽浙水师攻入长江，他便开始布置。"这番表态，较之当初，已算是进了一步。

转眼便至五月中旬，苦盼已久的赵守忠，终于得到了南边传来的喜讯：郑成功与张煌言已于上月底率军开拔，前锋现抵浙东，于定海城初战告捷。而清廷方面驻守长江口的苏淞提督马进宝也暗中与闽浙义师达成默契，彼此互不相扰。张煌言在信中预计，快则五月底，迟则六月初，义师主力便可驶入大江，溯流而上，直取金陵。

赵守忠计算着时日，决定先约董樵于六月初在金口相会。待有了新消息，再一同前往于乐吾处商议。

半月之后，董樵来到金口。又过了三四天，船队也再次带回捷报——闽浙义师主力已过崇明岛，前锋逼近镇江府。镇江古称京口，地处金陵下游。此城若克，金陵门户便将洞开。与去年夏时相比，此次北伐可谓进展神速了。

赵守忠和董樵闻知消息，皆大为欣喜。两人稍作收拾，便踏上了前往唐家泊的路途。

见赵、董二人匆匆登门，于乐吾当下明白来意。他以往多在前厅待客，但此次事关重大，为保无虞，便将两人引入后堂卧室当中。

待帷幔放下，赵守忠率先开口道："南面传来消息，闽浙主力现已攻入长江，不日则可抵达镇江府。我等也应当有所准备，不知于兄意下如何？"

于乐吾面色微动，道："张司马进展如此迅速，可喜可贺。请赵先生宽心，于某绝不食言。"

赵守忠和董樵相视颔首，后者喜道："当年锯齿山盛况，如今又将重现了。"

于乐吾陪着笑了笑，随即低头陷入沉思之中。过了有一会儿，方又说道："若要举兵，须当提前联络各路豪杰，切不可走漏风声。我思来想去，打算择期以'收关门弟子'为名，邀请登莱同侪在唐家泊相聚，寻机向之告知内情，如此似较为妥当。"

董樵点头道："过些时日，江南当再有喜讯传来。届时群雄相聚，便将是水到渠

成了。”

“于兄考虑缜密，就依此行事。待定下聚会日期，我回去便报与张司马知晓。”赵守忠也应和道。

于乐吾并没有马上回应日期之事，而是又另行问道：“赵先生，事到如今，你我之间也就有话直言。举兵非儿戏，空有一腔热血，不足以成大事。不知这粮饷甲仗，张司马那边能相助多少？”

大军未动，粮草先行。这个道理，赵守忠自然是明白。因此自从在金口设店以来，他便着力于此，而张煌言那边也是鼎力支持。这大半年下来，店中已存有白银三万余两、粮米五千余石，粗略一算可供万人数月之需了。

有了这些家当在手，此刻面对于乐吾的提问，赵守忠便毫不慌张。他将详情逐一道来，于乐吾听了，不禁频频点头。而一旁的董樵更是喜上眉梢，“赵兄未雨绸缪，调度得当，诚然王佐之才。”他称赞道。

赵守忠微笑道：“筹备粮饷，乃赵某分内之事，自当早日着手。至于兵器甲仗，则着实不便在店内囤积，唯有届时再请张司马接济了。”

“听闻闽浙方面火器数量甚多，若能运来些许，当可派上大用。”于乐吾回了一句。

“只要举兵日期定下，我便提前向张司马通禀。”赵守忠应道。其言下之意，自然也想让于乐吾早做决断。

于乐吾沉默片刻，缓缓道：“赵先生可先回金口等待，我这几日则准备好英雄帖，待闽浙义师兵临金陵城下，便将请帖分头送出，相约众英雄在唐家泊共商大事。”

赵守忠听后还欲细问，却被董樵抢先开了口。后者道：“如此甚好，就依于兄。”言罢，他看了看赵守忠。赵守忠心领神会，同样附和了几句。

事情商定，于乐吾照例吩咐准备酒席，为赵守忠和董樵接风。不过，赵守忠心系金口事宜，婉言推辞。于乐吾见状，也不作强留。赵、董二人随即离开于家宅院，策马南返。

“贤弟，我本想追问于乐吾具体筹划，不知你为何制止？”在回程途中，赵守忠不禁问起方才之事。

董樵叹了一声，道："于乐吾其人颇有主见，观之言语态度，始终留有余地。而今金陵未克，大局不定，若催促太急，恐适得其反。唯有江南获胜之后，再顺水推舟了。"

赵守忠点了点头，凝神向南望了一会儿，然后奋力挥动马鞭，与董樵疾驰而去。

回到金口后，赵守忠一面继续筹措粮饷，一面等待着消息。起初的十几天里，海州那边虽然有两条船返回，但捎来的只是寻常军报。直到六月底，另一条连夜进港的船才带回喜讯——郑成功所率主力在瓜州、银山等地接连击败清军，镇江守将高谦、知府戴可进见势不妙，已于六月二十四日开城归降；张煌言也一马当先，带领前营水师抵达金陵城郊驻扎，只待后续大军到来，便可攻城了。

赵守忠闻讯大喜，不顾夜色，急将客房中的董樵唤起。后者听说消息，亦是激动万分。两人商议："连夜修书，明早派杨彦送至唐家泊，劝于乐吾早定群雄相聚日期。"

三日之后，杨彦将于乐吾回信及两封英雄帖带回金口。董樵闻说有英雄帖，不禁喜道："想是日期已定了！"

赵守忠本想先读书信，但听到董樵之言，不禁又改拆请帖。展开一看，只见日期栏中写道"七月三十日吉时"，其脸上的兴奋之情瞬间转淡。小臂随即向前一伸，将请帖甩到董樵手中。

董樵阅后，心知赵守忠埋怨日期偏晚，便劝慰道："于乐吾定此日期，自当有所考量，赵兄不妨读完书信再说。"

赵守忠略作迟疑，还是依言而行。读了有一会儿，方将信纸放下。

"信中所述如何？"董樵问。

"我诚然是有些心急了。"赵守忠道。言罢，他将信札也递了过去。

董樵展信而阅，方知于乐吾虽将英雄会日期定在月底，但筹备事宜均已提前着手。他还在信中提议：请赵守忠在聚会之前分批将金口积攒钱粮运至锯齿山，届时以此号召群雄。

"于乐吾既有如此举动，足可见其起兵之意。依董某之见，兄长可先代他向江南请封官职，此所谓生米煮成熟饭之理。"读完信后，董樵稍加思索，又提议道。

"请封官职？"赵守忠一愣，随即喜道，"贤弟所言极是，我明日即上书张司马，

为于乐吾请封。如此一来，必能坚定其举兵之心。"

他略作停顿，又道："贤弟，实不相瞒，我之所以焦急早定举兵日期，一是因为践行凤愿，二是因为担心夜长梦多。眼下闽浙义师虽进展顺利，可那金陵终究是城大池深，延平王与张司马劳师远征，一旦不利，恐大局就此败坏。唉，谋事在人，成事在天。复兴大业能否成功，就看这月余之间的分晓了。"赵守忠叹道。

董樵听闻这番言语，一时不知当如何回应。以上忧虑，他亦有之。而于乐吾那边，又何尝不是心存观望？可事到如今，别无他法，只能勉力而行了。

"赵兄，倘若金陵顺利克服，于乐吾如约举兵，依你之见，接下来当如何进取？"缓了片刻，董樵重新开口，不过已将话题略微岔开。

赵守忠此时也回过心绪，正色道："我自北上之后，虽于登莱形胜多加留意，但终究有所不足。然举兵既迫在眉睫，现也就班门弄斧了。窃以为，此次起事不同于前番，关键在于南北呼应。故举兵之后，应以夺取一二海口为先。金口为大港，若能攻而克之，则可与江南气息相通，粮饷、火器均得供应。以此为营垒，视时局变化，再做进取。"

"兄长诚然高见！"董樵回复道，"不过金口并无城垣，攻虽易但守亦难。清廷于即墨城北营中驻有重兵，倘若全力来攻，我方恐难久守。且于乐吾根基在锯齿山，其盟友亦各有家业，若想让众人远离故里、抛妻弃子前来金口，绝非易事。以董某愚见，不如采用四面开花之策，于乐吾在栖霞举兵，其盟友在其余州县各自发难，使得登莱驻防清兵首尾难以相救。其间联络江南援军北上，由其寻机夺取海口，再合兵一处，攻拔城池。"

"妙！贤弟不愧为军师！照你所言，登莱各处同时告急，清廷必然难料其中虚实。届时，江南援军可从水路夺取金口，然后自金口北上，于乐吾所部则自锯齿山南下，合击莱阳城。莱阳若克，登莱大局便优势在我。假以时日，即可挥戈西进，进取青州等地。如此则山左震动，势连江南，复兴有望矣！"赵守忠说道。这番言语之中，显然充满了他的憧憬。

"兄长过誉了。能否如此行事，关键还要看于乐吾。待英雄会之时，你我还需一起向他劝说。"董樵应道。

赵守忠点了点头。两人彼此凝视，目中皆带光芒。

次日，赵守忠将于乐吾所说事宜尽数写入信中，吩咐船只兼程送往海州。其中，对于请封官职一事，他本主张授予"登莱总兵"之职，然董樵提醒：招远杨威当年曾自称"副总兵"而最终身死，此次不宜再用"总兵"头衔。

赵守忠反复思忖，最终向张煌言建议："权且授予对方一将军名号，具体职务差事待正式举兵之后另做分晓。"而至于粮饷转运一事，他考虑到不宜延迟，便决定先斩后奏，即刻安排店中伙计分批送往锯齿山，具体情形一并在信中向张煌言通禀。

过了十多日，粮饷已转运大半，南下的信使也将张煌言的答复带回金口。

在回信中，张煌言告知：郑成功所部主力自镇江走水路西进，已于七月初九抵达南京城的仪凤门外；他自己则率偏师继续溯流而上，准备招抚池州、芜湖等地；至于请封官职一事，他与郑成功商议，决定承制委任于乐吾为"昭勇将军"，秩三品，印绶及官服随船送到。末了，张煌言又叮嘱道："江南形势虽好，但仍盼望登莱早日响应，以作牵制。"

读罢信札，赵守忠将其中大意向董樵复述了一番，董樵随即拱手道贺。可前者的脸上并无多少欢喜之色，甚至还有些拧眉头。

"义师兵临南京城下，此乃天大喜讯，兄长却何故忧愁？"董樵有些不解，便小心问道。

"贤弟有所不知，镇江府距南京城只有百余里。若走陆路，不过一两日工夫就能达到。义军于六月二十四日便攻取镇江，却舍陆走水，至七月初九才围攻南京，未免有些迁延时日。兵贵神速，如此一来，城内得以喘息，恐于战局不利。"赵守忠叹道。

董樵暗觉赵守忠所言有理，但口中安慰道："兄长请勿忧虑，南京为旧都所在，天下之人皆翘首以望。自乙酉年（顺治二年，1645 年）之后，此处不见汉官威仪已有十五年之久。而这次闽浙义师能兵临城下，成围攻之势，已属难得。攻城缓急，不必强求。"

"唉，道理虽如此，我却始终放心不下。"赵守忠又道。

"张司马那边既然已授予于乐吾印绶官服，何不早些送至唐家泊？倘若他不拒收，

便是默认弃暗投明了。"董樵不再谈论江南战局，而是提起于乐吾之事。

赵守忠定了定神，颔首道："稍后便差人送去，还望他能早做决断。"

商议过后，赵守忠赶在午前写好书信，将信同张煌言送来的印绶官服一并交给杨彦，叮嘱他走小路尽快送往于乐吾处。杨彦点头称是，便匆匆出发了。

到了第三天的傍晚，杨彦带着于乐吾的信札风尘仆仆赶回店中复命。赵守忠不及拆信，急向杨彦问道："带去的东西，对方可曾收下？"

"已收下。"杨彦答道。

赵守忠面色有所舒缓，这才动手拆开了信札。而待阅读完毕，脸上不觉已有笑颜。

董樵在一旁看得真切，心想于乐吾那边定是已有表态。果然，赵守忠放下信札，对他喜道："贤弟，好消息！于乐吾在信中感谢张司马为其请封官职，还特邀你我提前一日去往唐家泊，以便商议起兵之事！"

"期盼多年，终于有望重见天日！"董樵亦难掩激动。

两人随后商议：七月二十七日动身前往栖霞；在此之前，先去趟铁骑山，与黄培、宋继澄、张允抡等人通通气息。

时光飞快，转眼便到二十六日。当天，赵守忠与董樵早早赶到玉蕊楼。而久未露面的黄培，也于前晚专程来此等候。

彼此寒暄之后，赵守忠将江南局势与于乐吾的筹划讲述了一番。众人听闻，面上皆有振奋之色。

"二位贤弟有劳了。此次闽浙义师入长江、克京口、围南都，声势诚然不同以往。前几日，顾宁人先生托人从京师捎来书信，说清廷中枢已是人心惶惶，传闻那顺治小皇帝也动了迁回关外躲避的心思。倘若义师能顺利克复南都，我山东志士再于登莱响应，南北声势相连，天下英雄闻风而动，中兴大业便着实有望了。"黄培道。

赵守忠点了点头，略作犹豫，又望着黄培说道："孟坚兄，赵某有个不情之请，不知当讲不当讲？"

黄培微微一笑："事到如今，赵贤弟怎还是这般客气？"

赵守忠正色道："赵某自北上以来，深蒙孟坚兄照料，心中已是感激不尽。此番再

次叨扰，甚觉惭愧。而今为国家计，便不顾个人颜面了。实不相瞒，举兵之后，当需大量军饷。金口那边虽有些积攒，但恐不敷使用。因此，现恳请孟坚兄能解囊相助。"

"哈哈！"黄培笑声转高，随即口气却转为严肃，"我当是何事！此乃黄某分内之责，赵贤弟无须担忧。待举兵之后，即墨黄家愿捐银万两助战。"

赵守忠大为感动，不禁起身向黄培行礼。后者连忙将之扶起："贤弟如此，实在是折煞愚兄。我何尝不想上阵杀敌？但为不连累宗族上下数百口，只能隐忍不发。如今贤弟甘愿亲冒矢石，愚兄敬佩不已，些许银两，又何足挂齿？今后切勿再见外了！"

待黄培说完，赵守忠双目之中已是闪闪发亮。他不再说话，只是紧握着黄培的手。旁边众人见此情形，心中无不唏嘘。

24.华严庵

七月二十七日一早，赵守忠与董樵辞别玉蕊楼众人，开始向唐家泊进发。

即墨与栖霞之间的道路，两人已结伴走过多次，此时早已驾轻就熟。他们估摸着时间，认为二十八日下午到达即可，因此在路上并不十分着急。途经莱阳县城之时，赵守忠还专门向董樵询问了城墙与护城河的高矮深浅，此举显然是未雨绸缪了。

二十八日中午，他们照例在兰家店歇马打尖，然后向北沿山路前行。当日天晴，在数十里开外便可望见锯齿山的巍巍高峰。赵守忠见状，不由得想起去年初次前往唐家泊时的场景，当下感慨万千。

大约到了未中时刻，两人策马行至一处空旷谷地。其时虽已入秋，但午后依旧炎热。董樵见剩余路程不多、时间尚属充裕，便提议暂在此处休息。赵守忠领首同意，两人将马匹拴好，各自寻找树荫，开始打起了盹。

过了一会儿，在迷迷糊糊之中，赵守忠忽然听到有人在低声呼唤自己。睁眼一看，却见是杨彦蹲在身边，其额头满是汗水，显然是风尘仆仆而来。

赵守忠大感惊诧，一边起身一边问道："杨兄弟不是在金口店中值守吗？如何来到了这里？"

杨彦大喘了一口气，然后急声说道："赵大哥，不好了，江南那边局势有变！"

赵守忠刚起身到一半，此刻听到杨彦的话，不由得一跃而起。

"怎么了？"他问道。声音之大，把三四步之外的董樵也惊了起来。

"海州昨晚送来消息，延平王大军攻打南都失利，不得已而回师。张司马虽招抚了

上游多处州县，但无力扭转大局，亦只能撤离。动身之前，他派人冒死北上，通知海州及我等，说形势危急，暂停联络，各自保重。"杨彦匆匆回答。

原来，郑成功所部虽然于七月初九便兵临南京城下，却误中清军守将的缓兵之计。对方谎称愿意归降，但众将领的家口妻小皆在北方，按照清廷法度，倘若立即开城，则他们性命难保，如过些时日再降，则可无虞。

郑成功信以为真，为展示大度、招揽人心，便没有马上攻城，而忙于前往孝陵祭祀明太祖。此后十余天里，多路清军陆续赶到南京增援，城中兵力大增，遂于七月二十二日晚出城偷袭。郑军未有防备，失利后撤。次日，双方在城外又展开激战。郑成功虽严令部众奋战，无奈这时士气已是此消彼长，几处营寨相继陷落，大将甘辉等人或被俘，或战死，最终全军败退。

形势所迫，郑成功决定在七月二十四日班师，并提前一天派人告知身在上游芜湖的张煌言。此时，芜湖与南京之间的水路已被清军控制，张煌言闻讯，不得不将部众解散，然后分头走陆路向浙江沿海撤离。而在出发之前，他想起了人在山东的赵守忠，担心对方逆势行动。因不及写信，他便派人骑快马兼程赶往海州传达口信，而海州那边又随即派快船驶向金口。

七月二十七日夜里，消息送到金口。杨彦听闻，心知非同小可，连夜骑马上路，追赶赵守忠。从昨夜至今，他粒米未进，中途又在一家车马店里重金换了马匹，一路飞驰，这才在此处赶上了正在休息的赵、董二人。

待杨彦讲完，赵守忠的脸色已是一片煞白。他仰天沉默良久，方才转头看向杨彦，又看了看董樵，长叹道："苍天哪！为何不佑我大明啊！"

董樵面上亦满是失落之色。他知道："此次北伐不同于去年。去年退兵，系受海风影响；而这番回师，却因战场失利。经此一役，闽浙义师元气大伤，今后恐难再有大的作为。复兴大业，恐亦是流水落花了。"此前赵守忠向他叙说心中忧虑时，他尚能出言安慰。如今败讯真正传来，他也不知该说什么了。

沉默了好一阵子，他才缓缓劝慰赵守忠道："兄长，胜败乃兵家常事，不必灰心。唐家泊英雄会迫在眉睫，该如何行事，还需兄长定夺。"

赵守忠虽心绪不宁，但也听出了董樵这番话的弦外之音：江南兵败之讯，是否当告知于乐吾？倘如隐瞒消息，英雄会按部就班，起兵仍有可能。而若告以实情，于乐吾必然会打退堂鼓，这一年多的心血，则将付诸东流了。

"董贤弟，去年北上之前，张司马曾说，大势在江南，登莱为呼应。如今大势已去，登莱纵然强行起兵，恐亦徒增死伤。我死无妨，奈何要连累登莱众义士？今日见到于乐吾，自当以实情相告。"思虑良久，赵守忠这般答道。

"唉！"董樵轻叹了一声，"那今后赵兄有何打算？"

"等知会于乐吾之后，先回金口，派人向南联络张司马，再做定夺。"赵守忠回道。

董樵点了点头，不再言语。

"杨兄弟，这趟辛苦你了。不过，我这边还有些事情，明日方能返程。只得再劳烦你尽快赶回店中帮忙瞭望。"赵守忠转头向杨彦叮嘱道。

"是！"杨彦痛快地答应了一声。方才赵守忠和董樵之间的对话，他虽似懂非懂，却知两人所为皆忠义之举。受此感动，他不顾疲惫之躯，毅然又上了马，向南驰去。

杨彦离去之后，赵守忠和董樵又在树荫下默默对坐了一阵儿，才继续向唐家泊进发。待他们来到于宅，已是申时之末了。

见二人登门，于乐吾颇为欣喜，当即吩咐安排酒席："今日先小饮几杯，待到明晚，诸位英雄陆续来到，我为两位逐一引荐，再不醉不休。"

"酒席且慢，我有些话想先跟于兄说。"赵守忠回复道。

于乐吾一愣，旋即猜到多半是江南又有消息传来。他快速看了一眼对方，想通过神情来判断消息的好坏。不过，赵守忠面色平静如水，看不出是喜还是忧。

"倘若是喜讯，他们应当兴高采烈才对，但眼下无此表现；而要是坏消息，对方如何还有心思前来赴会呢？或许情况仍如上次所言，只是略有进展？算了，到底怎样，还是听对方说吧。"

于乐吾不再多想，便对赵守忠道："先生请讲！"

"于兄，你我一直坦诚相见，如今我也不敢有所隐瞒。南边刚刚传来消息，义师攻城失利，现不得不暂行撤兵了。"赵守忠望着于乐吾，一字一句地说道。

184

于乐吾面色微变，随即朗声笑了起来："先生莫非还在试探于某？"

"不敢，方才所言，句句属实。"赵守忠又道。

于乐吾向一旁的董樵望去，只见后者微微点了点头。刹那间，屋内变得一片沉寂。

过了良久，还是于乐吾先开了口："赵先生之为人，于某深表敬重。倘无宗族家口牵挂，情愿与先生共同赴汤蹈火。然事已至此，于某亦无他法。英雄会举兵之事，恐要作罢了。此前从金口转来的粮饷，待后面一一奉还。"其言下之意，自然是此次不能起兵了。

赵守忠摆了摆手，道："粮饷不必奉还。赵某此次登门，亦非要劝于兄强行起兵。做事应有始有终，不管如何，总需当面向于兄说明。"

"这番胸怀，实在佩服。于某不愿乱夸海口，但你我前番约定，仍谨记于心。将来如再有机会，自当照旧履行。"于乐吾正色道。

"这就是了。留得青山在，不怕没柴烧。"刚才一直沉默的董樵，此时也出言附和。

赵守忠见于乐吾已然表态，便回复道："于兄不离不弃，赵某不胜感激。但此番英雄会，我则不便露面，明日便回金口，等候张司马消息。"

于乐吾心知不便强留，亦未出言相劝。他思考片刻，对赵守忠和董樵道："后天的'英雄大会'既然不能参加，那今晚便举办'英雄小会'。我们三人，一醉方休。"

不待对方回应，他随即站起身来，走到房门处，对着外面大声喊："吩咐下去，在厅中设宴，从窖中多取几坛上好老酒，我一会儿要招待贵客！"

"是！"门外一名汉子应声道。

对于饮酒，赵守忠本不甚喜好，但当天晚上，他百感交集，不免借酒浇愁，因此喝得颇多。

次日早起，他感觉头痛，但还是强忍着向于乐吾辞行。至于董樵，前晚经过商议，由他留下在英雄会上观礼，后面再择期在铁骑山相会。

回到金口之后，赵守忠先写了封书信，将江南战局和栖霞之行的大体经过，告知黄家众人。随后，他反复斟酌，决定再派一艘船前去海州打探消息——虽然上次张煌言说过暂停联络，但坐在金口枯等，也终非办法，眼下只有硬着头皮试一试了。

从金口往返海州的航程，如果中间没有差池的话，快则只需三四日，慢也不过五六天。可这艘打探消息的船出发了七八日，仍不见返回。其间倒是黄培和董樵那边先后托人捎来书信，前者好言劝慰了赵守忠一番；后者则告知英雄会后他将径直返回成山，暂时就不来即墨了。

待到第九日晚上，夜深人静之际，店外忽然响起一阵急促的敲门声。赵守忠在卧室远远听见，以为是信使从海州返回，不及披上外衣，便匆匆赶去开门。可启扉一看，来者竟是宋继澄。

他虽然颇为惊诧，却不便当街发问，就闪身让出路来，请宋继澄进屋叙话。

刚关上屋门，还没等赵守忠开口，宋继澄就急促说道："赵贤弟，你赶紧收拾一下，马上随我离开。店中其他人等，也要连夜遣散。"

"啊？兄长这是为何？"赵守忠心头一震，连忙问宋继澄道。

"长话短说，清廷似已知晓金口店铺之事，巡抚衙门的公文下午刚刚送抵即墨，命令即墨知县会同即墨营参将率兵到金口封店拿人。还好那即墨营参将今日有事外出，未能马上行动。好汉不吃眼前亏，为今之计，赵贤弟还是走为上策。"宋继澄解释道。他本来年纪就长，再加上一路兼程，刚才这番话语一口气说完，不由得有些气喘吁吁。

赵守忠见状，心知事情诚然紧急。他点了点头，不再细问，而对宋继澄道："多谢兄长相救，我稍作准备，一会儿便出发。"

随后，他先将杨彦唤来叮嘱了一番，又匆匆赶回卧室，开始处理起紧要物件：与张煌言之间的往来信件、发船记录及账簿，均被投入火中销毁，银票等细软则裹在包袱中随身携带。待收拾完毕，他未与其他人打招呼，径直登上了宋继澄带来的马车。

想必是宋继澄提前已有吩咐，赵守忠一上来，车夫便快速挥动起鞭子，催着马匹跑了起来。车辆不一会儿就出了金口街区。

大约又过了一炷香的工夫，后面远处的金口方向忽然传来一声"轰鸣"。车内的宋继澄不明所以，连忙拉了拉赵守忠的衣襟，却听对方低声道："没事，放心吧。"

原来，刚才的轰鸣，是杨彦从海上击发鸟铳发出的声响。赵守忠临行前，吩咐他带领店中剩余几个伙计乘船去田横岛李茂那里暂且躲避；只要船只成功出海，就朝岸

上施放一枪鸟铳。这样势必会吸引金口镇巡逻兵丁的注意。而后面即墨营清军搜捕扑空之际，就会得到"店中人员"昨夜已从海上逃窜的答复。如此一来，继续潜身即墨的赵守忠，处境就相对安全了。

马车接着在官道上疾驰了一阵儿，又忽然转入一条小路当中。赵守忠虽看不清外面，但亦感觉出与去铁骑山的道路有所不同。

此时距金口已远，赵守忠便开口询问："兄长，我们这是要去何处？似乎并非玉蕊楼。"

"不去玉蕊楼，是去华严庵。"宋继澄低声答道。

"华严庵？"赵守忠在昏暗中愣一下，随即忆起去年端午从栖霞返回玉蕊楼之际，宋继澄等人曾结伴外出，当时就是去往华严庵。后来隐约听对方提过，华严庵在崂顶以东十余里处，依山傍海，颇为幽静，乃黄家捐建的私人庙宇，鲜为外界所知。他虽多次到玉蕊楼中做客，但这华严庵，却还从未到访。不承想，今晚就要奔赴此地了。

宋继澄知道赵守忠心存疑惑。他见眼下已相对安全，便将这前后经过，向对方叙说了一番。

且说江南兵败消息传至海州后，潜伏在当地的众人不免意志动摇。其中有一人便投靠了清廷，将实情密告海州官府。官府遂派出兵丁，暗中将联络地点查封，并设下圈套，只待来者上钩。前几日，赵守忠派出的信使照旧前去联络，不幸落入海州官府手中。在严刑拷问之下，船上一名伙计供出金口店铺的地址，但好在他并不知晓赵守忠的真实姓名与身份，只确认店铺东家就是为首之人。

海州方面将情况火速上报之后，清廷随即谕令山东方面拿人。

巡抚衙门发来的公文原要求令到即行，但不巧的是即墨营参将当天在外巡查汛地，即墨知县只能一面派人将他唤回，一面将行动日期延后。就在此间歇，县衙某位吏员探听到了消息。

这位吏员与黄家一向交好，当初在金口港物色店铺时，黄培便是托他从中牵线。而今见此情形，他既担心黄家受到牵连，也怕自己引火烧身，随即就将消息告知了黄培。黄培闻讯大惊，连忙与宋继澄商量起对策。

两人思来想去，认为玉蕊楼不足以藏身，决定让赵守忠去往华严庵躲避。黄培本想派管家前去报信，但宋继澄忖度管家出面恐怕难以说动赵守忠，便自告奋勇，不顾夜色，去往金口。

听完宋继澄的讲述，赵守忠这才明白："难怪派去海州的船只迟迟不归，原来是已落入清廷之手。此次要不是黄家及时相救，定然是凶多吉少了。"

想到这里，他不由得在昏暗中抱起双拳，对宋继澄道："两位兄长的大恩大德，守忠感激不尽。逃难之身，难言报答，且受我一拜。"

言罢，他便向前倾去。宋继澄忙将之扶起："言重了。赵贤弟奔走复兴，令人好生敬佩。如今有难，我等又岂能袖手旁观？"

这番对话下来，两人心中皆有感触，不由得都陷入沉默。外面车轮碾过路面的声音，这时也越来越响了。

如此过了有一阵子，车辆行进之速逐渐慢了下来，远处隐约又能重新听到海潮之声。"应当是华严庵快到了。"赵守忠自忖。

果然，片刻之后，宋继澄对他道："贤弟，那华严庵建在半山之上，车辆不能驶入。就委屈你在这里下来吧。"

"嗯。"赵守忠应了一声，带着包袱跟随宋继澄走下车去。

此时已近寅末，天虽未亮，但夜幕渐淡。宋继澄对这里显然相当熟悉，很快在草丛中找到了一条蜿蜒小径。"贤弟请随我来。"他叮嘱赵守忠道，然后便走了过去。于是，两人一前一后，慢慢行至山腰处。

待穿过一片密林，前方的晨雾中便隐约浮现出一座巍峨山门的轮廓。宋继澄回头看了看赵守忠，指着远处道："那就是华严庵了。"

两人继续行进，来到山门之前。宋继澄用力扣了三下门环，不一会儿，就有人将门从里面打开了。

开门者是位年轻僧人，他见来者是宋继澄，连忙合十行礼。宋继澄答了礼，随即问道："慈霭方丈可在寺中？"

"师父在寺中，现已晨起，正于屋内诵经。"僧人恭敬回道。

"烦请前去通报一声，就说黄老爷有要紧事托我转告。"宋继澄又道。

"请稍候。"僧人又施了遍礼，然后转身快步离去。

这时天已半亮，在等候的间歇，赵守忠环视了下四周，只见这座寺庙虽偏处山间，殿宇楼堂却颇为大气。想必当初修建时黄家捐资数目也是不少了，他自忖。

不多时，僧人匆匆返回，对宋继澄道："师父请施主到屋内叙话。"

"贤弟，请！"宋继澄招呼着赵守忠。于是，两人一前一后走进了寺中。

25. 假度牒

来到方丈室前，宋继澄轻敲门，不待房内回复，就推开走了进去。

赵守忠随之而入，迎面当即飘来一阵儿氤氲之气。原来，慈霭听闻宋继澄来访，已提前在铜炉里点上了檀香。

"大师好雅兴。可惜宋某今日无暇参悟，而是有事相求。"宋继澄边行礼边说道。

"阿弥陀佛！世上本无事，心有一切有，心无一切无。"慈霭答了礼，既像是回应宋继澄刚才的话，又像是在自言自语。他显然也注意到了一旁的赵守忠，便又径直向宋继澄问道："澄岚兄所说之事，莫非与这位施主相关？"

赵守忠心中一动："这方丈确是慧眼过人，一下便可看出端倪。他对我以施主相称，对宋继澄却称呼俗名，想必两人交情匪浅了。"

"哈哈。"听到慈霭的话，宋继澄不禁笑了起来。如今到了华严庵，处境比金口港安全了许多，他原本紧绷的心弦，此时自然也有所松弛。

"不敢相瞒，这位朋友姓赵，乃是浙东鲁王殿下的亲随，奉张煌言大司马之命，前来联络我登莱士绅。而今其行踪不幸被清廷获知，想到寺中暂避，望大师慈悲为怀，行个方便。孟坚那边不及书写信札，便托我捎来口信。"宋继澄收起笑容，正色对慈霭道。

"阿弥陀佛！"慈霭点了点头，"既然是黄家的朋友，那就不必多言了。老衲稍后便吩咐弟子为赵施主腾出一间房舍。"

"多谢大师。"宋继澄道。赵守忠见状，也跟着抱拳致意。

慈霑望了望窗外的天色，又看了看两人，缓缓道："二位一路匆匆，想是未吃早饭，不妨先去用些斋吧。"

宋继澄和赵守忠又谢过慈霑，然后转身出屋，去往斋堂。

用斋当中，有位僧人赶来告知，房舍已经备好。于是，二人匆匆吃完，便跟着僧人走了过去。

进房之后，僧人告退，屋内只剩下了赵守忠和宋继澄。前者不禁打听起慈霑方丈和华严庵的详情，宋继澄便前后叙述了一番。

原来，慈霑俗姓李，家居莱阳县观阳里，与宋继澄、张允抡、董樵有同乡之谊。其自幼聪慧，喜好钻研佛法梵学，久有遁入空门之心。不过，作为一个大孝子，他一直等到为母亲养老送终之后才正式出家为僧。

慈霑剃度虽晚，但因极有慧根，很快便脱颖而出，名声传播甚广。崇祯末年，即墨黄家的黄宗昌仰慕慈霑大名，就请他到城里的准提庵驻锡讲经。后来黄宗昌在崂山筹建华严庵未果而逝，其子黄坦继承父亲遗愿，捐资将这座寺庙建了起来。

寺庙建造之时，即是由慈霑监工；而竣工之后，他也顺理成章成为首任方丈。只不过，该寺庙为黄家私人捐建，而非官方敕封，因此照例不得称作"寺"，只能叫"华严庵"了。

由于位置偏远，加之又是私人捐建之庙宇，华严庵鲜为外界所知，可谓清净无扰之处。一年当中，也只有黄家主宾数人偶尔来此。因此，在危急之时，黄培便想到安排赵守忠来此躲避。

"二位兄长实在是用心良苦。"听完宋继澄的讲述，赵守忠颇为感慨。

"贤弟不必再客气，暂且在这里委屈几日。慈霑方丈乃得道高僧，你若觉苦闷，不妨也听他讲经布道。我稍后还须返回即墨城，继续探听消息。若有风吹草动，自当早日告知贤弟。"宋继澄道。

"一切听凭兄长吩咐。"赵守忠应道。

说完华严庵之后，两人接着谈起江南战事，不免又都有所唏嘘。宋继澄虽亦觉失落，但还是劝慰了赵守忠一番。

不知不觉，外面日已高升，宋继澄见时候不早，便告辞离开。屋内就只剩下赵守忠一人。

此后三日，除用斋外，他始终将自己关在房门中，时而回忆这一年多来的经历，时而思虑接下来的打算，而越想越觉心烦意乱。到了第四天，他终于忍受不住，出门前往经堂，旁听了一会儿慈霭方丈的讲座。

起初，对于那些梵语佛谕，赵守忠很觉云里雾里。而听过几次之后，他竟逐渐有所领悟，心中的苦闷亦随之缓解。

如此一连过了五六日，终于又盼来了宋继澄。彼时天尚未亮，赵守忠在睡梦中忽然听见有人敲门，起来一看，正是宋继澄。他顿时睡意全无，连忙将对方请入房中。

"兄长，不知外面情况如何？"关上房门后，赵守忠急切问道。

宋继澄一脸严肃道："贤弟，形势急迫，可能要再委屈你了！"

赵守忠还当是宋继澄担心自己在寺中苦闷，便回道："兄长切勿挂念，我在此处并无不适。这几天旁听慈霭方丈讲经，亦颇有收获，再多住些时日也无妨。"

"唉！"宋继澄见赵守忠如此回复，不禁叹了一声，接着道，"不光要住，恐怕还要贤弟暂且剃度了。"

赵守忠大惊，连忙追问："兄长何出此言？"

宋继澄显然料到了赵守忠的反应，他没有马上回答，而是先隔着窗纸望了望外面的天色。

"尚来得及。"他自言自语了一句，这才将其中原委向赵守忠一一道来。

且说赵守忠等人撤离金口那晚，杨彦在船上施放鸟铳的轰鸣，果然引起港上值夜兵丁的注意。兵丁将此情形告知巡检官吏，巡检官吏不敢怠慢，连夜差人前去即墨县衙报告。

天亮之后，即墨知县听闻消息，大为吃惊，知会即墨营参将当即率众出发。而他们赶到金口店铺之时，那边早已是人去楼空。

此事系层层督办，眼下这般场景显然难以交差。为避免上司追责，知县和参将彼此商议，先在全县境内全力搜捕一番，若有结果，固然是好，即便没有，也算是做过

192

样子，届时再向上面奏报"奸匪已从海路逃窜，境内悉查已无踪迹"，便可了事。

于是，即墨城内及乡下大路沿途皆贴出缉捕告示，内称："本邑金口某店，外以贸易经商为名，实为闽浙海贼巢穴，危害地方，罪大恶极，众士绅商民若有知情者，速来县衙禀告。查若属实，定有重赏。"

告示贴出之初，并无什么回音，而五天之后，忽然有人半夜来到县衙外击鼓。待衙役出来，其已不见踪迹，只在鼓旁留下了一封匿名书信，内中控告黄培与金口店铺有所牵连，通缉犯人很可能被其藏匿，建议官府详加搜查，后面还专门指出玉蕊楼、华严庵等可能地点。

"告密者是何来头？居然知晓玉蕊楼和华严庵？玉蕊楼还在其次，华严庵如此隐秘之场所，他怎能知道？"听到此处，赵守忠颇觉诧异，不禁打断宋继澄的话语，向他问道。

宋继澄叹声道："那人匿名写信告密，暂时难以肯定。不过，据孟坚推测，多半是那恶仆以下犯上。"

"恶仆？"赵守忠愣了一下。

"贤弟有所不知。当初大司马黄嘉善公在世之日，曾好心在路边收留一位乞儿，准他姓黄，在宅中充作仆人，并教之读书识字，为之娶妻成家。那仆人及其儿子这两代，倒也知道感恩戴德，并无非分之想。可到了第三代，仆人之孙见利忘义，不顾主人黄孟坚反对，定要参加清廷科考。他趁有志文士纷纷归隐之机，竟也先后考中举人、进士，被清廷授予官职。不过此人虽然得势，但在名分上仍是黄家之仆，因此曾多次要求孟坚解除主仆关系。孟坚厌恶此人品行，坚决不肯。那人恼羞成怒，便时常向官府诬告，企图以此让黄家就范。去年孟坚曾被告发不遵清廷服制，始作俑者便是此人，这次也应当是他作祟。他祖孙三代皆在黄家待过，对于家中之事自然是知晓若干了。"宋继澄一口气说了下来。

"原来如此。这人负恩忘义，着实可恶！"赵守忠忍不住骂了一句。

宋继澄接着道："去年被告之事，黄家尚可找人疏通。但此次关系重大，即墨官府不敢敷衍，准备前往玉蕊楼和华严庵搜捕。不过，黄家毕竟是地方望族，告密者又无

实据，知县那边自然也留给些面子。因此，昨日下午县衙派人到黄宅告知此事，称有人告发，故不得不例行公事。"

听到这里，赵守忠已有所悟："那些衙役兵丁来到寺里，见到我是俗家打扮，必然起疑。我即便能够逃脱，恐也将连累黄家了。"

想通这一点，他便对宋继澄道："兄长让我剃度，就是为了应对搜捕吧。"

宋继澄点了点头："身体发肤，受之父母，不敢毁弃。这次真是委屈贤弟了，但实在是无法。"

赵守忠凄然道："北上之前，我不得已而改为辫发，已将一番苦衷向先人冥告。再说这头辫发，我亦不喜相见，剃去无妨。"

"此为权宜之计，待风声过后，可再从长计议。"宋继澄安慰道。

赵守忠思索片刻，又向宋继澄问道："兄长，按照大明律例，僧人都需持有官府颁发的度牒。想必清廷也是如此。眼下剃度好说，这度牒却从何而来呢？"

"贤弟果然思虑缜密。不过无须担心，度牒我已带来了。"宋继澄边说边从袖中掏出一件东西。赵守忠接过一看，果然是张度牒，下方盖有即墨县僧会司的大印，为真迹无疑，只是开头僧人法号之处，尚是空白。

"兄长从何处得来这张空度牒？"赵守忠不解地问道。

"当初修建华严庵时，黄家本想请慈霭方丈广收门徒，便疏通官府，为之申领多张空度牒。不过慈霭方丈为人谨慎，这些年来不曾用完，留下几张。如今正好派上用场。方才我已将此事提前告知于他，他也允诺为你剃度了。"宋继澄道。

不知怎的，这时赵守忠的脑中忽然想起去年在胶州太平寺时的那段梦境。当天他刚去祭拜了高弘图，夜里就遇到后者托梦。在梦里，高弘图对他讲起靖难之役的往事，让他参悟。彼时他不明所以，而此刻再想，感觉颇有深意。

"高相国以靖难之役结局为喻，与闽浙义师此次兵败南都正相契合。而建文皇帝剃度出家之事，不正应了今日华严庵的场面吗？看来这冥冥之中确有定数，只叹自己未能及时参悟了。"赵守忠自忖。

想至此处，他心头不觉豁然，便对宋继澄道："兄长，事不宜迟，还请慈霭方丈早

些帮我剃度吧！"

宋继澄听赵守忠语气甚为坚定，多少有些惊诧，但事已至此，亦无他法。因此，他并未多想，接着道："适才我同慈霭方丈商议过了，他已为你想好法号，即'善和'二字。只要贤弟答应，便先可填上度牒，再行剃度。"

"一切听凭兄长安排。"赵守忠抱拳回复说。

宋继澄点了点头，道了一声"稍候"，就带着度牒先行离开。

过了约一盏茶的工夫，有僧人来告知："方丈有请。"赵守忠心知剃度在即，便暗暗向列祖列宗冥告了一番，接着毅然踏出门外。

来到方丈室中，只见剃度工具已经备好，慈霭和宋继澄正在一旁等待。

"又给方丈添麻烦了，实在是惭愧。"赵守忠道。

"阿弥陀佛，何言麻烦，赵施主自有佛缘。"慈霭双手合十道，"现既如此，老衲就斗胆收赵施主为记名弟子，法号'善和'。至于今后去留，不敢强求。"

"多谢……师父。"赵守忠本还想称"方丈"，话到嘴边又觉不妥，随即改叫"师父"。

"善哉，善哉。"慈霭又施了遍礼，随即开始为赵守忠剃度。

剃度之时，赵守忠紧闭双目，脑中又想起许多往事。而想了半天，他的心绪还是又回到了当下："也不知张司马那边情况怎样了？倘若他久无音讯，我又该当如何呢？"

在迷茫混沌之中，赵守忠忽然听到宋继澄在呼唤自己，睁眼一看，在前方铜镜的光影中，自己已然是一副僧人模样。

"嗯，等再换装之后，就应当看不出什么破绽了。"宋继澄一边端视着赵守忠，一边说道。

"善和，我已吩咐下去，稍后你就去更换僧衣吧。"慈霭随即也开了口，他此时对赵守忠已不再是以"施主"相称。

赵守忠方要抱拳行礼，又猛然想起不对，便也双手合十，恭敬地对慈霭道："谢师父。"

从方丈室出来之后，宋继澄跟赵守忠叮嘱了几句，随即就离寺而去。赵守忠则在

几位寺僧的帮助下，顺利换上着装。

此外，对方还专门教了他一些简单的佛家用语和经文片段，并叮嘱说："今后彼此以师兄师弟相称。"赵守忠点头答应，一一默记于心，一个时辰之后，竟也有模有样。

不知不觉，已至中午。众人正在斋堂吃饭之际，山门外忽然传来阵阵嘈杂之声，并且由远及近。不多一会儿，一队清兵就闯了进来。

"奉命搜捕逃犯，寺中所有人等，速速出来集合！"领头的将校厉声喊道。他一边喊一边挥动着手，其脑后的长辫也随之来回晃动。

"果然来了！"赵守忠心中一凛，但面不改色，起身跟随僧众一起来到前院中。

"谁在寺中主事？快些站出来！"将校喝问道。

"老衲便是。"慈霭上前一步，挺身应道。

"你这里可窝藏有金口逃犯？"将校斜眼看了看慈霭，继续发问。

"阿弥陀佛，这佛门清净之地，不曾有什么逃犯。"慈霭答道，语气不卑不亢。

"清净之地？我看未必吧。来人，给我搜！"将校狠狠挥了挥手。其麾下兵丁随即分作两队，一队继续在前院看守众人，一队分头前往各处搜索。随即，桌椅翻倒所发出的砰砰之声，在寺中接连响起。

如此折腾了约一炷香的工夫，前去搜索的兵丁先后返回，皆告知将校："查无所获。"

该将校并非即墨当地人，与黄家素无交情，此时又立功心切，不甘就此罢休。听到兵丁禀报后，他面色铁青，一咬牙关，环视了一下众人，又喝令道："取来众僧度牒，一一核验，绝不可有所疏漏！"

兵丁们闻风而动，逐个查看起来。此时，赵守忠忽然想道："空度牒上的法号是今日刚填写，墨迹较新，恐怕是个破绽。"

他越想越急，连忙将度牒从怀中取出，悄悄打开一看，却见"善和"两字的墨迹已然做旧。"多半是澄岚兄早已想到，提前有所应对了。"他悬着的心随即安稳了下来。

果然，兵丁接过他的度牒，反复看了几遍，并没有发觉异样。其他僧人那边，自然也都如此。

196

　　将校听闻结果，仍不甘心，正要继续发难。身旁一位书吏模样的人靠在其身旁耳语道："将军，这华严庵系即墨黄家捐建，其功德主黄坦又曾是朝廷命官，眼下既查无实据，我等不如见好就收吧，何必惹出些许麻烦？"

　　"这……"将校犹豫了一阵儿，最终听从了书吏的建议。他瞪了一眼慈霭，喊了一声"撤"。这队清兵就乌压压地涌出了华严庵的山门。

26. 真出家

宋继澄再次来到华严庵，是在清兵搜寺过后的第七天夜里。

见面后，他先询问起当日搜寺的经过。赵守忠以实相告，并又感谢了一番。

随后，宋继澄告知赵守忠：因查无结果，即墨官府那边便按照"贼窜入海，县内无踪"上报结案，现下清兵已停止搜捕，但金口等处开始实施海禁，凡是外地民间船只，一概不许靠岸，往来货物由港上指定舢板转运，严防闽浙方面再派"奸细"。

赵守忠听闻，心中有喜有忧。喜的是清兵停止搜捕，自己的处境应已相对安全；忧的是出海通道断绝，不知当如何联络张煌言。

他将忧虑诉于宋继澄。后者思来想去，忽然想到一人。

"贤弟，此事恐怕只有托顾宁人先生帮忙了。"宋继澄道。

所谓顾宁人，即顾炎武。他自去年离开即墨之后，一路北上，来到京畿一带云游。其与黄家众人交好，始终保持书信往来。七月份时，他还曾专门来信报喜："义军攻占镇江的消息已传到京师，清廷中枢人心震动。"可惜的是，大好局面最终还是功亏一篑。

"顾宁人先生？他远在京畿，不知如何帮忙传递消息？"赵守忠问道。

"前些日子他来函告知，近期将离京回江南省亲，中途在济南停留数日。我等可提前写好书信送至济南，交由顾先生带至江南。他亲朋故旧众多，想必自有方法送到张司马手中。"宋继澄道。

"舍此亦无他法，只有试一试了。"赵守忠点了点头。

两人随后商议：赵守忠撰写一封书信，详述近期变故与自身处境，交由宋继澄带

回玉蕊楼。黄家再派人送至顾炎武处。

主意既定，赵守忠当即执笔而书。他虽力求言简意赅，然此间经历颇多、感慨亦深，不知不觉，竟写下了三四页之多。

书写完毕，他将信札夹在一部佛经之中，交给宋继澄。随后又问起于乐吾、董樵、杨彦等人的消息。宋继澄答曰"暂且不知"，应允回去派人打探，便带着东西返回了。

此后十余天里，宋继澄没有再到华严庵，赵守忠无事可做，每日便跟随僧众修行诵经——虽然慈霭方丈对他并不强求。如此一来，僧人的行为举止，他已学得七八分像了。

又过了五六日，宋继澄虽还未露面，却派人捎来一封书信。信中道：顾炎武已收到信札并自济南启程南下，张煌言那边若有回复，他自当转来；于乐吾和董樵那边，也均取得联系。两人得知赵守忠近况，皆托言劝慰；至于杨彦等人，虽无确切消息，但听闻田横岛仍为李茂占据，应当亦无大碍。

赵守忠闻讯稍觉欣慰。前番在金口期间，他一心挂念着起兵复兴之事，无日不在焦虑之中。而自从来到华严庵，不知是由于南都兵败而心灰意冷，还是因为聆听佛经而心有所悟，抑或兼而有之，他的心绪竟平和了许多。等待的时日虽然漫长，但于他而言，煎熬之感已不似从前那么强烈了。

如此又过了二十多天，宋继澄终于再次来到寺中。彼时，赵守忠正坐在僧众之中跟随诵经。宋继澄打量了半天才辨认出来，便上前悄声将之唤出。

"贤弟，多日不见，没想到你已然满面佛相了！孟坚此前曾专门告知慈霭方丈，你在此处只是暂避，而非真正出家，可不受清规戒律束缚。"宋继澄心中早有惊讶，不过等到了赵守忠房内才开口道出。

"慈霭方丈好心相救，我岂能因自己一人而坏了全寺规矩。既来之，则安之。这些时日聆听方丈讲经，于身心也大有裨益。"赵守忠道。

宋继澄点了点头："贤弟既有佛缘，那自然也是好事。"

说完，他从怀中取出一部佛经，翻至中间某页，慢慢取出附在上面的信札，边递给赵守忠边道："让你久等了，今早顾宁人先生那边刚派人将张司马的回信捎来，还请

过目。"

纵然是经过这么多天的修行，赵守忠心中仍是一阵澎湃，他不及回话，几乎是将信札抓了过来，撕开封漆，取出信纸，匆匆阅读。

赵守忠读信之时，宋继澄在一旁紧盯着他的神情变化，只见其双目由明逐渐转淡，再由淡逐渐转暗，待到最后，已然全无光芒，显是心情相当低落。

"贤弟，不知张司马在信中如何说的？"迟疑片刻，宋继澄还是决定问问究竟，其语气甚是小心。

"唉……"赵守忠叹了一声，强忍着心绪，对宋继澄道，"此次南都之役，义师折损严重，营中士气低落。张司马虽极力劝慰，但延平王已是心灰意冷。再次举兵之日，恐怕遥遥无期了。现今江北各处联络之所，要么主动撤离，要么被清廷查获，皆已无法运转。张司马在信中说，已呈请鲁王殿下，命我停止登莱联络事宜，择期返回闽浙。"

宋继澄闻言大惊，刚想继续细问，却听赵守忠又道："江南战局功亏一篑，云南那边，主上（永历皇帝）也已巡狩缅甸，久未有音讯传来。长此以往，恐怕人心瓦解，大事去矣。唉！这难道……难道就是天意吗？"说到此处，他再也控制不住自己的情感，语调中逐渐带起了哽咽。

与赵守忠相识以来，宋继澄还不曾见过对方这般灰心丧气，现下他虽有心劝慰，却无从说起。沉默良久，他才开口问了一句："不知贤弟将作何打算？"

"这……"赵守忠刚才一直处在悲痛之中，还不及思考去留之事。此刻被宋继澄忽然一问，不免有些语塞。

宋继澄见状，连忙道："此事需从长计议，贤弟不必着急，可在寺中再安心住些时日。我先回城中将消息告知孟坚等人，择期再来相会。"

言罢，他告辞离开。屋中便只剩下赵守忠一人。

"返回闽浙还是留在登莱？"接下来几日，赵守忠不再前去经堂听讲，而将自己关在屋中，反复思考这一问题。

"张司马在信中说，返回闽浙之事已报知鲁王殿下，我若不从，岂是为臣之道？再者，于乐吾虽待我不薄，但想要让他起兵，总需克服金陵尚可。如今义师元气大伤，

恐难达成此愿。即便继续留在登莱，也难有进展。不如先返回闽浙，待有时机再听张司马调遣吧。"

"不可！北上之前，我已暗自起誓：不获成功，绝不南返。今日留在登莱，或许尚有机会。而若南返闽浙，还不知何时能再度北上。如此岁月蹉跎，便真是前功尽弃了。"

这两种想法在赵守忠的头脑中交替浮现，他时而倾向前者，时而又认同后者，迟迟不能做出决定。

苦恼之下，他拿出张煌言的书信，读了又读，试图从中找到些许暗示。而某次在读到信中的"鲁王殿下"字样时，他脑中灵光一现："此前书信往来，张司马从未提及鲁王，为何这次要专门说起？其中定有深意。"

他努力回想着去年北上前后的往事，忽然记起在江心寺时张煌言曾暗示过："大明正朔不可断绝，一旦云贵有变，鲁王或许需重新出山。"而眼下永历皇帝栖身异域，杳无音信，这不正是鲁王出山的时机吗？

想到此处，赵守忠豁然开朗："张司马让我返回，或许正是为此。即便不是，也应未雨绸缪。倘若鲁王殿下真能再次监国，将来何愁没有北上机会？"他当即拿定主意，先回闽浙再说。

主意虽定，但要成行，却非易事。"陆路关卡众多，难以通行。想要南下，只能乘船。如今即墨官府封锁海路，原来的海漕船自然是指望不上，这当如何是好？"赵守忠心想。

在苦思之中，院内忽然传来一声清脆的钟响——午斋时间到了，赵守忠拍手自语道："有了！"原来，刚才的钟声令他想起杨彦的鸟铳。离开金口之际，他吩咐杨彦前往田横岛躲避，而岛上李茂那里，不就有船吗？

"我先给李茂写封书信，待宋澄岚兄长再来寺中，就请他设法送至田横岛。以李茂的为人，安排船只应无问题。"想到对策之后，赵守忠情绪大好。这几日来他心事重重，吃饭并无胃口，而这时却有了饿意，便先去吃了些斋，然后回屋写起书信。

三日之后，宋继澄又来到华严庵，询问赵守忠去留之事。赵守忠将想法告知，并拿出书信，请宋继澄帮忙转交。宋继澄叹了一声，显然有些失落，不过对于赵守忠的

请求，他还是答应了下来。

又过了七八日，宋继澄派人送来三封信札。赵守忠打开一看，一封是李茂的回信，一封是宋继澄的亲笔，还有一封署名为董樵。

李茂在信中告知："杨彦等人在岛上安好，请勿挂念。南下之事，他甘愿效劳，船只已经备好，将于约定日期——下月初三子夜，至华严庵旁的海岸等待，以船首悬挂三盏灯为信号。"

宋继澄在信中则说："黄培、张允抡听闻赵守忠即将南下，打算前来送行。远在成山的董樵虽无法赶到，但也捎来书信问候。"

赵守忠匆匆又阅起董樵那封信札，只见对方道："惊闻兄长将离登莱而返闽浙。樵知国事为重，私谊为轻，纵有万般不舍，终亦不敢强留。成山路远，相送不及，唯有遥登高处，西望为兄默祷。北雁南飞，终有归时。盼兄长早日北返，重整登莱山河。"

放下书信，赵守忠不禁回想起北上这一年多来的往事。在登莱众人当中，他与董樵接触最多，自然也最感亲切。游说于乐吾一事能有进展，也多亏董樵从中出力。如今离别在即，却不能谋面，未来亦不知何时再能相见。想至此处，赵守忠心中不禁一阵酸楚。

唏嘘过后，他定了定心神，开始收拾行装。当日从金口匆忙脱身，他倒未携带太多物品，只是拿着重要物件和若干银锭银票。如今南下在即，这些银两与其全部带回，不如酌量赠予登莱众人，以报答这一年多来的恩情。

时光如飞，距离约定的南下日期，转眼只剩下一天。自从决心离去之后，赵守忠便开始蓄发，不再参与寺中活动。而行装又已提前收拾妥当，他当日无事可做，就在房中静卧养神。

忽然间，一阵急促的敲门声将他惊起，开门一看，竟是黄培、宋继澄、张允抡三人结伴而来。

赵守忠大感惊诧："自己系明晚出发，宋继澄上次来信说的也是明日前来相送，为何今日提前登门？难道对方记错了日子？"

"贤弟勿惊，我等今日并非送行，而是送信。昨日张司马又有书信经顾宁人先生

转来，事关重大，不敢怠慢，故来相扰。"黄培见赵守忠面有惑色，便不待对方发问，径直诉说来意，其语气甚为严肃。

赵守忠听了，心中更加疑惑："上次张司马来信，自己并未回复，为何他又有书信传来？再者，黄培说事关重大，显然是已知晓一二，到底又是何事？"

他不及细想，连忙接过黄培递过来的书信，快速浏览起来。

刚读几句，赵守忠眼前不由得一阵儿天旋地转——张煌言在信中道："鲁王殿下久病不愈，不幸于日前在金门薨逝。"

"殿下身体虽素有微恙，却并无大碍，为何会骤然薨逝？但此信为张司马手书，想必不会有错。北伐已然失利，殿下现又离去，这尘世间，我还有何牵挂呢？"此刻，赵守忠顿觉"心如死灰"，手上劲道一松，信纸不禁落到了地上。

"赵贤弟？"一旁的黄培见状，连忙上前捡起，一边轻声呼唤，一边将信纸递回。

赵守忠回过神来，他强忍着悲痛，手腕微抖着重新将书信接过，继续向下阅读。

张煌言在信中已料到赵守忠的反应，后面多是劝慰节哀之语。待至末尾，他又这般说道："执事为殿下近臣，先前张某虽斗胆加以差遣，乃是禀王命而后行。如今殿下薨逝，煌言岂敢僭越？前番南返之语，就此作罢。何去何从，听凭执事自便。可叹天不怜我大明，主上播迁缅甸，殿下薨逝海隅，延平王亦心灰意冷，诸事暗淡，复兴无期。上天有好生之德，何苦徒增死伤。张某决意遣散部众，归隐山野。申包胥既不可为，唯有效法伯夷、叔齐耳！"

"唉，终究是如此结局。"看到张煌言的决定，赵守忠心中反而平静了下来——只不过，这种平静犹如死水一般，或许是因为他也意识到复兴无望了吧。实际上，这种感觉自从甲申之后，无时无刻不萦绕在这些明室忠臣的心头，只是他们始终不愿放弃那一丝一毫的希望。如今，云贵失陷，江南折戟，朱家子孙或杳无音信，或骤然离世，在残酷的事实面前，张煌言、赵守忠们也不得不接受了。

"世事无常，贤弟请节哀。"见赵守忠读完书信，一旁的黄培开口劝慰道。显然，他已知晓鲁王薨逝一事——这想必是由顾炎武在另一封书信中告知的。

赵守忠缓缓抬起头来，环视了一下黄、宋、张三人，想开口答话，却不知说些

什么，最终也并未作声。

"天下之事岂能尽如人意？但求无愧于心。贤弟之心，日月可鉴，可谓无愧于先祖，无愧于鲁藩，亦无愧于大明，无须苛责自己了。"宋继澄亦安慰道。

来访三人当中，张允抡平时说话最少，但这时也开了口："赵贤弟，实不相瞒，当年莱阳癸未之变，先姊及家中数位兄长皆不幸罹难。张某虽有报仇之心，然终究力不能逮。世间之事，均有定数，难以强求。"

听了张允抡的话，赵守忠脑中忽地又浮现起那时日在胶州太平寺的梦境。当时高弘图以建文皇帝为喻，他还不明所以，如今思来，不正是暗示了今日的局面吗？

"万物皆有定数，看来这华严庵，便是我今后的归宿了。"短短数月间，他经历了太多的喜悲，再加上前些日子在寺中的旁听修行，此时不禁已有彻悟。很快，出家的念头在其头脑中闪现，并愈加坚定。

他深深吐纳了一口气，毅然对黄、宋、张三人道："多谢诸位兄长挂念，守忠明日不再南下，今后便守在这华严庵中，为鲁王殿下祈祷冥福。"

三人听闻，不惊反喜——这与其说是喜，倒不如说是过度担忧之后的一种欣慰。他们从顾炎武的书信中已提前得知鲁王薨逝和张煌言归隐之事，生怕赵守忠在悲痛之余以身相殉，如今听对方说将留在华严庵，心里显然松了一口气。

"华严庵系我黄家私人庙宇，贤弟既愿在此，便长居无妨。慈霭方丈那里，我已提前疏通过，这清规戒律贤弟可不受约束。"黄培回应道。

"兄长误会了，我并非在此做客，而是要出家为僧。"赵守忠更正道。

黄培闻言愕然，他当初安排赵守忠在华严庵剃度，仅是躲避搜捕的权宜之计，从未想过让对方真正出家。此刻听到这般说法，一时之间竟不知该如何回应，他转眼向宋继澄和张允抡望去，只见二人也是面带惊讶。

良久之后，屋内的寂静才被打破。"贤弟既已下定决心，稍后我便告知慈霭方丈。"黄培道，"今后你我虽僧俗有别，但不妨仍为莫逆之交。"

赵守忠凝神看向黄培，轻轻点了点头。屋内随即重回沉寂。

当日午前，在慈霭方丈的主持下，赵守忠头上刚长出的那层薄发被重新剃掉。自

从在温州江心寺剃发以来，他这已经是第三次剃发。而与前两次不同的是，这一次他显得格外平静……

到了初三子夜，一艘快船如约从田横岛驶来。不过，一直等到船头的三盏灯耗尽灯油，亦不见岸上有人前来接头。无奈之下，它最终掉头而去。海边只剩下阵阵潮声作响。

27. 告密者

寒来暑往，花落花开。转眼之间，时至清顺治十八年（1661年）之秋。赵守忠在华严庵出家，至此已过去将近两年了。

岁月是抚慰创伤的良药。出家之初，赵守忠心如死灰，终日只是念经，绝口不提世事。黄家众人前来探望时，双方也只是稍作寒暄，并说不上几句话。而后来，赵守忠逐渐从这种状态中走出。当黄家众人再来时，他竟开始主动问起外面的时局。

这两年来，外面的时局越发不利于明室。缅甸那边，新继位的国王忽然发难，将永历皇帝身边的大臣几乎屠戮一空。朱由榔本人虽然免于一死，但他的小朝廷是名存实亡了。而李定国和郑成功虽然还各自率领所部在滇边和闽海坚守明朝正朔，但他们或扎营于山林，或栖身于海岛，已无力攻城略地。至于张煌言，有传闻说他并没有完全归隐，不过自从上次之后，他再无书信传来。

以上种种情形，倘若是在出家之前，赵守忠听了必定是痛心疾首。而如今，他心中虽略有涟漪，却并无波澜。这与其说是看破了红尘，倒不如说是看透了大势——明亡清兴显然已经难以逆转了。

在心绪恢复之后，赵守忠和董樵、于乐吾等人也重新有了往来。其中，董樵有次曾专门从成山赶到即墨，跟随黄家众人来到华严庵探望。而于乐吾那边，两人未再谋面，只是偶尔以书信相通。不过，在书信当中，双方只是互相问好，很少言及其他。

董樵和于乐吾的这些书信，皆是经由宋继澄中转。自从赵守忠剃度后，宋继澄可谓与他往来最密之人——通常每隔半月，他都会来一趟庵中。

这天入夜后，赵守忠正独坐在屋内默诵经文，忽闻宋继澄在敲门呼唤。他不禁有些惊诧："对方两天前刚探望过一次，为何今夜再来拜访？"踌躇之中，他打开房门，只见宋继澄身后竟还站着一位以斗笠遮面之人。

正欲发问之际，宋继澄抢先做了个手势。赵守忠见状，便未作声，直接将两人引进屋中。而这一番动作下来，不知为何，一种熟悉却又久违了的感觉，忽然在他的心头涌动起来。

他努力将这种情绪按捺下去，双手合十向宋继澄问道："兄长所来何事？"虽然已经真正出家，但赵守忠与黄家众人之间仍是以旧称相呼，而这也是当初他们彼此间的约定。

"贤弟，此事关系重大，我亦是刚刚听闻，还是由于十兄弟为你详细叙说吧。"宋继澄回道。

"于十？"赵守忠吃了一惊。这时，宋继澄身后那人也已摘下了斗笠。虽然灯光有些昏暗，但赵守忠很快就辨认出，来者正是当年曾与自己结伴前去招远营救杨彦的于十。

"赵……先生，贸然打扰，请多担待。"于十看着赵守忠的装扮，一时不知该如何称呼。犹豫片刻之后，他最终还是照旧称其作"赵先生"。

赵守忠道："我现已是出家之人，于兄弟不必再拘俗礼，有话直说无妨。"

于十脸上本颇有踌躇之色，此刻听闻赵守忠的话，便鼓足勇气说道："赵先生，我便直说了吧！兄长这次派我前来，是想邀请先生出山，共商举兵反清大业。事出仓促，不及写信，还请见谅。"

赵守忠眼前仿佛闪过一道霹雳，身子不由得后撤两步，手中的念珠也差点脱落，刚才好不容易按捺下的心绪，此刻又澎湃起来。

不过，激动之余，他的脑中忽然又浮现出一丝疑惑："当年我与董樵贤弟多次劝说，于乐吾始终存有顾虑，均以克复金陵为答复。而今他为何会主动举兵？莫非有诈？"

他定了定神，向宋继澄望去。后者明白其意，便点了点头，示意于十所言不虚。"这

倒是奇怪了，想必其中大有缘故。"赵守忠心中自语。

他将目光转向于十问道："你家兄长何故要突然举兵？"其语气虽已尽量平缓，但不免仍能听出些许急切。

"唉，这就说来话长了。"于十叹了口气，接着问道，"先生还记得当年家兄办喜事时滋事的那个恶少吗？"

赵守忠闻言，不禁想起跟董樵前去唐家泊参加喜宴的往事。彼时，莱阳名士宋琬之侄宋奕炳不识大体，竟在于家大闹。于乐吾之弟于九闻讯大怒，一拳将之击倒。后来于乐吾知晓对方身份，看在宋琬的面子上，决定忍气吞声，不但没有责怪宋奕炳，反而让于九向之赔礼。于九当时虽不得不照办，但事后始终耿耿于怀。

"记得此事。那人乃是莱阳名士宋荔裳之侄。"赵守忠应道。

"对！正是那六亲不认的奸贼。早知今日，我兄弟必先要了他的狗命。"于十咬牙切齿道。

"举兵之事，与他何干？"赵守忠问。

于十缓了口气，接着道："冤家路窄。上半年去莱阳县宝泉山赶庙会，我跟九哥（于九）结伴前去游玩，不想恰巧遇到那奸贼。他仗着家在当地，想为上次找回些颜面，便在大庭广众之下寻衅，言语甚是难听。我兄弟二人岂能受此屈辱？便忍不住动起手来。那奸贼虽叫嚣得厉害，身上却没什么功夫，未经几下子就招架不住。我们越想越气，就将之痛殴一顿。"

"这种无赖之人，倒应给他些教训！"赵守忠暗想。但他转念思及自己已然出家，这番话便没有说出口，只是点了点头。

于十又道："打架在乡间不是什么稀奇事，我跟九哥俩又都是粗人，以为此事就这样过去了。但那奸贼不肯罢休，恶人先告状，事后居然写信向其叔父宋荔裳哭诉，央求为他做主。可那宋荔裳何等聪明，几经打听就弄清事情的原委。他不但没有听信宋奕炳的挑唆，反而对其严加斥责。真可谓偷鸡不成反蚀把米了。"

"我跟宋荔裳虽未谋面。但以此来看，他也是严谨有方之人了。"赵守忠自忖。

感叹之间，只听于十接着道："按说叔父加以斥责，他应有所收敛才对。可那奸贼

丧心病狂，随后几个月里，竟多次跑到登州府衙，去控告家兄谋反。"

赵守忠心中一凛："那次赶赴喜宴，自己和董樵也在，难道是当时走漏了风声？"

想到这里，他不禁问道："那宋奕炳前去控告，可有凭据？"

"唉！"于十叹了一声，又道，"那奸贼本来并无证据，去登州府衙那边告了几次，均被驳回。不料外贼易躲、家贼难防，后来我家的账房先生竟与那奸贼勾搭在一起，这才让他拿到了些许把柄，酿成了后面的祸患。"

于十接着又前后讲述了一番，赵守忠这才弄清其中的原委。原来，当初从金口转运来的那批粮饷，被于乐吾分批储藏在锯齿山中，其账目皆由这名账房先生经手。那人平素好赌，有次输钱数额巨大，急欲有所补偿，便打起了这批粮饷的主意。他几次揩油之后，于乐吾有所察觉，将其狠狠责罚一番。他怀恨在心，便起意报复。

那账房先生倒也有几分头脑，暗中比对账目之后，发现于家与即墨金口一处店铺往来甚密。他虽不知赵守忠的底细，但隐约听过金口搜捕闽浙奸细的传闻，当即有所联想。恰在此时，当初张煌言送来的那套明朝三品昭勇将军官服，被于乐吾家中小儿无意翻出玩耍，又被账房先生窥见。

正所谓臭味相投，他听闻宋奕炳控告于家的消息之后，便暗中与之取得联系。两人一拍即合，决定再行控告，待事成之后，于家财产二一添作五，一人各一半。

起初，宋奕炳打算携带证词再去登州府衙或山东巡抚衙门控告。可那账房先生知道于家在省城和府城皆有人脉照应，便劝说对方去京师投诉方有胜算。宋奕炳听后，竟也真的北上京师。他本想前去刑部控告，但又感觉力度不够，便径直将告密的状子递到了兵部大堂。

彼时，南明方面虽已式微，但永历皇帝终究尚存，郑成功和李定国麾下也各有兵马。加之年初顺治皇帝刚刚驾崩，继位的康熙皇帝尚在冲龄，主少国疑，受命辅政的索尼、鳌拜等四大臣虽然从未听过于乐吾的名字——于乐吾的名气在栖霞乃至登州或许还算是响当当，但在手握中枢大权的辅政大臣眼里，却是无足轻重。可他们闻知宋奕炳的控告之后，生怕明室回光返照，便宁信其有不信其无，不经属地先行调查奏报，直接下令由兵部派员秘密前往栖霞于家搜查。

搜查官兵来到栖霞唐家泊那天，于乐吾正巧不在家中——因为是由兵部直接办案，地方官府里的眼线未能提前通风，他当天就按照先前约定，去往唐家泊以北四十里外的下塞口村参加友人家族的一场葬礼。于宅群龙无首，一时不知该如何应对，就任由清兵闯了进去。

那宋奕炳这次虽有了若干凭据，但仅靠这些难以坐实于家罪名。因此，兵部的命令乃是"搜查物证"，而非"直接拿人"。不过，奉命前来的清兵与其说关心证据，倒不如说更在意财物。他们狐假虎威，以"捉拿奸细"相恐吓，趁机在于宅中大肆搜刮，甚至妇女首饰都被扣以赃物之名而被抢走。于九和于十当时留守家中，见状皆暗自恼怒，只是大哥不在，未敢轻举妄动。

待搜至于乐吾之妾林氏的房中时，一名清兵见林氏年轻貌美，竟然突起色心，上前调戏。那林氏是明朝殉难忠臣之女，性情刚烈，对清兵本就十分厌恶，现见对方动手动脚，更是怒从心头起，当即抽出身上所藏之匕首向对方刺去。自从投奔于乐吾之后，她多少也学会了些武艺，加之对方又无防备，这一击之下，竟将该清兵刺死。其他士兵见状大惊，齐声高呼："于家杀死官差，反了！反了！"

于九、于十见事已至此，便横下心来，带领庄丁与清兵打斗起来。一阵厮杀过后，这队清兵大部被杀，少许仓皇逃走了。

于乐吾闻讯匆忙赶回家中，问明前后经过，心知局面恐怕难以挽回，唯有举兵自保一条路可走。于是，当晚他就安排信使四出，联络登莱故旧盟友，其中就包括身在华严庵的赵守忠。他对赵守忠寄予厚望，本想亲来劝说，但局势紧急，终究不敢再离开唐家泊。思来想去，他便决定让于十代往——后者毕竟曾跟赵守忠同去过招远，彼此还算是熟悉了。

按照于乐吾吩咐，于十骑快马一天一夜赶到了玉蕊楼，将大体情形告知宋继澄，并请他帮忙联络赵守忠。后者听闻，感觉事情急迫，匆忙跟黄培商议之后，便连夜带着于十来到了华严庵。

听完于十的讲述，赵守忠心中百感交集："当初我多次劝说于乐吾举兵而无结果，不料今日却换作他主动找上我了。真是造化弄人啊！"

"照你这么说，清兵前去搜查，不过是昨天上午的事？"感慨之后，他收起心绪，向于十问道。

"正是。"于十点了点头。

"地方官府有何动静？唐家泊那边现在情况如何？特别是于兄麾下现有多少人马？董樵先生那边是否已经联络？"赵守忠又接连发问。

"栖霞县城暂无动静，那队清兵不是他们所派，加之兄长已严令封锁消息，知县或许还蒙在鼓里。不过，就凭城里那点人马，就算他知道内情，谅也不敢轻举妄动。"这番言语之间，于十颇有不屑。当初于乐吾在接受招安之后，曾担任过栖霞县的把总，想必于家对县城驻防兵力的情况早就是一清二楚吧。

"至于家中，兄长已吩咐庄丁紧闭寨门，加修村外石墙，无令不得外出。尹应和义兄那边离得较近，我出发之时，他已带人赶来相助了。粗略合计，唐家泊现已有七八百人马。董樵先生那边，兄长也派出了信使。大体情形暂时就是这样。"于十接着道。

话音方落，他似乎感觉刚才所说的七八百之数太少，便又补上一句："待这几日各路英雄到齐，少说也能有数千之众。"

赵守忠没有当即回应于十的话，而是陷入沉思之中。他知道，当下的局面与前年相比已经大为不同。那时，闽浙义师声势尚大，倘若在登莱举兵，还有外援可作倚靠；而如今再起事的话，很可能只是孤军奋战。登莱不过两郡之地，兵源有限，粮饷不足。以此与清廷相抗衡，结局可想而知。

"于乐吾现邀我下山。倘若答应，一来有负慈霈方丈恩情，二来也是凶多吉少。倘不答应，既落了个不讲义气的名声，自己心中也总觉不甘。当如何是好？"赵守忠颇感纠结。

此时，一幕幕往事不禁又在他脑中浮现。当忆起兖州城破时自缢的妻子和两个下落不明的儿子之时，他猛然想道："自己当年曾对天发誓，定要为家人复仇。此时若不举兵，今生恐怕再无机会。即便举兵失利，也不过是赶赴黄泉与家人相聚，这不正是一种解脱吗？"

"罢了，这条命就交出去吧。"赵守忠顿时下定决心。

他转眼向宋继澄望去，对他道："兄长，这些年来承蒙你与孟坚兄及慈霭方丈照料，我本应留在庵中相报。但现下既有此机会，守忠思来想去，还是决定下山。我并非存心出尔反尔，还请兄长明鉴。"

自从于十开始讲述以来，宋继澄还不曾说话。此刻，他听闻赵守忠的言语中带有自责之意，便连忙道："贤弟苦衷，宋某岂能不知？何去何从，但凭贤弟定夺。慈霭方丈那边，我自当前去通融。"

"多谢兄长。事不宜迟，我等即刻就前去拜见方丈吧。"赵守忠又道。

宋继澄稍有犹豫，但还是答应下来。两人叮嘱于十留在房中等候，然后便出门去了。

此时将近二更之末，寺内多数楼舍已是一片漆黑，不过方丈室中倒还亮着灯。原来在宋继澄进寺之初，慈霭就从守门僧那里获知了消息。他推断对方连夜来访，必有紧要事，因此便专门等候到现在。

进门之后，宋继澄先将于十所说之事大略叙述一番，末了对慈霭方丈道："大师，赵贤弟终究难以忘怀故国，现有心下山，还请网开一面，允其所愿！"

赵守忠见状，也想开口说话，却见慈霭方丈朝他摆了摆手。

"阿弥陀佛！善和，不必多言。你尘缘未了，那便下山去吧。但要切记，下山之后不可对外人提及华严庵。"乱世之中，人人自危，出家者亦难免此俗。慈霭方丈言下之意，即暗示赵守忠不要连累了阖寺众僧。

赵守忠扑通跪下，斩钉截铁地说道："师父大恩，没齿难忘，岂敢相负！弟子既决定下山，现就将度牒归还寺中。今后要杀要剐，均与华严庵无关。"

这番话中俨然带有"必死"之意，一旁的宋继澄听了，心头不由得一震。

"你能如此想便好，度牒还是带着下山吧。紧要关头，或许能派上用场。我会对阖寺众僧宣称，派你下山云游去了。"慈霭回应道。

赵守忠知道方丈这是特意给自己留条后路——倘若事情不济，还可返回寺中躲避。他当下颇为感动，道了一声："谢师傅！"随即以头触地，连叩三首。

事情交代完毕，赵守忠和宋继澄告辞退出方丈室。待走到庭院中时，后者忽然停

下脚步，轻声喊住了赵守忠："贤弟且留步，我有些话想对你讲。"

"兄长请讲。"赵守忠道。

"这些话我本不想说，但不得不说。唉！"宋继澄叹了口气，接着道，"如今天下大势已迥然不同，这时举兵，恐怕凶多吉少。再说于乐吾此次起事，乃是迫不得已，而非存心'复明'。即墨黄家毕竟丁口众多，不得不考虑周全……"

宋继澄说得委婉，赵守忠却听得明白——黄家显然是无意参与这次反清之举了。

"兄长放心，这些我也知晓。"他坦然回应道。

"唉，贤弟多多保重吧！"宋继澄又叹了口气，随即不再言语。

此时三更已过，月隐入云，星淡无光，四周寂寥。两人互相默立了一会儿，才向回走去。

回屋之后，赵守忠快速将僧衣换下，接着用一块长布将头顶裹住，又简单收拾了几样随身物品。

一切就绪。他依次看了看宋继澄和于十，毅然道："走，下山吧！"

28.英雄会

三人骑马离开华严庵后不久，赵守忠、于十便与宋继澄分道扬镳。前两人向北直奔栖霞唐家泊而去，后者则向西赶回玉蕊楼，准备择期将此间情形告知黄培。

星夜兼程之下，赵守忠和于十在天明时已驰入莱阳县地界。当日该县南境的穴坊庄正逢集市，赵守忠灵机一动，临时歇马，托于十到集上买了一条假辫子。如此，他便可除下头巾，心无顾忌地继续赶路了。

午前时分，两人行至莱阳城郊。九月时节，午间仍觉炎热。两匹坐骑虽皆为良驹，但此刻也不免已有疲态。而于十那边，这几日连轴奔波，亦是有些难以支撑。赵守忠见城门照旧开放、商旅安然无恙，当下宽心，便跟于十找了一家客栈休息起来。

等到酉时前后，人和马皆缓过劲来。趁着夕阳西斜、微风轻起，两人结账出门，继续赶路。

自莱阳城向东的地形，于十可谓熟稔在胸。他并没有带赵守忠走大道，而是转入一条小路当中。如此一来，他们就节省了将近三十里的脚程。

大约三个时辰过后，两人行至唐家泊村外。此时虽已至深夜，但村庄圩墙上悬挂着成排的灯笼，寨门两侧也燃烧着熊熊篝火，照得周边如同白昼一般。墙上和门前还各自站有庄丁把守，他们手里皆持有兵刃。此前赵守忠曾多次到访唐家泊，但这番场面还是首次见到。

"看来此次确是动真格了。"他心中叹道。

距离寨门约有一箭之地时，门口的守卫发现了两人，便高声喊道："来者何人？快

快报上名来。若不吭声，再敢向前，小心弓箭伺候。"

于十闻言，不禁笑着对赵守忠道："先生毋惊，这帮小子做事倒也算是认真。"言罢，他驻马向前大声呼道："瞪大眼睛看清楚，是我带贵客回来了。"

"原来是十爷回来了，快快开门！"守卫们又喊了起来。随即，原来关闭的寨门吱扭扭地被打开。于十和赵守忠一前一后，策马赶了进去。

这几天来，于乐吾忧心忡忡，夜间极少睡眠，一般只是在中午才略作休憩。因此，他很快便得知了于十将贵客带来的消息。激动之下，他不及整理着装，便径直迎了出去。

"赵先生，终于将你盼到了！你这一来，于某心里也就有些底了。"见到赵守忠后，于乐吾喜不自胜。

"我跟于兄终究也是有缘。"赵守忠微笑着回了一句。

"你这一路奔波，真是辛苦了。还请进屋落座，我这就吩咐准备酒菜……"而说到酒菜，于乐吾忽然想起赵守忠的"出家人"身份，话到半截不禁停了下来。

赵守忠听出其中端倪，连忙打圆场道："赵某酒量远不及于兄，待会小酌即可。"

于乐吾闻言，又看了看赵守忠的装束，这才释然。"许久不见，颇觉想念，岂能小酌？自当尽兴才行。"他朗声回道。

少顷，他单独将赵守忠引入屋中，于十则下去休息了。

"其中的大概经过，先生想必已经知晓。说来甚是惭愧，当年先生提议举兵，于某百般推脱。而今大难临头，却还要请先生一同上刀山、下火海了。"进屋落座之后，于乐吾倒也不避讳往事，径直向赵守忠赔起礼来。

"于兄言重了，大丈夫能屈能伸，择时而动，此为常理。先前时机未到，自当有所隐忍。如今箭在弦上，也不得不发。"赵守忠回复道。

在来的路上，他也曾想过要消除自己跟于乐吾之间的芥蒂，只是不知该如何开口。如今对方主动提起，也卸下了他心头的重负。

"先生大人大量，于某佩服。来，我先敬你一杯。"于乐吾对赵守忠的回答显然很是满意，他端起酒杯，一饮而尽。

赵守忠见状，也跟着喝了半杯。近两年以来，在清规戒律方面，慈霭方丈虽然对他并无强制要求，但他相当自觉，滴酒不曾沾过。现下这辛辣之物忽然再入口中，不禁感觉发冲，几乎要反吐出来。他好不容易将之咽了下去，虽是一直在强忍，可终究还是咳了几声。

于乐吾一愣，连忙关心道："先生现在若喝不惯酒，我便让人取些清茶来。"

赵守忠摆了摆手，重新拿起酒杯，将剩余半杯酒又喝了下去。与方才相比，这次入口便较为顺畅了。

两人边饮边谈，逐渐聊起接下来的对策。"兄长既然决定举兵，不知将做何进取？是否尊奉大明正朔？"赵守忠问。他知道于乐吾第一次举兵时，只言反清而不言复明，因此绿林豪杰虽多来追随，文士缙绅却多持观望，最终难以支撑。

于乐吾面有迟疑，过了一阵儿方道："现今局势不明，暂时难做决断。再过三四日，各路朋友便将陆续到来。届时群雄相聚，再共商进取。唐家泊这里已布防完备，栖霞县和登州府那边也都派出了眼线，目前应可无虞。"

"如此也好，董樵贤弟熟稔登莱军情，且待他前来，听听有何良策。"赵守忠略有失望，但口气中并未流露出来。

此时，于乐吾话锋一转，忽然问道："敢问先生，闽浙方面不知是否还有联络？"

赵守忠心知对方想询问外援一事。他不想说谎，亦不想提起伤心事，便只是摇了摇头。

"哦。无妨，我近日已辗转打听到，延平王所部尚占据闽海金厦二岛，张司马亦仍在浙东活动。声势虽不如之前，但终究仍是清廷心头之患。"于乐吾道。

听到此消息，赵守忠顿觉眼前一亮："倘若能联系上张司马，南北呼应，或许尚有一线生机。"不过，短暂的兴奋之后，他又清醒地意识到此事几乎没有可能。

还未开口回话，只听于乐吾又道："于某有个不情之请，还望先生能够应允。"

"于兄请讲。"赵守忠道。

"待英雄聚会之际，我将择机公布先生的密使身份，以此壮大声势，坚定众人决心。不知可否？"于乐吾道。

"一切听凭于兄安排。"赵守忠口中答道，心里则想起了前年的往事——倘若南都之役获胜的话，自己应当早就在群雄面前登场了吧。

接下来，两人继续把酒谈天，大约到了五更时分，方才各自休息。

随后几日，各路人马果然陆续赶到唐家泊。一时之间，于宅门庭若市。赵守忠在暗中观察着来人的模样，只见多为粗莽汉子，而少有文人士绅。他急切想看到董樵的身影，但后者迟迟没有出现，即墨黄家那边也不见有人前来。

至第五日下午，于乐吾来到赵守忠屋中，对他道："英雄会就定在明天上午。"

"明天？董樵贤弟尚未到来，何不再等一等？"赵守忠有些不解。

"唉，董先生不幸染疾在床，听说病情甚重，难以动身远行，此次无法赶来了。"于乐吾道。原来，去往成山的信使已于当日上午赶回，方才于乐吾所言，便是他带来的消息。

"啊，真是可惜！"赵守忠叹了一声。他心知，董樵原是于乐吾的军师，与群雄大多相识。会上若由他出面倡言反清复明，众人兴许还会买账。而如今对方不能到场，自己根基浅薄，孤掌难鸣，想要说服群雄，恐怕甚是不易。但事已至此，也无他法了。

"董先生终究是重义之人，虽不能亲自赶来，却也通过书信帮忙出谋划策。"于乐吾边说，边从袖中取出一封信札递给了赵守忠。

赵守忠接过信札，急切读了起来。他本想董樵必有长篇妙论，不料信中却只有寥寥数语："先发制人，险中或可求胜；反清复明，虽死亦得其所。"看完这几句话，他不由得愣住了。

"董樵贤弟深知我心，其信中所言，不正是我心中所想吗？"他暗自感叹。

"先生对此有何高见？"此时，一旁的于乐吾开口问道。

赵守忠回过神来，肃然对于乐吾道："董贤弟所言极是，还望于兄采纳其议。"

于乐吾微微颔首，未置可否，而是道了一句："明日英雄会上，先生可直抒胸臆，知无不言。"说完，便转身离开了。

次日辰时一过，唐家泊村里就传来了阵阵鼓声。散住各处客房的群雄，闻声陆续出门，成群结队向于宅中的议事大厅中走去。

赵守忠住处较近，赶在大队人马之前就到了大厅。进屋一看，只见内中摆放着十多张方桌，每张桌旁各放有十把椅子，粗略一算，参会者共有百余人。他随便寻了一处位置，坐下开始等待。

过了一会儿，群雄陆续来到，十几张桌子顷刻间全部坐满。大厅里的仆人见状，便通知门外的锣鼓手。旋即，鼓声停止，外面传来两声清脆的锣鸣。待锣鸣散去，于乐吾快步从大厅左侧帷幔中走出，坐在众人前方正中的一把太师椅上。于九和于十则跟着分别侍立在两旁。

"诸位兄弟前来捧场，我于某人在这里先谢过大家了。"于乐吾环视了一下众人，接着抱拳道。

"于大哥客气……七爷客气……"群雄接连回道，当中掺杂着对于乐吾的不同称呼。

"前几日于某家中遭逢不幸，想必诸位也都知道了。今日在此相会，别无他意，正是想请大家帮于某出出对策。我先把丑话说在前头，在座各位若是不愿相帮，或是想去官府告发，现下就可离席，于某绝不为难！"于乐吾朗声道。

群雄面面相觑，无一人动身，亦无一人开口。

"哈哈！"于乐吾大笑一声，道，"路遥知马力，患难见真情。诸位都是于某多年的至交旧友，关键时刻果然靠得住。"

群雄闻言，纷纷赔笑，屋内方才一度冷清的气氛，此时又热闹起来。

待笑声渐稀，于乐吾又对众人道："前番清兵被杀，官府势必不会罢休。依诸位之见，于某当如何应对？"

话音方落，一位中年男子站起身来，高声道："这清廷一向欺人太甚。当年于大哥雄踞登莱，攻城略地，何等威风？官府无奈，这才前来招安。招安之时，说得天花乱坠。岂料随后便出尔反尔，不但将于大哥冷落在一旁，还时不时指使一些无耻小人诬告勒索。前几次倒还允许申辩，而这次那奸贼宋奕炳再行诬告，竟不问青红皂白，径直到于大哥家中撒野。依我看，就该好好教训他们一番。他们若识相，派人来赔礼道歉，还自罢了。如若不然，我等便起兵反了他的，自己出出这口恶气！"

江湖之人，最看重脸面。此次清兵闯入于家搜查，显然丝毫未将他们眼中的

大哥——于乐吾放在眼里。该男子这番话说得痛快解气，群雄听了，不禁纷纷叫好。

赵守忠循声望去，只见刚才说话的男子颇为眼熟。仔细辨认，原来正是先前曾在于家见过数次的尹应和。他与于乐吾既是结义兄弟，又是近邻，说话自然是完全向着对方了。

一阵喧闹过后，忽有一位文士模样的人起身说道："尹兄所言极有道理。但兵法云，知己知彼，方能百战百胜。现今清廷入关已近二十年，天下州郡大多落入其手，根基已固，恐难撼动。我等倘若举兵，纵横登莱自然不在话下。但清廷如调集各省人马前来征讨，又当如何应对？"

方才尹应和说话时，群雄大多只顾着痛快，而没来得及细想，如今听到这位文士的言语，均暗觉有理，原本热闹的气氛，不禁又沉闷了下来。

尹应和显然有些不悦，他冷眼望向那位文士，对他道："王秀才，你怎么总是长他人志气，灭自己威风。上次举兵时，你就力主招安。这次又想旧调重弹了？兵来将挡，水来土掩。十多年前，清兵几番征讨，都不是于大哥的对手，而今又能奈我何？你若怕死，现在就回家去吧！"

那文士被尹应和当众揭起旧事，脸上顿觉无光，他急于辩白却又底气不足，便怯怯应了一句："我……我并非此意。"

尹应和还欲再奚落对方，却听于乐吾发话说："尹兄弟，王先生熟读兵书，当年曾多次献计胜敌。其家族之中又不乏在外做官之人，对这天下大势，终究要比你我更为了解。他方才所言，不无道理。今日议事，大家知无不言，言无不尽。即便意见相左，也不要伤了和气。"

"于乐吾不愧是众人首领，能审时度势，平衡左右，这番话说得甚是得体。"赵守忠暗自也是一番感叹。

话音落下，尹应和也已经重新坐了下去。此时于乐吾又对那文士道："王先生，照你所说，强弱悬殊，于某便只能束手待擒了？"

那文士现下缓过神来，声音转高，对众人道："非也！依鄙人愚见，我等自当先行起兵，然起兵之目的，并非要玉石同焚，而是以战逼和，迫使清廷既往不咎，重新

招安。"

"说来说去，还是要招安！"尹应和身虽坐下，心仍不甘，待文士说完，便出言呛道。

"是啊！怎么还未开打就要招安！"人群中随即传来一阵附和之声。

于乐吾不置可否，对众人道："哪位还有高见？但讲无妨。"

屋内顿时安静下来，群雄两两相望，暂并无人应声。

此刻，赵守忠心中忽然一阵冲动："不如我现在起身，当着众人之面，倡议中兴大明。无论结局如何，终究也算是一抒积压多年的胸臆了。"

"不可！于乐吾此前曾告知，英雄会上将择机让自己登场。若不待招呼、径自发言，恐会打乱先前计划。"想到此处，他不禁又犹豫起来。

正在踌躇之际，屋内响起一个洪亮的声音："这天下大势或许诚如王兄弟所言。但清廷言而无信，招安之策万不可取。既要起兵，就当拼个你死我活。"

众人闻声望了过去，原来是一位僧人站立在中间。"这人虽是佛家弟子打扮，说起话来却是杀气腾腾，想必其出身也非同一般。"赵守忠暗想。

"常兄弟还是这般豪迈。有你和张振纲兄弟在，这宁海州和文登县两地，于某就大可放心了。"于乐吾笑道。

听到这里，赵守忠方知这位僧人俗姓常，籍贯应在宁海、文登一带，看来也是一方强悍人物了。

"承蒙于大哥信赖，我常和尚定当全力以赴。"那僧人回应道。

于乐吾点了点头，示意常和尚落座。接着，他又问众人道："谁还有话要讲？"

群雄之中，要么与尹应和、常和尚看法一致，要么与王秀才见解相仿，还有一些人的想法更为简单——唯于乐吾之命是从，但此刻于乐吾态度不甚明朗，他们因此也不便开口。

于乐吾环视屋内，见无人应声，忽将目光转向赵守忠。后者当下明白："时候到了！"

果然，片刻之后，于乐吾清了清嗓子，对众群雄道："今日大会，不但登莱各路英

220

雄皆来捧场，江南那边的兵部尚书张煌言大人也专程派遣使者与会，真可谓是高朋满座了。"

说到这里，他略一停顿，手掌伸向前，对赵守忠做了个"请"的手势。

赵守忠迅速起身，抱拳环视四周，朗声道："诸位英雄，大明鲁王府执事、浙东张煌言大司马麾下特使赵守忠，现下有礼了！"

此番场景出乎众人意料，屋内顿时响起了一片窃窃私语声。先前发言的尹应和，虽曾见过赵守忠数次，但只是陪酒，却不知其底细，此时听到对方自报家门，也颇觉惊愕。

于乐吾看着赵守忠，微笑道："不知赵执事有何高见？我等愿洗耳恭听。"此前他对赵守忠多以"先生"相称，而今在众人面前，为彰显其使者身份，便改口叫作"执事"了。

赵守忠深吸了一口气，对众人道："诸位，大凡做事，都需讲究个名正言顺。而当今之世，若论名分之正，莫过于反清复明。清廷自入关以来，倒行逆施，罪恶累累，罄竹难书，人神共愤。现天下大半虽落入其手，可苍天不绝炎汉，人心仍向大明。我等何不顺天应人，举兵反清，与闽浙及云南义师并肩而战，一道光复朱家天下？人生在世，义字当头。此举于公于私，皆属大义。如果成功，便可建立不世之勋；即便不成，亦称得上流芳千古。还望诸位英雄三思。"

这一番话在赵守忠心中酝酿、压抑已久，此刻终于讲出，他瞬时有种畅快之感。

"赵……执事所言甚有道理，我赞同。"赵守忠话音刚落，就有一名男子出声应和道。

赵守忠望了过去，只见那男子不是旁人，正是许久不曾见过的杨彦。当年他自己在临行之际突然决定出家，未来得及告知田横岛的李茂和杨彦，后者如期派船来接，却没有见到赵守忠。此后为防走漏风声，赵守忠也没再与对方联系，没想到如今却在这里重逢。

而杨彦这边，此时心里也是颇为欣喜。他自从与赵守忠失去联系之后，便正式在李茂那里入伙，且被委以重任。由于金口实行海禁，往来即墨海域的商船大为减少，

田横岛的"劫掠生意"也越加不好做。李茂见状,在半年之前便与杨彦商议,弃海登陆,辗转来到了周家大山扎营。

这周家大山位于莱州府平度州与登州府莱阳县的交界处,距掖县和招远县亦不远,可谓两府分界、四县交会之地。天高皇帝远,附近又有金矿可供开采,李茂、杨彦在此过得倒也相当洒脱。

回到陆上之后,李茂跟于乐吾之间的音讯往来更为频繁。此次英雄会,于乐吾也早早派人告知李茂。不过后者临时有事,便委托杨彦代往。而起初杨彦并不知赵守忠在场,待听到于乐吾介绍时,不禁惊喜交加。因此,赵守忠刚说完话,他便出声应和。

"我等今日在此聚会,为的是给予大哥出气,不是给崇祯皇帝哭丧。"此时,屋内忽然又传来一个粗浑的声音,将赵守忠和杨彦从往事回忆中打断。他们循声看去,只见说话者是一位个头不高却很是健壮的汉子。

那汉子瞪了一眼赵守忠,接着道:"俺是个粗人,不知什么大义小义。俺只知道这清廷固然是做了不少坏事,但那些明朝权贵也好不到哪里去。再说,当年攻下京城的可是李自成,而不是清兵。冤有头,债有主。今日议事,若要帮助于大哥抵抗清兵,我邢某愿赴汤蹈火;若要复兴朱家天下,恕难以奉陪。"

"对啊,我们今天来是看在于大哥的面子上,管他什么大清大明!"这时,旁边又有人出声附和道。随即,窃窃之声在屋内此起彼伏。赵守忠站在当中,隐约听闻反对者多而支持者少,不免感觉尴尬。

"诸位安静,请听于某一言。"于乐吾见状,当即开口止住众人议论。

"反清也好,复明也罢,不管如何,都要先举兵才行。诸位既然都愿意助我一臂之力,那于某今日就与大家歃血为盟,共同起事。待到明日,且看我亲率人马,为诸位拿下栖霞城!"于乐吾斩钉截铁道。

"是……好……遵命……"屋内呼声回荡,久久不停。

29. 夺栖霞

英雄会过后，众人歃血宣誓，再次结为联盟。这盟主之位，自然是由于乐吾来坐。

十多年前的那次举兵，群雄大多曾经参与；而赵守忠在浙东时也数次经历过誓师。因此，对于这番场面，他们都不觉陌生。

待仪式完毕，于乐吾以盟主身份发布号令："唐家泊本部一千人马分作两队，其中六百精壮由自己带领，明日一早便攻向栖霞县城；剩下四百人则与群雄一道驻守在寨中。"众人得令，便各自下去准备了。

赵守忠本以为自己也算在"群雄"之列，正要随众人一起散去，忽见于十挤了过来，低声对他道："赵先生，家兄请你到后堂叙话。"

来到后堂，于十很快退了出去，屋中便只剩下赵守忠和于乐吾两人。

"赵先生，我这些朋友大多是草莽之辈，不知诗书，言语粗鲁，方才多有冒犯，还请见谅。"于乐吾一边倒茶，一边向赵守忠赔礼。

赵守忠礼貌地接过茶杯，同时回道："于兄言重了。英雄会上那番话，赵某在心中积压已久，今日能有机会在众人面前一吐为快，已是感激不尽，夫复何求？"

实际上，在下山之前，赵守忠就反复思考过这一问题——如今天下大势，明亡清兴已难逆转，自己此番高呼，与其说是想唤醒众人，倒不如说是一偿自己的夙愿。换言之，他心中已经有了这样的觉悟：能把想说的话当众说出来，就算没有结果也是值了。因此，在英雄会上虽然遭人当众反驳，但他只是当时有些尴尬，倒也没有太惊讶的感觉。

"唉！"于乐吾叹道，"想那十多年前举兵之时，董樵先生与众多士绅皆劝我以反清复明为旗号，我却并未听从。这绝非因于某不念故国之情，而实在是有苦衷啊。"

赵守忠明白：于乐吾所谓的"苦衷"，即群雄对复兴明朝并不热衷，他虽是盟主，亦不能违逆众人之意。这一情形，赵守忠先前就曾听高璪、董樵等人提过，而今日在会上，更是感触深刻。

"众口难调，这盟主看似高高在上，却也不好当啊！难怪于乐吾先前始终坚持克复金陵后才能举兵。天下熙熙，皆为利来。那些反对者虽无心复兴大明，但趋利避祸的道理还是懂的。倘若当年北伐获胜，复兴在即，他们或许会随波逐流，同举义旗。但如今大势倾颓，要让他们站出身来力挽狂澜，却是难事一桩了。"想到这里，赵守忠对于乐吾不禁又多了几分理解。

"于兄苦衷，赵某明白。我此次前来，也并非要当说客，而是想在阵前效力。复明之事，赵某今后不再提起。如何进取，唯于兄马首是瞻！"一番思虑之后，赵守忠回复于乐吾道，其口气相当坚决。

于乐吾面色逐渐舒缓，他端起茶杯抿了一口，接着道："赵先生能体谅于某苦衷，真是感激不尽。古人云，运筹帷幄之中，决胜千里之外。行军打仗，不能光靠武夫壮汉，亦需有高人出谋划策。这次起兵，我本也想邀请董樵先生出任军师。可惜他卧病在床，如今难以成行了。我思来想去，身边众人唯有赵先生可担此重任。不知你意下如何？"

赵守忠心中一阵激动：军师虽非盟主，却也可以参与排兵布阵。而调度兵马与清军一决雌雄，不正是自己多年所盼吗？

"承蒙于兄不弃，赵某虽然驽钝，但赴汤蹈火，在所不辞！"几乎未经犹豫，他便答应了下来。

"痛快！这次我们定要搅得那清廷不得安生。"于乐吾拍手道。

兴奋之下，两人以茶代酒，举杯相碰，各自一饮而尽。

"先生既已答应担任军师，那于某现在便开始讨教了。明日攻取栖霞，不知有何妙计？"喝完茶后，于乐吾开口问道。

赵守忠颇觉不解："先前曾听于十提过，那栖霞城中并无多少清兵。以唐家泊之

224

军力，攻取此城，可谓易如反掌，哪里用得上什么计策呢？"

于乐吾见对方面有惑色，便又解释道："攻城难免有所死伤。栖霞乃于某桑梓之地，如今虽要举兵反清，但亦不忍伤及无辜乡民，否则恐坏了我于家世代的名声。因此，还望先生筹划一智取之策。"

赵守忠恍然大悟。他稍加思索，很快就计上心头，对于乐吾耳语一番。后者听了，点头称妙，便让赵守忠前去准备了。

次日寅时，天尚未亮，唐家泊寨中就已是人喊马嘶。在群雄的瞩目之下，于乐吾率领六百精壮丁勇踏上了征程。

一个多时辰之后，队伍行至栖霞城南十多里处。此时，于乐吾忽然传令全军止步，就近进入树林中隐蔽。

就在这人头攒动之际，赵守忠和杨彦两人悄悄换了一身装扮，然后牵马从林子的另一侧穿出，直奔栖霞城而去。

又过了约有半个时辰，县城方向传来一声号炮响。于乐吾喜道："得手了！大家快随我进城。"

众人虽知栖霞城防孱弱，但本以为或多或少会有一场厮杀，如今听闻于乐吾所言，不禁皆感愕然。

一阵急行军之后，于乐吾率队赶到栖霞城下。只见城门已然大开，赵守忠和杨彦两人则站立在城楼之上，中间还夹着一个男子。众人仔细分辨，那男子身着七品官服，不是旁人，正是清廷委派的栖霞知县翟进仁。

原来，赵守忠和杨彦方才换上的是清兵的服饰，他们自称是从济南赶来的信使，有紧急公文需当面转交栖霞知县。赵守忠本就是王府世臣出身，深知官场陋习，因此在城下通禀之时，甚是趾高气扬，俨然一副上差做派。守门的兵丁见状，感觉得罪不起，没问几句就开门放行了。如此一来，两人顺利进入县衙之中，见到了知县翟进仁。

交谈之际，杨彦乘其不备，一个快步向前，用藏在袖中的短刀抵住对方咽喉。赵守忠也拔出腰间的兵刃，高呼："于乐吾大军现就在城外，若敢乱动，格杀勿论。"众

衙役和捕吏都知晓于乐吾的威名，此刻见知县又被制住，便纷纷弃械，以示服从。

接着，赵守忠和杨彦挟制翟进仁来到南面城楼，吩咐兵丁打开城门，并燃放城头号炮，而这也是他先前和于乐吾商议好的暗号，后者随即率领人马赶了过来。

"赵先生果然神机妙算！兵不血刃，便拿下了这栖霞城。"刚刚登上城楼，于乐吾就忍不住称赞起赵守忠。

"哪里！这不过是以彼之道还施彼身罢了，关键也仰仗了于兄的威名。"赵守忠谦虚道。在江南之时，清军曾多次以此手法骗开明朝州县的城门，因此于乐吾昨日询问计策时，他很快就想到了这一招。

于乐吾笑了笑，随即将目光转向翟进仁。他先吩咐杨彦将之放开，然后抱拳道："翟大人，因奸贼诬告，朝廷不辨是非，于某现下无法，只得率众自保，多有得罪了！"此前，他与翟进仁有过数面之交，也曾同席赴宴，故而这番话说得很是客气。

翟进仁摇了摇头，并未答话，接着闭上了眼。于乐吾见状，也不再多言，便安排属下将之带回县衙看管。

栖霞县城不大，周长仅三里出头。唐家泊人马进城的消息，很快就传遍了各个街巷。不多时，就有牟、郝、林、李四姓绅士前来求见。于乐吾料想对方多半是来求情说项，便告知稍后在城隍庙会面。

果不其然，到了城隍庙之后，四姓绅士声泪俱下，恳请于乐吾看在乡谊的份上，率领兵马退出城外，以免百姓遭受涂炭。当中还有一人劝他道："天下大势已定，再动干戈，毫无益处。今日之事，所幸并无死伤，不如大家都守口如瓶，只当作不曾发生吧？"

于乐吾哈哈一笑，随即高声道："诸位皆是于某的故交旧友，这情面自然是要给的。退兵出城一事，于某可以答应。但我这边也有两项条件，不知诸位肯不肯帮忙？"

"敢问是何条件？倘力所能及，自无推脱之理。"四姓绅士急道。

"此两项条件皆非难事。这其一，于某麾下人马众多，还要仰仗各位帮忙筹措粮饷，自即日起，每隔半月，须向唐家泊运送两万斤粮食。"于乐吾道。

四姓绅士面有难色，无人吭声。

于乐吾见状又道："诸位但请宽心，这粮饷并非让大家自掏腰包，而是取自县库官产。翟知县那里，暂时难以理事。从今往后，这全县的赋税征收，于某想委托在座各位共同打理。只要半月两万斤之数足够，所剩之余，听凭各位处置。"

听到这里，众绅士面色舒缓，显然都松了一口气。领头者与其他人对了对眼神后，向于乐吾问道："另一项条件为何？"其言下之意，便是已经默许了上一条事项了。

"这第二项条件嘛……"于乐吾略一停顿，接着道，"此次于某率众入城，事非得已，只因有奸贼诬告，朝廷却不容申辩。若要避免大动干戈，唯有请翟知县与诸位联名相保了。"

"于乐吾这不是要请求招安吗？"一旁的赵守忠听到"联名相保"这句话，心中不由得咯噔一下。

众绅士也听出了于乐吾这番话的弦外之音。他们虽隐约感觉于乐吾此次"罪过"不小，为其作保可能会受到牵连。但十多年前清廷曾有招安的先例，再加上于家在省城、府城又都有些人脉。因此，一番取舍之后，他们最终认为事情应该还有转圜余地，便点头答应了下来，逐一在纸上写下了自己的姓名。

见对方署名照办，于乐吾不觉面有喜色，他对众人道："诸位既肯帮忙，于某也言而有信。我这就去知会翟知县一声，一个时辰之后，自当率部退出城外。"

众绅士连连称是，盛赞于乐吾"心系桑梓，宅心仁厚"。于乐吾笑了笑，带着联名贴纸离开城隍庙，朝县衙而去。

"他单独去会见翟进仁，想必也是请求署名作保吧？难怪昨日议事，他反复说要智取城池以避免死伤，原来是想给自己留些余地。"于乐吾离去之后，赵守忠反复思忖，心中颇有些失落。

不过，他转念一想，很快又有些理解："于乐吾家大业大，宅中有上下数十口人，做事难免投鼠忌器，终究不能跟我这孑然一身相比了。"

"罢了！事到如今，只好走一步算一步了。倘若招安成功，我就再回华严庵了此残生吧。"想通了这一点，他的心绪旋即平静下来。

"赵大哥，你看！"这时，杨彦的喊声打断了赵守忠的深思。他循声望去，只见其

手捧一根黑黝黝的长铁筒。仔细一看，竟是一杆鸟铳。

"杨兄弟，这杆鸟铳是……? "赵守忠本想问杨彦这是否为他当年所用的旧物，但话到嘴边，又咽了下去。

杨彦见赵守忠有些误解，连忙解释道：此物是他刚才在城内武库中所发现，共有五六十杆，已足够装备一小支火器队。

赵守忠大喜，吩咐杨彦带领人手去将鸟铳全部搬运出来，准备带回唐家泊。

大约两刻钟过后，于乐吾从县衙中走出，面色颇有光泽。随即，他传令下去，吩咐全军撤出城外。

众绅士在城垛上望见唐家泊人马出城，方才一直悬着的心可算落地。然而，于乐吾所部走到城外约三里许，却停下了脚步。只见其众一分为二，约有两百人马开始就地扎营。

对于此番变化，众绅士很快就猜到了背后的用意——无非是要就近监视城中举动。他们本想再去交涉，却有苦难言。因为于乐吾先前所答应的，确实仅为"退兵出城"，而没说退到哪里。

初战告捷，全军士气高涨，回师途中，颇闻欢声笑语。不过，赵守忠面上却并无多少喜色。于乐吾看出端倪，便趁着众人歇息饮马之际，独自拉着赵守忠走到一僻静之处。

"先生莫不是在责怪于某吧? "于乐吾开门见山问道。

赵守忠淡然一笑："岂敢! "

于乐吾叹了口气，缓缓道："先生不说，于某也知道。之所以事前不曾相告，正是担心先生怨怒。我并非贪生怕死、出尔反尔，只是英雄会上的情形，先生也曾见到。俗话说'先礼后兵'，不经此试探，恐难服众。今日知县与众绅士虽然答应联名相保，但以于某推断，清廷恐仍不会罢休。待招安不成，众人绝此念想，便可背水一战了! "

"于兄用心良苦，赵某佩服。"赵守忠抱拳称赞，"那倘若清廷同意招抚呢? "他随即又问道。

于乐吾苦笑道："于某虽是粗人，但这鸟尽弓藏的道理还是懂的。十多年前，清廷

根基不稳，招安之后尚且对我冷眼相对；如今即便再次同意招抚，恐怕将来也会寻机报复了。今日所谓联名相保，只当是缓兵之计吧。"

听至此处，赵守忠颇有些过意不去。他当即回道："今后是战是和，全凭于兄决断，守忠绝无二言。"

于乐吾点了点头，不再接话。两人随即返回原处，带领部众继续向唐家泊而去。

回到唐家泊，于乐吾召集群雄，告知夺取栖霞城之经过。群雄听闻旗开得胜，不禁个个欢欣；而得知不费一刀一枪，更是交口称赞。

"此战获胜，非于某之力，军师当记首功。"趁此兴头，于乐吾朗声对群雄道。

"'军师'？难不成是董樵先生到了？可昨日会上并未见其人啊？"一时之间，群雄议论纷纷。

"早上出征匆忙，未及告知各位，董樵先生卧病在床，此番不能前来与我等相会。于某反复思虑，决定拜赵先生为军师。先生本应返回闽浙复命，但见我等举兵，便毅然留下，与大家同生共死。此等气魄，令人佩服。再者，今日智取栖霞城，也全凭他的锦囊妙计。赵先生祖上乃是大明将门世家，这些年又在江南久经战阵，定能帮助我等所向披靡！"

话音落下，于九、于十、尹应和、杨彦等人皆高呼叫好。先前曾在会上反对"尊奉明朝正朔"之人，见栖霞被轻松拿下，此刻也不再说话。赵守忠担任军师一事，就这般公之于众了。

此事既定，众人又商议起今后对策。于乐吾将"联名相保"之事也大略叙说了一番。此前主张"以战逼和"的王秀才之辈自然是颇觉满意。而主战的常和尚等人见是于乐吾的决断，也不便反对。只是当中有人提议："群雄一起驻守唐家泊，等清廷那边有回音再做分晓。"

于乐吾道："奏报往返，约需半月时间。如此枯等，恐非办法。如今栖霞境内已保无虞，诸位明日可各自返回，招兵买马，囤积粮草。若有消息，再行联络。"

群雄听闻，皆觉有理，便照此而行了。

当晚，于宅摆下酒席，大宴宾客。席至中段，于乐吾有意引领赵守忠挨桌敬酒，

将各路重要盟友逐一向之介绍，如宁海州的常和尚、文登县的张振纲、福山县的邢小泉、莱阳东乡的徐海门、即墨崂山的段忠续等。赵守忠细细打量，只见对方虽年龄不一但个个精壮，显然都是叱咤一方的人物。

其中那位常和尚，因是僧人打扮且曾在英雄会上高声反对招安，赵守忠对之印象尤为深刻。敬酒之时，赵守忠一饮而尽，常和尚也毫不含糊，不仅痛快地喝了下去，甚至还敬了一杯，仿佛"和尚"只是他的称呼而非身份了。

夜宴过后，翌日清晨，群雄陆续踏上返程。杨彦也准备返回周家大山向李茂复命，赵守忠颇有不舍之感，骑马送出唐家泊十里外，方才作别。

30. 换巡抚

秋风渐去，冬意渐起，顺治十八年（1661年）的十月朔日已然到了。

"十月朔"，亦称"寒衣节"。按民间习俗，当天需扫墓祭祖，为先人"添衣御寒"。

这日一大早，山东省城济南府的街道上就已是人头攒动。他们行色匆匆，又随身携带着各式的祭品，显然是准备出城扫墓去。

这济南府共有四座城门，东曰齐川，西曰泺源，南曰历山，北曰汇波。上述众人在出城时，东、南、北三个方向均畅通无阻，唯独西面的泺源门有许多官差把守，不许寻常百姓通过。

行人之中，不乏见过世面者。他们远远瞧见城门洞里已铺了一层崭新黄土，城墙顶上也挂起了多面龙旗，便彼此小声议论道："黄土铺街，龙旗高挂，估计是有钦差要来吧！昨天也未见官府发过布告。有什么样的急事？也不知选选日子。"

果不其然，约一炷香的工夫之后，巡抚衙门里涌出了一大队兵丁。他们沿街两两而立，从衙门口一直站到了泺源门。所至之处，路人被禁行驱离。待清街完毕，一群官员便按照品级高低，列队向城门走出，准备恭迎钦差。而为首之人，便是时任山东巡抚许文秀了。

"听说这位许大人只不过是个监生出身，但因隶属汉军正黄旗，却深受朝廷宠信。近些年来他官运亨通，从知府、道台、臬台、藩台一路升到了巡抚。上次钦差前来，又传旨加封他为兵部尚书兼太子少保。此番多半是另外有所嘉奖了。"这时，已经退到大街两侧的人们又小声议论着。

许文秀接到钦差今日要来的消息，是在昨天深夜。起初，他的头脑中也曾冒出过"嘉奖"的想法，但很快就排除了这种可能："朝廷下诏加封，往往提前就有动静，而这次京城并无人提前向自己透风，直到夜里方才收到钦差在途中发来的通告，这显然不合常理。"

他反复回忆着前段时间内的奏报，尝试从中揣摩出钦差此行的意图。忽然之间，他想起了一份从登州府栖霞县报上来的公文。

那份公文便是上月于乐吾在栖霞城中提及的"联名相保"文书。在翟进仁和众绅士署名之后，于乐吾又盖上栖霞知县大印，差人兼程送至登州府。那边他已提前打点了关系，因此知府不曾详查，便又转送至省城济南。

先前去往栖霞搜查的清兵，是由兵部秘密派出，未曾知会许文秀。而于乐吾送来的公文对此也写得隐晦。许文秀阅后，隐隐感觉事情并非文中所说的那么简单。但他身边的几个师爷幕友都已经提前得了于家的好处，便纷纷劝他大事化小，否则不免也落了个失察之罪。

当时，跟于乐吾交好的莱阳名士宋琬已经升任为浙江按察使，而宋琬与原山东学政施闰章又是旧友。这两层关系，许文秀都有所耳闻。他斟酌再三，最终决定采信栖霞县送来的公文，向清廷奏报说："原栖霞县把总于乐吾自顺治七年（1650年）归顺以来，奉公守法，查无叛逆之事。前番因有仇家挟私报复，以致酿成冲突。现该县官员与地方绅士已联名相保，于乐吾亦表露悔意，愿纳银补过。望朝廷体谅好生之德，对其网开一面，以慰天下归顺者之心。"

"难道是这份奏报忤逆了圣意？"许文秀整夜思考此事，辗转难眠。一直等到侍卫前来催促，他才定了定神，率领早已在衙门集合的僚属前去恭迎钦差。

大约到了辰末时刻，泺源门外传来数声炮响，随即便是一阵"万岁万万岁"的山呼。城内之人听闻，便知是钦差到了。

过了一阵儿，城外喧闹声渐稀，想是仪式已毕。不过，仪式之后却不见钦差进城，只看到前去迎接的官员们纷纷垂头而入，而先前领衔的许文秀这时也不见了身影。

"朝廷已下诏将许大人革职逮问！钦差传旨之后，他当场就被摘去了顶戴，打入

了牢车。吓得在场的其他官员，个个面如土色。"当日中午，这条消息在济南城中不胫而走。茶楼酒肆中的人们都对此议论纷纷。

"不对啊，许大人这些年来圣眷正隆，前几个月还荣获加封，怎的这么快就被革职？他究竟犯了什么事？"食客当中有一人问道。

"具体情形暂不知晓，只听说是与登州府那边有人反叛相关。"另一人答道。

"啊？是何人反叛？现在天下大势已定，何苦要再起干戈，难不成是郑成功那边率部北上了？"一人感叹说。

"嘘！这些事可不能乱讲。那登州府远在海边，距离省城有七八百里之遥，不管是何人反叛，也与济南无多大关系。即便是用兵，也有朝廷大员筹划，何须我等担忧？诸位就继续安心过日子吧。"另外一人劝道。

这一番话说完，旁听者皆觉有理。于是，众人纷纷改口，谈论起其他事情。

且说这群食客当中，有一人乃是于乐吾安插在省城的眼线，先前巡抚衙门的关系，便是由他负责打理。当日，他听闻许文秀出事，但不知其中究竟，便来到酒肆中打听，没想到竟同于乐吾有关。

他深知此事非同小可，回到栖身之处，连忙书写信函，派人骑快马送往栖霞。

于乐吾收到这封信函，是在三天之后。展信而阅，只见内中说道："顷闻山东巡抚许文秀，本月朔日已被钦差提问进京，罪名似为失察栖霞之事。招安恐已无望，及早另作打算。"

他读罢信函，深深叹了口气，又兀自愣了一会儿，然后派人将赵守忠请来。

"赵先生，不瞒你说，于某先前在省城中有些人脉，本想以此尝试疏通，多少留些转圜余地。不过，今日济南传来消息，同意招安的巡抚许文秀前几天刚被革职下狱，想必清廷那边已是下定决心要用兵了。"于乐吾道。

听闻此言，赵守忠心中五味杂陈。从内心来讲，他并不希望招安成功。但在理智上，他又知道这或许是众人唯一的活路。如今招安无望，自己虽可如愿与清廷抗争，其他人却免不了要有死伤。他终究是在华严庵读过两年佛经，想到这一点，不免隐隐产生了一种悲悯之感。

于乐吾见赵守忠并未答话，便又说道："而今之计，唯有全力以赴，与清廷拼个鱼死网破了！"

赵守忠回过神来，望着于乐吾道："兵贵神速。清军人数虽众，但主力远在京师等地，调兵遣将总要费些时日。我等若趁此间歇抢占先机，鹿死谁手，则尚未可知。"

于乐吾点了点头，问道："先生有何妙计？"

赵守忠道："前年闽浙义师攻打南都之际，我曾与董樵贤弟暗中商议过此事。当时，我曾主张举事之后，全军由栖霞南下，自莱阳攻向即墨，夺取金口港，以便跟江南打通联系。"

想起往事，他心中顿生感慨，不由得停了一阵儿，方又接着说道："如今时过境迁，夺取金口港已非当务之急。我思来想去，现有上中下三策，听凭于兄定夺。厚结兵力，全军南下，经即（墨）、胶（州），趋沂（州）、海（州），窥淮（安）、扬（州），震动江南，联结闽浙，此为上策；西向莱州，收取掖县、新河，扼守胶莱河口，阻清军于西岸，占据登莱以待天下有变，此为中策；招兵买马，囤积粮草，固守锯齿山，以逸待劳，此为下策。"

以上三条计策，他早已反复思虑过。因此，叙说之时便一气呵成，毫无迟疑。

于乐吾凝神沉思了一阵儿，回应道："先生之上策固然是妙计，却也是一着险棋。当年胶州镇总兵海时行反清，大致即是如此行军，但离开根基，无所补给，一旦不利，进退失据，终成流寇。再者，前番英雄会上的情形，先生也曾目睹。想要让我这帮弟兄背井离乡、举兵南下，实在是难事一桩了。依于某之见，先生之中策可谓上策，下策可谓中策，我等可两策并举，随机应变，你以为如何？"

这番回答，并未出乎赵守忠的意料。通过这些时日的观察，他发觉于乐吾所部虽勇猛有余，但阵法生疏且装备杂乱，以此啸聚山林尚可，想要攻城略地，恐怕是力有不逮。不过，即便事实如此，终究也不能坐以待毙了。

两人随后商定，十日之后再召集群雄相会，正式布置用兵策略。

此后几日，群雄由近及远陆续赶来，而济南府那边又传来了关于许文秀一事的新消息。

原来，当初从唐家泊侥幸脱身的那几个官差，大概是因惊吓过度，一路上草木皆兵，不曾知会地方官府，而径直逃回京城。返京之后，他们添油加醋，声称"于家蓄养众多私兵，公然拒捕，反迹确凿，非大军征讨而不能弹压"。兵部闻讯，不敢怠慢，立即向辅政大臣奏报。

在四位辅政大臣当中，鳌拜提议立即派兵征剿；苏克萨哈与之不和，便主张招抚；索尼、遏必隆则模棱两可。就在此时，宋奕炳不知从何处知晓于乐吾召开英雄会、巧取栖霞县城之事，便又书写告密信一封，再次前往兵部投递。而为达到目的，他竟不顾亲情，将自己的叔父宋琬也控告在内，声称山东官员多与于家有涉，故每每袒护，不以实情上奏朝廷。

索尼和遏必隆听说之后，逐渐倾向于赞同鳌拜。苏克萨哈势单力薄，难以继续反对。于是，清廷便定下了"征剿"之策。

不久之后，山东巡抚许文秀建议招抚于乐吾的奏折呈到。鳌拜见其说辞与苏克萨哈相仿，就怀疑两人暗中结为一党。

在鳌拜看来，于七在登州反叛，不过是疥癣之疾，派遣一大将征讨即可；而苏克萨哈同为辅政大臣，却处处与自己作对，方为心腹大患。

他思来想去，便借题发挥，在廷议上斥责许文秀"叛贼肆虐而浑然不知"，进而影射苏克萨哈"结党营私、姑息养奸"，最终以康熙皇帝的名义下诏，委派钦差前去济南将许文秀就地革职，并押回京师听候发落。而时任浙江按察使的宋琬，也同时被罢官下狱。

"这宋奕炳为扳倒于某，竟连自己叔父都不放过，真是狼心狗肺！那宋荔裳虽与我交好，但彼此之间倒从未议论起反清之事。他受此牵连，的确是冤枉了。"得知这些消息后，于乐吾仍是将赵守忠喊来商议。交谈之时，他不禁对宋奕炳破口大骂。

"日防夜防，家贼难防。"赵守忠也叹道。

"赵先生，听说清廷已经委派蒋国柱为新任山东巡抚，你可知此人为谁？"于乐吾语气变缓，问赵守忠道。

赵守忠感觉蒋国柱这个名字颇为耳熟，但一时之间难以想起。

"前年南都之役，便是此人坐镇城中，挫败了延平王的大军。"于乐吾道。

经此提醒，赵守忠忽然记起当初张煌言曾在信中说过："郑成功当初之所以未及时攻城，主要是听信了江宁巡抚蒋国柱的诈降。"没想到，闽浙义师的仇人如今竟又来到山东与自己为敌了。

"于兄，这蒋国柱一向为清廷忠实鹰犬，此次调任山东，显然是来者不善啊！"赵守忠道。

"哼！来者不善？这次于某舍得一身剐，也要让他瞧瞧厉害。"于乐吾咬牙道。

这一番话说得杀气腾腾。赵守忠听了，心知于乐吾已是彻底放弃招安的念想而决意殊死一搏了。

不知不觉，约定之期已至，群雄尽皆到齐，上次未能参会的李茂，此次也与杨彦一起赶了过来。他见到赵守忠，亦是格外欣喜。

与上次英雄会时坐在众人之中不同，此次议事，赵守忠的座位就排在于乐吾下首——这也是当年董樵曾坐过的位置。

于乐吾先将清廷更换巡抚之经过叙述了一番。群雄听闻，不由得一阵躁动。

"我早说那清廷靠不住，可有人非要让于大哥去请求招安。真是枉费工夫！"这次又是尹应和先站了出来，其矛头显然直指上次主和的王秀才。而后者自知情形有变，亦不再出言反驳。

"既然如此，我等便横下一条心，与之决一死战罢了。我这边有何差遣？于大哥尽管吩咐！"常和尚也起身应道。

上次英雄会之后，赵守忠已从于乐吾处得知常和尚的底细：他乃大明宁海卫常姓千户之子。崇祯十六年（1643年），清军自辽东渡海攻破宁海州城，其父以身殉难。他则死里逃生，来到了宁海州东境的禅教寺出家。

他此番出家，并非万念俱灰而遁入空门，而是为报父仇来拜师学艺——那禅教寺的住持出身于河南少林寺，颇有一身本领。

起初，住持并不答应收之为徒。他便在山门外跪了三天三夜。住持深受感动，这才同意传授他拳法。

236

顺治五年（1648年），于乐吾在栖霞锯齿山举兵。消息传到宁海州，常和尚当即离寺响应。他对宁海州城十分熟稔，很快引领义军攻入城内，将知州刘文淇斩杀。于乐吾对之颇为赏识，两人遂结拜为兄弟。后来，清廷下令招安，委任于乐吾为栖霞县把总。常和尚这边也算是报了仇，就并未极力反对，而是回到宁海州以东的昆嵛山扎寨居住。他虽还保留着僧人的打扮，但行为举止已无异于还俗了。

"卫所军职后人世受国家厚恩，关键时刻，终究还是靠得住。"听了常和尚刚才的表态，赵守忠不禁联想起同为卫所军职出身的李茂。在群雄之中，若论反清决心，就当属这两人最为坚定了。

在常和尚之后，张振纲、李茂、邢小泉、徐海门、徐耀门等人也接连出言响应。他们的话语无不慷慨激昂，其余人听了，纷纷喝彩。一时之间，屋内的叫好声此起彼伏，颇为震撼。

"诸位肯雪中送炭，于某在此先行谢过了。俗话说，先下手为强，后下手遭殃。我等既下定决心与清廷拼个死活，便应先发制人，打他个措手不及。"待群雄发言完毕，于乐吾又开了口。

接着，他便将先前赵守忠的中、下两策一一叙说。末了，他问众人道："西向攻取莱州，谁敢为先锋？"

话音落下，屋内随即陷入了沉默。

过了有一阵儿，方见常和尚缓缓站起回道："于大哥，并非和尚贪生怕死，只是我麾下部众皆是宁海、文登等东县之人，若攻打这两处州县，和尚责无旁贷。但要西进莱州，诚然力所不及。"与先前的慷慨激昂不同，他这番话的音调已大为降低了。

"无妨。常兄弟请坐。"于乐吾安慰道。

随后，邢小泉、徐海门等人也以各自相近的福山县和大嵩卫来请缨，而婉辞西征之任。

"大家方才所言，都不无道理。看来要攻取莱州，还需仰仗当地英雄了。"于乐吾目光一转，望向人群之中的李茂。

"李兄弟，你是莱州卫将门之后，熟悉掖县情形，不知是否愿担此重任？"于乐吾

问道，其口气之中满是期待。

李茂站起身来，朗声道："于大哥既然发话，李某自当遵从。只是这莱州城池一向坚固，想那崇祯年间，叛贼孔有德率数万大军用红衣大炮攻打，都未能破城。如今我等若仓促进军，恐难获胜。"

当年孔有德叛军攻打莱州之事，于乐吾并不陌生。彼时，叛军还曾分兵进犯过栖霞。时任栖霞知县李升吉紧急征调全县丁壮守御，于乐吾也以在籍武秀才的身份前去效力，因此对叛军的战力有过了解。眼下自己所率之众，不管人数还是兵器，均难以与之相比。李茂方才所言，也确是实情。

"那依李兄弟之见，我等应如何用兵？"于乐吾问。

"清兵若要进犯，必自西面而来。我等向西进军，早做防备，这是自然。只不过这莱州城难以攻取，可先设法夺下周边招远、平度等州县，收取两地兵马钱粮，再做打算。"李茂道。

于乐吾看向身旁的赵守忠，问道："赵先生意下如何？"

方才李茂说话之际，赵守忠也在暗中思考。他见群雄多不愿离开自己熟悉的地盘而西进，心知仅凭于乐吾和李茂所部难以攻下莱州城，当初设想的用兵策略，便不得不有所调整了。而李茂"夺取招远"的提议，也不失为变通之法。

想到这里，他便回复道："李将军所言有理！招远为栖霞西邻，且地处登莱二府之间。若攻取此城，既可壮大我军声势，又能切断北路官道，对大局甚有裨益。"

"好！就这么定了，先攻招远！我领兵，众人一同前去！"于乐吾朗声作出决定。

31. 魁星楼

招远城小，平素街上行人就不可谓多。入冬之后，更是显得冷清。

不过，十月下旬的这天，这座小城之中却忽然涌入了一大群人——他们多是精壮的汉子，并且手中还都持有兵械。

在崇祯五年（1632年）和顺治元年（1644年），当地曾两次遭受战火之痛，不少年长百姓对之都记忆犹新。起初见到这么多壮丁涌入城内，他们不免感到惊恐。后来，有人认出领头者是招远东西南北四乡的乡总，这才逐渐安下心来。

不久之后，大街上也贴出了安民告示，声称："四处乡总及其部众，乃是奉知县张作砺之令而来，粮饷皆由县衙官仓供应，与民秋毫不犯，城中百姓不必慌乱！"

原来，就在于乐吾再度召集群雄议事之际，清廷也正式下达了征剿之令，出身于满洲正黄旗、此前曾被派往云贵攻打李定国的济席哈，被任命为靖东将军，全权负责平定登莱事宜，择期率禁旅八旗万余人马出征。

大军未动，粮草先行。济席哈所部尚未离京，山东巡抚蒋国柱便收到了相关塘报。兹事体大，他随即将此消息檄告登莱各州县，叮嘱地方官员提前准备粮草并加强防御，切不可使城池在大军到来前有所闪失。

对于栖霞失陷之事，招远知县张作砺早有耳闻。收到巡抚衙门的文告之后，他心中更为不安，便立刻召集僚属商议对策。

众人皆认为："招远与栖霞唇齿相依，于乐吾在栖霞举兵，招远必首当其冲。民间对此已有流言蜚语。而今城中兵力不足，急需征调四乡壮丁前来，以资防御。"张作砺

采纳众议。于是便有了开头那大批壮丁进城之事。

张作砺是贡监出身，来招远县任职已两年有余，对官场规矩及地方人情相当熟稔。四名乡总进城当晚，他便在县衙后堂设下酒宴，以示犒劳。

四人当中，若论年资，北乡的欧显明当为首座。但不知为何，张作砺在排桌敬酒之时，却将南乡的臧梦麒名列第一，并且语言之中，隐隐有任命他为守城主将之意。

"这姓臧的一向不把我放在眼里，知县如今也偏向他，真是欺人太甚！酒席上尚且如此，战后论功行赏，他恐怕更是嚣张。"欧显明虽未当场发作，心中却是相当恼怒。

散席之后回到住处，他又忆起与臧梦麒之间的一些旧怨，不禁越想越气，末了咬牙自语道："既然他们无情，那也休怪我无义了！"

随即，他快速写了一张字条，密封在蜡丸之中，然后悄悄唤来一名心腹，将蜡丸交给对方，并耳语了一番。那人只点头而未吭声，接着迅速隐入了夜幕之中。

翌日清晨，欧显明的心腹已然出现在了栖霞城外——于乐吾此时正率军扎营于此。

看了那人带来的蜡丸密信之后，于乐吾大为欣喜。"先带他下去吃饭，好酒好肉好生伺候，再把赵先生给我请过来！"他大声向一旁的于十吩咐。

少顷，赵守忠匆匆赶来。刚一进帐，就听于乐吾欣喜道："赵先生，那边有眉目了。"

原来，英雄会上众人商定先攻招远之后，赵守忠很快想到一条"内应之计"。他知晓招远北乡乡总欧显明颇有实力且跟于家交好，便对于乐吾道："招远官府若得知我等有意向西进军，定然会征调四乡丁勇进城协防。只要能劝说欧显明作为内应，里应外合，拿下招远便可不费力气了。"

于乐吾听闻此计，起初还颇有些踌躇。因为欧显明虽和自己亦以兄弟相称，与其他豪杰相比却有所不同。一来，对方并未参与顺治五年（1648年）那次举兵；再者，他身为乡总，与地方官府也关系甚密。也正是有了这些顾虑，于乐吾前两次召开英雄会之时，都不曾向欧显明发出请帖。

此一时，彼一时。思忖再三，于乐吾还是采纳了赵守忠的计策。毕竟，眼下自己已然跟清廷撕破脸皮，只要有助于取胜，不管什么法子，都要试上一试了。

欧显明终究是个老江湖，接到于乐吾的策反书信后，他没有当即表态，亦未书写回函，只是让使者捎带口信说自己需考虑些时日。

所谓"考虑些时日"，倒也不完全是搪塞之辞。使者走后，欧显明的确是反复思考了一番。

他估摸着于乐吾和招远县城的兵力对比，认为前者的胜算更大一些："倘不答应，待于乐吾独自拿下招远之后，自己必然是没有好果子吃。但话说回来，如若答应，就怕日后清廷派来大批援军，届时秋后算账，自己也难逃干系。"

而就在这种"两边都不想得罪"的纠结之中，他接到了知县张作砺"进城协防"的命令。

"也罢。且先进城看看动静，再做打算。"他这般想。

本来，欧显明所想看的动静是城内的布防情况。但见到臧梦麒在宴席上的得意，他又嫉又怒，联想起以往对方与自己之间的龃龉，便将原有想法抛诸脑后，决定同于乐吾联手，洗刷耻辱。

在蜡丸密信中，欧显明告知于乐吾："自己愿做内应，但有两个条件：其一，务必要取臧梦麒的项上人头；其二，事成之后招远官仓钱粮须归欧家支配。"

从于乐吾口中得知此消息后，赵守忠也颇为欣喜。"事不宜迟。先令信使回去复命，全军随后启程，兵临招远城下，以坚定欧显明之决心。"他提议道。

于乐吾点头答应，便照此安排去了。

那栖霞县与招远城之间相隔不过七十余里。于乐吾所部当日中午自栖霞开拔，日落前便进至招远东界扎营。经过前些时日的招兵买马，加上群雄各自带来的部属，于家麾下现已有六千余众。此次出征，除留下一千人驻守栖霞城郊及唐家泊之外，其余五千丁勇尽数前来。众军排成一字长队，前后绵延两三里远，声势颇为浩大。守在两县交界口的招远探马遥见此景，心惊胆战，赶忙奔回城中报信。

"不想来得如此之快！"听闻于乐吾已率部来攻，张作砺心中吃了一惊。在得知对方的大概兵力之后，他很快打消了出城迎战的念头，一边吩咐关闭城门，一边传令四位乡总前来商议具体布防之事。

在四位乡总当中，东乡的石崇金和西乡的刘二揣闻讯之后皆有惊惧之状，而臧梦麒与欧显明却面不改色。所不同的是：前者系一心上进，希望早日积攒军功以光大家门；后者则是从信使那里提前得知了于乐吾要来的消息。

"那于乐吾如今势头正盛，我等切不可出城浪战，现下唯有固守待援了。登州那边，我已派人送出告急文书。想必十日之内，就会有援军消息。"张作砺环视着四人说道。

"张大人所言甚是！据臧某所知，那于乐吾麾下多为草莽乌合之众，可以劫掠乡野，难以攻坚克城。我等只需坚守不出，对方便无可奈何。听闻那栖霞县城之所以失陷，乃是有奸贼混入城中，与之里应外合。有此前车之鉴，我招远城中亦需严防奸细。"臧梦麒应和道。

一旁的欧显明听到"奸细"之语，心中不免"咯噔"一下："难道说这姓臧的听到了什么风声？"

正在疑惑之间，只听张作砺喜道："臧乡总有勇有谋，这城防事宜，还需多多仰仗了。"

"张大人过奖了，我四人定当同心协力，为朝廷尽忠。"臧梦麒谢道。

"真是小人得志！到时有你的好看。"此时，欧显明感觉臧梦麒只是立功心切而并不知情，当下松了口气，不由得暗自骂了一声。

随后，张作砺按照东南西北的顺序，将四人防区依次分配：臧梦麒守南门，石崇金守东门，欧显明守北门，刘二揣则被安排到了西面——那里正对一片荒岗，招远建城之初，堪舆者便认为此处地势带有冲煞，不宜开门，故招远县城并无西门。

"只要大家拼力守城，能够击退叛贼。事后我自当为诸位申请奖赏，朝廷想必也会不吝官爵。届时，各位便可光宗耀祖、泽被子孙了。"布置完防区，张作砺话锋一转，又鼓励起四位乡总。

"多谢大人！"臧梦麒率先应和道。石崇金、刘二揣紧随其后接连表态，欧显明见状，也不得不吭了一声。

张作砺并未觉察到欧显明的微妙态度，此前他虽对臧、欧之间的不和有所耳闻，但未曾多做联想。毕竟同僚互相倾轧这种事情，在官场上也并不鲜见。而他此次之所

以对臧梦麒格外倚重，原因很简单——对方的两个儿子都在京城的国子监中读书，战事一开，便形同人质，不由得臧梦麒不忠心。

"诸位在才能上原本不分伯仲，但群龙不可无首，我权且委任臧乡总为城防总团练。每日寅末，由他召集各位在魁星楼中碰头议事，布置当天安排。其余时候，大家则各司其职。"张作砺又对众人道。

说起这座魁星楼，还与北宋时的一位状元有关。宋仁宗嘉祐六年（1061年），掖县罗峰镇人王俊民考中状元。而到了金代，罗峰镇从掖县析出，成为招远县驻地。王俊民的籍贯归属，自然也就由招远县承继。当地人为纪念这位名士且祈求文运昌盛，便在城垣的东南角建起了这座魁星楼，按时祭祀。这座魁星楼修得壮观，堪称招远全城的制高点，不想在战时竟派上了如此用场。

对于张作砺的安排，臧梦麒自然是喜上眉梢，而石、刘、欧三人见知县主意已定，也不便多说什么，就各自点了点头。

次日上午，于乐吾所部抵达城东十里处。魁星楼顶的哨兵率先发现敌情，连忙鸣锣示警。欧显明闻讯登上城头，他见对方军容甚盛，心中不禁有些得意："于乐吾果然靠得住。姓臧的这次是栽定跟头了。"

正在瞭望之际，忽然有小卒前来传信："臧总团练下令城头各处火器装填弹药，待敌军靠近城池一里之内，便可轰击。"

欧显明听说这是臧梦麒的命令，当下颇感不快，便没有应声。而那小卒也颇不知趣，又高声复述起来。欧显明大怒，一边将手伸向腰间，一边恶狠狠地骂道："狗东西，我不聋！"

一旁之人见他有拔刀之意，纷纷上前劝阻。小卒这时也反应过来，慌忙开溜了。

城中的紧张气氛持续了约半个时辰，直到于乐吾所部在城外六里许止步扎营之后，方有所放缓。随后，于家派出少许骑兵抵近试探。东门石崇金所部当即施放火器。一时之间，轰鸣声四起。那些骑兵见城中有备，很快就退了回去。

臧梦麒见对方并无立即攻城之意，便又传令下去：不必浪费火药，保持戒备即可。

夜幕降临。在城头苦站一天的乡勇们陆续下去休息，只留下少许人员留守巡逻。

而就在这个间歇，一个黑影从北门附近缒城而下，快速向于乐吾营寨奔去。

原来，于乐吾上次已在信中与欧显明约定：待大军兵临城下，后者便派人将城防图送出。

收到密报之后，于乐吾同赵守忠商议了一番，定下"佯攻于南而暗度于北"之策。他随即回信告知欧显明："三日之后的辰时初刻，自己将命人佯攻南门以吸引臧梦麒注意。欧显明则趁此机会暗中开启北门，引领大军入城。"

同于乐吾联手之事，除信使外，欧显明之前并未向他人提起。但如今举事迫在眉睫，他也必须提前向左右透风了。当天深夜，在信使返回之后，欧显明便将相应头目唤至北门城楼，告知自己和于乐吾的约定。

原本在招远四位乡总当中，欧显明地位最高，但这两年来，臧梦麒成为县衙里的红人，风头盖过前者。一损俱损，一荣俱荣，欧显明的手下自然也是心怀不满。因此，当他们听到欧显明打算同于乐吾联手对付臧梦麒时，均无异议。

不过，当欧显明说到于乐吾的具体筹划时，却有一人提醒道："若按此行事，我等功劳甚小，将来未免受到于家轻视。不如自己抢先动手，先将臧梦麒拿下，然后再开城。这样既可亲手报仇，也能让于家刮目相看了。"

欧显明细细一想，感觉颇有道理，便让对方继续说了下去。那人道："臧梦麒每日寅末都会在魁星楼中召集各位乡总议事。此时，其身边护卫不多。我等不妨在第三日一早趁此机会，在楼中将他擒住。"

"要擒住对方，就需带足人手。可那魁星楼地处城墙东南角上，我等从北门过去，要么取道东门，要么绕行西边。看来若想成事，还须争取石崇金或刘二揣相助了。"欧显明自忖。

两人当中，石崇金与臧梦麒关系亲近，而刘二揣则与之较为疏远。欧显明很快拿定主意：找刘二揣当帮手。

于是，他吩咐手下先做准备，自己则悄然前往刘二揣的住处。

刘二揣读书不多，如同多数地方草莽人物一样，他对明朝并不怀念，对清廷也谈不上忠心。其行事原则只有一条，那就是对自己有利即可。眼下，他见于乐吾大军声

势浩大，加之欧显明许以若干好处，便答应入伙了。

接下来的两日，于乐吾所部皆按兵不动，城里城外相安无事。转眼之间，便到了第三日的凌晨。

欧显明当夜未睡，寅时过后，他在北门望见魁星楼第二层亮起了灯火，心想臧梦麒已经进入楼中，当即率领早已集合好的五十名刀斧手，向那边赶去。

走到西侧的城头，刘二揣如约率数十人加入行列。众人随即转入南边的城垛，进入臧梦麒的防区。

臧梦麒治军严整，白日里刀枪环列，可谓戒备森严。不过，此时天尚未亮，多数壮丁还没上岗。少许值守者见是欧显明、刘二揣带队，亦没有多问。很快，众人便来到了魁星楼外。

"两位乡总是来议事吗？怎的带了这么多人？"守门的两名壮丁感觉情况有异，便开口问道。

欧显明并不搭话，只是向后挥了挥手。随即，几名刀斧手冲向前去，迅速将守门者绑缚了起来。紧接着，大门被撞开，众人一拥而入。

但奇怪的是，非但臧梦麒不在楼中，其他人影也未见一个。欧显明和刘二揣正在疑惑之际，忽听外面传来阵阵呐喊声，两人从楼上一看，只见有数百名壮丁齐举火把、各执刀弓，已将魁星楼团团围住，而领头者正是臧梦麒。

原来，那臧梦麒眼线众多，欧显明平素跟于家交好之事，他早有耳闻。前几日，于乐吾大军兵临城下却围而不攻，更是令他心中生疑，便外松内紧，暗中派人紧盯欧显明的举动。

恰在此时，刘二揣手下一名头目有个姨表兄弟在臧梦麒麾下效力。其得知欧、刘二人将在魁星楼举事，生怕表弟受到牵连，便悄悄提醒对方当日早上避开此地。后者听闻，越想越觉有异，便向臧梦麒如实禀告。而盯梢者也反馈说：欧显明近来频频召集下属头目密会，似在商议什么要紧事。

臧梦麒断定欧、刘兵变在即，立即面见知县张作砺。大敌当前，且有人证，张作砺不得不信其有。两人商议："若直接派兵捉拿，恐怕打草惊蛇。不如将计就计，在魁

星楼外设下埋伏，等欧显明自己上钩。"随后，臧梦麒又找到石崇金，说服后者站在自己这边。

"欧乡总，你我多年共事，情面还是要讲的。我已在知县大人面前为你说情，只要你能迷途知返，便可既往不咎，保全性命。"臧梦麒见对方现身窗口，便高声喊了起来。

欧显明又惊又恼，他心知情形不妙，但又不甘束手就擒，便施展起缓兵之计。思定之后，他对楼下喊道："臧梦麒，我跟刘乡总前来议事，你为何要带人将我们围住？莫不是想加以陷害？张大人现在何处，我要请他来做主！"

臧梦麒冷笑道："事到如今，你居然还这般嘴硬。张大人公务繁忙，无暇见你。你且看这人是谁？"

话音落下，左右从其身后推出一名被五花大绑的男子。欧显明定睛一望，那人正是自己安排留守北门的一名头目——原来，就在欧、刘二人带队奔向魁星楼之时，臧梦麒的手下已突袭了北门，将这名头目捉住。刀架脖子之下，他便将欧显明的计划和盘托出了。

"现下该当如何？"一旁的刘二揣悄声向欧显明问道，其语调发颤，显然已有怯意。

欧显明往城外于乐吾营寨的方向望了望，咬牙道："于家原本约定辰时攻城，只要援军到来，翻盘就有希望。现在唯有拼力守住这魁星楼了。"

他随即拔出腰间佩刀，对左右道："弟兄们，这姓臧的要置我们于死地，大家跟他拼了！不要怕，城外援军稍候就到。"说着，便带人奔下楼去。

臧梦麒所部人数虽多，但欧显明这边困兽犹斗，一阵拼杀之后，竟也难分胜负——前者不能攻入楼中，后者也无法突出重围，双方隔着门口对峙起来。

这时已至卯初，天边浮现亮意。臧梦麒见状，担忧于乐吾发觉之后趁机攻城，不由得狠下心来，命令采用火攻。随即，其手下壮丁便纷纷将带火的箭矢射向楼上。那魁星楼乃是木质，不多时便四处着火。

烟熏火燎之下，楼中有些刀斧手忍受不住，便夺门而出。但他们很快就被弓箭射杀，剩余之人就不敢再越雷池一步。

魁星楼的火越烧越大。城外于乐吾营寨中值守的军卒发现之后，连忙进帐通禀。

于乐吾和赵守忠闻知消息，料想是城中有变，就一面传令全军整装备战，一面吩咐于十率人前去打探消息。

过了一会儿，只见于十神色惊慌地赶了回来，上气不接下气地说道："不好了，欧乡总已经葬身在魁星楼火海之中了！"

32.康王城

闻知魁星楼的变故之后，于乐吾颇为愤怒："这欧显明不守约定，自作聪明，真是成事不足败事有余！"

气归气，事已至此，他只能传令强攻招远城。随即，群雄各率所部冲了上去。

然而，臧梦麒也确有些手段。解决掉欧显明之后，他很快督令城头兵卒排好守御队形，逐次施放火器和弓箭，打得于家人马难以靠前。从清晨至黄昏，城外冲锋多次，却无一人能登上城头。

日落之后，双方鸣金收兵。次日一早，于乐吾又要下令攻城，但此时有探马来报："掖县、黄县方向均见人马调动，恐是登州镇和莱州营的清军赶来增援。"

赵守忠闻讯劝道："于兄，欧显明自作主张，兵败身死，我等已失先机。如今城中防备森严，强攻难以奏效。若迁延数日，待对方援军到来，形势更为不利。而今之计，不如收取招远郊外之官仓粮米，退回栖霞本营，再做计议。"他对于乐吾道。

"唉！也只能如此了。"于乐吾沉思了一阵儿，心中虽有不甘，最终还是点头答应。

当日上午，于家人马开始拔营东走。城中守军远远望见，不知其中虚实，倒也不敢开门追击。招远之战，就此匆匆收场。

此次攻打招远未能获胜，加之欧显明身死的消息在群雄中发酵，回师途中，全军士气颇为低落。

赵守忠对此看得真切，当大军行至栖霞地界后，他忍不住又向于乐吾提议道："于兄，招远未克，西进策略已难实现，眼下军中士气不振，接下来何去何从？应当立

即明确。否则人心离散，就将大事去矣！"

于乐吾心里亦有此忧虑，便传令就地扎营，召集群雄到中军帐议事。

待众人到齐，于乐吾朗声道："招远城未能攻克，全怪于某统率无方，与诸位无干。但好在我军损失不大，且收缴若干粮草。那官府人马又龟缩城中，不敢出来应战，也算是给他们一个下马威了。"

他略一停顿，看了看群雄的脸色变化，又接着问道："下一步该如何行事，不知诸位可有高见？"

一阵窃窃私语过后，李茂起身应道："于大哥，攻打招远是我上次提的主意，要怪就怪我吧！"

于乐吾面色放缓，安慰道："胜败乃兵家常事，此次欧显明临时生变，打乱我军部署。李兄弟何须自责？你若还有良策，但讲无妨。"

李茂道："西进之策，原本欲阻清军于胶莱河以西，然招远未能攻克，莱州已有防备，势难继续用兵。进攻既不可得，唯有提前着手防御。依李某之见，与其全军聚于锯齿山，不如令众人分兵，于各自州县抢占险要之所，成掎角之势。如此则可牵制清军兵力，使之不能专攻一处了。"

话音落下，群雄当中有多人相继点头，显然对李茂的提议很是赞同。

"李兄弟说得有理。俗话说，强龙难压地头蛇。我等在故乡皆有根基，何必舍近求远，到陌生地方打仗？不如各回所在，分立营寨，如此一来，粮饷压力亦可缓解。"常和尚此时也站起表态。当初在会上，他对西进之策便不以为意，此次攻打招远受挫，更是坚定了他原先的想法。

听到"粮饷"一词，于乐吾面色微变。群雄若一直聚集于唐家泊，这粮饷开销自然需由自己供应。眼下虽尚能应付，但时间一长，恐难以支撑。而十多年前他之所以接受清廷招安，就与粮饷缺乏有直接关系。

接着，又有数人发言附和。于乐吾见状，心有所动，不禁向赵守忠望去。

经过招远一战，赵守忠对群雄的攻坚能力已有清醒认识，此时对南下或西进已不抱奢望。方才他认真听了李茂的那番言语，感觉也没有比之更好的办法。因此，于乐

吾向这边看过来之时，他便点了点头，以示赞同。

"既然诸位对李兄弟的主意均无异议，我们便照此行事。事不宜迟，我看也不必一起回唐家泊了，大家就在此别过，回去分头起兵。"于乐吾道。

众人纷纷答应，然后各自离开了中军帐。

中午过后，群雄陆续踏上返程。杨彦也专门来向赵守忠辞行。此战当中，杨彦所率的鸟铳队虽然击杀多名守军，但终究难以力挽狂澜，而他本身又是招远人，对于这个结果难免有所失望。

赵守忠劝慰了他几句，又随口问道："听闻你和李茂平日以周家大山为本营，可叹我孤陋寡闻，还不知此地究竟，想必也是一处险要之所吧？"

"那周家大山虽不如锯齿山险峻，但地处两县交界，又有小沽河为依托，却也称得上易守难攻。不过，刚才听李大哥说，我们这次并不回周家大山，而是前去康王城安营。"杨彦答道。

"康王城？"赵守忠有些不解。

"这康王城我也未曾去过，据说是在平度州的东……南方位，汉代曾是那胶东……康王的封地，当时应叫作即墨城。不过后来即墨县迁徙他地，此城废弃，民间便将之称作'康王城'，与现今的即墨城相区别。"杨彦解释道。这些信息他显然也刚知晓不久，讲述起来并不是那么自然。

"哦？原来这是一座废弃的古城？"赵守忠又问。

"对，李大哥是如此说的。"杨彦点了点头。

"李茂这般行事，想必有所用意。我且去问他一问。"赵守忠心想。经过这几次开会议事，他发觉群雄大多勇猛有余而谋略不足，唯独李茂数次发言，见解均与自己有相合之处，因此这时格外想知道他此行之目的。

随即，他和杨彦找到李茂，详细问起进军康王城一事。

"兄长有所不知，"李茂道，"周家大山虽然易守难攻，但所在偏僻，难以影响大局。而康王城毗邻大路，有城垣可做依托，又无官军驻扎。倘若我能在此站稳脚跟，西可瞭望清军主力动向，南可牵制即墨营敌兵，周边又皆是良田沃土，足以赡养军士，可

作长久之计。昔年我在登莱游荡时，曾去过那里，此次因而想起。"

"贤弟果然智勇双全！愚兄忝为军师，却自愧不如了。"赵守忠见李茂考虑周密，不由得开口称赞。

"兄长过奖了。"李茂脸上浮起一丝笑意，却又转瞬即逝。

他向四周望了望，然后靠近赵守忠耳旁，低声道："兄长，不瞒你说，这次前去康王城，我并未打算活着离开。自从甲申之后离开故土，在外漂泊了这么多年，身心已倦，该有一个了断了！"

赵守忠吃了一惊，但很快就明白了对方的言外之意：清廷重兵即将压境，于家孤军奋战，恐怕毫无胜算，李茂显然已经意识到了这一点；不过他虽对前途悲观，却已下定决心要奋战到底了。

一时之间，赵守忠不知该说些什么。其实他自己心中所想，不正与对方相同吗？

他凝望了李茂一会儿，最后只缓缓道出两个字："保重！"

从栖霞西境至康王城约有两百里路程，李茂、杨彦率部出发之后，经过三天跋涉，方才抵达。

那康王城虽是黄土夯建，且已历经上千年，但保存倒也算完好，且城内也有村落民房可供居住。李茂所部进驻之后，稍加修葺，便有了营寨的模样。

此后半个多月里，李茂以此为根基，陆续袭破周边多座官仓，夺取了大批粮草。而四周饥困乡民见状也纷纷来投，其麾下之众很快就突破了千人。

平度知州听闻消息大为惊恐，生怕对方哪天忽然兵临城下，忙向莱州知府告急求援。

此前于乐吾攻打招远之时，莱州知府虽也紧张，但招远毕竟属登州府管辖，与他并无直接干系；而如今李茂占据平度州的康王城，已将火烧到了莱州府地界，知府便再也坐不住了。他当即派出快马，将消息报知省城，请求山东巡抚蒋国柱就近调遣兵马前去征剿。

这时，清廷委任的靖东将军济席哈已率八旗大军抵近山东省境，蒋国柱心中不免也打起了小算盘："朝廷虽下旨以济席哈为征剿主帅，但地方官终究有守土之责。前些

时日，于乐吾进犯招远，所幸最后城池安然无恙。而今康王城虽是荒废之地，倘若任由反贼在此坐大，未免也有失职之咎。不如趁大军尚未到来之际，先打个胜仗，如此也能在朝廷里给自己长些脸面了。"

于是，他作出决定：调兵攻打康王城。

驻防登莱的清军当中，距离康王城最近者，当属即墨营。很快，时任即墨营参将刘国玉便收到了巡抚衙门的檄令——蒋国柱命他迅速带兵北上，会同平度州地方团练，讨平李茂一众。

刘国玉是宁夏人，时年已满五旬。在接到檄令之后，他并没有马上考虑康王城的李茂等人，而是当即想到了自己的儿子——他膝下只有一子，就跟随在营中效力。

"我年事已高，即便此战立功，官职恐怕也难以继续晋升。不如借此机会给儿子铺路，帮他奔个好前程。"他暗自琢磨着。在其眼中，李茂等人不过是一群乌合之众，正是让自己儿子立功的好机会。

打定主意之后，他传令士卒收拾行装，准备三天的干粮，翌日一早便向康王城进发。

这即墨营就在县城以北不远，刘国玉即将率军出征的消息很快就传遍了全城。当日黄昏，赶在城门关闭之前，一名男子策马驰出，直奔西北方向而去。大约三个时辰过后，他已行至康王城外。

夜幕寂寥。这一阵清脆的马蹄声引起了城头值守卫兵的注意。"谁！"他们举着火把向来者大喊道。

那男子并不答话，而是取出一把短弓，搭箭拉弦，奋力向上方射去。还没等值守卫兵反应过来，箭镞便已经钉在了城头的一块木板上。随即，该男子策马转头，消失在了黑暗中。

卫兵将箭从木板上拔出，发现箭尾翎毛处缠着一块布条，内里隐约带有墨迹，似是一封书信。他们不敢贸然拆开，便连箭带信，一同送到了李茂那里。

李茂拆下布条，只见其中写道："即墨营参将刘国玉明日将率部向康王城进发，兵力约有一千五百，且携带火器。小心防备为要！"原来，这是一封提醒他的告密信。

"杨兄弟，你猜这好心人会是谁？"李茂一边把布条递给杨彦，一边问道。

杨彦快速浏览了一番，稍作思考便回道："此次于大哥在栖霞举事，即墨黄家虽未参与，但他们一向与赵军师交好，今晚送信之人，多半就是黄家所派，只不过不愿显露身份罢了。"

"我也是这般认为。"李茂道，"但不管是不是黄家，这消息应当不假。即墨营距此不过七八十里，对方想必明日下午便能赶到。我等需有所准备了。"

杨彦点了点头，问道："是否向唐家泊传信求援？"

"不必了。即墨近，栖霞远，远水难救近火。再说，如今群雄已经分兵，于大哥那边就算想来救援，恐怕也派不出多少人马。"李茂道。

说完，他在屋内一边踱步，一边思考对策。

过了大约一盏茶的工夫，他大喊一声："有了！"随即停下脚步，对杨彦耳语了一番。后者听完，便下去布置了。

次日申时，刘国玉率军杀至康王城外。待距城约两里许，只见城门开启，一队人马摆出阵势，似要在城外与清兵交战。

刘国玉略有吃惊，但很快就反应过来："这帮土寇竟敢出城应战，真是不知天高地厚！"

随即，他下令全军止步，就地安放火炮——即墨营中共配有六门红衣大炮，此次出征带了其中的四门。

"给我打得准一些！"刘国玉举起马鞭，大声对炮手道。而随着鞭子的落下，四门大炮也先后发出了轰鸣，城门周边瞬时升起一片硝烟。

几轮轰击之后，刘国玉望见对方阵型已散，不少人正向城内逃去，他鼻孔中不由得"哼"了一声。

"果然是一群乌合之众，想必还不曾见过火炮的厉害，这会儿才知道抱头鼠窜。"他是正规行伍出身，对于绿林之辈一直存有偏见，此时见如此情形，更是感到轻蔑。

"前锋将士听命，对方阵脚已乱，你等立即夺门入城，将之一举击溃。"刘国玉下令道。

话音落下，两三百名清兵叫嚷着向城门冲去，而骑马领在前头的，正是刘国玉的儿子。

按照清朝法度，"攻城先登"为战场大功，轻则赏银，重则加官。而刘国玉事先已经跟其他将佐打好招呼，此战务必要让自己儿子崭露头角。因此，在冲锋之际，众人都识趣地控制步伐，跟在对方身后。

少顷，这队清兵已攻至门口。守军不及关门，便被清兵冲散。刘国玉远远望见儿子取得先登之功，心中颇为欢喜。

不料，待清兵全数入内，城头忽然竖起一面黑旗，紧接着响起一阵急促的钟鸣。钟鸣过后，阵阵呐喊声又此起彼伏——原来，李茂方才所用的是诱敌之计，他见清军前锋已然上钩，便指挥城内伏兵杀出。其麾下之众虽然不如清军训练有素，但一来有人数优势，二来占据地利，三则出其不意，因此很快将对方围困起来。

而城外刘国玉那边，此时也已看出情况有变。他本以为对方不堪一击，没想到竟也通晓兵法韬略，如今儿子已身陷险地，心中不禁又急又悔。

救子心切，他当即下令炮手向城内轰击，但转念又怕伤及自己人，便连忙收回成命。

眼见别无他法，刘国玉一咬牙，挥鞭向前，率领全军冲了上去。

待距城门只剩数十步远之时，一排清脆的鸟铳声忽然响起，数名清兵应声倒地。随即，又有一阵乱箭射了过来，将前面的几个骑卒打下了马。

刘国玉见状，忙指挥盾牌手上前列阵，鸟铳手和弓箭手则在后向城头射击。一时之间，枪声大作，箭矢如雨。城头守军当下也伤亡多人。

守军虽然装备不如对方，但毕竟是居高临下，再加上杨彦枪法神准，几轮对攻下来，清兵迟迟未能攻进大门。

此时在城内，陷入重围的清军前锋已逐渐不支。几名较为老成的将佐见势不妙，连忙掩护着刘国玉的儿子向城门逃去——在他们看来，眼下的失利倒不算什么，主将之子却是不容有失的。

李茂望见这一场景，当下猜到几分。他从身旁士卒那里要来弓箭，瞄准人群簇拥

之中的那名青年，拉弦射了过去。

刘国玉的儿子终究有些武艺，他见李茂朝着这边张弓，急将身子一缩。就在这一刹那，箭矢从他头顶飞过，射中了旁边的一名骑兵。

李茂见一击不中，便又在弦上搭了一支箭。然而，众将佐此时把刘国玉的儿子护得更紧，放箭已无空隙。

待追至城门附近，李茂见对方即将逃出，忙向城头大声喊道："杨兄弟，快打中间那人！"

杨彦方才正率领部下阻击城外的刘国玉大军，听到李茂的喊声，他当即端起鸟铳朝城内望去。而说话之间，刘国玉之子和身边将佐已策马驰入门洞。杨彦见状，又快速将身子转向城外。

城外这边，刘国玉见儿子从城门中驰出，不觉松了一口气。他刚要开口呼喊，却听到砰的一声响，儿子一头从马上栽了下来——杨彦刚才那一枪，已然击中了目标。

刘国玉大惊失色，慌忙吩咐左右冲上前去。而其子身旁的将佐此时也纷纷下马以身掩护。就这样，众人合力终将伤者抢了回去。

见儿子身受重伤，刘国玉无心再战。他传令收兵，撤至五里外安营。

刘国玉之子伤在后背，起初神志尚清，但不久后就因失血过多而陷入昏迷，待被人抬至帐中时，更是气若游丝。随军郎中看了看其伤口，又把了把脉，随即摇了摇头。

"儿啊！是为父害了你！"刘国玉悲怆之余，不禁自责起来。但很快他就将矛头转到了李茂、杨彦身上："这帮该死的反贼！明日我定要将你们碎尸万段！"

正在恼怒之际，有探马进来通禀："平度知州委派秀才于子林率团练千余人前来助战，现已抵达城北十里处，请求调遣。"

刘国玉毕竟是久经沙场，此刻虽然心绪不宁，但也很快想出一条"夹攻"之计，便派人告知于子林："明日辰时，自己先率兵攻打南门。半个时辰之后，于子林再带领所部从北面突袭。"

翌日一早，刘国玉率军重新杀至城下。此次他吸取昨天教训，不再贸然上前，而是督令炮手轮番向城头轰击。这康王城乃是黄土夯成，难以抵抗火炮。不多时，南门

两侧的城垣就有多处坍塌。刘国玉见时机已到，便令盾牌手为前阵，鸟铳手和弓箭手居中，长矛步兵殿后，逐步向城中逼近。

在方才的轰击当中，南门守军死伤颇多，再加上城垣已有缺口，李茂不得不从其他三面调人增援。如此一来，北门就大为空虚——于子林所部是昨夜抵达，城内对此并未发觉。

大约一刻钟之后，南门战事正在焦灼之际，城北忽然传来了呐喊声。李茂转头望去，只见大批敌人攀上城头，守军抵挡不住，已是节节败退。

"不好！"他在心里暗叫了一声。

33.济席哈

双拳难敌四手。李茂和杨彦纵然英勇，但在刘国玉和于子林的南北夹攻之下，也逐渐不支。

"杨兄弟，我来断后，你率火器队先撤。出东门不远即是小沽河，过河便是莱阳县地界。这即墨营和平度州的敌军，应当不会越界追击了。"李茂见已难坚守，便叮嘱杨彦道。

"大哥，要死一起死！你若不撤，我也不走。"杨彦语气坚决。说话间，他施放鸟铳，当即击倒了一名清兵。

李茂摇了摇头："你枪法神准，到于大哥和赵军师那里，还能帮上大忙。我意已决，不要再执拗了！"

杨彦正要继续回话，却见城下有一支箭矢向李茂飞去。他挥动枪杆想向前格挡，但已是不及。而李茂刚才因讲话而分心，也未能闪身躲过去。这支箭不偏不倚，射中了他的左肩，并将之击倒在地。

"大哥！"杨彦扔下鸟铳，忙上前去扶李茂。李茂忍住疼痛，单手撑地，背倚着杨彦坐起身来。

"杨兄弟，事已至此……你无须管我，请快……快离开吧！"李茂断断续续地说道。

"不！我绝不苟且偷生！"杨彦仍不答应。

李茂叹了口气道："我并不怕死，但怕死而无名……李家世代军职已在我手上断绝，倘若再不留下些许名声，实在是愧对祖宗……昨日一战，我等力挫敌军，也算

257

是有些交代了。杨兄弟，望你突围之后能将此战经过告知唐家泊诸位英雄。若能如此，我便死而无憾了。"

杨彦心中一阵酸楚。他跟李茂相识虽晚，但这些年来患难与共，已然结下深情。此时见对方"其言也哀"，便不忍拂逆这番愿望。他含着泪，点了点头。

李茂嘴角露出一丝笑意，他努力站起身来，攒足力气对城外喊道："大明莱州卫副千户李茂在此！有胆的，尽管朝这边来！"说完，他向杨彦使了个眼色，示意对方赶紧离开。

杨彦狠了狠心，招呼部下各自携带鸟铳，向城东奔去。

城头守军本就不占优势，而杨彦率火器队离开之后，对下面的攻击力更是锐减。不多时，刘国玉麾下的清军就从缺口冲入城内，与自北而来的于子林所部会合。

守军当中有些士卒刚投奔李茂不久，见此情形，早已是慌了手脚，纷纷扔下兵器四散逃去。而刘国玉报仇心切，下令不得放走一人。手执鸟铳和弓箭的清兵，便将他们逐一射杀。

李茂左肩受伤，已无法挽弓。他见清军陆续登上城头，就横下心来，单手挥刀，率领所剩不多的亲随冲了上去。

一阵短兵相接过后，李茂砍倒了五六名清兵，但他的后背和腿上也各添了两处伤，而其余亲随皆已陆续战死。

"罢了！"李茂叹了一声。他用力格开了一名敌人的进攻，然后刀锋一转，抹向自己的脖颈……

此时，杨彦等人已行至东门外的小沽河边。他们听闻枪声渐稀，料想是清军已攻入城内，不禁皆觉揪心。

这小沽河虽是一条大川，但冬季水浅，亦可蹚过。然而河水太过冰凉，腿脚涉入其中，不多时便有麻木之感。杨彦一行纵然心急，却也只能缓步前进。

待众人行至中游时，清军也已追至河边。刘国玉本想下令追赶过去，但身旁有将佐提醒道："此次巡抚衙门的檄令，仅是征剿莱州府境内土寇，而过河便是登州府辖地，擅自越界恐有违令之嫌。"

258

"啪!"刘国玉狠狠地甩了一下鞭子,显然十分不甘。随即,他喝令鸟铳手上前列队,朝着河里大肆射击。其言下之意无非是:"人不能越界,弹丸却不长眼睛。"

不过,此时杨彦等人距离已远,清兵几番射击下来,均未能打中。

"废物!"刘国玉骂了一句。他眼见对方即将过河,急切想挽回些颜面,便高声叫喊道:"没种的反贼!别光顾着逃,且看看这是什么?"

河里一行人转头望去,只见清兵用旗杆挑起一颗首级,正在来回挥动。仔细辨认,那首级不是旁人,正是李茂。

杨彦悲愤莫名。他取下扛在肩头的鸟铳,快速装填完毕。只听"砰"的一响,手执旗杆的那名小卒便应声倒地。

岸上其余清兵见杨彦枪法如此神准,皆感胆寒,不由得均向后退了几步。骑在马上的刘国玉遂暴露在前。

杨彦见状,从同伴手里接过另一支鸟铳,马上又开了火。弹丸呼啸而去,击中了刘国玉的右臂,将他从马背上掀了下来。

"快上前掩护!"清军其余将佐此时才反应过来,急忙吩咐道。一队盾牌手随即在刘国玉身前围成了一个圈。

杨彦不再恋战,他收好鸟铳,带领众人朝着康王城默祷了一阵儿,然后匆匆登岸而去。

于乐吾和赵守忠得知康王城之战的消息,是在三日之后。当晚,杨彦一行赶到唐家泊,将其中经过细细叙说了一番。赵守忠听闻,不禁想起上次分别时李茂的那番话语,心中顿感凄然。

"李茂兄弟果然是条汉子!这仇,我一定要报!"于乐吾咬牙道。

他命人先将杨彦一行安顿下来,随即单独跟赵守忠商量起接下来的对策。

"按杨兄弟所说,此次进犯康王城之敌,乃是即墨营的清军与平度州的团练。他们此次虽侥幸取胜,但并未越界东征,暂时不足为惧;而登州府地界的清兵,已被我军多方牵制,亦不构成威胁;唯有济席哈所率的八旗兵马,方是心头大患。"赵守忠道。

"济席哈是何人物?先生可有了解?"于乐吾问。

赵守忠不禁思及往事，他停顿片刻，方答道："此人当年曾在浙江与鲁王麾下义师多次交战，后来又参与福建、云南等役，久经沙场，堪称宿敌。"

"清廷此次为对付我等，也真是煞费苦心了。"于乐吾听闻，颇为感叹。

"现今康王城失陷，栖霞以西已无藩篱。我等应加派探马，及时侦知济席哈动向，以便及早应对。"赵守忠建议。

于乐吾颔首道："前几日济南那边送来消息，说济席哈已率军逼近山东省境，倘若行军较快的话，半月之后便可进抵潍县、昌邑。好在昌邑与掖县之间尚有胶莱河阻隔，大军过河，总要费些时日。我稍后便派人前去胶莱河口盯梢，若有风吹草动，立即报知本营。"

"清军人数占优，装备又远胜我等。届时想必将有一番苦战了。"赵守忠应道。

"依先生之见，我等当如何应对！"于乐吾问。

"野战难有胜算，唯有坚守之策可行。"赵守忠道。

"那是守栖霞城，还是守锯齿山？"于乐吾又问。

"若论形胜地势，自当是据守锯齿山。不过，栖霞城乃粮饷之源，一旦有失，难免坐困于荒山野岭。因此，城中亦当分兵防御。届时，兄长不可再拘泥于先前与众绅士之约定，应将城外兵马调至城内。至于唐家泊，战事一开，恐难守住。若想保全眷属家资，应当尽早转移他处了。"赵守忠又道。

于乐吾不觉陷入沉思："自家在唐家泊经营数代，根基已深，骤然放弃，难免不舍；但敌军即将压境，若不早做决断，恐将玉石俱焚了。"

他尚在踌躇之际，只听赵守忠又道："坚守之策，关键在于外援。清军势众，若来围攻，必定是水泄不通。届时当如何联络外援，亦需提前筹划。"

"此事倒无须忧虑。先生有所不知，那锯齿山有数百丈高，在山巅点燃烽火，百里开外亦能看清。清军进犯之时，我便以此为号。福山县邢兄弟、宁海州常兄弟等人见到烽火，便可各自行动。"于乐吾道。

"如此甚好，是赵某孤陋寡闻了。"赵守忠应了一声。

商讨过后，于乐吾将于九、于十及尹应和等人喊来，逐一面授机宜。众人依次

领命，便各自去准备了。

此时，在省城济南，蒋国柱亦收到了康王城的战报。闻知获胜消息，他当即命幕僚起草奏折，向朝廷报喜。

不料，数日之后，京师却传来这样一道上谕："无规矩无以成方圆。平定登莱事宜，由靖东将军济席哈全权专征，前旨早已申明。蒋国柱私自调兵征剿，虽获小胜，但不成体统。今后若再有进取，须先咨禀济席哈方可。"

蒋国柱见邀功不成反遭训斥，心中颇感懊恼。他揣摩着上谕的口气，猜想多半是济席哈在背后使绊，但对方出身于满洲正黄旗，更受朝廷信任，眼下又有钦差专征之权，自己也只能打落牙齿和血吞了。

原来，济席哈虽于顺治十六年（1659年）的云南之役中立有战功，但在保举部下时忤逆了上峰，因此受到了降爵的处分。他对此耿耿于怀，一直想寻机重新正名。

清廷决定派兵征剿于乐吾的消息传出之后，济席哈多方活动，终于说服辅政大臣们任用其为统兵人选。

自从圣旨下达，他便视此事为禁脔，绝不愿旁人插手。蒋国柱调兵攻打康王城，虽然只是侧翼辅助之战，但也犯了济席哈的忌讳。于是，他在行军途中上书朝廷，要求地方人马不得擅自行动。而辅政大臣那边亦希望由济席哈出面立功，以此彰显八旗军英勇不减当年，所以便有了前面那道申饬蒋国柱的上谕。

上谕发布之后，蒋国柱虽敢怒不敢言，但济席哈并不肯罢休。数日之后，当大军途经省城济南时，他一开始通知蒋国柱出城迎接，后来却又临时变卦，借口军务紧急绕道而行，让蒋国柱跑了一场空。

连番遭到奚落，蒋国柱再也忍耐不住。但他并无太好的办法，只能试着让对方吃颗软钉子——他上奏朝廷，声称自己旧疾复发，难以理政，请求卸职返乡调养。

对此请求，清廷虽未准允，却下诏将原山西总督祖泽溥调任山东，令其统率当地绿营兵马，配合济席哈征剿。而蒋国柱那边，则只负责本省日常政务，不得继续插手战事了。

济席哈大军过了济南之后，循大路向东，经淄川、青州、昌乐、潍县等地，抵达

昌邑县地界。此时，已是顺治十八年（1661年）十一月中旬了。

到达昌邑县之后，济席哈下令全军暂停行进，开始筹划具体用兵方略。

他取出登莱二府地图，并找来各州县的官佐，让对方依次告知当地"反贼"兵力及位置，然后逐一在地图上标明。

当问及平度州情形时，该州所派官佐不知蒋国柱和济席哈之间的过节，还想在后者面前邀功，便高声道："平度州东境之康王城，原为于逆同伙李猫子占据。日前巡抚大人已委派即墨营官军及本州团练加以剿灭。平度地面，现无贼踪。"济席哈听闻此言，面上虽未变色，心中却颇有不快。

待众人汇报完毕，济席哈纵览全图，发觉于乐吾麾下虽已有上万人马，但部署相当分散，且大多位于栖霞以东和以南的州县：邢小泉所部两千余人占据福山县磁山周边；常和尚、张振纲各有一千余众，分居宁海州东境和文登县南乡；高要亭、刘长千率七八百人活跃于宁海州南之三佛山；徐耀门、徐海门兄弟和段忠续则分别在莱阳县招虎山和即墨县崂山结营，麾下各有千余人；而占据栖霞县城和唐家泊的于乐吾本部人马，数量有五千余众。

"擒贼先擒王。其余小股贼寇皆不足为惧，交由山东本省绿营弹压即可。此次进兵，我等只需集中全力剿灭栖霞于逆。图大人以为如何？"济席哈向身旁一位将佐问道。

这位将佐名叫图喇，亦出身于满洲正黄旗，此前在兵部任郎中之职。征剿于乐吾一事，系因宋奕炳至兵部投告而起，而被于家所杀之官差，亦是由兵部委派。所以此次济席哈出征，兵部便派图喇随军参赞。他虽非济席哈旧部，但与之同旗，身后又有兵部撑腰，因此在众将佐当中尤受信任。

"大将军运筹帷幄，下官钦佩至极！"图喇恭维道。原本清廷委任济席哈的官职是靖东将军，中间并无"大"字。不过，这一路之上，图喇及其他将佐却不约而同，始终以"大将军"来称呼之。

济席哈面露微笑，接着问道："依图大人之见，我等当如何攻取栖霞？"

图喇料想济席哈已有对策，便回复道："下官愚钝，请大将军明示！"

"诸位且看地图！"济席哈抖擞精神，对图喇及其余众人道，"贼寇人数虽多，但

栖霞以西，并无营寨。我军渡过胶莱河后，可长驱直入。不过，那于逆狡猾多端，沿途想必早已派人在暗中打探我等动向。倘若全军皆按部就班过河，对方听到风声之后，必将提前准备。如此，便难以快速取胜了。"

"难道是要采取奇袭之策？"图喇已从济席哈的话中猜到了几分。

果然，济席哈接着道："胶莱河下游渡口，以平度州新河镇为要冲，贼寇探马想必亦集中于此。我军主力可先向新河镇移动，但暂不过河，以迷惑对方。同时，拣选精壮轻骑，抄小路自上游而渡。然后取道莱阳，直奔栖霞，掩其不备，必能一举克城。只要县城收复，贼寇便难以掀起风浪了。"

"大将军高明！"众人齐声称赞。

济席哈笑道："不入虎穴，焉得虎子！哪位将军愿做先锋，立此头功？"话音未落，他便将目光投向图喇，显然已有中意人选。

图喇见状，当即明白。他挺身站出，应声道："下官愿往！"而其他将佐也颇为识趣，再无人出声。

"好！图大人勇气可嘉。我现委任你为前部先锋，明日即带八百轻骑出发，沿途可换作本省绿营兵装扮，切不可走漏风声！"济席哈叮嘱图喇道。后者连连点头。

随即，他又对其余将佐道："大家为国效力，职责虽有所不同，忠心却不分先后。诸位不必着急，届时必有各自立功之时机。"

"多谢大将军！"图喇和众人朗声答道。

次日一早，济席哈派出大队人马，前去胶莱河口选址扎营，对外声称将在此处搭建浮桥，定于十日后过河。于家探马闻知此事，奔波一日一夜，将消息送回唐家泊。

"赵先生，清军携带辎重，行进速度想必不快。从平度新河镇至栖霞县城，少说也要四五日，再加上前面过河的工夫。我等还有半月时日可做准备。"于乐吾接到探马回报后，当即找来赵守忠商量。

"于兄，锯齿山圩墙加修尚未完毕，应当尽早了。"赵守忠道。

前些时日，赵守忠曾亲赴锯齿山察看地形。他见此山正面虽然陡峭，但后侧却较为平缓，因此建议于乐吾在后山加修圩墙。不过，于家兵力分散在栖霞城、唐家泊

两处，修筑人手有缺，所以迟迟未能完工。

于乐吾思虑片刻，回道："栖霞有城垣依托，眼下又无危险，可从那边调来人马，帮助修建。我一会儿便命人传信。"

赵守忠点头以示赞同，接着又道："济席哈虽然年事已高，但终究是久经沙场。我等切不可掉以轻心，应加派探马人手，紧盯其动向，以防万一。"

"有理，我稍后也作安排。"于乐吾道。

赵守忠没有接话，于乐吾也不再言语。屋中陷入沉寂，门外的飒飒寒风，这时吹得更响了。

34. 八旗兵

就在于家探马将消息送到唐家泊的当日，图喇所率的清军轻骑，也已换上绿营兵装扮，悄然从新河镇以南四十余里处的三合山渡过胶莱河。

过河之后，这支轻骑快马加鞭，经平度州城而不入，一天疾驰二百余里，于深夜抵达莱阳城下。

莱阳与栖霞南北相邻。于乐吾举兵之后，虑及自己与莱阳士绅多有旧交，因此并未向南进军；而赵守忠当年虽有南北夹攻莱阳之设想，但时过境迁，此次亦未重新提起。不过，即便如此，莱阳县城里还是一片风声鹤唳，知县邹知新不仅向莱栖边界派出多名探马，还早早下令：四座城门关闭三座，只留西门以供进出，而每日酉时一到，这座城门也要立即合上，不管是何来人，值夜士卒一律不得擅自开门，必须由知县亲自确认方可。

当天夜里，邹知新处理公牍至子时前后。他脱下外衣，吹灭灯烛，刚要入眠，便被一阵急促的敲门声惊起。"难道是于乐吾率军攻过来了？"他心中一阵紧张。

开门一看，只见前来报信的士卒也神色慌张。"启禀大人，方才有一队骑兵赶到西门外，口气甚大，声称正奉密令行事，要求进城过夜休整。"对方匆匆说道。

邹知新听闻，不禁想起栖霞城失陷的经过——当初于乐吾所部就是以假扮官差的方式骗开城门，在县衙中将知县擒获。

他本就紧张，思及此事，更是警惕，便先传令全城戒备，然后才带着大批部众前去西门察看。

"城下何人？来此何干？我乃莱阳知县邹知新，守城系职责所在。而今为非常时期，若无官印公文，仅凭空口之词，恕难开门。"登上城楼后，邹知新对着外面高喊道。

"这知县倒也是尽职尽责。"图喇心想，他并未吭声，而是示意一旁的亲兵搭话。

"我等奉密令行事，不便通报官衔，这里有公文一封，邹知县查阅便知。"亲兵大声回复。

邹知新点了点头，命人从城头缒下一个吊篮。亲兵上前将公文信笺放入其中，吊篮随即又被拉了上去。

在火把的照耀下，邹知新打开信笺。他没有立即阅读正文，而是先查验落款处的印鉴。当看到"钦命靖东将军之印"的篆书时，他大吃一惊："今日下午的塘报还说大军尚在昌邑县，如何夜里就已到了莱阳城？"

他又反复辨认了一番，最终确认印鉴为真。"这就奇了。"邹知新带着不解，开始读起正文。

在此间歇，骑在马上的图喇依旧一言不发，只是静静等候。过了一会儿，只听邹知新在城上喊道："速速开门，迎接上差入城。"

且说这莱阳城中，亦有于家安插的眼线。图喇深夜带兵进城，自然也被其看到。不过，他见对方身着绿营兵服装，就未多想，自然也未立即向唐家泊传信。

邹知新办事颇为干练。在他的接应下，这队清兵很快得到安顿，马匹也都吃上了草料。图喇对此颇为满意，不禁称赞道："邹知县恪尽职守，公忠体国。此战获胜之后，我定在大将军面前为你庆功！"

次日凌晨，图喇早早便起。他命士卒卸下绿营兵服，重披八旗战甲，又让邹知新打开北门，率部朝栖霞方向继续进发。

"不好！原来是八旗兵！向北定是冲着栖霞进发！"于家眼线这时方醒悟过来，他不及犹豫，匆忙混出城去，找到一处联络点，吩咐一名手下策马奔向唐家泊。

莱阳与栖霞之间相距约百里，这队清军凌晨从莱阳出发，一路无阻，已末时刻便抵近栖霞城。

在半路之时，图喇就已提前派出探马。而待他率部行至城郊，探马也送回了消息：

"于家人马驻扎在城外营寨中,数量不多,戒备亦不严,显然并未察觉。"

图喇大喜,拔出佩刀,对部众大喊道:"立功正在此时!"说完,他一挥马鞭,率军向前冲去。

当初于乐吾和栖霞城中士绅达成约定之后,便将兵马撤到城外安营。此处营寨由尹应和负责守卫,多时亦有一千余众,数量在图喇所部之上。但昨日于乐吾误以为清军近期不会来攻,下令抽调人手前去锯齿山帮助修建圩墙,这里便只剩下了四百人,并且皆为步卒。

时至午时初刻,营中照旧开伙。正当于家兵卒在排队领取饭食之际,远处忽然传来一片轰隆之声。起初,众人还不明所以。过了一阵儿,声音由远及近,方有耳尖者听出是马蹄响。随即,瞭望台上的哨兵带着颤音喊道:"有敌人来犯,是……是八旗兵!"

众人大骇,纷纷扔掉手中的碗筷,地上瞬间噼啪作响。尹应和闻讯,提刀快步从帐中赶出,喝令部众立即列阵迎战。

然而,为时已迟。他的命令还未说完,一阵箭雨便从天落下,营中顿时大乱。原来,这支清军轻骑乃是济席哈精挑细选而出,士兵个个擅长骑射,在策马颠簸之中便引弓发动了攻击。

接连几轮攻击下来,于家士卒死伤众多。尹应和虽奋力呼喊,但也阻挡不住败兵后退。不多时,清军就陆续冲进了营寨大门。

尹应和见众人无力抵挡,不得不下令撤退。他原想撤到栖霞城中闭门据守,可早有一队清兵拦住此方向的去路。无奈之下,尹应和只好率残兵往唐家泊退去。图喇所部并未追击,而是转头进城去了。

当日早上,在八旗兵向栖霞进发的同时,于家的探马也在往唐家泊飞奔。大约在巳末时刻,他抵达于宅,上气不接下气地将莱阳的消息告知于乐吾。

"糟了!"听闻消息,于乐吾和一旁的赵守忠面面相觑,心中皆感不妙。

"于兄,济席哈那厮果然诡计多端,他此次可谓明修栈道暗度陈仓,表面在下游渡口集结大军,暗中却派人从别处过河,且以绿营兵服装为掩饰,目的即在于出其不意,

偷袭栖霞县城。尹兄那边没有防备，兵力又处下风，恐怕凶多吉少。"赵守忠叹道。

他略作停顿，接着道："此次全怪我未能识破对方奸计，中途还提议抽调人手，以致栖霞城空虚……"

尚未说完，于乐吾便开口打断了他："胶莱河探马上了清军的当，又岂能怪到先生头上？该来的，迟早要来。"

赵守忠颇觉宽慰，他望着于乐吾道："清军那边，现在恐已抵达县城。眼下并无他法，唯有当即发兵增援了。"

"嗯。"于乐吾应了一声，随即对屋外大喊道："击鼓！"

伴随着一阵急促的鼓声，三千余名士卒快速集结成队——除去少许留守锯齿山和唐家泊的部众，这也是于家手头能调动的所有兵力。

"诸位，八旗兵已经打到栖霞，我等该当如何？"于乐吾朗声问向众人。

"杀！"于九、于十等大小头目带着士卒齐声高喊。

"好！全军出发，救出尹兄弟！"于乐吾下令道。这三千人马随即如潮水般涌出了唐家泊村。

一个多时辰过后，大军行至栖霞城东南二十余里处。此时，忽有探马来报："前面山谷中有一队人马正向这边赶来。"于乐吾不敢大意，急令全军备战。

不过，待对方走近，前哨士卒辨认出领头者正是尹应和。原来，他率残部从栖霞城外撤退，正好也走到了这里。

听说尹应和生还，于乐吾那阴云密布的脸上，多少舒展了一些。"尹兄弟！"他边喊边走，快速迎上前去。

尹应和麾下原有四百多人，方才一战过后，逃出来的仅有百余，并且不少还身负伤。于乐吾见状，心中顿时又惊又恨。

"大哥，对不住了！县城丢失……是我无能……"尹应和看到于乐吾，语气中已然带有了哭腔。

于乐吾安慰了几句，又问起事情的经过。尹应和便将战况前后叙述了一番。末了，他加了一句："这八旗骑兵的确强悍，战力远在登州驻军之上。大哥要多加小心！"

十多年前那次起兵，于乐吾虽最终接受招安，但在野战中不曾遇到强劲敌手。不过，彼时与他交手之敌，皆为登州府各处的驻防绿营，而非禁旅八旗。如今后者猝然来袭，其战力之强，也令于家众人吃惊不小。

"赵先生，对方来势汹汹，我等当如何应对？"于乐吾问赵守忠道。他知晓后者在江南时曾有过与八旗兵对垒的经历，此时迫切想听到一些有用的建议。

赵守忠低头思索片刻，回复道："世间有言，女真不满万，满万不可敌。此言诚然不虚。这八旗兵以骑射见长，野战锐不可当。想那万历年间，杨镐大军兵强马壮，四路出击，亦在萨尔浒遭遇大败……"

话未说完，他突感这番言语恐对士气不利，连忙又改口道："不过，清军入关将近二十载，战力已不比当年。晋王李定国就曾在衡阳之战中大败八旗兵，斩杀清廷亲王尼堪。只要扬长避短，我军亦不无胜算。"

"现栖霞城中这队清兵，系轻装而来，人数不多，且未携带火器。我等可趁其立足未稳，连夜攻城，或许能反败为胜！"赵守忠接着建议。

"大哥，赵先生所言有理。虽说打起仗来，难免会伤及城内无辜，但大敌当前，也顾不了这许多了。"尹应和在一旁附和道。适才一战，他既见识到八旗兵野战的厉害，又因被偷袭而有些不甘，因此对赵守忠的提议颇为赞同。

"我本不想在桑梓之地打打杀杀，其心天地可鉴。现今亦是无法了。"于乐吾犹豫了一阵儿，终于下定决心。

"现在埋锅造饭，让士卒提前吃饱。入夜之后，便开始攻城。"他大声吩咐道。

而此时在栖霞城内，图喇也正命令知县翟进仁为获胜的八旗兵准备饭食。此前，翟进仁一直被于家软禁在县衙当中，虽无性命之忧，但不能自由行动，遑论处理公务。而图喇进城之后，急需要地方官配合，便验明其身份，问清原委，令他重新视事。

吃过饭后，图喇立即召集下属布置起城防事宜。进城之初，他就已经派出快马将消息送回济席哈大营。不过，估算起来，援军最快也要两三日才能赶来。在此期间，他必须守住城池，否则就将是前功尽弃了。

不知不觉，日已落山，暮色渐起。在夜幕的掩护下，于九带着先头人马逐渐潜行

至南门城墙根下。杨彦所率的火器队亦在其中。自从李茂战死之后，他一直怀有杀敌报仇之心，此次闻知将要攻城，便主动请战。

夜色愈深，城头上每隔十步就燃起一堆熊熊篝火——这显然是图喇的安排。不过，于家人马熟悉周边地形，都隐蔽在火光的死角当中，并没被守军所发现。

杨彦手持鸟铳，后背紧贴墙壁而立，凝神看着远处。忽然，在寂静之中，传来一声轻响——原来于家人马中有个小卒因为紧张，而不慎松手让弓箭落在了地上。

城头的八旗兵也隐约听到这一声响，他们大为紧张，努力向下张望，却看不出任何端倪，便只好询问一旁的更夫。

更夫是栖霞当地人。图喇认为城内士绅百姓多有通贼嫌疑，本不愿让他们参与守城。不过，更夫有巡夜报时之责，一时之间难以取代，因此便被允许留在了城上。

作为当地人，更夫自然知道城根那几处能藏人的角落。不过，在八旗兵和于乐吾之间，他心里似乎更倾向于后者。于是，当清军问起刚才的动静时，他仅敷衍了几句，并没有认真观察城下的情况。

短暂的嘈杂过后，城头又平静了下来。大约一盏茶的工夫之后，城外远处亮起了一串灯笼，那是于乐吾、赵守忠与先头人马约定的进攻信号。杨彦见状，快速转身，举起鸟铳，对准城头一名八旗兵打了过去。只听"砰"的一声响，对方便栽下城来。

紧随杨彦之后，其他火器手和弓箭手也相继发动攻击。八旗兵未有防备，接连倒下多人。

接着，于家陆续有士卒向上抛出绳索，顺着攀缘到了城头，开始与守军短兵相接，并逐渐占据了上风。

见第一波攻击大体得手，于九连忙吩咐部下吹响号角，通知远处的主力人马上来接应。

号角声方落，呐喊声就此起彼伏，于家大军迅速涌向城边，胜利的天平似已向他们倾斜了。

而就在此时，城门忽然从内开启，一队八旗骑兵竟主动冲了出来。那些隐蔽在城门附近的于家士卒，目光刚才都投向了城头，此刻没有防备，瞬间被骑兵冲散。

原来，图喇得知于家发动夜袭，自忖兵力相差悬殊，据城防御又难以发挥骑兵优势，便横下心来，派出三百骑兵开门迎战。

于家这边多是步卒，夜幕之中视线又受影响，因此，他们虽然人数占优，但逐渐陷入被动。而清军那边，仅凭战马来回冲撞，便可造成死伤。

在此间歇，图喇带人增援城头。上面的于家士卒失去下边接应，也不由得节节后退。顷刻之间，战局已有逆转之势。

于乐吾见此情形，心知先机已失，当即下令撤兵。于家人马遂陆续退至五里之外，而清军也未做追击，交战双方就此脱离接触。

"赵先生，这八旗骑兵果然有些本事，不想竟敢反杀出来。我军夜袭未能成功，白日攻城恐亦非易事了。"对于此战结果，于乐吾颇感失望。在扎稳营寨之后，他便对赵守忠感叹起来。

赵守忠心中亦觉苦恼。要知道，栖霞城中的八旗兵仅是济席哈麾下的先遣人马，而于家这边却未能占到优势；等到对方大军赶来，情况就更可想而知。

他思来想去，却也没有太好的办法。因此，面对于乐吾这番感叹，他只能默不作声，仅轻轻点了点头。

"事已至此，唯有明日再全力攻城了，不能让这些兄弟还有先前的李茂白白死去。"于乐吾又叹了一声。

听到"李茂"的名字，赵守忠头脑中忽然一闪："在康王城之战中，李茂曾采用诱敌之计，力挫即墨营的清军。如今八旗兵两战两胜，气焰愈骄。似可借鉴李茂的方法来应对之。"

想到这里，他急忙上前，向于乐吾耳语了一番。

"好！我这就去安排。"于乐吾的语调也明显升高。

翌日一早，于九又率领一队人马杀到栖霞城下。他们没有立即攻城，而开始破口大骂。

城头上的八旗兵听了，自然是七窍生烟，当即拉弓放箭。不过，于九等人站得分散，又刻意保持了一箭之距，轻松便躲过了上面的攻击。

在八旗将佐当中，有一人唤作"阿纳海"。他弓马娴熟，膂力过人，深受济席哈倚重，但其性情很是暴躁。昨日昼夜两战，其斩杀颇多，因而对城外众人很是轻视。现下见此场景，便向图喇请战。

图喇用兵原本较为谨慎，但昨夜反败为胜，不禁也使他有些飘飘然。此刻见阿纳海态度坚决，他略作犹豫，最终还是点头同意。

城门"吱扭"开启，阿纳海率一队轻骑飞驰而出。他们故技重施，依然在策马之中就引弓攻击。于九所部虽已有准备，但亦有多人中箭。

"快撤！"于九下令道。其麾下士卒应声散去。

阿纳海见状，心中更是不屑，便催动战马紧追了过去。待距离靠近，他放下弓箭，抽出战刀，准备居高冲杀。

而就在此时，只听"砰"的一声鸟铳响，阿纳海从马上跌落下来。随即，一排鸟铳跟着响起，冲在前头的十多名八旗兵接连落马。

原来，赵守忠受到启发，也定下了一条诱敌之计。于九带人前去骂阵之时，杨彦已率领火器队埋伏在半途，只待出战的八旗轻骑进入射程，伏兵就一起射击。阿纳海骄横之下，果然中计。

见敌军被打得猝不及防，刚才一直在远处观战的于乐吾挥动手臂。于十、尹应和便各带人马冲了上去。而于九那边也开始率部转头反击。

剩下的八旗兵群龙无首，不知是战是退。正在彷徨之际，忽听有个声音喊道："莫怕，随我迎敌！"众人循声望去，却见刚才落马的阿纳海，竟又缓缓地站了起来。

35.焚族谱

原来，阿纳海身穿的是双层特制棉甲。刚才杨彦那一枪虽然击中其身躯，但弹丸被棉甲挡住，并未致命。而阿纳海也终究是身强体壮，落地短暂眩晕过后，硬是又起身站立。

其他八旗兵见状，倍感振奋，彼此大声叫嚷，纷纷上前迎战去了。

双方陷入近战之后，于家人马借助数量优势，逐渐将八旗兵围困起来。城头的图喇虽然眼见心急，但担忧城池有失，并不敢分兵救援。

不过，这些八旗兵困兽犹斗，于家这边虽占据上风，却迟迟不能将对方击败。尤其是阿纳海，他夺下一柄长矛，在乱军中挥舞，击杀了不少于家士卒。于九、于十合力与之对战，亦难分难解。

作为全军主帅，此前几战，于乐吾都未亲自上阵。但这次他见战局胶着，再也按捺不住——自从起兵以来，除了前番智取栖霞城之外，己方还不曾获得一场像样的胜利，再这样下去，恐对士气大为不利了。

"你们两个，速速让开！"于乐吾手提长刀大喊一声，便向阿纳海奔去。

于九、于十闻声急忙闪身向外。与此同时，只听"哐"的一声巨响，于乐吾和阿纳海的兵器已经碰撞在了一起。

于乐吾年少时曾专门拜名师学艺，后来自己又勤于钻研，武艺早已超群。前几个回合下来，他察觉阿纳海膂力虽强，下盘防护却有不足。于是，他大喝一声，举刀竖劈，吸引阿纳海抬头举矛格挡。在此瞬间，其又迅速飞出一脚，踢向对方的小腿。

阿纳海不及反应，顿时跌倒在地。于乐吾快步上前，不待对方起身，便手起刀落，将之斩杀。

"这于乐吾果然名不虚传！"赵守忠目睹此景，不禁心生感叹。他早就听闻对方武艺高强，但亲眼见他阵前斩将，这尚属首次。

见将领阵亡，原本强横的八旗兵气焰顿消。他们无心继续搏杀，而开始向城池方向突围。于家人马拼力阻挡，最终将城外的这队轻骑全数歼灭。这一战，于乐吾胜了。

"大哥，一不做二不休，我们接着攻城吧？"于九、于十高喊道。

一旁的赵守忠听了，本有心反对，但见全军士气高涨，又觉不便开口。不过，于乐吾思考过后，想法倒是与他相仿。

"罢了！昨夜先机已失，对方虽折损些许人马，但大部仍在城内据守，再说援军随时可到。我等强攻难有胜算，不如见好就收，撤兵回去吧。"于乐吾对众人道。这几场交锋下来，他对八旗兵的战力已有清醒认识，深知方才虽获小胜，但绝不可托大。

对于"撤军"的命令，众人多不情愿。但于乐吾既已发话，他们还是选择遵从了。

适才城外那队八旗兵全军覆没的经过，图喇看得真切，心中又悔又惧。正当他准备率余部拼死守城之时，却惊诧见到于家人马开始主动后撤。

一时之间，他拿不准对方此举是否又为诱敌之计，便不敢轻举妄动。等了将近一个时辰，直到对方早已不见踪迹，他才松了一口气，派人出城将阿纳海及其他八旗兵的尸首收殓起来——装殓阿纳海那口柏木棺材，是从城中一家大户那里强行索要来的。

于乐吾撤军的当天下午，身处昌邑大营中的济席哈，也收到了前一日图喇报捷的消息。他见自己的计策取得收效，不禁喜形于色。

而在得意之余，他亦相当清醒：图喇虽然夺取栖霞县城，但终究是孤军深入，若不及时增援，恐怕形势旦夕生变。

于是，他集合众将佐，下令即刻拔营。而负责搭建浮桥的清军早有准备，听闻号令，半日便完工。是夜，这万余八旗军主力，全数渡过了胶莱河。

过河之后，济席哈将全军分作两队。前队约三千人，皆为骑兵，由副将额赫讷率领，取道掖县、招远，直奔栖霞，增援图喇所部。而后队大众则携带红衣大炮等

火器，先在掖县收集粮草，然后折向东南，再往莱阳城方向进发。

按照先前筹划，济席哈本打算亲率大军进驻栖霞，以便就近指挥。不过，图喇在军报中告知："栖霞城小，且人心未定，不宜由主帅坐镇；而莱阳城大，且控扼登莱腹心，知县邹知新又办事干练，正可作为本营。"济席哈认为有理，便采纳此议。

自从前些年清廷将登州城中的登莱巡抚一职裁撤，驻扎莱州府掖县城内的"分守莱州海防道"便成为登莱区域内的最高文官。当时在任之人，是正红旗汉军出身的杨奇烈。

杨奇烈在宦海沉浮多年，深谙官场规矩。收到济席哈过境的塘报之后，他提前就将大军的粮草供应和宿营地点布置妥当，并安排沿途百姓箪食壶浆以迎王师。济席哈见了，大为满意。

从掖县城至莱阳县边界，约有六十里路程。杨奇烈一来有心结交济席哈，二则担忧自己若不在场八旗军会骄横扰民，因此，这六十里路，他便一直随军陪同。至于莱阳县那边，收到塘报的邹知新也已呈文告知，届时将亲率僚属在边界恭候济席哈大驾。

其时虽已入冬，但大军向莱阳县边界进发的当天，却也算是风和日晴。再加上前一夜收到了额赫讷援军已抵达栖霞的消息，济席哈一路上颇有雅致，时不时举起马鞭，指着附近的山川向杨奇烈等人询问。

当距离莱阳县边界不过五六里远时，官道两侧陡然出现大片密林，遮天蔽日，颇有阴森之感。济席哈久经沙场，直觉敏锐。他见此情形，当即收起笑容，派人唤来前营将佐。

待对方赶到，济席哈便劈头盖脸地骂道："前营有勘察地形之责，此处如此险要，为何不提前禀报？倘若敌军在林中设伏，岂不坏事？"

前营将佐低头嚅道："末将失职，请大将军恕罪。不过……听杨大人说……这掖县地界，并无反贼踪迹……"

杨奇烈听出对方是请自己出面解围，便附和说："此言不虚，掖县境内皆为朝廷顺民，确无附逆者。"

济席哈面色稍缓，叮嘱前营将佐道："用兵之道，谨慎为先，切不可掉以轻心！昐

咐下去，加强戒备，全军快速通过。"

前营将佐连连称是。他刚要下去传令，却听"砰"的一声响，济席哈头顶的盔缨已然被击落在地。

"不好，是鸟铳！有埋伏！快保护大将军！"前营将佐高喊道。

"砰！"又是一声响。挡在济席哈身前的一名亲兵跌落下马。

"切莫慌张，对方就藏在左侧林中，速派人进林搜索！"济席哈刚才并未受伤，此时也已反应过来，大声吩咐部下道。

话音刚落，第三声响亦传了过来。前营将佐还未及点头，便被击中，顿时也跌到了地上。亲兵们见状，连忙把济席哈围得更紧了。

不过，三响过后，林中的鸟铳便停止了射击。其余清军也缓过神来，开始向林中冲去。

话说刚才在林中击发鸟铳者，不是旁人，正是杨彦。原来，于家派在胶莱河边盯梢的探马，前几日便将济席哈大军过河的消息送回了唐家泊。赵守忠闻知消息，便向于乐吾提出刺杀之策。

"强弱悬殊，唯有出奇制胜。如能刺杀济席哈，自然可迟滞清军攻势，鼓舞我方士气。消息若传遍天下，延平王那边及其他仁人志士或许会闻风而起，形势便将有所转机。而即便刺杀不成，也可杀杀敌军威风。"赵守忠建议道。

于乐吾点头答应。而枪法精准的杨彦，自然成为担当此任的不二人选。

欣然领命之后，杨彦带着两名帮手，兼程赶往掖县。在探马和眼线的帮助下，他很快获悉济席哈大军的行军日期和线路。经过反复斟酌，他选定了掖县边界的这片密林埋伏。此处距离周家大山不远，前些年他追随李茂在山上扎营时，对这边也相当熟悉。

杨彦心知鸟铳射程有限，且装填弹药颇费工夫。因此，他在林中来回打量，寻得一处距离适中且相对隐蔽之所。在济席哈大军到达前一个时辰，他让同伴帮忙装好了三杆鸟铳，点上火绳，独自一人来到林中埋伏好，静待敌军过来。

他虽不识得济席哈的模样，但知道对方身处中军，且甲胄与众人不同。所以，当

济席哈策马通过时，杨彦很快便确定了目标。而对方训斥前营将佐的举动，更是佐证了这一点。

有了上次未能直接将阿纳海击毙的教训，杨彦此番瞄准时，刻意避开了有棉甲保护的躯干，而是对着济席哈的头颅。不过，由于济席哈身处队伍正中，周边有多人环绕，杨彦视线受阻，第一枪出去，只打在了盔缨附近，并未造成创伤。

时间紧迫，不容得杨彦多想。他当即扔掉第一支鸟铳，端起另一支继续射击。但此时济席哈身旁已是重重护卫，这第二枪只是打中了外围的一名亲兵。

杨彦见状，料想原定目标已难实现，便将第三支鸟铳对准了前营那名将佐，并一击而中。

第三枪射击完毕，趁着对方尚在混乱之中，杨彦扔掉了手中的鸟铳，徒手快速穿过密林，来到先前与同伴约好的地点。然后，三人各自上马，抄小路快速离去。

在济席哈的严令之下，清军将密林翻腾了个遍，但除了找到三支鸟铳之外，别无他获。

济席哈闻讯大为恼怒：自己身为钦命靖东将军，未至战场就遭此下马威，且捉不到刺客，这消息倘若传到朝中，恐怕要颜面扫地了。

他见刺客来去自如，猜测其在周边必有内应，于是便下令将方圆三十里内的乡民尽行锁拿，务必要逼问出刺客下落。

杨奇烈闻言大惊，急忙劝道："大将军息怒。方才林中刺客，定是栖霞于逆所派。附近乡民与之并无瓜葛，下官敢以身家性命担保！王师方至，便兴大狱，恐震动人心，还请三思！"

济席哈皱起眉头，反问道："聚众反叛，谋刺钦差，乃是十恶重罪，岂能善罢甘休？"

"于逆一伙，自当绳之以法。但无辜百姓，似不应牵连。"杨奇烈小心回复道。

此时，济席哈先前的盛怒多少已有些消解。他琢磨着杨奇烈的话，感觉确有道理——在朝廷和于乐吾之间，登莱当地不少士绅尚处游移观望，倘若现在就大兴牵连，恐将众人推向于乐吾那边。

"朝廷自有好生之德，我出征之前，当今圣上及诸位辅政大臣曾再三叮咛，安抚民心为先，征剿反贼为后。方才我那番话，不过是略作试探。杨大人所言，与圣意甚合，令人欣慰。若地方官员均能如此，天下自当长治久安了。"思索过后，济席哈面色放缓，对杨奇烈说道。

"大将军过奖了！下官实不敢当。此次您奉旨东征，讨伐叛逆，大军所至，地方安靖，方是劳苦功高！"杨奇烈见济席哈有所松口，便连忙又恭维了几句。

济席哈虽知对方是存心讨好，但这些话听着也着实顺耳，便不由得点了点头。

他又想了想，决定给双方都找个台阶下，便接着道："无辜者不可牵连，但国法亦不可荒废。按大清律例，谋反者当诛灭九族。于逆自反叛以来，尚未有族人伏法，故此气焰嚣张。杨大人可传我命令，自即日起，登莱各处州县应迅速排查于逆同党，凡在其九族之内或沾亲带故者，一概拘捕！"

"大将军英明，我立即派人传令。"杨奇烈虽暗觉此令亦属严苛，但不敢再为求情。

莱阳知县邹知新早就在边界处等候，济席哈遇刺的消息和缉捕于乐吾九族的命令，很快便传到了他的耳中。邹知新虽是清朝之官，但为人一向仁慈，听后不禁倒吸了一口凉气。

他知道于氏乃登莱大姓，支派众多，且民间又有联宗联谱之风，那于乐吾现虽定居栖霞，但在莱阳等地亦不乏同宗。他们并非都参与反叛，倘若依令拘捕，势必会牵连无辜，届时民怨沸腾，莱阳县恐将成为一个烂摊子，自己多半也会背上骂名。可这道命令乃是上司所发，自己官卑言轻，终是难以违抗了。

正在左右为难、心中苦恼之际，忽闻身旁有位僚属提醒道："此次拘捕反贼九族，大人当以宗谱为据……"

邹知新如梦初醒："如若修改于氏宗谱，将于乐吾一系姓名去掉，对外可应付上司命令，对内可保全无辜百姓，似可两得其所。"

不过，他虽然有了主意，但一时之间不知如何将消息传回莱阳城——此事关系重大，绝不能由官府中人出面告知，否则若露出马脚，不但莱阳众多于姓人难以幸免，就连邹知新自己恐怕也要受到牵连。

思来想去，他决定把消息透露给停留在边界附近的行商们，期盼当中有人能赶回报信——这些行商常年在掖县和莱阳之间往来贸易，今日因大军过境，他们暂时不能通行，只得先聚在边界附近等待。

"上头有令，现要搜捕叛贼于乐吾九族同宗、同伙，各位速速拿出身份文牒，以备查验。"在邹知新的授意下，几名衙役很快赶到商人们的聚集处，大声宣读济席哈的命令。

商人们连忙遵命行事。衙役们一番查验下来，并无结果。

待衙役们离去，众商人纷纷议论起方才之事。当中有位张姓商人，心里尤为紧张。原来，他的妻子姓于，此前两人归宁探亲之时，曾听岳丈隐约提及自家与栖霞唐家泊于氏谱系不远。"情况紧急，须早些告知他们方可。"他暗想。

于是，他假装旧疾复发，声称要就近寻找郎中，牵马离开队伍。起初，他还"步履蹒跚"；等行至无人处，他一跃上马，开始向莱阳城方向狂奔——而这一切，都被邹知新所派的亲信暗暗看在眼中。

当天夜里，商人岳丈得知消息，慌忙转告族长。族长闻言，急唤来几名帮手，连夜重抄族谱。为确保稳妥，不但于乐吾一支的姓名被全部删去，就连之前的世系也多有增减，先祖迁徙地点亦笼统改为云南等地。

相应消息不胫而走。周边其余于姓村落听闻，纷纷效仿。当中有些于姓虽非于乐吾同宗，但为免受牵连，也赶忙将谱书删改了一番。

探马很快将此事告知于乐吾。后者这些天来已将唐家泊的仓储辎重陆续转移至锯齿山，同时采纳赵守忠的建议，安排家眷隐姓埋名辗转前往胶州投奔高璩去了。

对于牵连宗族一事，于乐吾早有觉悟——此前数年他对起兵一事犹豫不决，也正有这一缘故。但即便如此，当听到莱阳那边传来的消息时，他还是长叹了一声，久久不语。

末了，他派人喊来于九、于十，对他们道："快去准备三牲，稍后随我前去家庙祭祖！"

来到家庙后，于乐吾沐手焚香、献祭祝酒，接着扑通跪下。于九、于十连忙也跟

着跪了下来。两人在后只听兄长念道："列祖列宗明鉴，形势所迫，不肖子孙于乐吾现无力保全宗谱家庙，只得暂且付诸一炬。倘若此战能侥幸得胜，必当再重光祖庭。"

　　说完，于乐吾起身将供桌上摆放的一本谱书取下，然后重新跪在地上，将谱书投入了烧纸钱的火盆当中。盆中的火苗蹿了一蹿，旋即将这本谱书吞噬。待它焚尽，于乐吾猛然磕起头来，而于九、于十也紧跟其后。三人额头和地面碰撞所发出的"砰砰"之响，顿时回荡在家庙之中。

36.燃烽火

一朝被蛇咬，十年怕井绳。在掖县密林遭遇刺杀之后，济席哈刻意放缓了行军速度。每次启程之前，他都要派出大队军士详细搜查沿途险要处所，确保无虞之后才继续赶路。如此一来，从掖县边界到莱阳城约百里路程，清军主力用了近三天时间方走完。

而他之所以有这般不紧不慢的底气，也在于栖霞那边传来的军报——额赫讷率部增援之后，立即在栖霞城中拘捕数百名有通贼嫌疑之人，当地局势已趋稳定；城郊原被于家掌控的官仓，也相继被夺回；栖霞向西通往招远、向北通往登州的两条官道，亦已打通；于乐吾所部坚守唐家泊、锯齿山一带，俨然将成瓮中之鳖。

在这三天的行军途中，邹知新的心绪波动极大。起初，他忐忑不安，一来怕莱阳于姓众人未能及时领悟，二来担心济席哈再节外生枝。好在中途有亲信传来于氏族谱已改的密报，而济席哈对他的曲意逢迎也颇为满意，邹知新这才算是松了口气。

抵达莱阳城之后，济席哈重新召集众将佐，商议攻打于乐吾之部署。他本有意亲率大军前往，不过，将佐之中却有人出言劝阻道："那反贼于乐吾先前不过是一个小小的把总，何须劳烦大将军千金之躯？末将情愿效劳，请大将军允准！"

济席哈循声望去，只见说话者是护军参领佟嘉，心中不禁暗想："他与图喇、额赫讷资历相仿，如今见后两者皆已立功，看来也按捺不住了。"

"派你前去也未尝不可，但用兵须有方略，不知你有何计策？"济席哈问。

"末将欲效法大将军，以奇袭之策破敌！"佟嘉答道。

济席哈面露微笑，又问："如何奇袭？"

佟嘉道："反贼主力现盘踞在唐家泊与锯齿山两地。我军若专攻一处，另者必来救援。大将军可先下令栖霞众军进逼唐家泊以作佯攻，诱使锯齿山之敌分兵下山；我则带领一队人马从莱阳向东，过兰家店之后抄小路向北奇袭山寨。叛军猝不及防，想必难以招架。只要控扼锯齿山之险，唐家泊不过区区村圩，无足挂齿，我军顷刻之间便可将之踏平！"原来，他见图喇等人先后立功，诚然心急，这几日专门查看莱阳、栖霞两县地图，想出了这条奇袭之策。

济席哈虽尚未同于乐吾交手，但通过先前的相应军报，他对彼方战力已有大概了解。在他看来，福建郑成功、云南李定国方为劲敌，而登莱这些"叛军"人数虽然不少，但其建制松散，且缺乏火炮等攻坚武器，因此断定"叛军"绝非八旗军的对手。

因此，当佟嘉说出计策之后，济席哈略作思忖便点头应允。当然了，这中间亦有平衡下属的考量。

"好！你既如此有勇有谋，我现分你三千步卒，前去锯齿山征剿贼寇。至于栖霞那边，我亦马上传令出兵策应。"济席哈道。

"多谢大将军！"佟嘉喜道。他上前恭敬地接过令箭，然后快步走出营帐。

为掩人耳目，佟嘉虽在午间便集齐人马，却选在日落后出发。而为加快行军之速，他此行也并未携带红衣火炮，只是装备了鸟铳等轻型火器。在此之前，济席哈派出的快马就已将指令送到了栖霞。图喇和额赫讷随即也开始厉兵秣马，并放出消息，声称明日一早向唐家泊进发。

自莱阳城沿官道往东，三十里外有个村镇名曰"南务"。当天傍晚，此处的乡约忽然接到一封公文通告，令其立即组织人手从附近官仓支取粮米，准备可供三千人吃一天的饭食。乡约见送信之人身着军服，而公文上加盖的却是知县大印，再加上所需粮米数额颇多，心中不免有些疑惑。他本想多问几句，却被对方恶狠狠地顶了回来："这官印岂能有假？你照令行事即可。再敢多问，小心掉了脑袋！"

"狗仗人势的东西！"乡约见对方态度如此凶悍，口中不敢继续作声，心里却暗骂了一句。

等到大约亥初时刻，佟嘉所部陆续抵达南务。他们并未停留，而是带上提前备好的饭食，接着向东而去。

且说于家那边，在南务亦安插有耳目。该人见清军连夜出动，虽不知具体去往何处，但料想军情紧急，便当即奔往唐家泊报信。

消息送到之际，是在次日的寅时。自起兵之后，于乐吾和赵守忠每日最多睡两个时辰。而当晚栖霞城那边传来密报说八旗兵似有进犯唐家泊之意，两人更是彻夜商量对策，始终未眠。

从莱阳经兰家店至唐家泊、锯齿山的道路，赵守忠当年曾和董樵一起走过。因此，他一听闻清军的行进方向，便猜出了个大概。

"于兄，栖霞之敌蠢蠢欲动，莱阳之敌亦在向我迂回，其意多半在于左右夹击。我军若分头迎击，恐力有不逮，不如舍弃一处，专攻另一处。"他提议道。

于乐吾点了点头，问道："依先生之见，我等当专攻哪一路敌军？"

赵守忠道："栖霞之敌大张旗鼓，莱阳之敌则低调行事，以此来看，前者应为疑兵，后者方为主力；栖霞路近，莱阳路远，就以逸待劳而言，亦当专攻后者。"

"嗯。"于乐吾应了一声，他心里清楚，于家经营数代的唐家泊，已经到了该撒手的时候了。

随即，两人决定将计就计，将唐家泊的人马连夜撤出，与锯齿山中的部众合兵一处，准备迎击从莱阳而来的清军。

佟嘉立功心切，离开南务之后，他催促所部又跋涉了数十里夜路，待抵达兰家店之后方才扎营稍作休息。而次日卯初，天还未亮之际，他便又督令士卒继续进发了。

走了有十多里路之后，东面红日渐升，北边一处巍峨高山也轮廓浮现。佟嘉心中一阵激动："那便是锯齿山了！"

他努力按捺住情绪，下令全军暂停前进，派出探马先行打探。

半个时辰过后，探马回报："遥望锯齿山敌营，岗哨稀少，晨炊之烟亦不多，料想是已中了分兵之计。只是正面山势甚为险峻，仰攻不易；东侧山脊稍缓，可沿此进军。"

佟嘉听闻，便令全军转向东北，开始按照探马所说的线路进军。

且说于乐吾那边，早已在沿途安排了多处耳目。清军方才的举动，于乐吾和赵守忠很快便知。他们当即在东侧山坡上设下埋伏，以待敌兵入瓮。

　　大约在辰末时分，清兵抵达东山脚下，开始向坡上攀登。

　　此时，于乐吾和赵守忠正隐蔽在山顶瞭望。他们见清兵后队也已上山，全军人马阵型散漫，认为时机到来，便命令身旁士卒猛敲战鼓。

　　伴随着隆隆鼓声，埋伏在坡上的人马一齐杀出——居上者并不使用兵刃，而是向下抛掷石块；居两侧者，则纷纷放箭攻击。清军猝不及防，顿时有多人倒地。

　　佟嘉情知中了埋伏，但无暇懊悔，赶忙指挥部下抵御。他令盾牌手上前围成三面，弓箭手和鸟铳手居后射击，其余步卒则寻机向山下移动——毕竟坡上的地势对己方大为不利，如若撤到平地，战局或许还有转机。

　　不料，后队步卒刚撤到山脚下，一排排鸟铳声便接连而起——原来，赵守忠早已提前吩咐杨彦率火器队在山下拦截包抄了。

　　前不能进，后不能退，饶是这三千清兵均能征善战，但此时也不由得慌了神。起初，前排的盾牌手和鸟铳手还能相持抵挡，但得知后路被抄之后，他们军心不稳，便节节退却。这三千清兵在山坡上挤作一团，不免开始自相践踏。佟嘉见状，心急如焚。

　　而就在佟嘉率部向东山进军之际，额赫讷率领的一千轻骑也从栖霞城行至唐家泊五里之外。与佟嘉相同，额赫讷也提前派出探马。不多时，探马回报："唐家泊圩墙上未见守兵，村内也不见动静，似是一座空寨。"

　　额赫讷闻言大惊，急忙率部冲入唐家泊村内，发现此处确已无人驻守。"大将军在信中令我部佯攻唐家泊，以诱使锯齿山上之敌分兵救援。如今唐家泊无人驻守，难道是已识破我军计策？倘若果真如此，则佟嘉那边就将身处险地了。"他心中暗暗叫苦。这与其说是担心佟嘉的安危，倒不如说是担心济席哈怪罪时自己也难逃干系。

　　正想派人前去联络告知对方，却听东边远处传来阵阵鼓声和鸟铳响，他无暇再思，当即喝令部众循声赶去。

　　在于家人马的前后夹击之下，山坡上的清军死伤甚众，血液流淌，沿坡而下，绵延数里，犹如红溪，至山脚一低洼处才汇聚停滞。

284

见清军阵脚大乱，于乐吾、赵守忠也从山顶率亲随杀了下去。前者手持大刀来回飞舞，如入无人之境，接连砍杀十多名敌兵。

佟嘉见形势如此，深感绝望："自己身为堂堂三品护军参领，不想竟败在区区一把总之手！"他越想越恼，几欲拔刀自刎。而就在此时，却听到山下传来一阵熟悉的呐喊声——额赫讷所率的援军赶到了。

山下的于家人马均为步卒，难以抵挡八旗骑兵的冲击。杨彦无奈，只得率部转移至山上。如此一来，原先对佟嘉的合围便有了缺口。

坡上的清军见有了生路，如潮水般地涌了下来。于家人马尝试追击，却被额赫讷部下的箭雨所阻挡。这样，佟嘉带着残兵最终逃了出去。

此战清军遭遇大败。待撤至唐家泊，佟嘉清点人数，得知阵亡官兵达六百五十一员，负伤者亦有七八百名，合计伤亡人数几乎过半。损失如此之大，倘若如实上报，佟嘉的脑袋恐怕就要搬家了。

为减轻罪责，他绞尽脑汁，终于想出一条对策。于是，他屏退旁人，与额赫讷单独行至于乐吾宅邸的大厅之中，然后扑通跪地，声泪俱下道："今日幸蒙兄长相救，此等大恩，没齿难忘。此战败北，大将军必有责罚，佟某死不足惜，但家中尚有老母需人奉养。还请兄长帮人帮到底，在军报之中替佟某多加求情了！"

额赫讷平时虽与佟嘉交情不深，但彼此亦无旧怨，此刻见对方这般可怜，不禁也心生恻隐。他叹了口气，缓缓回道："按大将军事前部署，今日进兵，本即以你为主力，我仅为佯攻。既然如此，军报亦当由你执笔，我随后署名就是。"

佟嘉见对方答应，当下激动地磕起头来。额赫讷连忙将之扶起，又好言劝慰了几句。

济席哈收到佟嘉、额赫讷联署的那封军报，是在当天夜里。在军报中，佟嘉声称："疑因奸细走漏风声，锯齿山之敌已有防备，自己虽率部猛攻，但一时难以夺取山寨。然经审时度势，其旋即带兵西进，与额赫讷左右夹击，一举攻克唐家泊。现官军已将贼首于乐吾住处查封，待战后由朝廷处置。此战当中，叛贼穷凶极恶，负隅顽抗，且持有鸟铳等火器。我军虽歼敌无数，然亦有伤亡，阵亡及伤重不治者合计

六百五十一人，恳请大将军加以抚恤。"

读完军报，济席哈不禁陷入沉思。他在官场和军中已沉浮数十年之久，何种场面不曾见过？从字里行间，他便判断出佟嘉有"讳败言胜"之嫌。但对方是由自己派遣，若追究起来，众人面上都不好看。好在唐家泊终究也是反贼一处巢穴，朝廷那边也算是能交代过去了。

于是，他唤来幕僚，令其书写奏折。其中将战事细节一概略去，内容变作："臣麾下部将佟嘉、额赫讷已于日前攻克贼巢唐家泊，歼敌无算。贼首于乐吾率残部逃至锯齿山。臣不日就将赶赴阵前，督促各路人马，将余寇一举荡平，为朝廷消除后患。"

在奏折里虽是自信满满，但经此一战，济席哈深知成功并非易事。他不敢怠慢，连下两道命令：其一，自己将择期启程，率大军亲临锯齿山下；其二，令麾下将佐硕岱会同莱阳知县邹知新，严行查处奸细，尤其是佟嘉行军沿途村落，凡有可疑之人，一概先行锁拿。

与佟嘉相似，硕岱也早已对立功望穿秋水。如今得到捉捕奸细的差事，他不禁打起十二分精神，督促所部大肆搜查。而所谓"可疑不可疑"，还不是在他的一念之间？因此，不到一天工夫，清兵便捉拿了两三百人之多。连同先前有些因未及时修改族谱而被捕的于氏族人，莱阳县衙的牢狱一时之间人满为患。

邹知新对此颇感忧虑，他尝试劝说，但硕岱毫不理会。无奈之下，他只能越级求见济席哈，苦口向之求情。其说辞，与先前莱州的杨奇烈大体相仿。

济席哈对邹知新印象颇佳，他有意给对方些情面，但亦不愿让硕岱难堪，便又下令道："距城三十里内之村庄，多蒙教化，人心较安，此次若有被捕入狱者，准许保释；三十里以外者，仍按前令施行。"

此令即出，当天便有一百余人从牢狱中脱身。他们听说是邹知新出面相保，离去之前纷纷在县衙门口磕头相谢。旁观者见此场景，不禁也对邹知新暗暗称赞。

数日之后，济席哈如期抵达唐家泊。他随即以于宅大厅为中军帐——那里也是先前于乐吾举行英雄会的地方，召集众将佐议事。

佟嘉自知有愧，急于弥补前愆，便主动请缨再战。

"锯齿山正面陡峭，易守难攻。那伙反贼之所以敢抗拒王师，主要即凭此地势。不过，末将近日已多番查勘周边地形，发觉山后较为平坦。大军由此进攻，应有胜算。"他向济席哈提议。

"取地图来！"济席哈吩咐道。

两名亲兵闻声将一幅锯齿山地图居中展开，众人一齐望去，只见山后地势确如佟嘉方才所言。而济席哈那边，也是点了点头。

佟嘉见状，正觉得意，却听济席哈说道："佟将军所言不无道理，但山后道路狭窄，大军若要进入，只能排出一字长蛇阵型，倘若反贼埋伏于两侧，居高拦截，恐有不利。"

听到"埋伏"之语，佟嘉顿时面生赧色，他担心济席哈追查上次失利之责，便不再言语。

不过，济席哈话锋一转，并未再提及佟嘉，而是对众将佐说道："反贼栖身山野，已难成气候。我军只需将之困于山中，断其粮草，便可不战而胜。传我将令，即日起，全军移至锯齿山四周扎营，守住各处下山路口。只要不让反贼窜出，即算立功；倘若有所差池，军法从事！"

"遵命！"众人齐声道。

随后几日，清军陆续建起十多处营寨和哨所，将锯齿山前后团团围住。

赵守忠在山顶看得真切，忙提醒于乐吾道："于兄，清兵围而不攻，无非是想将你我困死在山中。我军当务之急，一是通知各路盟友立即攻打就近州县，以作牵制；二则设法找到一二缺口，以保障粮草供应。"

对于"粮草"一事，于乐吾深有感触。前次起兵，他最终便因缺粮乏饷而接受招安。而此次举事之后，他早早就与栖霞城中士绅约法三章，以撤兵出城为条件，来换取对方按期供应粮草。起初，于家后勤诚然宽裕；但自图喇夺取栖霞城之后，这笔粮草来源就已断绝。现山上人马所用所需，皆是于乐吾平时之存储。眼下虽然无妨，但恐时间一长，便难以支撑了。

"先生所言甚是，我这就下令点燃山顶烽火，知会别处弟兄响应。至于打通缺口

一事，稍后再详细商议。"于乐吾回道。

当天正午，在锯齿山巍峨的主峰之上，一团熊熊篝火燃烧起来。守在一旁的壮士，定时向火中投入半湿的木柴和牛马粪。滚滚黑烟随即不断升起，直冲云霄，山顶四周的那片天空也被熏染得暗了下来。

37. 红衣炮

锯齿山巅的烽火燃起之后，率先看到浓烟的，并非于乐吾的盟友，而是山下的清军。

济席哈听闻消息，心知对方是在传信求援，便一面督令前线对山上严加监视，一面派人知会登莱各处州县，以防于乐吾同党出兵策应。

自从上次遇伏兵败，佟嘉始终耿耿于怀。前番进攻后山的提议虽被济席哈否决，但他并未放弃寻机立功的念头。而今见到山巅烽火燃起，他不由得又心生一计。

"大将军，反贼以烽火传信，我等岂能听之任之？应设法摧毁阻拦方是。"他向济席哈提议道。

"你有何良策？"济席哈问得有些漫不经心。毕竟那锯齿山有数百丈之高，山上又有于家人马驻守，要摧毁山顶的烽火台谈何容易，除非插翅飞上去了。

"红衣大炮乃攻坚利器，自开战以来，我军尚未动用。此次不妨在山下安放炮位，对之轰击，或许可行。"佟嘉说道。

济席哈眼前一亮。往日在江南与明军交战，对方亦时常守城不出。此时，只要架起红衣大炮轰击，多半就能破城。而此次于家人马并未占据城池，自己一时竟忘记了炮轰这一招。

"用红衣大炮轰击烽火台，如若成功，自然再好不过；即便不成，亦于士卒无损。试上一试也无妨。"济席哈心想。

于是，他同意佟嘉所请，但也叮嘱对方："只可炮击，切勿进兵！"

领命当日，佟嘉便督令部下将营中二十余门红衣大炮全部拉出，置于营寨前一里处安放，然后开始向山上轰击。

且说这红衣大炮本是从西洋舶来之物，明朝自引进仿造之后，其多次在战场上大显神威——天启年间袁崇焕即凭此在宁远之战中击败努尔哈赤，使后者抱恨而死。八旗军吃此大亏，便也开始尝试铸造装备此物。

而到了崇祯六年（1633 年），在登莱发动叛乱、后被明军击败的孔有德走投无路，渡海归降皇太极。不少从登州被裹挟过去的铸炮工匠也随之编入八旗军当中。此后，清廷铸炮工艺大涨，颇有后来居上之势。在松锦之战、山海关之战及入关后的攻城略地当中，红衣大炮每每成为清军的撒手铜。之前在康王城一战中，即墨营刘国玉所部仅装备有四门红衣大炮，便压制住李茂等人，其威力可见一斑。

果然，这二十余门红衣大炮开火之后，锯齿山上瞬时被炸得土崩石裂，于家距清军大营较近的几处哨所皆被捣毁，士卒亦多有伤亡。佟嘉见状，甚是得意。

不过，红衣大炮在旷野上的射程虽可达五六里之遥，但在山下仰攻，攻击范围便大打折扣。加之那锯齿山主峰终究是高耸入云，前方又有峭壁为屏障。几轮炮轰之后，于家设在山腰的营寨虽有损失，但山顶上的烽火台毫发无伤。

眼见自己的计策又未成功，佟嘉心中又惧又恼。他正想赶赴中军向济席哈请罪，却有传令兵前来告知："此番炮击甚有收效，令其所部今后每日均照此行事。"原来，济席哈对于摧毁烽火台，本并非强求，如今见炮火虽难及山顶，但可压制山上营寨，对围困之策大有裨益，故有此令。

佟嘉松了口气。接下来的数日，他抖擞精神，每每于山上人马午炊之际督促炮手轰击。随军所带的三千斤火药，不知不觉将要告罄。济席哈那边倒不吝惜，旋即以"钦命靖东将军"名义，檄令各处州县加紧供应。

在清军连番炮轰之下，山上每日皆有阵亡者，其余之人也寝食难安。他们满怀怒气，却因缺乏火炮而无力还击，便纷纷向于乐吾请战，当中以尹应和态度最为坚决。

"大哥，若再这样下去，即便清军不攻上来，恐怕我等也要被炮打死。晚死是死，早死也是死，干脆下山跟他们拼了吧！"他高声嚷道。

"对啊！……对啊！……如此窝囊，真不如拼了！"旁边其他头目也不断附和。

于乐吾拧紧眉头，望了望赵守忠。后者随即安抚众人道："我等自然不能坐以待毙，只是也不应白白送死。具体如何出击，还需详加考虑，否则便是中了敌军的激将之计。"

赵守忠虽与多数头目相识不久，但智取栖霞城和伏击佟嘉这两战过后，众人对他已皆感佩服。因此，他这一开口，营帐内的气氛便有所缓和。

"军师，你有什么锦囊妙计？就快些吩咐吧。"尹应和急道。

赵守忠回头望向于乐吾，见对方点了点头，便接着道："火炮只在白日方可发挥威力，我军可趁夜出击，捣毁其炮位、火药。不过，清军那边当有重兵守卫。此计看似简单，实则凶险……"

"凶险便凶险，总比现在这般窝囊要好！我尹某人愿当此任！"尹应和喊道。

"爹，我随你一起！"说话者，为尹应和之子尹秉舟。十多年前那次起兵，他还稚气未脱，如今麾下也已统领有数十人，可以独当一面了。

"后生可畏！果然虎父无犬子！"众人见状纷纷称赞，于乐吾面上也微露笑意。

不过，他很快便重回严肃，叮嘱道："尹兄弟，那就劳烦你们父子下山一趟了。此行千万保重！如能成功，自然最好；倘若敌兵防御森严，切不可意气用事！"

"得令！大哥放心！"尹应和朗声答道。

当天下午，尹应和早早集齐部众，准备晚上出击。但入夜之后，皓月当空，不利隐蔽，便只好作罢。

好在第二日从早上起便阴云密布，夜深亦不见月出。子时过后，尹应和低喊了一声："走！"就带着部下出发了。

这一行人对山间的地形道路早已熟稔在胸，尽管夜色如墨，但在穿越密林时并未发出多少声响。约半个时辰之后，他们便已摸到了清军炮位附近，对方岗哨因受凉而时不时发出的咳嗽声清脆可闻。

借着对方燃起的篝火，尹应和很快看清岗哨的分布——不知是由于夜间天寒还是因为妄自尊大，整个炮位周边竟然仅有四名清兵在游弋。

"上！"尹应和当机立断。八位汉子随即猫腰快步向前，两两配合，各将一名清兵

放倒。他们接着向后挥了挥手，其余人等也相继涌入阵地当中。

"快找火药！"尹应和吩咐道。这些红衣大炮皆重逾千斤，且通体铁铸，想要将之毁坏，最管用的方法，就当属以火药来炸膛了。

不过，其部下在炮位周边反复寻找，亦未能发现火药。原来，清军火药单独存放于营寨之内，每到白日开火之际，才会送至前线炮位。山上众人不知此事，所以便扑了个空。

尹应和心中颇为失望，但又觉不甘。苦思冥想之中，他忽然记起一件往事——当年在攻打宁海州城时，他曾率部缴获了一门大炮。可惜的是，炮身此前被人用火烧过，冷却后出现裂纹。这裂纹虽看着不大，大炮却因此报废了。

"眼下别无他法，唯有照葫芦画瓢了！"尹应和拿定主意，指挥部下逐一在各处大炮旁边堆起柴草，然后接连点燃。

在夜色当中，这一团团火焰组成的火群十分醒目。山顶的于乐吾和山下的清军几乎同时发现，不由得都捏了一把汗。只不过，前者担心的是尹应和等人的安危，后者惦记的则是红衣大炮的存亡。

很快，一大队清军手执火把从营寨中冲出，向炮位这边杀了过来。

此时，柴火刚刚燃烧，炮身还未变色。尹应和不想前功尽弃，便对儿子喊道："秉舟，你带人上前顶住！"

"好！"尹秉舟回复道。两人此时见已暴露，便不再顾忌，说话也都变得声如洪钟。

尹秉舟虽未正式拜过师门，但这些年来，他跟在父亲和于乐吾身边，也学到了一身本领。因此，在与清军短兵相接之后，他虎虎生风，接连击杀数人，一时之间竟将对方阻挡了下来。

但清军终究是人多势众，且各式兵器互有配合，短暂相持过后便占据了上风。尹秉舟身旁的同伴接连战死，而他本人也已多处受伤，不得不退了回来。

"爹，对方人数太多，实在难以招架。伯父事前曾叮嘱说不可意气用事，我们不如先撤吧！"尹秉舟恳求道。

尹应和望了望火焰中的炮筒，咬牙道："再等等！"

此时，清军已蜂拥而至。尹应和未做犹豫，提刀便迎了上去。尹秉舟见状，大喊一声，也重新杀进阵中。

时间不断消逝，尹家父子身边的清兵越来越多、同伴越来越少，但那团团火焰始终没有熄灭。

大约又过了半炷香的工夫，尹秉舟力气将尽，身上又中了两刀，不由得踉跄了几步。周边几名清兵哪里肯放过这个机会，他们合力攻上前去，将数杆长矛一齐刺入了尹秉舟腹中。

"爹……"尹秉舟口吐鲜血，好不容易叫出一声。

尹应和闻声望去，心中大为悲痛。他怒吼一声，将大刀猛地抡起一圈，逼得身旁的敌人向后退了几步。趁此间隙，他连忙向儿子那里奔了过去。

但还未走近，便见清兵又在尹秉舟身上补了几刀，后者支撑不住，栽倒在地。

"儿啊！"尹应和顿觉一阵天旋地转。

而就在这恍惚之间，几名清兵冲了上来，先后刺中尹应和的身躯。他手中一软，大刀咣当落地……

随后不久，大炮周边重新静了下来。那一团团火焰，也陆续被扑灭了。

翌日，又到了中午，山下的大炮不再轰鸣，于家众人吃上了这些天来的第一顿安稳午饭。不过，因为尹应和父子的殉难，军中毫无喜悦气氛。于乐吾从半夜到中午，更是粒米未进，直到赵守忠第三次来劝说，才稍微吃了几口。

"前些日子李茂兄弟殁了，昨夜又折了尹兄弟父子。想当初我同这些结拜兄弟纵横登莱达两三年之久，而无一人损伤。不料这次起兵却是此般状况。难道真是天要亡我吗！"于乐吾虽肯开口吃饭，但伤戚之感丝毫未减。

赵守忠听了，心中亦是一阵惆怅："甲申之后，各地仁人志士虽不断奋起抗争，却终难以力挽狂澜，眼睁睁看着天下版图逐步落入清廷之手。其中究竟是何缘故，自己一直未能想通，难道说也是天意吗？"

这些话，他并未向于乐吾倾诉，反而劝慰对方道："烽火已燃，各处盟友这几日也应有所动作了吧。倘若能攻下一两座城池，清廷责怪下来，济席哈必然不会再按兵

不动。我军依托地势，若再胜他几个回合，战局或有转机。"

于乐吾面色略显好看，回复道："各路人马当中，福山县邢兄弟、宁海州常兄弟、招虎山徐家兄弟与我交情最深，其麾下兵力也可称强壮。他们看到烽火，必然会各自攻城。只盼望他们能够打出些威风来。"说完，他不禁走出营帐，凝神向远处望去。

而就在两人议论之时，福山县、宁海州、招虎山三地，的确也已是兵车辚辚，各有攻防了。

三地当中，福山县距栖霞锯齿山最近，当地的邢小泉行动也最为迅速。看到烽火之后，他立即率所部两千余人下山，直逼福山县城。

福山知县申修听闻邢小泉所部人多势众，早早便打消出城迎战的念头，一面派人前去登州求援，一面会同鹿、郭、吕等数姓士绅征募壮丁，以期固守。

这福山县亦是一座小城，周长不到四里，与栖霞、招远相仿。但在崇祯五年（1632年）孔有德叛乱期间，时任知县朱国梓乃袁崇焕部将朱梅之子，在他的主持下，福山县城加固城垛、添置火器，顿时固若金汤。如今虽已经过去将近三十年，但其根底仍在。申修凭此坚守不出，邢小泉一时之间也无可奈何，只好屯兵于城郊的留公村，准备长期围城。

宁海州与福山县东西相邻，后者被围的消息很快就传到了宁海州知州文映朝的耳中。

顺治五年（1648年），于乐吾首次起兵时曾率众攻破宁海州城，将时任知州刘文淇斩杀。文映朝一联想到此事，心中便余悸未了。他生怕重蹈刘文淇覆辙，虽然尚未有敌人来攻，却一天连发三道公文向上峰告急。

彼时，山东本省绿营兵马已归总督祖泽溥调度。祖泽溥自忖："宁海为州城，一旦失陷，恐人心震动；再者，自己若刚一上任就丢城失地，恐贻人笑柄了。"于是，他旋即下令：檄调文登营副将刘进宝率所部七百精兵，奔赴宁海州协助防御。

宁海州的常和尚为人勇猛，但粗中有细。他收到于乐吾求援信号之后，并未立即进军，而是派出两路探马，分别前往宁海州城和文登县城监视。文登营分兵前往宁海州的举动，自然未能瞒过他的双眼。经过一番权衡，他决定东出昆嵛山，联络占据文

登南乡的张振纲所部，攻打文登县城。

两日之后，两人各带部众如约于城下会师，一东一西摆开架势，开始围攻城池。文登知县李荫澄见驻军刚被抽调就有敌人乘虚攻城，心中叫苦不迭。他使出浑身解数，好不容易支撑了四天。到了第五日，城中伤亡颇多，人手愈加不足，而援军尚未到来。文登城已是岌岌可危了。

情急之中，他忽然想到了一个人，那便是张振纲的舅父侯某。

侯某系秀才出身，家境殷实，在文登城内有一处大宅。不过，自从张振纲附和于乐吾举兵之后，他受到牵连，全家已被羁押入狱。

"大凡同僚之间，皆有猜忌。这常和尚和张振纲也必不是铁板一块，不妨派侯某前去离间，令其自乱阵脚。即便不成，也可让城中有所喘息。"李荫澄心想。

于是，他亲自书写了一封劝降信，然后赶赴牢中，以保全其家人性命为条件，说服侯某出城给张振纲送信。

当夜三更过后，李荫澄在城头指明张振纲营寨方向，然后命人用绳索将侯某缒了下去。

侯某按照刚才听到的路线前行，不料却来到了常和尚营寨附近——这其实也正是李荫澄设下的圈套。

巡夜士卒发觉侯某之后，随即将之捉住，且从他身上搜出了李荫澄写给张振纲的劝降信，一并送到了常和尚那里。

常和尚阅信大怒，他本想当场将侯某斩杀，但刀拔到一半又装回鞘中。

"且看你的好外甥如何处置！"他朝着对方冷冷地撂下一句。

张振纲白日督众攻城颇为卖力，此时早已卸甲入眠。当常和尚派来的人将之唤醒时，他还以为是有敌军夜袭，赶忙爬起。

"常兄弟，何事如此着急，竟要半夜起来商议？"张振纲边踏入常和尚营帐，边喊道。

"方才我部捉住一名奸细，其身份甚为特殊。不知当如何处置，特地请张大哥来商议。"常和尚不冷不热地答道。

"奸细在哪？……"张振纲刚问到一半，侧头望见被绑在角落里的侯某，脸上顿时变色。

"这封信便是从他身上搜出，张大哥不妨读上一读！"常和尚又道。

张振纲展信而阅，不禁被气得七窍生烟。他双手上下挥动，旋即将之撕成碎片。

"张大哥，我瞧这信中说的也不无道理。不如你现在就将和尚我拿下，随同贵舅父一道进城请功吧。当初你我之间的结拜誓言，就只当是放屁了。"常和尚接着道。

张振纲怒目圆睁，对侯某道："快说，这究竟是怎么一回事！"恼怒之下，他已将"舅父"的称呼省略了。

侯某忙将其中经过一一道出，末了又辩解道："那李知县只让我出城送信，别的一句没说。至于信中是何内容，我也着实不知啊！"一口气说完这些话，他不由得气喘连连，面前火把的焰苗也被他吹得来回飘动。

常和尚、张振纲并未马上接话，其他人也不敢作声。营帐里，瞬时沉寂了下来。

38. 鹅毛雪

"常兄弟，此举定是那狗官的离间计。我虽读书不多，却也听过三国的戏文。那曹操当年就是用离间计挑唆马超、韩遂，使得两人失和，他自己却坐收渔翁之利。这次你可要看得清啊！"良久之后，张振纲开口打破了营帐内的沉寂。

实际上，这到底是不是离间计，张振纲心中也难下结论。但他之所以咬定是离间计，与其说是看透了李荫澄的计谋，倒不如说这是一个两全的办法——既能撇清舅父与自己的关系，又多少可以为其开脱罪责。虽说他自长大之后常年混迹绿林，与舅父鲜有来往，但对方终究是其外家至亲，岂能一点情面也不讲？

常和尚自然听出了这番话的弦外之音。对于今晚之事，他心里亦不无疑问："如若城中的李荫澄真有劝降之心，为何不提前派侯某联络，而非要等到围城多日之后才想起？再者，自己与张振纲分头驻扎，城中对此一目了然，倘真要劝降，送信之人怎会走错？看来多半就是挑拨离间了。"

他心中方生一丝恻隐，却又转念想道："道理虽是如此，但终须小心提防。再者，一旦消息传出，军心必然动摇，这城池恐怕是难以攻取了。"

张振纲见常和尚并不答话，便又接着说道："如若不信，可先将此人拘在营中，待我明日攻下城池，活捉那狗官，再与他当面对质！"

话音落下，常和尚还未及反应，倒是侯某急着道："纲儿，万万不可！李知县说了，倘若你再攻城，他便要将我全家处斩！舅父以前对你诚然照顾不周，但看在你死去的娘的份上，这次就听我一回吧！"

"哦，你不是不知情吗？李知县还说了什么？不妨一并讲出来吧。"常和尚冷笑道。

侯某自知失语，不敢再言。一旁的张振纲见此场面，心知已难两全。他咬了咬牙，猛然抽出刀来，飞快刺向侯某。后者扑通一声，倒在了血泊之中。

"常兄弟！这下能信过张某人了吧？"张振纲将刀往鞘中一插，转身问常和尚道。

常和尚双手抱拳，深一俯身，恭敬地对张振纲道："和尚刚才说了些气话，还请张大哥原谅。这千错万错，皆是那城中狗官的错。明日你我兄弟齐心协力，必定要了他的脑袋！"

张振纲心中五味杂陈，他上前扶起常和尚，缓缓说道："破城之后，舅父家人性命，还请常兄弟饶过。"

常和尚面有惭色，不知如何作答，只好支支吾吾应了一声。

因夜间未能休憩，翌日上午，张、常两人不曾攻城。李荫澄见状，料想是计策起了作用，心头稍觉宽慰。

但中午一过，对方重整旗鼓，又催动人马攻了过来。当中的张振纲满身怒气正无处发泄，冲得尤为凶猛。城头虽然频频施放弓箭，但也难以阻拦。

不多时，张振纲便率先冲到了城墙根下。借着奔跑之势，他奋力将手中的长矛掷了出去。长矛直飞而上，竟越过了两丈多高的城垛，将一名兵卒戳倒在地。旁边其他守城者大为震惊，都不由自主地向后退了几步。

趁此间隙，张振纲部众纷纷冲进城门洞中，开始挖凿墙壁。其"当啷"之声甚大，在城头听得一清二楚。而常和尚所部则在稍远处不断用弓箭对上攻击，以牵制城头守军。

李荫澄见此场景，心中暗暗叫苦："前几日对方以木梯绳索攀城，守军尚可在明处抵御。没想到此次张振纲竟率人冲进门洞，那里是城头攻击的死角。这文登县城的厚度仅有一丈左右，倘若任凭对方在下方挖凿，恐怕难以支撑太久。"

想到这里，他不免有些绝望，便暗自做好殉节的打算，匆匆写好一封"绝命书"，将之与知县大印一并交给一位心腹，并叮嘱对方道："一旦城破，务必要突围将书信和官印送到宁海州。"

时间一点点消逝，城下的挖凿声越来越响，而常和尚那边的攻击也一直未停。就在城内守军的紧张情绪将至顶峰之际，西郊远处忽然飞起一阵尘土。不一会儿，瞭望台上的小卒兴奋地喊道："是骑兵！是骑兵！援军到了！"

原来，文登营副将刘进宝的家眷皆在城里，他接到李荫澄的告急文书之后，本想立刻赶回救援。但宁海州知州文映朝以总督祖泽溥有令为由，不愿放行。如此迁延了几日，直到刘进宝暗示："文登为宁海州属县，倘若有失，知州身为一州之长，恐亦难逃干系。"文映朝才勉强同意对方带领三百骑兵前去增援。

刘进宝麾下兵力虽少，但在旷野之上，骑兵纵横驰骋，威力远大于步卒。而常和尚那边又无防备，部众很快被冲散。

李荫澄大喜过望，连忙命令士卒高声提醒援军道："城门洞中藏有反贼头目。"

刘进宝听闻，当即将部众分作两队。一队阻拦常和尚所部，他则亲率另一队直奔城门洞而去。

张振纲部下望见清军骑兵冲来，急劝他撤离。但张振纲受昨夜之事刺激，一心想自证清白，岂肯听从？他非但不撤，反而又拿起一杆长矛，迎了上去。

刘进宝并不认得张振纲，但见对方身形魁梧且手持长矛冲在最前，料想是个头目，便指挥左右朝之放箭。不过，张振纲动作颇为矫健，竟连续躲过了五六支飞矢。

"不中用的东西！"刘进宝骂了一句。他旋即放开马缰，扔下长刀，左手从背上取下硬弓，右手从箭壶中摸出箭矢，搭弦瞄准，用力向张振纲射去。

这一箭颇为强劲，待张振纲看清之时，已飞至眼前。他躲闪不及，被射中肩头，一头栽倒在地。

张振纲忍着剧痛，刚刚强撑站起，却马上又被另一支箭射中。他反复挣扎，好不容易再次爬了起来，集齐全身残余力气吼出一声，同时将手中长矛向清军掷去，随后便口吐鲜血，倒地死去。而长矛飞出不远，也落到了地上。

见主将阵亡，张振纲所部顿时战意全无。他们纷纷丢下手中兵刃，四散逃去。刘进宝见城门危险已经解除，倒也不穷追，而是转头率部向常和尚那边攻去。

常和尚听闻张振纲战死，又惊又悔，已无心再战，便下令全军西撤。如此一来，

其部下兵败如山倒，已无阵型可言。刘进宝尾随其后，又多有斩获。

待回到昆嵛山中，常和尚清点人数，自己所部一千余众，如今只剩下五六百人；而张振纲的部属则大多各自逃走，不复为其所用。

"此战非但未能成功策应于乐吾，反而折损了张振纲，并且后者之死，与自己不无关系。"常和尚越想越觉懊悔。气急之下，他便不顾部下阻拦，执意要转而攻打宁海州城，以此来为张振纲报仇。

此时，宁海州城早已是戒备森严。常和尚所部兵力不占优势，士气又甚是低落，虽然勉强来到城郊，但见无机可乘，个个无心恋战。

常和尚也逐渐清醒过来。他在烧毁城外几座官仓之后，便率部匆匆返回昆嵛山，准备休整一段时日再作进取。

时序已届岁末，冬意愈来愈浓。这一日，登莱二府普降大雪，昆嵛山中更是鹅毛纷纷，积雪深可过膝。此后一连数天，大雪虽停，但雪花仍时有飞扬。

常和尚营寨中一向存粮不多，每隔几日便要派人下山到附近村落征取。这些天来大雪封山，早已是临近断炊。因此，待到雪停之后，他立即又派人前去征粮。而众人被困多日，皆想趁此外出散心，就纷纷主动请命。常和尚不愿拂逆部众心愿，又自忖大雪刚过敌军当不会来攻，便都同意了。如此一来，营寨之中仅剩下几十人留守。

部众当日一早下山。还未到中午，常和尚就隐约听到远处传来脚踩积雪所发出的"咯吱"声响。"怎的这么快就回来了？"他心中诧异。

少顷，响声越来越清，并且听起来甚是整齐。

"不好！"常和尚从椅子上一跃而起。而与此同时，咯吱声响忽然停下，阵阵呐喊随之而起——文登营的清军已乘虚摸到营寨边上，并发动攻击了。

原来，刘进宝认为常和尚一日不除终为隐患，因此始终在寻机征剿。而自从下雪之后，他判断对方必然松懈，就酝酿出一条奇袭之策。

于是，他率军提前两日抵达昆嵛山东麓的楚岘口，并派出暗哨抵近常和尚营寨监视。其部众下山之后，暗哨迅即将消息告知刘进宝。后者听闻，便悄然率军进山，随后发动突袭。

饶是常和尚勇猛过人，但终究是寡不敌众。很快，他就被逼到了营寨一角。

"不要放箭，留住活口，等回头押解省城！"刘进宝对部下吩咐道。

常和尚情知已无法脱身，不由得叹了口气，心中默念道："于大哥，和尚尽力了，你多多保重！张大哥，别着急，和尚这就找你去！"

说完，他横手举起大刀，猛地向自己脖子上抹了过去。"当啷"一声，先是大刀落地。随即"扑通"一响，常和尚也倒了下去……

接到刘进宝告捷的军报后，山东总督祖泽溥大为喜悦。此时，他已赶至登州城中坐镇。

祖泽溥为明朝关宁名将祖大寿之子。祖大寿本人在松锦大战之后便归降清朝，但祖泽溥仍在明朝继续做官。直到甲申年清军入关，祖泽溥见明廷大势已去，才利用跟随左懋第使团北上的机会，改仕清朝。

祖氏家族久镇边关，颇受清廷倚重；再加上其与吴三桂家族结有姻亲，后者又在云南曾与济席哈有过共事。因此，当济席哈跟蒋国柱之间出现龃龉时，清廷便将祖泽溥从山西调至山东，以总督官衔会同济席哈一同征剿。

上任之后，祖泽溥与济席哈公文往来，很快商定分工事宜："栖霞锯齿山于乐吾所部由济席哈率八旗主力征剿，而祖泽溥则调度本省绿营弹压其他州县的相应叛军。"

而今，锯齿山那边久攻不下，祖泽溥这边却接连在文登和宁海告捷，且斩获反贼头目。两相对比，饶是他与济席哈关系融洽，此时心中也不免有得意之感。

不过，他终究是在宦海沉浮多年，虽然得意，但并未忘形。很快，他就移文济席哈，告知文登、宁海两地战况，并请对方领衔书写奏折呈报朝廷。

济席哈闻知消息，起初多少也有些妒忌，但转念一想："对方做事已留情面，再者常和尚所部被剿，对围攻锯齿山亦属有利。"便口气和缓地回信一封，对祖泽溥加以赞誉。

见济席哈并无阻挠之意，祖泽溥顿时松了一口气。他旋即又下令从文登营檄调精锐兵马，由千总李延芳统领，西进以解福山县之围。

此时，邢小泉所部已兵临福山城下多日。久攻不克加之雪后补给困难，其营寨中

士气颇为低落，对于官府援军的到来亦无察觉。

李延芳所部趁夜抵近福山县城，并发动突袭。城外人马顿时大乱，于黑夜当中自相践踏，损失甚重。无奈之下，邢小泉只能收拾残部，重新退入山中。

至此，于乐吾当初寄予厚望的三路策应人马，便仅余招虎山一处了。

这招虎山虽处莱阳县地界，但距县城甚远。因此，徐海门、徐耀门兄弟听闻锯齿山燃起烽火之后，并未向莱阳县城进军，而是挥戈南下，逼近大嵩卫城。

大嵩卫，系明初在山东沿海所建众多卫所之一，设有指挥使、千户、百户、镇抚等职，职官多为父子相继。清廷入关之后，下令裁撤卫所世职，而改派流官守备。当此之时，驻守大嵩卫城的守备名叫朱之良，为武进士出身。

朱之良麾下兵力有限，他侦知徐家兄弟将要率军来攻，连忙派出快马向祖泽溥求援。原本，他在公文中仅以实情相告。但经过手下一位师爷提醒，又添加以下措辞："大嵩卫控扼南北海路，一旦又失，恐反贼乘船南下，与闽浙海匪气息相通。如此，则深为朝廷忧矣！"

祖泽溥收到告急文书，虽亦觉忧虑，但他当时正忙于平定宁海和福山，对大嵩卫鞭长莫及，便只是对朱之良加以勉励，令其固守待援。

援军既然短期不能到来，朱之良便只好另想办法。他准备召集城中的大户士绅商议，劝说对方出钱出力协助守城。

而就在商请前夜，那位师爷又提醒道："大人，据在下所知，城中大户士绅，多出身于前明世职之家，心中对于明朝不无怀念。他们虽不至于沦为反贼内应，但要令之出力协助守城，恐也不易。"

朱之良暗觉有理，便问道："你有何良策？但说无妨。事成之后，定有重赏。"

师爷道："大人可用于逆名义伪造一道檄文，内中绝口不提'华夷之辩'，只称'劫富济贫'，且要撂下重话，凡是富户，每家需纳银三千两以赎性命，少一两则杀一人。如此一来，城中士绅当可为朝廷所用。"

"我身为朝廷命官，却要伪造反贼檄文，恐怕不成体统。但事急从权，也只好试一试了。"朱之良略作迟疑，还是点头答应。

　　果如师爷所料，次日一早商谈守城事宜之际，士绅们表现得相当冷淡。

　　朱之良见此情形，便从袖中取出昨夜师爷执笔伪造的于家檄文，递给众人传阅，且道："朱某拼力守城，岂止是为了头顶乌纱？更是为保全阖城百姓的身家性命！"

　　众士绅见檄文中并无"反清复明"之意，又对富户家产十分觊觎，暗自皆感失望。于是，朱之良再次劝说时，他们便纷纷应允协助守城。

　　大嵩卫城原是为防倭而建，本就墙高池深，加之又有众绅士协助守城。在接下来的时日里，徐家兄弟虽率部全力攻打，却始终无法破城。而在那场鹅毛大雪之后，两人见粮草已难保障，便主动解围，退回招虎山的营寨之中。

　　然而，他们这边虽停止攻城，清军那边却不想善罢甘休。在宁海、福山相继获胜之后，祖泽溥又征调援军向大嵩卫进发，与朱之良所部汇合，反将招虎山团团围住。

　　招虎山地势险峻，原本也是易守难攻，清军数次尝试进攻，均被徐家兄弟击退。可惜山寨中存粮亦不多，十余日之后便临近断炊。有些入伙不久的士卒难以忍受，便私下趁夜出逃。但清军早已在外围布下天罗地网，很快就将他们一一俘获。而在严刑逼问之下，他们也不得不将山中虚实合盘供出。

　　两日后的夜里，清军悄然沿小路进山，对营寨发动突袭。徐海门、徐耀门两兄弟从梦中惊醒之后，虽奋力抵挡，但终难挽回局面。

　　当夜，招虎山失陷，徐家兄弟战死，于乐吾所期盼的第三路策应也已成为泡影了。

39. 择生死

于乐吾被困锯齿山中，宁海、福山、招虎山三路友军相继失利的消息，他并没有及时知闻。

不过，山下的济席哈却通过祖泽溥移送来的塘报，迅速了解到这些进展。起初，他还能在回函当中表现出一副宠辱不惊的口气；但对方捷报越来越多，他心里不免开始着急："围困之策虽然可行，但收效太慢。若再无战果，自己在朝廷那里恐怕也不好看了。"

想至此处，他顿觉烦闷，便屏退旁人，独自在中军帐里来回踱步。

待踱到锯齿山巨幅地图前，他忽然眼前一亮："大军围山已经一月有余，其间不许一粒粮米运入，但山上每天炊烟仍按时升起。想必是于乐吾提前在山中有所积储了。如若能找到其粮仓具体方位，再派人潜入放火烧毁，对方失去粮草，便不攻自破了。"

于是，他唤来亲信将佐，命对方加派人手，分别前往锯齿山周边其余高峰潜藏，严密监视于家人马每日举动。

而接连数日观察下来，果然有所收获。前去监视后山的清兵回来禀报："每日申末时分，山前于家各处营寨都会派人前往后山一处密林，待他们离开之际，肩头皆扛有布袋，当中盛的多半就是粮食了。"

济席哈闻讯大喜，他旋即想出一条声东击西之计，于是又喊来图喇、额赫讷、佟嘉、硕岱等人，各自叮嘱了一番。

翌日一早，清军一反常态，结队涌出营寨，开始向前山进攻。于家岗哨发现敌情，立即鸣锣示警。

于乐吾得知消息，督令各处营寨依托地势严加防御。清军无机可乘，只好退了回去。

正当山上众人松了一口气时，却见又一队清军向上攻来。众人不及休息，继续施放弓箭及鸟铳，又将对方击退。

不料，这队清军退回山下之后，又有另一队清军杀出。如此周而复始，从早晨至午后，山上众人忙个不停，已是疲惫不堪了。

"清兵这是想用车轮战术来拖垮山上守军！"于乐吾心中一凛。他见招拆招，当天傍晚就从后山营寨调来一批生力军，而让前山众人进行休整。

于家人马的这番调动，未能躲过清军暗哨的眼睛。济席哈闻讯大喜，随即一声令下。十数名身着玄衣的精兵，便趁黑向锯齿山后身进发。

在此之前，清军专门从周边村落掠来一位樵夫，威逼他作为向导。而有樵夫在前引路，这队清兵果然行进迅速。用了不到一个时辰，他们便躲过于家多道岗哨，悄然摸到了后山那片密林附近。隔着树木，已可看到前方的片片火光——那里应当就是于家的粮仓了。

"军爷，您说的地方到了，小的现在能回去了吧？"到达目的地后，樵夫小心翼翼地问道。

清军头目并未搭话，而是迅速靠近对方，一手捂住他的嘴，另一手猛掐他的脖子。樵夫挣扎了几下，很快便不动了。

随后，头目派出一名部下前去打探。不一会儿，那人回来告知："仓外共有九名汉子值守，此外再未发觉其余守军。"

头目一左一右挥了挥手，这十数名清兵便散开队形，蹑手蹑脚地向前逼近。

等到距离粮仓约十步远时，头目低喊了一声："上！"清兵当即从林中杀出。九名守卫未有防备，不多时便陆续倒在了血泊之中。

"点火！"头目又吩咐道。很快，一团团火苗从粮仓四周蹿起，并逐渐连成一片。

且说这粮仓每晚均派十人守卫。而方才清兵侦察突袭之际，其中一人正在远处蹲茅厕。他听到动静后连忙出来察看，却见同伴均已被杀，不禁大吃一惊。

对方人多势众，他不敢硬拼，便悄悄解下腰间的铜锣——粮仓值夜者每人都配有此物，一边向外跑，一边敲锣，口中大喊道："粮仓来人了！粮仓来人了！"

后山营寨的留守人马听到喊声，纷纷朝粮仓赶来；而山顶于乐吾那边看到火光，情知不妙，也带人奔了过去。

清兵头目原想等火烧旺起来再撤，以便回去请功。但此时见已暴露，心想还是保命要紧，就带领手下匆匆逃离。

于乐吾赶到之后，问明其中经过和对方人数，便将众人留下救火，自己则一个人提刀继续追了过去。

那队清兵没有樵夫带路，动作明显慢了下来。待其走到三里外的一处山坳时，便被于乐吾追上。

"站住！"于乐吾大喊。

清兵头目起初甚是慌张。但借着月光仔细辨认之后，他发现对方仅有一人，便放下心来。

"弟兄们，这个反贼前来送死。我们取下首级，一并向大将军请功！"他向部下吆喝道。

听到清兵这嚣张的口气，于乐吾不由得想起自己从招安之后所受的屈辱。他怒火燃起，挥动大刀迎了过去。

这第一刀出手，先头两名清兵的兵刃便被震落。二人大惊，还未及做出反应，就被于乐吾第二刀追上，齐刷刷倒在了地上。

其余清兵见状不敢大意，便先将于乐吾围成一圈，然后一齐挥刀砍去。

于乐吾大喝一声，将大刀快速抡成圆圈，面前瞬间形成一张刀网。只听"砰砰"数声响，清兵的短刀都陆续飞了出去。接着，他连挥几刀，将这些清兵一一砍杀。

带队头目见此情形，早已是胆战心惊，连忙转身逃走。

于乐吾举起刀头，正要掷向对方，却又转念想起一事，便将刀柄朝前，奋力扔了

过去。刀柄不偏不倚，正好击中那人的右腿。他痛叫一声，便倒了下去。

此时，另一侧树林里忽然簌簌作响——原来，赵守忠和于十担心于乐吾安危，就带人追了过来。

"于兄英勇无敌，赵某属实佩服！"赵守忠看到面前场景，不由得称赞道。

于乐吾并未接此话茬，而径直问道："粮仓那边如何了？"

"所幸发现尚早，刚才明火已被扑灭。不过，终究是有些损失。"赵守忠道。

"那济席哈为断我粮草，真是煞费苦心了！可恨！"于乐吾骂了一声。

他随即用手指了指倒在地上呻吟的清兵头目，对于十道："我留了个活口，你带回去好生审问，定要问出个子丑寅卯！"

于十答应下来，便带人架起那名头目，先行回营了。于乐吾和赵守忠则又去往粮仓进行检视。

这处粮仓是于乐吾首次起兵时所建，后来他虽接受招安，但粮仓并未拆毁，当年赵守忠从金口运来的粮饷也都积存于此。而自从再次起兵以来，于乐吾更是转来大批粮草储藏。原先估计，其至少可供半年之需。不过，此次火灾后重新查验，已损失一月口粮。按照日子推算，只能支撑到来年三月了。

于乐吾面有忧色。此时此刻，他对三路策应人马的盼望更甚："烽火燃起这么长时日，也不知外面那些弟兄进展如何了？"

然而，于十从清兵头目口中撬出的消息，却令于乐吾大失所望。对方供称："山东总督祖泽溥已调度绿营兵马先后平定了宁海州、福山县和大嵩卫三地，常和尚等人或死或逃，已不成气候。大将军济席哈这才按捺不住，筹划起此次行动。"

"赵先生，看来大势已去，此次真是天要亡我了！"于乐吾对赵守忠叹道，心情显然低落至极。

赵守忠虽早有以身相殉的觉悟，但先前对三路人马也多少抱有一丝期待，此刻听闻消息，亦是相当沮丧。

"唉，早知如此，当年张司马北伐之时，我就应立即响应！早知如此，这次的浑水，就不应拉先生来蹚！早知如此，举兵之后，就应当听从先生的上策，全军南下，

联络闽浙！如今坐困山中，眼见各路弟兄被清军剿杀却无能为力，说什么也是迟了。"于乐吾言语之中满是懊悔。

"于兄切勿自责。谋事在人，成事在天。即便不能成事，但能青史留名，终究也是值了！"赵守忠开口劝道。

于乐吾不再言语，赵守忠亦重回沉默。两人一前一后在山上行走，不知不觉已来到山巅烽火之处。

值守小卒坐在地上，正准备向火焰中添加木柴。他见到盟主和军师到来，不及松手，连忙抱着木柴站起行礼。

于乐吾挥手示意对方坐下，接着道："有劳你好生看管，千万别让这烽火灭了！"

小卒有些摸不着头脑，不过还是立即答应。于乐吾盯着这团火焰，猛然又向赵守忠问道："先生方才说青史留名。那不知后世之人将如何评价于某呢？"

"成王败寇，自古如此。在清廷治下，你我恐皆为贼寇。倘若将来大明中兴或是再改朝换代，自当有人秉笔直书了。"赵守忠道。

于乐吾点了点头，将目光从燃烧的烽火上移开，投向了漆黑的远处，不再言语……

时光飞逝，转眼之间，新年已至。清廷此前就已下诏，自这一年起就以"康熙"代替"顺治"作为年号，是为康熙元年（1662年）。此时，虽然少许区域还在坚持使用"永历"年号，但永历皇帝朱由榔本人，已在年前被缅甸方面移交给带兵前来索人的吴三桂。朱明正朔，至此已算是断绝了。

当然，以上消息，被困山上的于乐吾等人并不知闻。这个年夜，他们是在枕戈待旦中度过的。

新年到来之前，济席哈作为在外官员，照例向朝廷呈上了敬贺请安奏折。十多天之后，上谕传来。当中虽勉励了他一番，但亦督促道："盼早日荡平贼巢，擒拿元凶。"

济席哈有些坐不住了。此前，他绝不想让绿营兵插手锯齿山。但圣意急迫，这时也由不得他了。

于是，他移文祖泽溥，请他抽调五千绿营兵，前来协助征剿。

待增兵到达，济席哈一改往日"围而不攻"之策，督令旗绿兵丁一道向山上强攻。每推进十丈，便修筑一道土墙，分兵驻守，夜间也不退却。以此步步蚕食，逐渐逼近山顶。而一批新的红衣大炮也从各地征集上来，重新开始轰击。如此猛攻了一个多月，清军已推进至半山腰处，布置在最前面的红衣大炮，也差不多能打到山顶了。

于乐吾虽全力率部防御，但双方终究是相差悬殊。至二月底，前坡的一处泉眼也落入清军之手，那是山上为数不多的水源。这对于防守一方而言，更是雪上加霜。

这天傍晚，在抵挡住清军一轮进攻之后，于乐吾召集众头领，清点起营中剩余人数和粮米。一番合计下来，当初最多时的五千余众，如今只剩下一千出头，而粮米也即将告罄了。众人听闻这些消息，不由得都垂头丧气。

当夜，于乐吾正在营帐中苦思烦闷之时，忽然听到外面有人高喊："快拦住他们！"

他以为又是清军前来偷袭，连忙提刀奔了出去，但一看方知：原来并非敌军来攻，而是两名小卒从营寨向山下逃去，被巡逻的卫士所发觉。

"他们是哪个营寨的？"于乐吾大声问。

话音落下，一名头领从人群中挪出身来，颤颤应道："是小的营寨里的。只怪我多嘴，将傍晚商议之事告诉了他们。本意是勉励大家同生共死，不承想，他们竟然会连夜出逃……"

"不用再说了！"于乐吾打断了他。

此时，杨彦也带着火器队赶了过来。他命部下装填好弹药，然后问于乐吾道："大哥，打还是不打？"

于乐吾的眉头拧了几拧，缓缓说道："罢了，随他们去吧。"

众人闻言皆感惊讶。但于乐吾一向在军中令行禁止，因此，火器队也立即将举起的鸟铳放了下来。

那两名小卒越跑越远，当他们的身影快要跑出营寨篝火的照射范围时，却听"砰砰"几声响，二人应声倒了下去——原来，清军的前哨也发现了他们，便毫不犹豫开了火。

山中众人见此场面，心里均五味杂陈，过了许久，才各自散去。

于乐吾回到营帐之时，赵守忠也跟了过来。两人四目交接了一阵儿，后者开口道："于兄，军心已然动摇。何去何从？当早做决断了。"

"先生有何主意？"于乐吾努力克制心中的烦乱，问对方道。

"无论是战是守，皆是徒增死伤，唯有尽力突围了！"赵守忠口气甚是坚决。原本他跟随于乐吾起兵上山，已抱定了与清兵血战到底的打算。但这些天来，此想法逐渐有所动摇——这倒不是因为他忽然贪生怕死，而是不忍见到身边众人再白白送命。今晚这一连串场面下来，他顿感不能再拖，应当立即向于乐吾建言了。

"唉！冤有头，债有主。这清兵原是冲我而来，我亦不想再连累众兄弟……"于乐吾叹道。但话到一半，他突然打住，开始在地上来回踱步。

过了一阵儿，他猛地站住，对赵守忠道："既然如此，那就有劳先生择期率领众兄弟突围，于某留在山上断后，跟清兵做个了断！"

赵守忠摇了摇头："于兄，赵某这条命前年就应被阎王勾走，活到今日，早已是知足了。再说我孑然一身，在世上了无牵挂，就算继续苟活数年，又有何用？而于兄则不同。留得青山在，不怕没柴烧。你身为大军主帅，若能突围出去，假以时日，说不定可以东山再起；即便不能，也终究还有家人亲眷。我早已决定要承担这断后之责，于兄切勿相争了！"

"先生本可在华严庵里安度余生，此次因我而身陷险境。事到如今，我又如何再忍让先生断后？要走一起走，否则便是由于某断后！"于乐吾急道。

听到"华严庵"，赵守忠脑中忽然一闪。他伸手从内衫贴身处摸出一个布包，拆开之后，里面是一张纸片。

"于兄！离开华严庵前，慈霭方丈曾令我随身携带此度牒文书，以作救急之用。如今我将它转交给你，突围途中，或许可派上用场！"赵守忠一边将纸片递给于乐吾，一边说道。

于乐吾向后退了几步，大手一摆："万万不可！此乃先生救命之物，于某岂能据为己有？"

只听"唰"的一声，赵守忠从腰间拔出佩剑，横在了自己的脖子中间，大声道："于兄若再不听赵某之言，赵某只好以死明志了！"

于乐吾未料到赵守忠会有如此举动，一时之间颇为错愕。缓过神之后，他叹道："先生这是何必呢？好，我答应你便是！"

赵守忠也叹了口气，他放下佩剑，接着道："赵某还有一事，想请于兄帮忙！"

"先生请讲，于某万死不辞！"于乐吾道。

"华严庵的慈霭方丈和即墨黄家众人，都对我有恩，今后已难报答。于兄突围之后，他日去到寺中，可替我带话问好，也算是作别了吧！"赵守忠缓缓说道。

于乐吾听闻对方像是在嘱托后事，心中不觉一阵凄然。"先生放心，若能突围，于某必将照办！"他回复道。

赵守忠嘴角挤出一丝笑意，接着道："只要于兄能突围出去，那清兵就算攻下了锯齿山，也称不上是完胜了，那些兄弟的血也不算白流了。"

说完，他上前两步，将度牒递到了对方手中。

于乐吾百感交集，顿时说不出话来。赵守忠也未再言语。两人默默对视了一番之后，赵守忠毅然转身离开了营帐。

随后几日，于乐吾暗中将突围决定一一告知众头领，并询问他们的去留打算。当中，杨彦听说赵守忠要在山上断后，当即表示愿追随对方；而于九、于十自忖此事因当年殴打宋奕炳而起，心中对家族有愧，便也决定留下来。其余头目和士卒，自从见到那天夜里的场景之后，也都逐渐横下心来，对于突围或者留守，也都各自有了决断。

清明断雪不断雪，谷雨断霜不断霜。此时虽已是阳春三月，但这一日忽然阴云密布下起雪来。赵守忠见此场景，便提醒于乐吾道："于兄，是时候了！"

当天傍晚，于乐吾吩咐取出仓中剩下的所有粮米，令全军将士饱食一顿。然后，他以水代酒，跟赵守忠、杨彦、于九、于十及其他头领逐一道别，便带领一批人马往后山去了。

待于乐吾走远，赵守忠拔出剑来，大喊一声"杀"，便率剩下众人向清军营寨冲了过去。

这一连数月以来，都是清军主攻，于家人马主守。先前尹应和下山，也不过是乘夜突袭。而此次赵守忠等人从正面反攻，的确出乎清军意料。不多时，前面几道石墙就被攻破。

此时夜幕渐起，清军值守将佐不知对方虚实，为稳妥起见，便连忙派人到山下大营求援。

济席哈闻知消息，断定于家人马在做最后一搏，立即传令各营火速增援，且要反守为攻，趁此机会一举攻上山顶。

雪越下越大，双方因湿冷而无法使用火器，很快就陷入短兵相接之中。清军虽然人数众多，但赵守忠所部各个是以死相拼，一时之间杀得也是难分难解。

济席哈见进展不利，大为恼怒，又陆续派出几支生力军。而在这多路清军的围攻下，赵守忠这边开始支撑不住，于九、于十先后战死，赵守忠和杨彦的身上也都带上了伤。

两人且战且退，带领所剩不多的部众撤向锯齿山主峰。清军则如潮水般涌入于家的本营当中。

锯齿山主峰极为陡峭，道路狭窄处只容一人侧身通行。清军占据营寨之后，虽尝试向上进攻，但均被山顶众人击退。

如此僵持了一夜，翌日清晨，济席哈在大队人马的簇拥下，来到主峰之下。

"废物！就这么一座山头，竟然迟迟不能拿下！给我继续攻！"他怒斥道。

在他的指挥下，清军集齐数百名弓手，不断向主峰上放箭。赵守忠和杨彦的部下接连被射中，山顶上所剩之人越来越少了。

此时，赵守忠早已是筋疲力尽，受伤的双臂也难以抬起。他集中残余气力，借助着东升之日，分辨出西方和南方——这也分别是他兖州故乡及闽浙两省的方向，然后趴跪在地，朝两边各磕了一个头。

虽然耳边不断响着喊杀声，但这一刻赵守忠心中相当平静。他快速回忆了一下这几十年来的往事，想起了兖州城，想起了江心寺，想起了舟山岛，想起了金口港，想起了华严庵……而当想到自己的妻子和两个儿子时，他的脸上刹那间竟浮现出了笑容。

箭雨停歇，清军开始向上攀缘。杨彦见状，刚想提醒赵守忠，却看到了对方那幸福的神情。他心中一酸，便不忍再打扰。

不多时，已陆续有清军冲了上来。他们看到杨彦等人紧紧护在赵守忠身边，误以为后者便是于乐吾。

"这人像是贼首，一定要生擒立功！"清兵高喊。

赵守忠回过神来，他向杨彦喊道："杨兄弟，快刺我一刀，送我一程！"

杨彦提刀颤抖，并未行动。

"难道要让我落入敌手吗？"赵守忠竭尽全力又喊了一声。

杨彦看着凶神恶煞般的敌兵，又望着受伤的赵守忠，最终横下心来。他闭上双目，将刀刺了过去。扑通一声，赵守忠的身躯倒下了。

清兵见此场面，不由得都吃了一惊。而在此间隙，杨彦和剩下几名汉子，各自举刀向脖颈抹去……

随后不久，在锯齿山顶燃烧了近四个月的烽火，骤然熄灭了。

40. 易身份

就在赵守忠率部向清军进攻之际，于乐吾则带人穿行在后山的密林当中。

锯齿山延绵甚广。清军虽在后山外围也设有多处哨卡，但兵力相对分散，并且前山开战之后，又有部分人马抽调过去增援。因此，于乐吾并未费太多周折，便抵达一处山口前。而越过这道山口，就可离开锯齿山区，去往栖霞、福山两县边界了——此前从俘获的清军头目口中，他知道福山的邢小泉虽然兵败，但还保留了一些人马，便想前去与对方汇合。

山口处约有百余名清军把守。于乐吾没有马上进攻，而是带人在林中潜伏到凌晨。直到多数敌兵都入睡之际，他才招呼部下一起杀出。

清军猝不及防，稍作抵抗便四散逃走。于乐吾也不恋战，连忙翻山而去。

且说济席哈那边，在攻下了锯齿山主峰之后，他立即吩咐随营的栖霞县衙官吏前来辨认"反贼"尸首。不过，后者反复检视，只找出了于九和于十的遗骸，并未发现于乐吾的面孔——原本清兵误将赵守忠认作主将，却被县衙官吏断然否定了。

此时，后山清军也将有人突围的消息禀报过来。济席哈暗觉不妙，一面命令部下随后追击，一面安排画师根据县衙官吏描述绘出于乐吾的画像，送往栖霞边界各处路口悬赏抓捕。

当天中午，突围众人行至一处山坳时，皆已疲惫不堪，便只好停下歇息。

趁着这段间隙，于乐吾往锯齿山方向仔细眺望了一番。他见山顶的烽火已经熄灭，当下联想到赵守忠等人的生死，不由得涌起一阵伤感。

忽然，远处传来一阵马蹄响，打断了于乐吾的思绪。"对方是如何知道我等的行军线路？竟追得如此之快？"他心中一惊。

疑虑当中，他低头看了看脚下，顿时明白——清军定是沿着雪地上的脚印追过来的。于是，他当即命令部下将鞋子倒穿，然后各自分散行动，约定两日后在邢小泉营寨中聚集。

过了约半炷香的工夫，清军追兵赶到这处山坳，只见地上的脚印变得杂乱无章，并且鞋头的方向都是迎面而来。他们实在难以分辨，便骂了几句，掉头回去复命了。

解散部众之后，于乐吾独自穿越几道山岗，在当天夜里，来到栖霞福山交界处的一个路口附近。

这处路口并非官道，平时莫说没有官兵把守，就连衙役公差也看不到几个。不过，此刻那里却已设上了木栏关卡，旁边燃烧着熊熊篝火，数十名清兵来回游弋，警戒甚严。

于乐吾吃了一惊，连忙重新隐蔽进林中，然后慢慢靠近对方，准备探听究竟。

"大将军有令，若能活捉贼首于乐吾，可连升三级，赏银三千两！这般立功的机会，真是千载难逢。都给我瞪大眼睛，对照画像好好巡视！"一名男子吆喝道，听口气像是个头目。

"听说那于乐吾功夫了得，手下的人也有不少，万一他率众突袭，我们这里恐怕有些单薄吧？"另一名男子问道。

"呸！什么功夫了得？还不是照样被大将军赶下山来？再说傍晚时咱们捉住的那些潜逃反贼供称，于乐吾为躲避追击，已将部众解散，现在早就落单了。他再厉害，一个人还能对付得了我们这几十号人吗？"那个头目又说道。

于乐吾心中一凛："对方既然早有准备，且得知内情，看来邢兄弟那边是不能去了。"

从昨夜至今，他粒米未进，此时早已是极度困乏。此刻见路口又难以通过，便想先找个地方落脚。

思索了一番，他忽然想起了一座名叫岭垆寺的古刹。那座寺庙就在福山、栖霞两

县交界处，距离这个路口不远，且四周群山环绕，可以暗中走小路进寺。更重要的是，唐家泊于家与福山一支王姓大族结有姻亲，而那王家又是岾𪩘寺最大的功德主。此前王家在捐资重修寺中大殿时，于乐吾曾作为观礼宾客来过一次，与寺中方丈也算是相识。

"佛门一向讲究慈悲为怀，况且又有王家的情面，想必方丈不会见死不救吧？"于乐吾拿定主意，从林中退了出来，转向岾𪩘寺奔去。

夜半时分，他悄然来到寺院的后门。在确认四周无人之后，便上前敲了几声。

过了有一阵儿，大门露出了一丝缝隙。里面的值夜小僧还未开口询问，于乐吾便用力挤了进去，然后反手又将门合上。

小僧惊问道："请问施主……"

"小师傅不要多问。现有急事，请快带我去见方丈吧。"于乐吾打断了他。

小僧虽仍有疑惑，但见对方如此口气，便只好依言而行。

见到于乐吾，方丈大为吃惊。出家人虽一向号称不问俗世之事，但在这兵荒马乱的年代，想要保全寺庙和自身，又岂能对时局置若罔闻呢？于乐吾在锯齿山起兵、清廷派大军征剿等情形，方丈早已知晓。

此刻，他见于乐吾只身前来，又形色仓皇，当即猜到了几分。

"这位施主进寺，可曾有其他人见到？"方丈未跟于乐吾搭话，而是先问起小僧。

小僧双手合十，摇了摇头。

"好，你先下去取些茶水斋饭过来。切记此事不要跟任何人提起。"方丈叮嘱道。

少顷，小僧将茶饭送到，接着又退了出去。方丈关紧屋门，急问于乐吾道："于施主怎么来到敝寺了？"

于乐吾也顾不上客气，先匆匆吃了几口，然后长话短说，将自己突围的前后经过讲述了一番。而他每说到死伤之处，方丈便会念一声"阿弥陀佛"。

"于施主既然能来到此处，想必也是佛祖提前安排好的缘分。何况王施主那边，对敝寺又有大恩。老衲断然不会袖手旁观了！"方丈虽听出外面的形势异常凶险，但还是决定收留于乐吾。

"多谢方丈！"于乐吾抱拳道。

随后几日，方丈便将于乐吾藏在寺中的经楼之内，同时派人外出打探消息，准备等风声过后再让于乐吾离开。

不料，外面的风声不但没有过去，反而越来越紧。原来，于乐吾的部下在穿越栖霞和福山的边界时，大多被哨卡的清军捕获。而通过严刑拷问，清军得知于乐吾应当就藏身于两县交界附近，并且原定要前去磁山投奔邢小泉。

消息报至济席哈处，他一面移文请祖泽溥派兵围剿磁山，一面派出大批本部人马，在两县边界逐村逐山搜索。

于乐吾听闻上述情形，心中甚是苦恼。而方丈那边，也颇为忧虑，一旦清军进寺搜查，恐怕事情就要败露了。

又过了几天，有僧人前来禀报，清军刚刚搜过十里外的一处村落，捉走不少无辜村民，而村旁的一座小庙亦未能幸免，被翻了个底朝天。

方丈心中咯噔一声，连忙找到于乐吾道："形势紧急，只能委屈于施主暂且落发躲避！"这一想法在他心中酝酿已久，只是先前不便提起，但眼下也顾不上那么多了。

于乐吾终究是武人出身，并无太多繁文缛节。听到方丈的话，他稍加犹豫，便点了点头。

方丈动手为之剃度，又专门找来了合适的僧衣。不一会儿，于乐吾就变成了一副中年和尚的模样。

"善哉！于施主颇有佛缘，如此一来，外人应是难以分辨了。"方丈松了一口气，面色缓和起来。

于乐吾跟着笑了笑，这也是他近些天来首次展颜。

不过，看到于乐吾的笑容之后，方丈却又紧张起来。原来，他突然想起清军在邻村搜捕时携带有画像作参考，而于乐吾现虽落发，但面孔未变，难保不会露出马脚。再者，僧人都需持有度牒，眼下正值风声鹤唳，恐怕也是难以补办了。

于乐吾见方丈神情有变，连忙询问原委。而听到"度牒"一词，他刹那间想起赵守忠交给自己的东西，便从怀中摸了出来。

当初，他之所以收下此物，主要是因为赵守忠以死相劝，而并未想过要真正使用。按照原本设想，他突围之后先去邢小泉那边落脚，待躲过风声再辗转去往胶州，中途将度牒和赵守忠的遗言带回华严庵。但如今形势陡变，他只能先用这张度牒来救急了。

方丈接过度牒，只见上面写道："僧人善和，顺治七年于即墨县华严庵剃度。"下方则盖有即墨僧会司的大印，此系真迹无疑。

他虽对这份度牒的来历感到疑惑，但无暇多问，便对于乐吾道："既然如此，于施主从现在起，在外人面前就当自称为'善和'了。我会对众僧宣称，你从即墨华严庵云游至此，想在敝寺停留数日。"

"善和……明白！"于乐吾试着适应了一下这个称呼。

这些天来，他也曾有过自行了断、一了百了的念头。但一则惦记着外出躲避的家人，二来想起赵守忠那句话："只要自己突围出去，即便清军攻下锯齿山，也算不上完胜了。"因此，他重新燃起求生的勇气，决定不让清军胜得那么痛快。

方丈又重新打量了一番于乐吾，接着道："度牒现可说得过去。只是相貌上还需做些掩饰……"

于乐吾听对方口气像是有了主意，便朗声道："但凭方丈吩咐，于某……善和绝无怨言！"

"阿弥陀佛！"方丈叹道，"用热水泼在脸上，烫出创伤，可掩人耳目。"原来，他年幼未出家之时，曾在乡间见过有人因此毁容，情急之中就想到这个方法。

于乐吾愣了一下，但旋即毅然答道："好！"

次日午后，一大队清军果然闯入峆嶚寺中，声称要搜查逃犯于乐吾。方丈自然是推脱不知，但清军岂肯罢休？将佐一声令下，兵丁便动起手来，有的前去搜查殿宇房舍，有的开始查验起僧人度牒。

方丈留了个心眼，他吩咐众僧拿出度牒配合查验，自己则陪着将佐挨个房间搜查。

待搜至经楼时，有兵丁忽然大喊："这间屋子里藏有人！"将佐瞪了方丈一眼，快步走了上去。

那间房屋虽然从外面上了锁，但透过窗纸，不难看到里面躺着的人影。见此场景，

将佐的脸上先是露出一丝喜色，随后又转为狰狞。

"我方才命你将阖寺僧众全部唤至前院，这里面的又是何人？若是反贼一伙，你们就等着掉脑袋吧！"他斥责方丈道。

"阿弥陀佛！将军息怒。并非老衲不遵将军命令，而是此人的确不便外出。"方丈小心翼翼答道。

"少废话，快说！"将佐追问。

"此乃即墨县华严庵的僧人，一月之前云游至本寺，却不幸突发风寒，身上遍生红疹水泡，恐是天花。老衲担忧僧众被传染，故将他独自安置在此，屋内提前备有水粮，不许旁人靠近。"方丈解释道。

将佐及众兵丁原本皆是凶神恶煞般的神情，但一听"天花"两字，不由得都露出惊慌之色。毕竟，天花在当时属于绝症，一旦染上，性命多半不保。传说去年那顺治皇帝便是因此驾崩。

"既是僧人，可有度牒？"回过神之后，将佐继续问道。

"现在此处，请将军过目。"方丈取出"善和"的度牒，交给对方。

将佐接过之后，先辨认了一下墨迹新旧，又查验了印鉴落款，如此反复看了几遍，并未发现什么端倪。

他心有不甘，强令方丈打开房门，然后指示一名兵丁走近查看。

那兵丁极不情愿，但也不敢违抗命令，只得用衣袖紧紧遮住口鼻，走到"善和"面前。

他匆匆望了一眼对方头顶，便急忙回道："将军，他确是出家人！"

将佐怒道："让你看脸！瞧清楚些！"

兵丁颤颤巍巍又靠近了一些，只见对方脸上长满"红疹"，顿时吓得后退了三四步。"看清了，老和尚没有撒谎！"他叫喊道。

将佐点了点头，喊了声"撤"，急忙转身下楼。而兵丁们也都争先恐后地跑了下去。

此后一连多天，方丈担忧清兵重新杀回，便依旧将于乐吾锁在房中。直到五六日之后，才算是放下心来。

又过了几日，栖霞、福山两县交界处的哨卡开始裁撤。方丈派人打听，原来清军已攻陷邢小泉的营寨，但亦未能发现于乐吾踪迹。济席哈推测对方可能是声东击西，随即将搜查重点转向栖霞以西。于乐吾听闻消息，心里虽踏实了一些，但免不了又是一番感慨。

接下来的一个月，方丈备齐草药，细心为于乐吾医治烫伤。那些水泡逐渐消去，却留下了相应的疤痕，终是难以恢复原来的面貌了。

"阿弥陀佛！于施主，老衲医术不精，实在也是无法。"方丈心有愧意，向于乐吾致歉道。

"哪里！承蒙方丈相救，于某感激尚且不尽，岂敢埋怨！再说变了面貌，也方便今后出行了。"于乐吾抱拳道。

"于施主今后有何打算？"方丈问。

"待再过些时日，我将去往华严庵一趟，将赵先生的度牒和遗言带到……"于乐吾道。

方丈听他将度牒称作"赵先生之物"，心中大感疑惑。他犹豫了一阵儿，最终还是将话题岔了过去。

"从福山到即墨，有三四百里路程。即便风声过去，沿途想必也不无官差巡查。于施主既然是僧人打扮，应当多少学些佛经佛法，路上万一遇到盘问，也好应付得过去！"方丈建议。

于乐吾虽生性好武不好文，但暗觉方丈所言有理，便点了点头。

此后三四个月里，方丈每日都会独自为于乐吾讲解经文。后者起初听得云里雾里，不过时日一长，却也逐渐有所领悟。

这时，登莱其余山寨也已陆续失陷。清廷见大局已定，不愿再过多消耗粮饷，便诏令济席哈率八旗军班师回朝。缉捕于乐吾的差事，则都交由地方州县承担。

那些州县官员个个心里门清："缉捕于乐吾谈何容易？况且就算真在自己界上捉到，上峰那边喜怒无常，说不定非但无功，反而还会落个失察的罪名。总之，多一事不如少一事了。"因此，对于这份差事，他们都是外紧内松，更多的是做做样子而已。

320

又过了些时日，方丈探听到外面巡查已然松弛，便告知于乐吾。于是，后者收拾好行装，辞别方丈，开始往即墨县华严庵行去。

稳妥起见，于乐吾选择绕远而行，并未从锯齿山附近经过。但此山终究是巍峨雄壮，他在途中远远仍可望见山巅。触景生情，思及往事，他感觉仿佛做了一场大梦。

这一路上，他走得并不快，也尽量避免与人交谈。因此，前后用了五六天的工夫，才按照赵守忠当初所说的方位，辗转找到了华严庵——他虽跟黄家众人也有交情，但此前并未来过这里。

到达山门外时，日头尚未落山。于乐吾没有贸然进去，而是藏在树林中等待着。

不久之后，寺中传来阵阵鼓声，山门随即从里面合上，远处的大殿接着响起了一片诵经之音。于乐吾心知，华严庵的众僧开始做晚课了。

晚课的时间颇长，要在以往，于乐吾听不了几句就会心烦。但有了在峆𬊤寺的积淀，他如今竟然也能耐着性子听到最后。

一直等到亥初时刻，寺中逐渐寂静下来，于乐吾这才从树林走出。他整了整衣衫，深吸了一口气，然后跨步上前，开始敲门。

不多时，山门开启半扉。一名僧人挑着灯笼伸出头来打量着于乐吾，疑惑地问道："请问师傅是谁？来此何干"

"贫僧法号'善和'，特地来拜见慈霑方丈。"于乐吾双手合十答道。

话音刚落，他不禁有些后悔："法号'善和'，是他一路上应付外人的说辞；华严庵众僧自然是认得真正的"善和"。这样一说，恐令对方起疑了。"

果然，听到"善和"这个法号，僧人更觉诧异。他将灯笼靠得更近些，重新看了看于乐吾的面孔，不觉摇了摇头。

"请稍候，我前去通禀方丈。"他撂下这句话，便又将山门合上。

"万一被众僧识破，走漏了风声，该当如何？"僧人去后久未返回，于乐吾逐渐焦虑起来。

"这华严庵乃是黄家捐建的寺庙，即便被对方认出，也不至于报告官府吧？"他心想。

"不管那么多了，山上众兄弟死都不怕，我又何必畏首畏尾？赵先生的遗愿，一定要替他完成。"他又想。

而就在这来回思索之际，山门重新开启。"方丈有请！"僧人恭敬地说道。

于乐吾又深吸了一口气，接着大步踏了进去。很快，他身后的门就被关上了。

41. 尾声

光阴似箭。转眼之间，便到了康熙三年（1664 年）的冬天。此时距离于乐吾上次起兵，已经过去了整整三个年头。

这三年里，永历皇帝朱由榔在昆明篦子坡被吴三桂绞杀，李定国、郑成功也先后病逝，在川鄂交界坚持数载的"夔东十三家"亦被攻破。清廷的统治愈加巩固了。

见形势一片大好，辅政大臣们将原本森严至极的各种戒令略微放松了些。山东沿海港口的商旅客船逐渐多了起来。

这一日，一艘大船驶进了即墨县的金口港。停泊之后，数十名乘客陆续下船登岸。

巡检兵丁们逐一查验着乘客们的身份，当查到一名僧人那里时，他们不由得停顿下来。

"商人来做买卖倒也罢了。和尚坐船跑这么远的路，实在是少见。"兵丁们彼此嘀咕道。

"阿弥陀佛。有缘不在路远。敝寺欲重修大殿，佛祖托梦说缘分在北，贫僧此次就是专程北上化缘来了。这乘船路费亦是其他施主相赠。"那僧人不紧不慢地答道。

兵丁们将信将疑，看过度牒之后，又仔细打量了一番对方，只见其面容温和，并无凶悍之气，最终还是放行了。

离开码头之后，那僧人在金口镇上化了些饭食，接着打听到了崂山的方位，便朝那边赶去。

此后两三天，他在崂山里辗转打听，终于从一名樵夫口中得知华严庵的所在。同

样是在一个傍晚，他来到了华严庵山门外。

与当年于乐吾所不同的是，那僧人并未在门口停留，而是直接走了进去。

守门的寺僧见闯进了陌生面孔，连忙拦住询问。这一次，那僧人不再以"化缘"为理由，而是宣称自己是外来云游至此，打算在华严庵中落脚借住数日。

寺僧问清对方法号和山门，与之彼此合十行礼，便前去禀告方丈慈霭去了。

不多时，慈霭方丈传话有请。那僧人嘴角微展，跟随引导来到屋里。

在行过礼之后，那僧人对慈霭说道："恳请方丈屏退旁人，小僧有一事不明，想向方丈单独请教！"

慈霭点了点头。其他僧众随即退了出去。

"实不相瞒，小僧此次前来贵寺，并非云游，而是寻访故友。还请方丈成全！"那僧人的脸上充满期待的神情。

"敝寺僧众之中，不知何人是你故友？"慈霭不急不忙地问。

"我这故友法号应是'善和'。"那僧人道。

慈霭面色微变。他端视了对方一阵儿，随后又问道："善和既然是尊驾故友，不知你们是何年在何处相识？又是何时分别？"

僧人略作思索，便道："我二人在二十年前于浙东相识，分别已近七年。"

"他出家之前俗姓什么？"慈霭再问。

"俗姓赵。"僧人又答。

听到这个回答，慈霭面色有所放缓。"阿弥陀佛！"他兀自念了一声，然后猛然问道："你究竟是何人？"

那僧人迟疑了一阵儿，然后毅然答道："小僧出家之前俗姓王，名居敬，曾在浙东张司马麾下效力。"

"阿弥陀佛！"慈霭又念了一声。他凝视着对方，缓缓说道："你要寻找的那位朋友诚然是在敝寺出家，但可惜他前些年就已奔赴西天极乐了。"

"啊！"王居敬又是吃惊，又是失望，不觉喊出了声。他随即联想到当年在江心寺时的场景，心中顿时又涌上一阵酸楚。

324

过了许久，他才重回平静。"敢问那位朋友瘗在何处？如能为他上一炷香，亦是心满意足了。"他问道。

"阿弥陀佛！"慈霭叹了一声，"他并非瘗在此处。"

王居敬听后一愣。他本欲询问究竟，但转念一想，感觉已无必要。便双手合十向慈霭道别："既然如此，小僧亦不在宝地叨扰了！"

说完，他转身向外走去。而就在快到门口之时，却听慈霭在后面喊道："善和现在寺中，你可见他一面！"

王居敬大为吃惊："方才不是说赵守忠已不在人世，现在如何又让我见他！"他转头望向慈霭，只见对方神情严肃，看着并非戏谑之语。

慈霭感觉到王居敬的困惑，又对之道："请稍候片刻，届时你自会明白。"言罢，他便走了出去。

等了约有一炷香的工夫。慈霭回到屋里，身后还跟着一位身材魁梧的和尚。

"这便是老衲的弟子善和。其中具体经过，还是由你们俩单独交谈吧。"慈霭简单介绍一番，就又走了出去。

王居敬打量着对方，确认并不相识。他刚要开口询问，却听对方率先问道："张司马那边一切可好吧？"

王居敬惊道："你……你是？"

原来，眼前的善和不是旁人，正是当年携带度牒前来华严庵的于乐吾。

起初，于乐吾本想将赵守忠的度牒和遗言带给慈霭方丈之后便前去胶州寻访家人。不料，下山之后不久，就遇到官差盘查。无奈之下，他只能继续自称作华严庵的"善和"和尚。但官差见其没有携带度牒，便不相信，定要前去寺中查验。

那慈霭方丈一向以慈悲为怀，此刻又担心于乐吾身份暴露而牵连黄家，便拿出度牒做证，这才帮于乐吾渡过难关。

此事过后，慈霭通过密信报知黄培，经其同意，就力劝于乐吾留在寺中。后者亦感觉自己若再贸然外出，恐将连累家人及阖寺众僧。一番思忖过后，他便正式拜慈霭方丈为师，接过"善和"的法号。华严庵中的僧人本就不多，并且均为可靠之辈；再

加上"善和"又深居简出，因此这些年来不曾走漏风声。

眼下面对王居敬的惊讶，于乐吾并未直接回答，而是道了一句："当年张司马曾托赵先生捎来两件厚礼，贫僧至今感激。"

"你是于……"王居敬还没说完，见对方摆手制止，便又咽了回去。

"赵先生忠肝义胆，死得壮烈，应当青史留名。我且将其中经过叙说一番，盼望有朝一日，能有人为之树碑立传了。"于乐吾道。

接着，他便从当年唐家泊相识说起，一直讲到锯齿山突围。言至动情之处，不禁也是语带哽咽。

王居敬且听且叹。"赵执事孤身一人北上，能有这番作为，虽终未获成功，但也称得上是轰轰烈烈了！张司马当初果然没有看走眼。"末了，他称赞道。

"是啊！若不是南都之役功败垂成，想必我二人也能联手在登莱有一番大作为……"说到这里，于乐吾心里又涌起一阵愧意——当初赵守忠劝他举兵响应时，他迟迟不能下定决心；而后来他自己被迫举兵时，赵守忠却毅然入伙，最终战死在锯齿山上。

他努力平复心绪，问王居敬道："您此次北上寻访赵先生，是奉张司马之令吗？他现在又如何了？"

王居敬眼眶一热，低声答道："此乃张司马遗愿。"

这次换作是于乐吾吃惊："张司马故去了？这是何时的事情？"

王居敬噙着泪光，也将这前后原委道了出来。

原来，当初北伐失利再加上鲁王薨逝，张煌言见复兴大明无望，就萌生退隐之意。他将部众解散之后，仅携带王居敬等数名亲随居住在荒无人烟的悬山岙岛上。

他虽然退隐，但清廷方面始终不能放心，下令地方务必将其生擒。接过这一差事的是浙江提督张杰。

张杰领命之后，采取招降纳叛之计，将原本张煌言麾下一名将校网罗过来。那人虽不知张煌言具体落脚之处，但晓得对方漂泊海上时常要派人到舟山岛购买粮米。于是，便乔装打扮前往岛上盯梢。如此守候了几日，果然认出了张煌言两名亲

随的模样。

那人当即挥刀杀死一名亲随，而从另一名亲随口中逼问出张煌言的下落。

于是，当天夜里，他引领清兵乘船悄然来到悬山岙岛。之所以选在夜里，一来是想趁对方入睡之际突袭，二来也是避开张煌言养的那两只视觉敏锐的猿猴。倘若在白天的话，猿猴在十多里以外便可发现外来船只，从而提醒张煌言撤离了。

果然，夜间行动避开了猿猴的察觉，也打了张煌言一个措手不及。张煌言及身边多数亲随都被清兵捕获，唯独王居敬趁夜色跳入海中，在一处礁石下躲避了许久，这才逃过一劫。

此后，张煌言一行被押往杭州，王居敬则辗转去往江心寺。寺里的空问禅师听说张煌言的遭遇，嗟叹不已。他劝王居敬今后留在寺中度完余生。不过，后者虽答应了剃发出家，但要求设法再去见张煌言一面。空问禅师起初不肯同意，但见王居敬情深意切，最终还是应允了。

张煌言对明室忠贞不二，声名远著。他被押到杭州之后，清廷不少大员闻风而至，对其礼敬有加且劝之归降。但他丝毫不为所动，唯求一死。清廷最终只得下令将他处以极刑。

杭州士绅百姓有感于张煌言的气节，在刑期到来之前，纷纷主动前去探视。而当地官员也并不阻拦，王居敬便以僧人身份混在其中。

两人在狱中相见，各自感慨良多。因有外人在场，张煌言说话不多，只告诉王居敬勿忘"北面有佛缘"。

此前，张煌言已从顾炎武等人那里得知赵守忠在华严庵出家一事，也曾同王居敬说过有机会将北上寻访对方。如今，他已不能亲自前去，只能将此作为遗愿嘱托给王居敬了。

康熙三年（1664 年）九月七日，张煌言殉节于杭州。王居敬在暗中联络人手帮忙料理后事，将张煌言安葬于西子湖畔。随后，他稍作准备，便有了这次华严庵之行。

"张司马如此气节，实在令人敬佩！"听完王居敬的讲述，于乐吾颇为感叹。

"唉！"王居敬跟着叹了一声，接着道，"可惜南北音讯不通，赵执事跟您在锯齿

山举兵之际，倘若张司马能及时知晓，恐怕也会重新出山吧？算了，现在说这些都无用了……"

他停顿了一下，望了望于乐吾，又道："张司马以为'善和'便是赵执事，不承想中间却有这一番变故。也罢，不管怎么说，这次终究是见到了'善和'其人，知道了赵执事的下落，亦是不负张司马所托了。等回到杭州之后，我便去墓前祭告一番。"

"我亦有祭告张司马和赵先生之意，不如你我一起？可惜我外出不便，只能在这寺院周边行礼了。"于乐吾提议。

王居敬点了点头，接着道："张司马葬在南，赵执事逝于北。当在附近找一处既可南眺又能北望的僻静场所，然后祭告。"

于乐吾思忖片刻，回复道："这华严庵所在之山峰，为崂山支脉，名曰'那罗延山'。山顶视野开阔，亦无人打扰，你我就前去那里吧？"

"如此甚好。"王居敬当即同意。

于是，在同慈霭方丈打过招呼之后，两人冒着夜色向山顶攀去。

到达那罗延山之巅，他们依次向南、向北焚香，口中各自念念有词，接着一起磕起头来。

由于忙着祭拜，王居敬起初未顾得上察看周边夜景。待到礼毕起身抬头之时，他才侧眼望向远处。当晚月如圆盘，只见海面上波光粼粼，景色宛如那年在江心寺相会时一般。

"唉！这人生在世究竟是不是大梦一场？"他忍不住问于乐吾。

"谁能说是，谁又能说不是呢？"于乐吾缓缓答道。

两人不再说话，彼此相视默立。崂山湾畔的海潮声，回荡得更响了……